Eine Leiche zum Tee

1. Auflage 2024
© Ueberreuter Verlag GmbH, Berlin 2024
ISBN 978-3-7641-2009-2
Erstausgabe Hardcover © Ueberreuter Verlag GmbH, Berlin 2019
ISBN 978-3-7641-7082-0
Alle Rechte vorbehalten. Das Werk darf – auch teilweise –
nur mit Genehmigung des Verlages wiedergegeben werden.
Übereinstimmungen und Ähnlichkeiten mit lebenden Personen
oder Familien sind rein zufällig und nicht beabsichtigt.
Lektorat: Emily Huggins
Umschlag- und Kartengestaltung: Carolin Liepins
unter der Verwendung von Fotos von shutterstock.com:
© Sylverarts Vectors, © Thoom, © tristan tan, © dondesigns,
© Amplion, © Marripopins, © Micro One, © Nadezda Barkova,
© combination_so, © mamita (Umschlag) und © brichuas,
© pavlematic, © Ilya Sedykh, © Ialan, © Yustus (Karte)
Druck und Bindung: CPI books GmbH
Gedruckt auf Papier aus geprüfter nachhaltiger Forstwirtschaft.
www.ueberreuter.de

Alexandra
Fischer-Hunold

# Eine Leiche *zum* *Tee*

ueberreuter

# 1

Es war Mord!

Mit diesen drei Worten würde meine Großtante Clarissa wahrscheinlich loslegen. Und es stimmte ja auch. In unserem beschaulichen, verschlafenen Dörfchen Ashford-on-Sea an der Südwestküste Englands war tatsächlich ein Mord begangen worden.

Der erste seit über achtzig Jahren. Schauderhaft!

Aber noch viel schlimmer als der Mord war die Tatsache, dass der Mörder einer von uns sein musste.

Noch vor wenigen Wochen hätte **mein** erster Satz gelautet:

Finn Pears hat mich geküsst!

Und um diesen sensationellen Satz hätte ich lauter rote Herzchen gemalt und einen roten Kussmund danebengeschmatzt.

Denn Finn hatte seinen Kopf zu mir herabgesenkt und seine warmen, weichen Lippen auf meine gedrückt. (Ich bekomme jetzt noch weiche Knie, wenn ich daran denke!)

Und ich war so unglaublich, wahnsinnig, himmlisch verliebt in ihn. Erst dachte ich, ich würde an einer schleichenden Krankheit leiden. Die Symptome: chronische Appetitlosigkeit, Stottern und Stammeln, dämliches Gekicher und Pink-Grapefruit-Syndrom. Wer das schon mal hatte, weiß, was ich meine. Die Diagnose lautet: unheilbare Verliebtheit! Meine Liebe für

Finn war grenzenlos. Ich ging sogar so weit, Klavierstunden bei der alten Schreckschraube Rubinia Redcliff zu nehmen. Nur, um ihm nahe sein zu können.

O. k., das war jetzt nicht nett. Über Tote soll man schließlich nichts Schlechtes sagen. Aber Rubinia Redcliff war nun mal wirklich eine Schreckschraube und eine gefühlskalte Eiskönigin.

Was das Klavierspielen angeht, bin ich ziemlich talentbefreit. Aber die Chance, die gleiche Luft zu atmen, die Finn vor mir geatmet hatte, war es wert, sich zu schinden. Das und die Gewissheit, einmal in der Woche in seine kristallblauen Augen blicken zu dürfen und ihm ein leises »Hallo!« entgegenzuseufzen, bevor er einen seiner Lieblingskekse aus seinem Rucksack kramte und sich auf sein schwarzes Bike schwang.

Tante Clarissa weiß natürlich, dass ich total amusisch bin, und ich befürchte, sie schöpfte sofort Verdacht, als ich um Klavierstunden bettelte. Sie sagte aber nur, dass sie es gut fände, wenn man sich im Leben Herausforderungen suchte, und stellte weiter keine Fragen.

Im Rückblick auf all das, was vor, auf, während und nach der Fünfhundertjahrfeier von Ashford-on-Sea geschehen ist, glaube ich aber, dass es am besten ist, wenn ich mit dem Freitagnachmittag vor dem großen Fest beginne. Hätte ich auch nur geahnt, welche Rolle meine Schokomousse-Erdbeer-Torte in der Tragödie, die uns drohte, spielen sollte, hätte ich sie ganz bestimmt nicht auf unsere To-do-Liste gesetzt.

Habe ich aber nun mal! Deswegen und wegen eines Vorfalls, bei dem ich noch am gleichen Tag durch Zufall Zeuge werden sollte (ich will hier nicht zu viel verraten), markiert dieser

Nachmittag vielleicht ziemlich genau den Zeitpunkt, an dem ich, ohne es zu ahnen, mitten in einen Mordfall schlitterte und, ohne es zu wollen, zur Detektivin wurde.

Beginnen wir also von vorn:

Eine dampfende Tasse Tee und eine Etagere mit frischen Sandwichecken und duftenden, goldbraunen Scones vor sich, thronte Tante Clarissa in ihrem geblümten Lieblingssessel direkt neben dem Kamin. Ich hockte auf der Lehne, hatte die Arme um sie geschlungen, und zusammen beugten wir uns über unsere »Fünfhundertjahrfeier-To-do-Liste«.

Und noch jemand betrachtete sie interessiert: Mein Percy, der weltallerbeste Terrier, hatte sich natürlich zwischen Tante Clarissa und mich gequetscht.

Die kleine Tür, die von unserem Tearoom in den Rosengarten führte, stand sperrangelweit offen und die Sommersonne warf ihre Strahlen auf die ausgetretenen Holzbohlen. Draußen wie drinnen waren alle Tische voll besetzt. Kein Wunder. Es war Teestunde, Beginn der Sommerferien, und zu dem großen Fest hatten sich auch einige Touristen in unser Dörfchen verirrt.

»Shortbread, Ingwerkuchen, Bananenbrot und Cupcakes können wir schon mal von unserer Liste streichen. Was meinst du, Amy: Sollen wir heute Abend noch den American Cheesecake und den Kirsch-Butterkuchen backen?«, überlegte meine Großtante und steckte ihre schwarze Hornbrille in ihr modisch kurz geschnittenes weiß-graues Haar. »Dann müsste es doch reichen, wenn wir den Rest morgen um fünf in Angriff nehmen.«

»Klingt nach einem sehr guten Plan. Stachelbeer- und Apfelkompott hab ich eben in den Kühlschrank geschoben. Wenn ich heute Abend noch den Teig für die Pies vorbereite, können wir morgen früh mit denen als Erstes loslegen. Danach machen wir die gerollten Schoko-Sahne-Waffeln, den Apfel-Crumble und den Stachelbeerkuchen. Die Mini-Obsttörtchen und die Sandwiches heben wir uns für den Schluss auf«, schlug ich vor. »So machen wir es!«, pflichtete mir Tante Clarissa bei. Die Brille wanderte wieder auf die Nase. Meine Großtante ist vierundsiebzig Jahre alt und eine sehr elegante Dame. Dabei ist sie sich nicht zu schade, auch mal in Jeans und Gummistiefeln im Garten zu buddeln oder, ausgestattet mit Latzhose und Werkzeugkasten, unsere Wasserhähne vom Tropfen abzuhalten.

»Und ich fahre heute Nachmittag zum Herrenhaus raus und baue unseren Stand auf«, meldete sich Andrew Cox zu Wort, der hinter der Kuchenauslage ein Tablett mit Scones, Clotted Cream, Erdbeermarmelade und Tee arrangierte. »Wir werden einen großartigen Umsatz machen!«, freute er sich. Bevor Andrew letztes Jahr ins *Little Treasures*, den Tearoom meiner Tante, eingestiegen ist, war er Banker in London. Ein Beruf, mit dem man irrsinnig schnell wahnsinnig viel Geld verdienen und noch rascher seinen Verstand verlieren kann, wie er immer sagt. Und weil er seinen Verstand behalten wollte, hat er vor einem Jahr London und der Bank Adieu gesagt und ist hierher gezogen. Nach Ashford-on-Sea, das so malerisch und abseits liegt, dass wir nicht einmal verlässliches Internet haben. Kein Scherz!

Vom Yachthafen her schollen die Rufe der Arbeiter zu uns herüber. Aufgeregt sprang ich auf und versuchte einen Blick auf die Pontons in der Bucht zu erhaschen. Künstliche kleine Inseln, von denen morgen Nacht das Jubiläumsfeuerwerk abgefeuert werden sollte. Ich konnte kaum erwarten, dass es endlich Samstag wurde. Alle würden kommen, um unseren Gründungsvater und unser Dorf zu feiern … auch Finn!

»Clarissa! Du musst mir helfen!« Mit diesen Worten wehte unsere Dorfmalerin Dorothy Pax über die Schwelle des *Little Treasures*. Offensichtlich hatte sie in großer Eile ihr Atelier verlassen, denn um ihre knochigen Hüften schlackerte immer noch ihr bunt bespritzter Malerkittel. Ihre langen, nicht mehr ganz so schwarzen Haare hatte sie zu einem unordentlichen Knoten geschlungen, in dem zwei Pinsel wie Haarnadeln steckten.

Obwohl die beiden nicht gegensätzlicher sein konnten, waren Tante Clarissa und Dorothy die besten Freundinnen. Seit dem Tag, an dem Dorothy mit Ölfarben und Staffelei als neue Kunstlehrerin an die Tür der *Ashford Primary School* geklopft hatte. Und das war jetzt über ein halbes Jahrhundert her.

Völlig außer Atem ließ sich Dorothy auf das Queen-Anne-Sofa uns gegenüber plumpsen. »Mein Fahrrad. Mein Fahrrad ist weg!«, keuchte sie. »Jemand muss es gestohlen haben! Und dabei habe ich im Moment noch nicht mal das Geld, um mir eine neue Luftpumpe, geschweige denn ein ganzes Rad zu kaufen.«

So lief das hier in Ashford-on-Sea. Niemand ging zu unserem brummigen Dorf-Sergeant Oliver Oaks. Brauchte jemand kriminalistische Hilfe oder einen Rat, suchte er ihn bei meiner Großtante. Wenn ich mich richtig erinnere, fing das an, als Tante Clarissa pensioniert wurde und ihren Schreibtisch im Direktionszimmer der *Ashford Primary School* mit dem *Little Treasures* tauschte. Ein eigener Tearoom war schon immer ihr Traum gewesen. Meine Theorie ist, dass sie das logische Denken aus dem Matheunterricht ziemlich vermisste und deshalb anfing, sich für Kriminalfälle zu interessieren. In Büchern, Filmen und im wahren Leben.

»Hallo, Andrew!«, winkte Dorothy zur Kuchentheke hinüber. »Könnte ich bitte einen Earl Grey haben?«

»Hi, Dorothy! Klar, dein Tee kommt sofort!«, trällerte Andrew gut gelaunt.

»Da ist ja auch der liebe Percy!«, rief Dorothy und klatschte begeistert in die Hände, bevor sie sich ächzend über den Tisch beugte, um meinen Hund gebührend zu begrüßen. Erst nachdem sie Percy einmal tüchtig durchgekrault hatte, fiel ihr Blick auf mich. »Und wo Percy ist, da ist die liebe Amy natürlich auch nicht fern.«

»Hi«, winkte ich und vertiefte mich in unsere To-do-Liste.

»Liege ich recht mit der Annahme, meine liebe Dorothy, dass du dein Rad wieder mal nicht abgeschlossen hast?«, hörte ich meine Tante mit einem amüsierten Unterton fragen, während ich den Kugelschreiber vorsichtig aus ihrer Hand zog und noch fett »Schokomousse-Erdbeer-Torte« ans Ende der Liste setzte. Das war meine neueste Kreation und die musste ich unbedingt auf der Fünfhundertjahrfeier präsentieren.

»Eigentlich wollte ich gestern Abend noch mal mit den Hunden raus«, seufzte Dorothy. Ich schaute auf.

An dieser Stelle muss ich etwas erklären. Dorothy liebt Hunde über alles. Und weil sie sie so sehr liebt, hat sie einen ganzen Stall von Hunden, die aus Tötungsstationen in Spanien oder Griechenland gerettet wurden. Sie päppelt sie auf, vermittelt sie an tierliebe Menschen, was immer zu tränenreichen Abschieden führt, und schon steht der nächste bemitleidenswerte Hund zitternd vor ihrer Tür und will geliebt werden. Ich finde ihren Einsatz großartig und Percy findet das auch.

»Deshalb hatte ich das Abschließen auf später verschoben. Aber dann bekam Diego, mein neuer Pflegehund aus Spanien,

Durchfall, der Arme. Er ist doch eh nur Haut und Knochen. Darüber habe ich mein olles Rad völlig vergessen«, fuhr Dorothy fort. »Eben erst ist mir aufgefallen, dass es nicht mehr am Gartenzaun lehnt. Bitte hilf mir, es wiederzubekommen, Clarissa!«

Mit einem Lächeln beugte sich Tante Clarissa vor und tätschelte Dorothys farbbespritzten Unterarm. »Trink erst mal eine schöne Tasse Tee und lass mich nachdenken.« Sie nickte auf das Teearrangement, das Andrew gerade vor Dorothy auf den Tisch stellte.

»Wenn ihr mich fragt«, flüsterte Dorothy jetzt verschwörerisch, während sie in den Teepott linste, um zu überprüfen, ob der Tee noch ziehen musste, »dann hat die Gewitterhexe von nebenan mein Rad geklaut. Nur um mir eins auszuwischen. Sie hasst meine Hunde … und mich. Und gestern Nacht war sie eh auf Krawall gebürstet. Bei ihr ist es tüchtig zur Sache gegangen. Ich habe sie keifen hören. Der arme Mensch, der da ihren Unwillen auf sich gezogen hat!«

Mit der »Gewitterhexe von nebenan« war meine Klavierlehrerin Rubinia Redcliff gemeint. Seit Ewigkeiten führten die beiden einen kleinen Privatkrieg wegen der angeblichen Lärmbelästigung durch die Hunde. O.k., leise waren die nun wirklich nicht, aber hey, die armen Wesen hatten in ihrem kurzen Leben schon so viel Mist und Schreckliches erlebt, da durften sie ja jetzt wohl ein bisschen ihr neues Glück in die Welt hinausbellen. Rubinia Redcliff war doch einfach eine blöde Kuh!

Wobei … nichts gegen Kühe!

Bei dem Gedanken an all die armen Hunde, die es auf dieser Welt gab, musste ich meinem Percy ganz schnell einen Kuss auf die nasse Schnauze drücken.

Trotzdem war Rubinia Redcliff mein Stichwort. Ich warf einen Blick auf die alte Standuhr. Zeit, mich auf die Socken zu machen. Heute durfte ich nicht eine Sekunde zu spät sein. Denn ich hatte Großes vor! Sehr Großes! Ich wollte Finn nach seiner Klavierstunde ansprechen! Auch wenn ich nicht wusste, wie ich das cool und unverfänglich rüberbringen sollte. Der bloße Gedanke ließ mein Gesicht Pink anlaufen, meine Knie zu Pudding und meine Kehle so staubtrocken werden wie die Wüste Sahara. Was damit zusammenhängt, dass ich ziemlich schüchtern bin. Ich hasse es aufzufallen. Ich ziehe das Gleiche an wie alle anderen, trage meine Haare wie alle anderen und finde das Gleiche gut wie alle anderen. Denn so halte ich mich unauffällig im Hintergrund. Darin bin ich gut. So gut, dass ich es beinah schaffe, mit der Tapete, der Schultafel oder der Wand in meinem Rücken zu verschmelzen.

Einen Jungen anzusprechen, war für mich so etwas wie mein persönlicher Mount Everest. Doch diesmal würde ich nicht kneifen. Wie die letzten vier Male. Nein. Würde ich nicht. Denn der Anlass war perfekt unverfänglich. Also, unverfänglich und perfekt. Die Fünfhundertjahrfeier. Ganz Ashford würde dorthin gehen. Ehrensache. Auch für Finn. Also würde ich nichts weiter tun müssen, als ihn ganz beiläufig zu fragen, ob … ob …

»Ich hab's!«, verkündete meine Großtante triumphierend. »Man muss nur eins und eins zusammenzählen und schon ist der Fahrraddieb enttarnt!«

… ob er morgen mit mir den Weg durch das Heckenlabyrinth suchen wollte, der zum Schatz in der Mitte führt. Oder sollte ich ihn vielleicht doch einfach nur an unseren *Little Treasures*-Stand einladen? Ich meine, für uns Engländer gibt es kei-

nen Tag ohne Teatime. Wir gingen auf eine Schule. Der Tearoom gehörte meiner Tante. Da wäre es doch einfach nur nett, wenn ich ihn auf eine Tasse Tee oder eine Cola und Scones oder ... ja, genau: auf ein Stück Schokomousse-Erdbeer-Torte einlud, oder?
»Gestern war doch Donnerstag. Das heißt, der Kirchenchor hat geprobt. Wir alle wissen, wo die Chorproben enden. Im Pub«, hörte ich meine Tante wie von ganz weit weg sagen. Heckenlabyrinth oder doch lieber ... ach, ich wusste doch nicht, was besser war!!! Plötzlich traf es mich wie ein Blitz.
Was, wenn Finn gar nicht bei Rubinia Redcliff war? Was, wenn er krank geworden war? Enttäuschung und Erleichterung trugen in mir einen Wettstreit aus, dessen Sieger nicht so einwandfrei feststand.
»Weiter, Clarissa, weiter!«, feuerte Dorothy meine Tante an, bevor sie einen Schluck Earl Grey zu sich nahm.
»Da fließt ziemlich viel Guinness. Und das macht übermütig. Gestern Nacht bin ich davon geweckt geworden, wie ein besonders tiefer Bariton inbrünstig die Nationalhymne schmetterte, ein leises Klackern schlug dazu den Takt. Der Bariton war unverkennbar ... James Hall, unser Tierarzt! Und wenn du, meine liebe Dorothy, dein Schutzblech immer noch nicht festgeschraubt hast, dann findest du dein Rad vor der Praxis von Dr. Hall.«
Dorothy schlug sich die Hände vor den Mund. »Clarissa, du bist ... umwerfend!«, rief sie bewundernd. Damit landeten drei Pfund für Tee und Trinkgeld auf dem Tischchen und Dorothy war auf und davon.
Das war ich wenige Minuten später auch. In der Tür sprang ich schnell zur Seite, um Lady Helen Ashford durchzulassen.

Sie war die Frau von Lord Henry Ashford, dessen Ahnherr William vor fünfhundert Jahren von König Henry VIII. (stimmt, das war der mit den sechs Frauen) geadelt worden war und ein wunderschönes Fleckchen Erde an der Küste Cornwalls geschenkt bekommen hatte. Aus Dankbarkeit. Denn William Ashford hatte den König vor einem intriganten Anschlag gewarnt. Als erster Lord Ashford ließ er den Herrensitz Ashford House und das Dorf Ashford-on-Sea erbauen. Deshalb würden morgen auch alle Reden, Konzerte und Ehrungen auf dem Anwesen von Ashford House stattfinden.

»Guten Tag, Lady Ashford!«, sagte ich mit gesenktem Kopf und so leise, dass sie es wahrscheinlich nicht hören konnte. Trotzdem lächelte sie mich herzlich an und fragte: »Na, du hast es aber eilig, Amy. Welcher Romeo wartet denn auf dich?«

Oh Gott, woher wusste sie, was ich vorhatte? Ich wollte gerade so schnell wie möglich weiter, als Percy mir mit schief gelegtem Kopf und aufgestelltem Schwanz den Weg verstellte. Percy und ich, wir sind unzertrennlich. Aber es gibt zwei Ausnahmen: die Schule und Rubinia Redcliff. Ich meine, wer nimmt schon seinen Hund zu einer Hundehasserin mit? Aber das versteht Percy natürlich nicht.

»Ich bin nicht lange weg!«, versprach ich, hockte mich vor Percy und kraulte ihn unter dem Kinn, das liebt er so sehr. Dann reckt er den Kopf in die Luft und macht seinen Hals ganz lang. Ganz so, als ob er sagen wollte: *Ich kann noch, mach ruhig weiter.* Leise flüsterte ich ihm ins Ohr: »Wünsch mir Glück. Du weißt schon wobei!«

Percy bellte aufmunternd und ich, ich holte noch mal tief Luft und schwang mich auf mein Rad.

Bevor ich in die Ivy Lane einbog (das ist die Straße, in der Dorothy und Rubinia Redcliff wohnen), wartete ich, bis sich mein Atem etwas beruhigt hatte. Unser Dorf liegt am Hang, deshalb führen die meisten Straßen vom Hafen aus mit einer ziemlichen Steigung nach oben. Ganz schön anstrengend, die raufzufahren. Schnell zupfte ich mein Spaghetti-Shirt zurecht und warf mein blondes Haar über die Schulter. Während ich noch in den Taschen meiner abgeschnittenen Jeans nach einem Haargummi suchte – Rubinia Redcliff konnte es gar nicht ausstehen, wenn einem beim Klavierspielen die Haare ins Gesicht hingen –, sah ich im Näherkommen nicht nur Finns schwarzes Bike vor Rubinias Gartenmäuerchen stehen, sondern ich hörte auch die unverkennbaren Klänge von Chopins Nocturne Opus 9 Nummer 2.

Finn! Mein Herz machte einen weltrekordverdächtigen Hüpfer. Er spielte das Stück, das er auch morgen auf der Fünfhundertjahrfeier zum Vortrag bringen wollte. Völlig verzaubert hockte ich mich auf das Gartenmäuerchen und lauschte mit geschlossenen Augen. Gott hatte Finn mit einem unglaublichen Talent gesegnet und er arbeitete hart daran, sich immer noch zu verbessern. Wenn seine Freunde Fußball spielten, ins Kino gingen oder einfach nur abhingen, saß Finn zu Hause an seinem Klavier und übte, übte, übte. Seine Eltern waren unfassbar stolz auf ihn und darauf, dass Rubinia Redcliff ihn an die *Royal Academy of Music* nach London empfehlen wollte. Das ist der Ritterschlag für einen Musiker (weiß ich von Tante Clarissa). Seit Jahren sparte Finn jeden Cent für London, wie sein Vater mit stolzgeschwellter Brust jedem Besucher seines Pubs, dem *Smuggler's Rest*, erzählte. Denn Finn wollte nur eins: Klavier spielen und darin immer besser werden.

Als der letzte Ton verklungen war, drang Rubinias Stimme aus dem offenen Fenster: »Sehr schön, Finn, du machst Fortschritte!«

»Dann schreiben Sie heute die Empfehlung für mich an die *Royal Academy of Music*?«

Auf Finns hoffnungsvolle Frage folgte eine lange Pause. Eine zu lange Pause, wie ich fand.

»Nein, Finn, ich denke nicht.«

Was? Ich riss die Augen auf. Das konnte sie doch nicht machen!!

Nicht, dass ich gejubelt hätte, wenn Finn tatsächlich nach London ans Konservatorium ginge, aber es war doch sein großer Traum. Außerdem wusste ich, dass Rubinia Redcliff ihm das Empfehlungsschreiben schon letztes Jahr versprochen hatte.

»Aber ... warum? Ich ... ich ... verstehe Sie nicht«, stammelte Finn jetzt mit zitternder Stimme.

»Du bist in der Tat außerordentlich talentiert, Finn. Du bist ehrgeizig. Du machst Fortschritte. Du übst. Aber glaubst du ernsthaft, dass das reicht?«, schnappte Rubinia herzlos. »Sieh mich an! Mir hat niemand geholfen. Ich musste meinen Weg ganz alleine gehen, ohne dass mir irgendwer die Tür zur Londoner Academy geöffnet hätte. Es war ein steiniger, beschwerlicher Weg voller Entbehrungen. Gespickt mit Enttäuschungen, Niederlagen und nagenden Selbstzweifeln. Ich musste große Opfer bringen, das kannst du mir glauben. Eine Karriere wie meine bekommt man nicht geschenkt. Diese ganzen Erfahrungen sind wichtig für die Entwicklung eines Künstlers. Ein Künstler muss leiden, er muss Enttäuschungen ertragen lernen, um zu wachsen und das höchste Maß an Kunst zu erreichen. Daher ist es nur zu deinem eigenen Besten, wenn wir die Sache mit der Akademie vergessen. Ist es nicht viel schöner, wenn du es vielleicht eines Tages ohne fremde Hilfe dorthin schaffst?«

Mein Herz zog sich schmerzhaft zusammen. Wie konnte diese Hexe so grausam zu Finn sein?

»Das ist nicht fair, Mrs Redcliff. Ich übe Tag und Nacht!«, rief Finn fassungslos. »Mrs Redcliff, bitte, Sie haben es mir aber doch versprochen!«

Der Rest ging im Gebell von Dorothys Hunden unter. Schwanzwedelnd und kläffend rasten sie über das Nachbargrundstück und sprangen am Gartenzäunchen hoch, um den Briefträger zu begrüßen, dessen klappriger Postbus die Straße verpestete. Daumen und Zeigefinger fest auf die Nasenflügel gedrückt, quetschte sich Dorothy mitsamt ihrem Fahrrad an dem Bus vorbei. »Deine Tante hatte wie immer recht, Amylein!«, brüllte sie mir über den Motorlärm entgegen. »Mein Rad lehnte vor der Tierarztpraxis. Dieser Schlingel hat es sich doch echt gemopst!«

»Prima!« Ich tat alles, um irgendwie ein Lächeln zustande zu bringen. Aber wie sollte mir das gelingen, wo mich das Mitleid für den armen Finn fast zerriss? Wahrscheinlich ist das nicht so wirklich miteinander zu vergleichen, und trotzdem musste ich an den Schal denken, den ich letztes Jahr für Tante Clarissa gestrickt hatte. Er sollte ein Weihnachtsgeschenk werden, weil sie doch immer so schnell friert. Ich hatte mir so eine Mühe gegeben und richtig teure, kuschelige Wolle gekauft. Ich will nicht angeben, aber er sah fast wie gekauft aus. Bis zu dem Tag, an dem er aus meiner Tasche in die Pfütze auf der Straße gefallen ist und bestimmt fünf Autos darübergefahren sind, bevor ich ihn mir schnappen konnte. Er war völlig ruiniert. Aus der Traum! So wie ich mich damals gefühlt habe, so fühlte sich jetzt bestimmt auch Finn. Wahrscheinlich sogar noch viel schlimmer.

Plötzlich fuhr ich auf dem Absatz herum. Wo war er eigentlich? Noch im Haus? Nein, sein Fahrrad lehnte nicht mehr an der Mauer! Er war weg. Wie ein tonnenschwerer Stein plumpste mein Herz in meinen Magen. Jetzt hatte ich auch noch meine Chance verpasst! Aber wahrscheinlich wäre der Zeitpunkt eh ungünstig gewesen.

Statt seiner stand mit verschränkten Armen Rubinia Redcliff schräg hinter mir. Ihre langen roten Haare loderten in der Sonne wie Höllenfeuer. Man konnte über Rubinia Redcliff sagen, was man wollte, aber sie war immer totschick gekleidet. Minikleid und High Heels gehörten zu ihrer Standardausrüstung. Heute hatte sie sich für ein stahlblaues Kleid mit Blumenmotiv entschieden. Sie war wirklich eine Schönheit! Ein Teufel in Engelsgestalt.

»Ich kann Ihnen gar nicht sagen, wie sehr ich Sie und Ihre gemeingefährlichen Köter leid bin, Mrs Pax. Ich bitte Sie ein allerletztes Mal, etwas gegen dieses Gekläffe zu unternehmen, oder ich muss mich selber darum kümmern!« Ihre Stimme schnitt durch die Luft wie ein chirurgisches Skalpell durch Butter.

»Soll ich Ihnen mal sagen, was Sie mich können?«, schnaubte Dorothy wenig damenhaft. Dabei pustete sie sich eine graue Haarsträhne aus dem Gesicht. »Das Geklimper Ihrer Schüler ist auch nicht immer die wahre Freude!«
Am liebsten hätte ich mir die Ohren zugehalten. Ich finde es unerträglich, wenn Menschen sich anschreien. Man kann doch über alles reden, solange man freundlich bleibt. Finde ich.
»Sind Ihre Hunde etwa bissig?«, mischte sich jetzt der Briefträger alarmiert ein.
»Bissig ist gar kein Ausdruck. Blutrünstig sind diese Bestien!«, behauptete Rubinia boshaft und warf ihr Haar über die Schulter. Dorothy verschlug es glatt die Sprache. Ihr Mund klappte auf, während ihre Augen mich Hilfe suchend ansahen. Aber anstatt zu sagen, dass das nicht stimmte und dass die Hunde zwar laut, aber total lieb waren und dass Rubinia Redcliff sie einfach nur nicht ausstehen konnte, schaute ich zu Boden. Ich weiß, dass das feige war, aber ich bin eh nicht die Forscheste, und meine Klavierlehrerin, die hatte so etwas an sich, dass ich mir in ihrer Gegenwart immer vorkam wie eine winzig kleine Maus, die vor einem mächtigen Löwen hockt.
»Wenn das so ist, Mrs Pax, bin ich nicht verpflichtet, Ihnen weiterhin Ihre Post zuzustellen. Ab morgen holen Sie sie bitte selbst bei der Poststelle ab!«, informierte der Briefträger sie im Geschäftston. Mit einem gezielten Griff zog er mehrere Umschläge aus seiner großen schwarzen Tasche und reichte sie mit weit ausgestreckten Armen an die beiden Streithühner weiter.
»Einen schönen Tag noch!« Kopfschüttelnd kletterte er in seinen Postbus und tuckerte in die nächste Seitenstraße.

»Und worauf wartest du?«, schnaubte mich Rubinia Redcliff an. Sie bohrte mir den Zeigefinger in den Rücken und schob mich durch das Gartentörchen auf den schmalen Kiesweg, der gesäumt von Rosenstöcken und Hortensien zu ihrer Haustür führte.

»Geh schon mal vor. Tonleitern üben«, raunte sie geistesabwesend, während sie im Gehen ihre Post durchblätterte. Ich nickte.

Rubinias Haus war alles andere als ein typisches englisches Cottage. Gemütlichkeit? Fehlanzeige! Hier war alles modern, sachlich, funktional, grau oder weiß. Genau deshalb stachen mir die quietschbunten Gegenstände auf der Küchentheke sofort ins Auge. Eine große farbenfrohe Keramikschale, in der drei mit bunten Glitzersteinen besetzte Holzelefanten und ein goldfarbener Buddha lagen. Daneben entdeckte ich ein aufgeschlagenes, in rotes Leder gebundenes Buch. Mit der Schriftseite nach unten, ganz so, als ob Mrs Redcliff eben noch darin gelesen hätte. Zwischen manchen Seiten lugten alte Fotografien, Karten und Zeichnungen hervor. Ich konnte nicht anders. Ich nahm es in die Hand und drehte es vorsichtig um.

Hinter meinem Rücken fiel die Haustür ins Schloss. Schritte näherten sich und verharrten im Flur. Papier, wahrscheinlich ein Briefumschlag, zerriss. Ich warf einen Blick über die Schulter. Rubinia Redcliff war nicht zu sehen. Ich kann gar nicht genau sagen, was mich dazu trieb, meine Nase in dieses Buch zu stecken. Denn eigentlich ist mir Privatsphäre heilig, und dass das hier kein Buch für jedermann, sondern ein sehr privates Tagebuch war, verriet die krakelige Handschrift auf dem vergilbten und fleckigen Papier sofort.

*Thailand ist das schönste Land der Welt und diese Insel ist unglaublich!*, las ich.
So friedlich. So frei. So ursprünglich. Palmen, Mangroven, schillernde Farben, kristallklares Meer, weißer, unberührter Strand. Ich bin auf eine Gruppe Seelenverwandter gestoßen. Leute, die genau wie ich rauswollten aus dem konventionellen Spießerdasein. Sie haben sich hier, fernab der großen Städte, in Einheit mit der Natur ein einfaches Leben aufgebaut. Ihren Frieden finden sie in den Lehren Buddhas. Sie wohnen in simplen Holzhütten, die sie mit ihren eigenen Händen erbaut haben. Mit offenen Armen haben sie mich bei sich aufgenommen und eingeladen, bei ihnen zu bleiben und Teil ihrer Gemeinschaft zu werden.

Ich betrachtete das Tagebuch genauer. Sonne, Salzwasser und Wind hatten den roten Ledereinband gegerbt und brüchig werden lassen. Vorsichtig schlug ich die erste Seite auf:

Tagebuch von
Butterfly Redcliff
Thailand 196…

Da, wo hinter der Sechs mal eine Zahl gestanden haben musste, war jetzt nur noch ein verwaschener Tintenfleck.
Butterfly Redcliff? Ob das Rubinia Redcliffs Mutter war?
Mit schnellen Fingern blätterte ich vor und blieb an einer Stelle hängen.

*Oh mein Gott, ich liebe ihn, ich liebe ihn, ich liebe ihn!!!*

*Ich habe keine Ahnung, woher er kommt, wer er ist, was er vor seiner Zeit in Thailand gemacht hat ... und es ist mir auch völlig egal! Er ist so wunderbar! Wir sind eins, wir gehören zusammen. Hier fragt keiner nach dem Woher oder Wohin. Namen, Identitäten, alles Schall und Rauch. Jeder ist der, der er ist. Und Harry ist atemberaubend!!!*

»Was erlaubt der sich! Dieses Früchtchen!«, fauchte Rubinia plötzlich erschreckend nah. »Der wird mich noch kennenlernen!« Blitzschnell legte ich das Buch auf seinen Platz zurück. Keine Sekunde zu früh. Denn genau jetzt fegte meine Klavierlehrerin wie ein Wirbelsturm ins Wohnzimmer.

»Wieso höre ich keine Tonleitern?«, schnappte sie, als sie neben mich trat, über die Anrichte griff und nach dem Telefon fischte.

»Ich ... ich ...«

»Du bewunderst den alten Kram von meiner Mutter«, sagte sie und ließ den Brief in ihrer Hand kurz sinken. »Schrecklicher Kitsch, aber sie hat nun mal daran gehangen. In ihrer Jugend ist sie unter die Hippies gegangen, ist nach Thailand gereist, um ihren Geist zu erweitern und sich selbst zu finden, irgend so ein ausgemachter Blödsinn. Das haben damals viele gemacht. Als sie vor ein paar Wochen im Pflegeheim verstorben ist, musste ich ihr Zimmer leer räumen. Eigentlich gehört der ganze Quatsch in den Müll.« Sie zuckte mit den Schultern.

Erschrocken schaute ich sie an. Ihre Mutter war gestorben. Davon hatte sie kein Wort erwähnt, angemerkt hatte man ihr auch nichts. Dazu fiel mir nur ein Wort ein: Eiskönigin!

»Das hätte ich direkt erledigen sollen«, raunte sie, während sie auf der Suche nach einer eingespeicherten Nummer auf dem Telefon herumdrückte. »Blödsinnige Sentimentalität! Na ja, ihr Tagebuch wollte ich wenigstens noch lesen, bevor ich es wegwerfe. Es enthält aber nicht mehr als das übliche romantische Geschwafel und die weltverbesserischen unrealistischen Ideen einer jungen Frau.«

Butterfly Redcliff, die sich in Thailand so unsterblich verliebt hatte, war also tatsächlich ihre Mutter gewesen. Unauffällig schielte ich auf das Buch. Ich wollte keine Tonleitern üben, ich wollte wissen, wie es mit Butterflys großer Liebe Harry und ihr weitergegangen war. Dazu muss ich was erklären. Ich liebe Liebesgeschichten!!! So wie Tante Clarissa Krimis verschlingt, schmökere ich alle Bücher und suchte alle Filme, die etwas mit Liebe zu tun haben. Aber um das kurz klarzustellen ... Ich mag nur die Geschichten mit Happy End. Die beiden müssen sich kriegen und glücklich werden bis ans Ende ihrer Tage. So stelle ich mir eine richtige Lovestory vor. Deshalb lese ich auch immer den Schluss zuerst. Ich schmelze dahin, wenn sich das Liebespaar endlich bekommt. Gibt es etwas Schöneres? Seufz!

Und seitdem es Finn in meinem Leben gibt ... na ja ... das kann sich wahrscheinlich jetzt jeder denken ... seitdem haben die Protagonisten in meiner Vorstellung natürlich mein und Finns Gesicht. Ob ich wohl auch mal so etwas unfassbar Romantisches über Finn und mich schreiben würde, wie Butterfly es über sich und Harry geschrieben hatte?

Dass wir zusammengehörten und ...

»Genug geschwatzt. Tonleitern, Amy. Ich habe zwar keine großen Hoffnungen, was dich und das Klavier angeht, aber ich habe deiner Großtante versprochen, aus dir das rauszuholen, was mit Fleiß und Arbeit rauszuholen ist«, riss mich Rubinia Redcliff brutal aus meinen Gedanken. Offensichtlich hatte sie die gesuchte Nummer gefunden. Sie drückte entschlossen einen Knopf und presste sich den Hörer ans Ohr. Dabei donnerte sie das Schreiben auf die Anrichte und strich es glatt. Kurz bevor sie es wieder an sich nahm, konnte ich einen Blick auf die oberste Adresszeile werfen. *Royal Academy of Music* stand da in geschwungenen Buchstaben. Sofort musste ich an Finn denken und an die Gemeinheit, die Rubinia Redcliff ihm angetan hatte. »Worauf wartest du noch?«

Ich konnte das Freizeichen hören. Wäre ich doch nur etwas mutiger gewesen, dann hätte ich mir nicht auf die Lippe gebissen und kleinlaut alles, was ich gerne gesagt hätte, runtergeschluckt. War ich aber nun mal leider nicht, weswegen ich mich mit einem stummen Nicken und einem gewaltigen Kloß im Hals in Richtung Klavier in Bewegung setzte.

»Rubinia Redcliff!« Jede Silbe ein Skalpellschnitt, meldete sie sich am Telefon und verschwand in ihr Büro, das neben der Haustür lag. Die Tür fiel ins Schloss. Ich hörte nichts mehr.

Morgen würde Finn sie Lügen strafen und allen zeigen, was für ein Genie er am Konzertflügel war. Und ich, ich brauchte einen neuen Plan …

Endlich war der Samstag da! Endlich! Pünktlich auf die Minute rumpelten Tante Clarissa und ich mit Percy auf meinem Schoß in unserem mit Kuchen, Scones, Pies, Tees und Backzutaten beladenen Transporter in Richtung Ashford House. Andrew war mit seinem Wagen schon vorgefahren, weil einer der Kühlschränke am Stand muckte. Ich seufzte glückselig und lehnte meinen Kopf an das kühle Seitenfenster, schaute hinaus in den wunderschönen Sommertag, der über der Bucht und unserem Dorf aufblühte, und ging im Kopf noch mal meinen geheimen Finn-Plan durch, den ich gestern Nacht mit Percy ausgearbeitet hatte.

Ich würde eine gute Gelegenheit abpassen. Dann würde ich ihn einfach ansprechen (einfach? Puh!) und ihn zu meiner mit einer Extraportion Liebe für ihn gebackenen Schokomousse-Erdbeer-Torte und einer schönen Tasse Tee (oder worauf er Lust hatte) einladen. Bei der Vorstellung begann mein Herz wie wild zu pochen. Ich schlang die Arme um Percy.

»Percy, soll ich das wirklich machen?«, flüsterte ich ihm zu.

Percy weiß ganz genau, wie er böse Geister vertreiben kann. Er schleckte mir mit seiner rauen Zunge übers Gesicht. »Klar, du schaffst das!«, hieß das.

Wenn ich über dieses dämliche Hallo einmal in der Woche hinauskommen wollte, dann blieb mir gar nichts anderes übrig.

Also gut, vor meinem inneren Auge sah ich, wie Finn und ich uns mit Kuchen und Tee irgendwo hinsetzten, abseits von den anderen, und uns unterhielten. Zum ersten Mal! Und Finn würde sich auf der Stelle in mich verlieben. Oh, ja, das würde er. Zum einen wegen meiner Torte, denn Tante Clarissa sagt immer: »Liebe geht durch den Magen!«, und zum anderen, weil ich mich heute extra hübsch gemacht hatte. Hundertmal war ich mit der Bürste über meine Haare gegangen, damit sie richtig schön glänzten. Ich hatte vorsichtig Wimperntusche und gaaanz dezent Lippenstift aufgetragen.

»Der Park sieht ja aus wie eine Hollywood-Kulisse!«, staunte Tante Clarissa genau in dem Moment, in dem Finn mich in meinem Tagtraum in die Arme schloss. Seine Lippen kamen näher und …

»Amy, schau doch!«

Ich würde wohl nie erfahren, ob er mich geküsst hätte oder nicht.

»Ja, ganz toll!«, knurrte ich mit wenig Begeisterung. Was ziemlich ungerecht war, denn Park und Herrenhaus wirkten in der Tat, als seien sie einer Rosamunde-Pilcher-Filmszene entsprungen. Nicht, dass mich jetzt irgendjemand falsch versteht. Ich hatte mich riesig auf die Fünfhundertjahrfeier gefreut. Echt. Und die ganzen Buden, Zelte und Stände, die Pony-Manege und das Karussell, das prächtige Herrenhaus aus dem sechzehnten Jahrhundert, all das sah auch mega aus, aber … na ja … was soll ich sagen … mir war ein Tagtraumkuss mit Finn entgangen!

Tante Clarissa warf mir aus den Augenwinkeln einen ihrer forschenden Blicke zu. Einen von der Sorte, mit der sie früher ihren Schülern jedes Geständnis entlockt hatte. Deshalb war es besser, starr geradeaus zu gucken und Percy ausgiebig unter dem

Kinn zu kraulen. Tante Clarissa hatte unter Garantie Verdacht geschöpft (ich schminke mich sonst nie!!!) und den brauchte sie jetzt nicht auch noch auf meiner Stirn bestätigt zu finden.

»Du siehst heute im Übrigen sehr hübsch aus!«, bemerkte sie bloß, als sie den Wagen zum Stehen brachte und den Zündschlüssel abzog. »Das Sommerkleid steht dir gut!«

Wer es glaubt, wird selig. Aber, oh mein Gott, hoffentlich fand Finn das auch!!!

Ich warf einen Blick auf meine Armbanduhr. Halb zehn. In einer halben Stunde würde auf der Bühne hinter dem Herrenhaus das Festprogramm starten. Ob Finn wohl schon hier war? Halb Ashford wuselte durch den Park und legte letzte Hand an. Andrew kam uns mit einem breiten Grinsen auf dem Gesicht aus dem *Little Treasures*-Stand entgegen. Demnach hatte er den Kühlschrank zum Laufen gebracht.

Tief sog ich die verheißungsvoll duftende Sommerluft ein. Es war ein wunderschöner Tag und er würde noch viel, viel schöner werden. Das wusste ich einfach!!!

»Das denkst du doch auch, Percy, oder?«, raunte ich ihm verschwörerisch zu, worauf Percy bestätigend bellte.

Was konnte da noch schiefgehen? Ich hatte ja nicht die leiseste Ahnung, wie der Tag wirklich verlaufen sollte. Deshalb hüpfte ich gut gelaunt aus dem Transporter, um meiner Tante und Andrew beim Ausladen zu helfen.

»Zappel doch nicht so!«, ermahnte mich Tante Clarissa leise. Wir saßen im blühenden Park von Ashford House, mitten in der zweiten Stuhlreihe mit gutem Blick auf die Bühne, und ich hielt die Spannung einfach nicht mehr aus. Es war noch schlimmer als das Warten auf den Weihnachtsmorgen, wenn man sechs Jahre alt ist. Immerhin verhallten gerade die letzten Töne des Kirchenchorgesangs und Bürgermeister Bennett kraxelte die fünf Stufen zur Bühne hinauf. Umständlich faltete er einen unheilverkündend dicken Stapel Blätter auseinander, glättete ihn auf dem Rednerpult, zog mit einem Räuspern seine Brille hervor und setzte mit getragener Stimme an: »Lady und Lord Ashford, liebe Einwohner von Ashford-on-Sea, liebe Gäste, wir alle haben uns heute hier versammelt, um einen ganz besonderen Tag zu feiern ...«

Um mich irgendwie zu beschäftigen, ließ ich meinen Blick über die Fassade des imposanten Steingebäudes gleiten. Bei zwanzig gab ich es auf, die Fenster zu zählen. So viel steht fest: Es waren richtig viele Fenster, auf deren blank geputzten Scheiben sich das Sonnenlicht spiegelte. Zig Fenstertüren, die jetzt offen standen und in denen die weißen Gardinen bei jedem zarten Windhauch tanzten. Oben auf dem Dach kündeten unzählige Kamine davon, wie viele Räume dieses Gebäude beherbergte. (O. k., die konnte ich von meinem Platz aus nicht alle sehen, aber ich wusste, dass sie da waren.) Viel zu viele Räume für nur zwei Bewohner. Lord und Lady Ashford sind kinderlos, und da sie schon weit über siebzig sind, werden die Ashfords wohl eines Tages mit ihnen aussterben. Irgendwie traurig. Fünfhundert Jahre lang hatten die Ashfords ihre schützende Hand über Ashford House, die Ländereien und den Ort gehalten. Wer weiß, wie lange das noch so sein würde ...

Zaghaft, um Tante Clarissa nicht zu stören, drehte ich den Kopf. Soweit ich gucken konnte, gehörte jeder Grashalm, jede Blume, jeder Baum, jede Hecke, jedes Wäldchen und jeder Kieselstein auf den ordentlich gerechten Wegen Seiner Lordschaft und seiner Frau.

Höflicher Applaus. Ich drehte mich wieder zur Bühne um.

Der Bürgermeister nickte huldvoll, während er seinen Blätterstapel zusammenfaltete und unserem Gastgeber Platz machte. Lord Ashford sah genau so aus, wie man sich einen Lord vorstellt. Trotz der hochsommerlichen Temperaturen trug er Anzug, Weste und Krawatte. Ich fand immer, dass er mit seinem lieben, aristokratischen Gesicht, den braunen Dackelaugen und den schlohweißen, kurzen Haaren wirkte wie ein herzensguter Großvater. Zum Glück fasste er sich deutlich kürzer als der Bürgermeister. Dafür hatte es das Gedicht, das vier Schüler in der blau-roten Schuluniform der *Ashford Primary School* artig vortrugen, in sich. Ihre Lehrerin hatte es auf die Familie Ashford und die Dorfgeschichte gedichtet. Stinklangweilig und von Reimen keine Spur.

Mittelalterliche Folter war das!

Wann würde Finn denn endlich auftreten? Percy schien diese Frage nicht so sehr zu beschäftigen. Von der ersten Sekunde an schnarchte er gemütlich zusammengerollt unter meinem Stuhl.

Eeeeendlich hatte die Qual ein Ende. Die Schüler gingen mitsamt ihrer Lehrerin von der Bühne. Ich richtete mich auf. Meine Hände waren schweißnass und dabei eiskalt. Mein Herz begann zu rasen wie ein Formel-Eins-Wagen, aber ich versuchte ruhig zu bleiben. Oh Gott, oh Gott, oh Gott!!!! Es war so weit. Der schwarz lackierte Konzertflügel wurde vom hinteren Bereich der Bühne in die Mitte geschoben. Lady Ashford stieg in einem eleganten beige-weißen Kostüm und ziemlich hohen Schuhen die Stufen zur Bühne hinauf. Immer wenn ich sie sah, musste ich an Audrey Hepburn denken. (Schauspielerin. Bild-, bildschön. Berühmteste Filme: Frühstück bei Tiffany, Sabrina, Charade. Unbekannt? Googeln!!!) Sie war genauso zierlich und zerbrechlich, genauso hübsch und von genauso vollkommener Eleganz. Natürlich waren ihre Haare nicht mehr schwarz, sondern von einem edlen Grau mit wenigen blassschwarzen Strähnen.

Mit strahlenden Augen schenkte sie uns ein Lächeln. Jetzt würde sie Finn ankündigen. Ich biss mir auf die Unterlippe und fing schon mal mit dem Daumendrücken an. Aber nur mit der linken Hand. Rechts bringt Unglück! Ich wünschte Finn so sehr, dass er sich heute selbst übertraf. Damit die blöde Rubinia gar nicht mehr anders konnte, als ihn doch zu empfehlen.

»Mein Mann und ich freuen uns über alle Maßen, Ihnen jetzt ...«

Ich reckte den Kopf.

»... die weltweit gefeierte Rubinia Redcliff anzukündigen.«

Waaas? Ich ließ meinen Daumen los. Wieso denn die? Rubinia Redcliffs Auftritt sollte der Höhepunkt der Eröffnungsfeier sein. Nach ihr würde Finn bestimmt nicht mehr auftreten.

Fassungslos starrte ich Lady Ashford an.

»Rubinia Redcliff, die in den berühmtesten Konzerthäusern der Welt neue Maßstäbe gesetzt hat, die sogar mit Horowitz verglichen wurde und die seit vielen, vielen Jahren ein geschätztes Mitglied unserer Dorfgemeinschaft ist. Bitte begrüßen Sie mit mir die unvergleichliche Rubinia Redcliff!«

Applaus brandete auf, aber ich hörte ihn kaum. Warum fiel Finns Beitrag aus? Diese Frage rauschte mir in den Ohren und übertönte alles, Rubinias Spiel und auch Lord Ashfords Dankesrede, doch dann sagte er zwei Worte, die mich aufhorchen ließen: Finn Pears.

»… sollte heute auch für uns spielen und wir bedauern es wirklich sehr, dass er wegen einer Erkrankung absagen musste. Wir wünschen ihm von hier aus baldige Genesung.«

Er war krank geworden? Echt jetzt?! Gestern war er doch noch kerngesund gewesen! Das bedeutete ja, das bedeutete … dass er heute gar nicht mehr kommen würde. Ich sackte in mich zusammen. Mein Plan, meine Torte, mein neues Kleid … Was für ein mieses Karma! Kann sich einer vorstellen, wie niedergeschmettert ich war? Schlimmer konnte dieser Tag gar nicht mehr werden. Das dachte ich zumindest. Ich Schaf.

»Wir haben erbauliche Beiträge gehört, musikalische und lyrische, und nun ist es Zeit für Spaß und Spiel und kulinarische Genüsse. Bevor ich jetzt unsere Fünfhundertjahrfeier zur Gründung von Ashford-on-Sea für eröffnet erkläre, noch ein warnender Hinweis. Wie allen bekannt ist, haben wir es dieses Jahr mit einer Kaninchenplage zu tun. Leider scheint der größte Teil der niedlichen Nager den Park von Ashford House zu seinem Zuhause erklärt zu haben. Kurzum, obwohl unsere Gärtner wirklich alles getan haben, um die Kaninchenlöcher zuzuschütten, waren unsere Mitbewohner über Nacht wohl wieder fleißig. Also, passen Sie etwas auf, wohin Sie treten! Und nun … genießen Sie unser kleines Fest! Und vergessen Sie unser traditionelles Tauziehen Ashford House gegen Ashford Village nicht. Es beginnt um zwei Uhr, sodass alle Teilnehmer vorher noch reichlich Zeit haben, sich in Mr Pears' Zelt für den Wettkampf zu stärken …«

Lord Ashford erzählte noch etwas von einem Theaterstück über seinen Ahnherrn William Ashford und wie Henry VIII. ihm aus Dankbarkeit dieses Fleckchen Land geschenkt hatte, und das Feuerwerk als krönenden Abschluss der Feierlichkeiten erwähnte er auch.

Tja, das Feuerwerk! Darauf hatte ich mich auch gefreut! HATTE!

Ein Unglück kommt selten allein, heißt es doch. Und genau an den Spruch hätte ich mal denken sollen, als ich glaubte, dass es nicht mehr schlimmer werden könnte. Denn plötzlich zischte eine Frauenstimme wie eine Viper ...

»Ich hasse dich, Rubinia!«

Rubinia Redcliff blieb auf ihrem Weg von der Bühne mitten auf den Stufen stehen und schaute sich um. Endlich verharrte ihr Blick irgendwo im Publikum. Ich folgte ihm und entdeckte eine unscheinbare, sehr zierliche Frau. Im Vergleich zu der schillernden Rubinia Redcliff sah sie aus wie ein graue Maus.

»Sarah? Sarah Dunn? Großer Gott, bist du das etwa?« Ungläubig zog Rubinia die Augenbrauen hoch. Es war mucksmäuschenstill geworden. Selbst die Möwen über dem Meer hatten aufgehört zu kreischen.

»Erraten«, schnaubte die Frau. »Kannst du dir denken, warum ich hier bin?«

»Nein. Und es interessiert mich auch nicht im Geringsten!«, schnappte Rubinia und bettete den schönen Rosenstrauß, den Lord Ashford ihr eben zum Dank überreicht hatte, vom rechten auf den linken Arm.

»So. Kannst du nicht!« Die Frau arbeitete sich in Richtung Bühne vor. »Ich erwarte eine Entschuldigung für das, was du mir mit diesem BBC-Interview angetan hast. *Sarah Dunn wird hoffnungslos überschätzt. Sie ist nicht mehr als eine drittklassige Cellistin. Ich würde mich weigern, mit ihr zu konzertieren. Du* wusstest ganz genau, was du damit anrichten würdest. Ein Wort von der großen Rubinia Redcliff kann einen Musiker in den Himmel oder in die Verdammnis katapultieren. Ich bin in der Hölle! Niemand will mich mehr engagieren. Unbedeutende Provinzorchester sind die einzigen, die mich noch buchen!« Mühsam kämpfte diese Sarah Dunn gegen die Tränen an. Sie stand jetzt auf Armeslänge von Rubinia entfernt, die von der dritten Stufe aus verächtlich auf sie herabblickte.

»Warum hast du auf meine Anrufe nicht geantwortet? Auf meine Mails?«

Ungerührt zuckte Rubinia Redcliff die Schultern. »Ich habe keine Zeit für Versager, Sarah!«

Ein eiskalter Schauer lief mir über den Rücken. Da, wo andere Leute ein Herz hatten, musste sie einen Stein haben.

»Was für ein Engelchen unsere gute Rubinia doch ist«, raunte Tante Clarissa ironisch.

Aus Sarah Dunns Augen sprühte der Hass. Wut und Verzweiflung und wahrscheinlich auch Enttäuschung ließen ihren Körper beben.

»Ich könnte dich umbringen, Rubinia, du Miststück!«, stieß sie hervor, und die Art, wie sie das tat, machte mir richtig Angst. Percy spürte das und stupste mit seiner Schnauze gegen mein Knie. »Keine Sorge, ich bin bei dir und passe auf dich auf«, signalisierte er mir damit. Mein Percy!

»Ach, Sarah! Wir wollen doch jetzt nicht nach den Sternen greifen. Selbst dazu wärst du doch zu unfähig!«, lachte Rubinia bittersüß auf. Ich weiß, ich sollte nicht so fühlen, aber in diesem Moment hasste ich sie. Und zwar richtig. Sie hatte so eine kranke Freude daran, diese arme Frau vor Publikum zu quälen, dass es richtig ekelhaft war. Wahrscheinlich hatte es ihr gestern

Nachmittag genauso einen Spaß bereitet, Finns Träume wie einen Käfer unter ihrem Absatz zu zerquetschen.
Um Sarah Dunn war es jetzt endgültig geschehen. Verzweifelt schlug sie die Hände vors Gesicht und rannte laut schluchzend auf das Zelt des *Smuggler's Rest* zu.
Eine gefühlte Ewigkeit herrschte peinlich berührtes Schweigen. Nur zögerlich erhob sich leises Gemurmel. Ich glaube, die ganze Gesellschaft war so geschockt wie ich, bis auf Rubinia Redcliff. Im Vorbeigehen warf sie den Rosenstrauß achtlos auf einen der Stühle und hielt zielstrebig auf einen livrierten Kellner zu, der auf einem Silbertablett teure Gläser mit perlendem Sekt balancierte. Die arme Frau vor aller Augen so zu demütigen, hatte sie in absolute Hochstimmung versetzt. Diese Schreckschraube, diese eiskalte Eiskönigin, diese Sadistin! Wie hatte ich nur so dumm sein können? Plötzlich wurde mir einiges klar. Finn war nicht krank. Natürlich nicht! Das war nur eine Notlüge! Er kannte Rubinia Redcliff und ihre abgründige Seele schon viele Jahre länger als ich und deshalb wusste er nur zu gut, wozu sie fähig war. Nämlich dazu, sich vor ganz Ashford über ihn, sein Talent, seine Träume und Hoffnungen lustig zu machen. Ich sage es noch mal: In diesem Moment hasste ich Rubinia Redcliff aus tiefstem Herzen!!!

Im Gedränge bahnten Tante Clarissa, Andrew und ich uns durch die Besucher den Weg zu unserem Stand. Percy trabte mit gereckter Nase und aufgeregt schnüffelnd neben mir her.
»Komm auf keine dummen Gedanken, mein Lieber!«, raunte ich ihm zu. Ich wusste genau, welcher Film gerade in seinem Hundeköpfchen lief. Der Titel hieß: *Percy allein in der Küche des Smuggler's-Zeltes* und der Film handelte von Fish and Chips,

Steak und Nierenpastete und gaaanz viel Roastbeef. Und mittendrin Percy!

»Die arme Frau!«, murmelte Tante Clarissa. »Wie verzweifelt sie war. Ihres guten Rufes als Musikerin und damit ihrer Lebensgrundlage beraubt. Es geht ja fast nicht schlimmer. Am liebsten hätte ich sie in den Arm genommen.«

»Ich kann mir wirklich nicht vorstellen, dass Rubinia ohne jeden Grund so eine vernichtende Behauptung in die Welt setzen würde«, meinte Andrew im Brustton der Überzeugung. »Sie ist doch kein boshafter Mensch.« War der Mann denn blind und taub? Stöhnend krempelte er die Ärmel seines rosafarbenen Designerhemdes hoch. »Was für eine Affenhitze!«

»Da kann ich nur zustimmen.« Wenn man vom Teufel redet. Das Gesäusel kam von Rubinia Redcliff, die von hinten an uns heranschwebte. Zeitgleich begann Percy leise zu knurren. Der Hund hatte mehr Menschenkenntnis als Andrew!

»Ein abkühlendes Bad in der Smuggler's Bay. Das wäre jetzt überaus … verlockend!«, flötete sie mit seidiger Stimme und senkte die Augenlider. Wie immer sah sie wie ein Filmstar aus. Heute hatte sie ihre feuerroten Haare zu einem langen, offenen Zopf zusammengebunden, an ihrer rechten Schulter hing eine teure Prada-Designerhandtasche, die im gleichen Grün leuchtete wie ihre Augen, um ihren Hals trug sie einen strahlend gelb-grünen Schal und das zitronengelbe Kleid betonte ihre perfekte Figur. Sie nippte an ihrem Sekt und da fiel er mir zum ersten Mal auf: der Ring an ihrem linken Ringfinger. Ein richtig protziger Silberring mit goldener Fassung, in der ein fetter roter Stein funkelte. Ein Rubin war das. Ich kenne mich mit Edelsteinen nicht aus. Aber Tante Clarissa! Und sie hat mich später aufgeklärt: Grüne Steine sind Smaragde, blaue Saphire und rote … genau, Rubine. Und das, was ich für Silber gehalten hatte, war nach Tante Clarissas Einschätzung eher Platin. Also noch mal einige Nummern edler und vor allem teurer.

»Vielleicht später. Am Nachmittag«, träumte Rubinia ihren Traum vom Bad im Meer weiter.

»In der Nachmittagssonne so kurz nach fünf soll es da unten traumhaft sein«, sagte Andrew, während er Rubinias Sektglas anstarrte, als ob er kurz vorm Verdursten wäre. Es war aber auch wirklich ziemlich heiß.»Zumindest schwärmt Lord Ashford davon.« Er riss sich von dem Anblick los und lächelte die Eiskönigin an.

»Als glücklicher Eigentümer dieses Traumanwesens wird er es wohl am besten wissen«, lachte Rubinia perlend. Ich konnte es einfach nicht fassen, wie sie innerhalb eines Fingerschnippens von hundsgemein auf zuckersüß umswitchen konnte. Entschlossen drückte sie Andrew ihr leeres Sektglas in die Hand. »Wir sehen uns dann später. Ich muss nachher unbedingt Amys Kuchen probieren. In der Hoffnung, dass sie mehr Talent fürs Backen als fürs Klavierspielen hat«, kicherte sie die Tonleiter rauf und wieder runter. Und was machte Andrew, der olle Verräter? Er lachte mit!

»Amy ist eine Weltklassebäckerin!«, erwiderte Tante Clarissa mit einem honigsüßen Lächeln. Dabei schoss sie einen ihrer *Das-gibt-gleich-einen-Eintrag-ins-Klassenbuch*-Blicke auf Andrew ab, der sich vor lauter Schreck an seinem eigenen Lachen verschluckte.

»Und Sie sind so eine blöde Kuh! Nicht mal einen Krümel bekommen Sie von meinem Kuchen ab!«, hätte ich am liebsten gerufen. Und was habe ich gesagt? Nichts! Dabei lagen mir noch ganz andere Bemerkungen auf der Zunge!

»Davon lasse ich mich doch gerne überzeugen, meine liebe Mrs Fern. Solange keine Nüsse in dem Kuchen verarbeitet worden sind. Leider kommen für mich nur Kuchen ohne Nüsse infrage. Ich bin hochallergisch. Typ 1 Allergiker. Zwar habe ich immer mein Notfallset dabei ...« Mit zwei Fingern öffnete sie den Verschluss ihrer Prada-Tasche und zog ein rotes Päckchen mit einem weißen Kreuz in der Mitte hervor. »... aber Vorsicht ist die Mutter der Porzellankiste!«

Das mit ihrer Nussallergie erzählte sie wirklich jedem. Ob er es hören wollte oder nicht. Und ich bin davon überzeugt, dass es in ganz Ashford-on-Sea nicht einen Erwachsenen oder ein Kind gab, das noch nicht von Rubinias lebensbedrohlicher Allergie wusste. Tja, und genau einem bestimmten Menschen hätte sie wohl besser nichts davon erzählt. Ihrem Mörder!

»Bis dahin also!«, verabschiedete sie sich und schlenderte mit schwingenden Hüften davon.

Der Mittag zog sich hin wie Kaugummi. Während im Zelt des *Smuggler's Rest* alle Bänke vollbesetzt waren und das Guinness in Strömen floss, stand nur wenigen Leuten jetzt schon der Sinn nach Kuchen und Tee.

Zeit hätte ich also genug gehabt, um mir zum Beispiel von Sophie Campbell, der Frau des Vikars, die verkleidet als Wahrsagerin auf Kundschaft wartete, meine Zukunft vorhersagen zu lassen. Doch wozu das Ganze? Meine Zukunft war so rabenschwarz wie eine mondlose Nacht. Das wusste ich sowieso. Es würde nie zu einem Date mit Finn kommen, denn meine beste Chance darauf hatte Rubinia Redcliff ruiniert. Sie war schuld, wenn ich irgendwann alt und einsam sterben würde.

Um mich von diesen trüben Gedanken abzulenken, guckte ich nach, ob wir genug Backzutaten eingepackt hatten. Als besonderes Highlight hatte ich für heute Nachmittag um 17 Uhr einen Back-Workshop für Kinder angekündigt und da wäre es natürlich richtig blöd gewesen, wenn mir plötzlich zum Beispiel die Liebesperlen ausgegangen wären. Ich hatte mich schon bis zu den Macadamiatütchen von diesem besonderen quietschgrünen Herzchen-Bio-Label vorgearbeitet, als Percy sich aufsetzte und seine Terrierohren spitzte. Jetzt hörte ich es auch. Ein Rascheln. Es kam aus dem großen Kirschlorbeer nur ein paar Meter neben unserem Stand.

»Was ist da, Percy? Ein Häschen?«, fragte ich mit leiser Stimme.
Freudiges Schwanzwedeln.
Häschen waren aber normalerweise nicht kornblumenblau und bestimmt nicht einen Meter achtzig groß. Wer oder was drückte sich also im Kirschlorbeer herum? Ich kam nicht dazu, der Sache auf den Grund zu gehen, weil ich plötzlich alle Hände voll damit hatte, Percy von der Anrichte zu zerren.
Normalerweise weiß er sehr genau, was er darf und was nicht. Das Problem mit Terriern ist nur, dass sie ausgesprochen stur sein können. Was sie wollen, das wollen sie. Und im Moment wollte Percy gute Sicht auf die drei hechelnden Hunde, die eine ziemlich verzweifelt blickende Dorothy hinter sich herzerrten.
»Clarissa! Amy! Andrew!«, winkte sie tapfer zu uns rüber, doch sie brauchte beide Hände, um die Griffe der drei Schnipp-Leinen halten zu können.
»Ach, du je ... das gibt Ärger!«, orakelte Tante Clarissa und legte sich die Hand auf die Backe, als habe sie Zahnschmerzen.
»Dorothy fordert das Schicksal aber auch geradezu heraus.«
Das tat sie wirklich. Denn ihre Hunde steuerten im direkten Kollisionskurs wie die Titanic auf den Eisberg auf Rubinia Redcliff zu, die in etwa zwanzig Meter Entfernung an der Wurfbude mit kleinen Bällen auf den ausgesägten Mund eines bunt bemalten Holzclowns zielte.
Die Hunde hatten nur eines im Sinn: die fliegenden Bälle jagen!
»Nicht so ziehen, meine Lieben!«, trällerte Dorothy mit angestrengtem Gesicht.
Völlig unbeeindruckt preschten ihre Hunde weiter. Als ahnte sie die drohende Gefahr in ihrem Rücken, wirbelte Rubinia

plötzlich herum. Blitzschnell erfasste sie die Situation und feuerte ihre letzten drei Bälle wie Geschosse in Richtung Karussell ab. Das fanden die Hunde natürlich ganz großartig, schlugen einen neunzig-Grad-Haken und rissen die schreiende Dorothy von den Füßen.

»Ihre Hunde wollten mich angreifen! Das können alle hier bezeugen.« Rubinia Redcliff stürmte mit hochrotem Kopf auf die am Boden liegende Dorothy zu. »Nur damit Sie es wissen … ich habe gestern einen Brief an den Polizeipräsidenten geschrieben, der ganz nebenbei bemerkt ein guter Freund von mir ist. Er wird schon dafür sorgen, dass Ihnen diese gemeingefährlichen Biester abgenommen werden und Sie nie wieder Hunde halten dürfen. Eine Zumutung sondergleichen ist es, neben Ihnen und diesen stinkenden, kläffenden, verwahrlosten Kötern leben zu müssen!«

Mühsam rappelte sich Dorothy hoch und klopfte das Gras von ihrem Kleid, bevor sie hinter den davonpreschenden Hunden herjagte. »Die wollen doch nur spielen!«, keuchte sie über die Schulter. Das klang selbst in meinen Ohren ziemlich lahm.

»Ich kann Ihre verqueren Verteidigungsversuche nicht mehr ertragen«, zischte Rubinia Redcliff mit erhobenen Händen hinter ihrer Nachbarin her, dabei ließ das Sonnenlicht den Rubin an ihrem Finger richtig schön funkeln. »Eines sage ich Ihnen: Sollte der Polizeipräsident wie unser unfähiger Dorfpolizist Oaks keinen Handlungsbedarf sehen, dann vergifte ich die Viecher eben selbst!«

Blitzartig war Dorothy stehen geblieben. Wie in einer Zeitlupenaufnahme drehte sie sich jetzt langsam um. Während der Zorn aus ihren Augen sprühte, schnaubte sie wie ein Stier, dem man ein rotes Tuch vor die Nase hält.

»Passen Sie nur auf, dass ich **Sie** nicht vergifte, Rubinia Redcliff!«

Erschrocken über ihre eigenen Worte, wandte sie sich auf dem Absatz um und nahm wieder die Verfolgung ihrer Hunde auf. Die hatten mittlerweile das Interesse an den Bällen verloren und steuerten zielstrebig auf das *Smuggler's* zu. Roastbeef, Fish and Chips ... Hundekino!

Heute war vielleicht ein Tag! Hatte Rubinia das wirklich ernst gemeint? Ich meine, dass sie die Hunde vergiften wollte? Wie konnte ein Mensch so etwas Abscheuliches auch nur denken? Hunde sind die liebsten Wesen auf dieser Erde. Sie lieben bedingungslos und erwarten dafür nichts anderes, als auch geliebt zu werden. Diese Frau war wirklich das Letzte!

»Zwei Morddrohungen an einem Tag«, murmelte Tante Clarissa neben mir anerkennend. »Wenn das so weitergeht, bricht Rubinia Redcliff heute noch den Weltrekord. Warten wir es ab. Es ist ja erst Mittag.«

Pünktlich um zwei startete mit viel Tamtam das Tauziehen, und obwohl Rubinia daran teilnahm, ging es ohne eine weitere Morddrohung über die Bühne. Um es direkt vorwegzunehmen: Sie sollte den Weltrekord an diesem Tag nicht mehr brechen. Obwohl – existieren da überhaupt genaue Zahlen? Ich meine, steht das vielleicht im Guinness Buch der Rekorde? So in etwa: *Mr Smith aus Exeter erhielt am soundsovielten soundsoviele Morddrohungen und hält damit den Weltrekord.* Vorstellen kann ich mir das zwar nicht, aber wer Lust hat – und verlässlichen Netzempfang – kann das ja mal googeln.

Ein Tauziehen ohne Morddrohung also, aber dafür nicht ohne Ekelfaktor. Heute war echt nicht mein Tag.

Ich muss noch kurz erklären, dass dieser traditionelle Wettkampf, in dem Ashford House gegen das Dorf antritt, immer eine Supergaudi ist. Weil Ashford House natürlich viel weniger Mannschaftsmitglieder auf die Beine stellen kann als das Dorf, müssen jedes Mal einige Dorfbewohner für die Mannschaft des Herrenhauses antreten. Das stört aber niemanden, weil der olympische Geist zählt. Jawohl! Dabeisein ist alles. Alle Teilnehmer ziehen Schuhe und Strümpfe aus und los geht es. Es gibt maximal drei Durchgänge. Wer zwei Siege auf seinem Konto verbuchen kann, hat logischerweise gewonnen. Natürlich wird nach jedem Durchgang peinlich genau darauf geachtet, dass das Tau wieder richtig liegt und niemand vor dem Startschuss anfängt zu ziehen oder zu zerren.

Den ersten Durchgang hatte Ashford House, den zweiten das Dorf gewonnen. Der dritte Durchgang würde also die Entscheidung bringen. Unterstützt von Percys eifrigem Gebell, gab ich mein Bestes, um der Mannschaft von Ashford-on-Sea zum Sieg zu verhelfen. Die Wut auf Rubinia verlieh mir Bärenkräfte. (Sie hatte sich auf die Seite der Herrenhausmannschaft geschlagen und den Ehrenplatz hinter Lord Ashford ergattert.) Schon zwei Mal war es uns beinahe gelungen, die rote Markierung auf der Seilmitte über die Grenzlinie des Spielfelds zu zerren. Beim dritten Mal war der Sieg zum Greifen nahe, da versetzte die Mannschaft des Herrenhauses dem Tau so einen unerwartet heftigen Ruck, dass ich wie Dorothy vorhin vorwärtsstolperte, mich nicht auf den Füßen halten konnte und taumelnd ins gegnerische Feld stürzte. Das war der einzige Augenblick, an dem ich richtig, richtig froh war, dass Finn mich nicht sehen konnte.

Wie auch immer … da waren sie jedenfalls. Gefühlte zwei Zentimeter von meiner Nasenspitze entfernt: zwei zu einem unförmigen Klumpen zusammengewachsene Zehen. Ein unförmiger Klumpzeh ohne Nagel! Richtig ekelig!

»Ich helf dir auf!« Lord Ashford hielt mir lächelnd eine Hand entgegen. Ich lag direkt vor ihm und der Klumpzeh gehörte zu seinem rechten Fuß. Ich hoffte inständig, dass ihm mein angewidertes Gesicht entgangen war, denn ich wollte ihn auf gar keinen Fall verletzen.

So schnell ich konnte, rappelte ich mich hoch und stürmte in unser Feld zurück. Zu spät. Ashford House hatte mit dieser Attacke den letzten und entscheidenden Sieg davongetragen. Mal wieder.

»Percy, du Schlingel, wo steckst du?«, rief ich, während ich den Dreck von meinem schönen Kleid klopfte und Gras und Sand von den Fußsohlen wischte. Eilig schlüpfte ich in meine Sneakers. Percy ist, wie bereits erwähnt, ein dickköpfiger Irish Terrier. Ab und an tut er einfach so, als ob er beim besten Willen nicht versteht, was ich von ihm will. Dann guckt er mich mit seinen treuen Knopfaugen fragend an, legt den Kopf schief und macht einfach das, was er für das Beste hält. Und offensichtlich hielt er es im Moment für das Beste, den Eingang zum Heckenlabyrinth abzuschnüffeln.

»Percy, komm her!«, versuchte ich erneut mein Glück. Keine Chance. Ich sah gerade noch, wie seine fuchsrote Schwanzspitze um die Ecke verschwand.

Ausgerechnet jetzt. Nach der Siegerehrung würden alle wie die Heuschrecken über unseren Stand herfallen, um sich mit Kuchen, Sandwiches und Tee vollzustopfen. Es würde die Hölle los sein. Also nahm ich die Beine in die Hand und stürmte hinter Percy her.

Die Eiben, die das Heckenlabyrinth von Ashford House bilden, sind bestimmt über zwei Meter hoch, dick gewachsen und so gerade geschnitten, als ob die Gärtner sie mit Nagelschere und Lineal maniküriert hätten. Wer noch nie in einem Heckenlabyrinth gewesen ist, der stelle sich das aus »Harry Potter und der Feuerkelch« vor. Mit dem kleinen Unterschied, dass hier bei uns die Sonne schien, es warm war und überhaupt nicht so düster oder bedrohlich wie bei Harry Potter.

Wie auch immer ... ich sauste ins Labyrinth, um drei, vier Ecken, und blieb wie angewurzelt stehen. Die Schnauze tief ins Grün der Hecke vergraben, die rechte Vorderpfote in der Luft, stand mein Hund da und nahm Witterung auf. Langsam ging ich auf ihn zu. »Hab ich dich gefunden?«, wollte ich gerade sagen, als mir die Worte im Hals stecken blieben. Von der anderen Seite der Hecke kam Stimmengemurmel.

»Dass du es wagst, mir unter die Augen zu treten!«

Percy zog seinen Kopf aus der Hecke und schaute mich freudig wedelnd an, als ob er sagen wollte: Siehst du? Deshalb sind wir hier.

»Wer ist das?«, flüsterte ich und ging neben ihm in die Hocke.

»Mrs Redcliff, bitte, ich kann das alles erklären!«

Das Blut stockte mir in den Adern. Finn. Er war doch hier! Mit zitternden Händen bog ich vorsichtig die Äste auseinander. Wieder schimmerte es kornblumenblau zwischen dem Grün, wie vorhin im Kirschlorbeer. Finns Hoodie. Dann hatte *er* sich vorhin im Kirschlorbeer versteckt? Warum?

»Ich werde mir nicht noch mal deine Lügengeschichten anhören!«, fauchte Rubinia. Plötzlich schrumpfte ihre Stimme zu einem ganz leisen Flüstern zusammen, sodass ich mich sehr anstrengen musste und trotzdem nur noch Wortfetzen verstand:

»… Fälschung … zu weit gegangen … Konsequenzen … Brief an die Akademie geschrieben … Und jetzt Schluss damit!«

»Bleiben Sie doch bitte hier. Nur einen Moment! … Mrs Redcliff!«

»Nichts wie weg, Percy!«, murmelte ich, und diesmal gehorchte er aufs Wort. Wir entkamen unerkannt. Jedenfalls nahm ich das an. Denn als ich Rubinia Redcliff zum letzten Mal lebend sah (das muss irgendwann zwischen Viertel nach vier und halb fünf gewesen sein), da ließ sie sich nichts anmerken.

Ich hechtete rechtzeitig aus dem Heckenlabyrinth, um aus der Ferne mit ansehen zu können, wie Lord Ashford freudestrahlend stellvertretend für seine Mannschaft den Siegerpokal aus den Händen seiner Frau entgegennahm.

Meine Schokomousse-Erdbeer-Torte war der Renner. Zum Glück hatte ich zwei davon gebacken, denn von der ersten Torte hatte gerade Sergeant Oaks das letzte Stück ergattert (es war schon sein zweites), als Rubinia Redcliff an der Reihe war.

»Ich hätte auch gerne ein Stück von deiner Schokomousse-Erdbeer-Torte. Alle schwärmen so begeistert davon«, sagte sie mit leicht ungläubigem Unterton. »Aber nur, wenn da keine Nüsse drin sind. Amy, das ist wichtig. Überlebenswichtig!!«, verkündete sie mir und der Menschenschlange in ihrem Rücken. »Jede Nuss kann meine letzte sein. Ein winzig kleiner Nusspartikel von der Größe eines Staubkorns kann mich umbringen. Ich habe zwar immer mein Notfallset griffbereit …«, sie tippte auf ihre Handtasche, »… aber man muss das Schicksal ja nicht herausfordern.«

Natürlich war es nicht sonderlich höflich, aber ich beschränkte meine Antwort auf ein knappes Nicken und hoffte inständig, dass ihr mein vernichtender Blick auffiel, als ich mich zu Andrew umdrehte. Eigentlich wollte ich ihn gerade bitten, mir aus dem Kühlschrank, der direkt hinter ihm stand, die zweite Schokomousse-Erdbeer-Torte anzureichen, als er mir schon ein Stück auf einem unserer hübschen Blümchenteller unter die Nase hielt. »Ich habe es schon mitbekommen. Ein Stück Schokomousse-Erdbeer-Torte für unsere Berühmtheit«, rief er mit strahlendem Lächeln.

»Danke!«, sagte ich, verdrehte die Augen und reichte den Teller an die Schreckschraube weiter. Wenn ich ehrlich bin, hätte ich ihr die Torte am liebsten ins Gesicht geworfen. Und zwar die ganze! Als Rache für Finn, für Sarah Dunn und für Dorothy und ihre Hunde. Wie konnte ein einzelner Mensch nur so viel Unheil stiften?

Von Tante Clarissa bekam Rubinia die gewünschte Tasse Tee. Während sie in ihrem Portemonnaie nach dem passenden Geld fischte, hob sie an: »Eines will ich Ihnen mal versichern, meine liebe Mrs Fern. Ich kaufe sämtliche Backwaren nur bei Ihnen und soll ich Ihnen mal verraten, warum das so ist? Weil ich mich auf Sie und Ihre Sorgfalt verlassen kann. Weil ich weiß, dass Sie die Allergiker-Backwaren separat von denen für die glücklichen Nicht-Allergiker zubereiten.«

»Danke für Ihr Vertrauen!«, erwiderte meine Tante und brachte in der Tat ein zuckersüßes Lächeln zustande.

Nachdem sie bezahlt hatte, schlenderte Rubinia auf der Suche nach einem Sitzplatz zu dem langen Tisch hinüber, an dem schon Dorothy, unser Apotheker Samuel Archer, unser Dorfpolizist Oliver Oaks und noch einige andere saßen und sich Kuchen oder Sandwiches schmecken ließen. Hätte ich damals schon gewusst, dass jede Beobachtung vor dem Mord später von Bedeutung sein würde, hätte ich bestimmt besser aufgepasst. So kann ich nur noch von einem seltsamen Mann berichten, der sich irgendwann direkt gegenüber von Rubinia Redcliff an den Tisch setzte und sie auf ziemlich gruselige Art anstarrte. Dabei hatte ich fast den Eindruck, dass er mit seiner Starrerei die Aufmerksamkeit bewusst auf sich und Rubinia ziehen wollte. Der Kerl fiel mir aber nicht nur deswegen auf, sondern vor allem wegen seiner ungewöhnlichen Aufmachung. Er sah nämlich aus, als sei er eben frisch dem berühmten Holbein-Gemälde von Henry VIII. entstiegen.

Und dann war da natürlich noch das Missgeschick vom armen Lord Ashford. Er hatte eben erst Kuchen und Tee bei uns gekauft, als mich ein Schreckensschrei veranlasste, in Richtung Teetisch zu gucken. Seine Lordschaft lag wie ein Käfer auf dem Boden. Das Gesicht kalkweiß und schmerzverzerrt, umklammerten seine Hände den rechten Knöchel. Schon war seine Frau bei ihm und half ihm, unterstützt von Samuel Archer und unserem Vikar, beim Aufstehen. Wahrscheinlich hatte er sich zu sehr darauf konzentriert, den Tee, den er balanciert hatte, nicht zu verschütten, und so hatte er wohl eines der Kaninchenlöcher übersehen, vor denen er in seiner Rede noch gewarnt hatte.

Gestützt auf Lady Ashford, ist er dann ins Herrenhaus gehumpelt. Lady Ashford hatte nämlich entschieden, dass der Knöchel sofort gekühlt werden müsse, bevor er anschwoll wie eine Melone. Und damit hatte sie wahrscheinlich auch recht.

## 5

Es war kurz vor fünf, ich war schon dabei, den ersten kleinen Besuchern meines Back-Workshops in die Schürzen zu helfen, als Andrew neben mir auftauchte und fragte, ob ich ein Auge auf den Stand haben könne, falls Tante Clarissa Hilfe brauchte. Er habe schreckliche Kopfschmerzen und wolle sich seine Tabletten aus dem Auto holen. Andrews Kopfschmerzen wachsen sich ziemlich schnell zu Migräne aus. Keine Frage, dass ich sofort Ja sagte, woraufhin er in der Menge verschwand.

»Hilfe! Ich brauche Hilfe! ... Mrs Redcliff!« Es war Finn. Kreidebleich. Am ganzen Körper zitternd. Wie Sergeant Oaks später sagen sollte, erscholl dieser Ruf ungefähr gegen Viertel vor sechs. Finn stolperte über den Rasen auf uns zu.

»In der Smuggler's Bay!«, keuchte er mit heiserer Stimme. »Sie liegt einfach nur da«, stammelte er verständnislos. »Die Augen sind auf, aber sie scheint mich nicht zu sehen. Sie antwortet nicht. Ich glaube ... sie ist ... tot!«

Wir brauchten ein, zwei Sekunden, um zu verstehen, was er da sagte. Diana Bellamy, die Leiterin des Kindergartens, war, glaube ich, die Erste, die reagierte. Mit einem spitzen Aufschrei stürzte sie auf meine kleinen Bäcker zu und scharte sie um sich wie ein Huhn seine Küken. Millisekunden später brach der Sturm dann los. Alle sprangen auf und rannten in Richtung

Smuggler's Bay. Über den Rasen zur Klippe und dann über den steilen, gewundenen Trampelpfad zwischen Bäumen und Sträuchern hinunter in die Bucht.

Als ich sie sah, stockte mir der Atem. Rubinia Redcliff lag leblos im Sand. Ihre Haare leuchteten wie roter Seetang. Der gelb-grüne Schal flatterte um ihren Hals.

Sergeant Oaks kniete sich ächzend neben sie in den Sand und legte zwei Finger an ihren leicht gebräunten Hals, um ihren Puls zu fühlen. Nach einem kurzen Moment hob er den Blick und schüttelte den Kopf. Dann schloss er ihre starren Augen. Sie war tot.

Wie zur Salzsäule erstarrt, stand Finn neben mir. Trotz des Hoodies schlang er jetzt die Arme um sich, als ob er fröstelte.

Die ganze Szene kam mir so unwirklich vor. Irgendwie fühlte ich mich wie ein Zuschauer im Kino oder im Theater. Noch nie in meinem Leben hatte ich eine echte Leiche gesehen.

Rubinia Redcliff war tot? Unsinn, gleich würde sie bestimmt wieder aufstehen und sich darüber totlachen, dass wir auf ihren bösen Streich hereingefallen waren. Das würde ihr ähnlich sehen. Irgendwo hinter mir schluchzte eine Frau leise in sich hinein, ansonsten herrschte mehr betretene Stille als stille Trauer.

Mit schaumgekrönten Wellen eroberte die Flut die von Felsen umgebene Smuggler's Bay zurück, die sie vor Stunden der Ebbe hatte überlassen müssen. Am Bootssteg, der ein Stück ins Meer hinausreichte, tanzte Lord Ashfords Segelyacht auf den Wellen. Die *Golden Hinde.*

Tod, Wasser, Segelyacht. Plötzlich fing ich an zu zittern. Dagegen war ich machtlos. Tante Clarissa wusste das und legte beruhigend den Arm um mich. »Komm, Amy, wir gehen!«

Es war nicht nur der Anblick einer echten Leiche, sondern der Gedanke an meine Eltern, an die ich mich nicht wirklich erinnern kann, und an ihren Segelunfall. Irgendwo da draußen, auf dem jetzt so friedlichen blauen Atlantik, vor genau dieser malerischen Küste waren sie auf tragische Weise ums Leben gekommen. Nachdem sie mich bei Tante Clarissa in guter Obhut gelassen hatten, waren sie bei Bilderbuchwetter mit ihrer Segelyacht in See gestochen. Es war ihr fünfter Hochzeitstag gewesen ... ein unglaublich schöner Tag ... bis der Sturm aufkam. Keiner hatte ihn erwartet. Es hatte keine Warnung vom Wetterdienst oder der Küstenwache gegeben. Die Yacht meiner Eltern hatte in der tosenden See keine Chance gehabt, sie kenterte. Jede Hilfe kam zu spät. Erst Wochen später waren ihre Leichen angespült worden. An all das kann ich mich natürlich nicht erinnern, sondern Tante Clarissa hat es mir erzählt. Damals war ich drei Jahre alt.

Seitdem hasse ich das Meer. Ich gehe nicht schwimmen, nicht segeln, nichts von alldem, was meine Freunde im Sommer gerne unternehmen. Für mich bedeutet das Meer den Tod. Ich habe panische Angst vor ihm.

Ich nickte stumm und ließ mich von meiner Tante wegführen. Nach nur zwei Schritten standen wir vor zwei Felsbrocken, die das Meer in jahrhundertelanger Arbeit aus dem Gestein gespült hatte. Der größere hatte Rubinia Redcliff offenbar als Tisch gedient. Denn darauf hatte sie die halb volle Teetasse und den Blümchenteller abgestellt, den ich ihr heute Nachmittag angereicht hatte. Sie hatte meinen Kuchen bis auf den letzten Krümel aufgegessen.

Dann kann ich wohl doch besser backen als Klavier spielen, dachte ich bitter.

Im Sand neben dem niedrigeren Brocken lag ihre Prada-Handtasche. Eine Bürste, ein Spiegel, ein schwarzes Portemonnaie, eine Packung Papiertaschentücher und, ich glaube, ein Schlüsselbund verteilten sich darum herum.

»Haben Sie eine Idee ... ich meine, was die Todesursache sein könnte?«, hörte ich hinter mir Sophie Campbell mit nur schlecht versteckter Neugier fragen.

Tante Clarissa beugte sich zu der Tasche hinunter, hob sie auf und linste hinein. »Leer«, flüsterte sie. Plötzlich zog sie die Stirn kraus und steckte ihre Nase tiefer in die Tasche. »Was ist denn das ...?«

»Die Todesursache erscheint mir mehr als offensichtlich!« Sergeant Oaks' triumphierende Antwort veranlasste mich, mich zu ihm umzudrehen. Er wuchtete seinen massigen Körper hoch. Mit ausgestrecktem Zeigefinger deutete er jetzt auf Rubinia Redcliffs Halstuch. Neugierig beugten sich alle vor.

»Erwürgt?«, mutmaßte meine Tante fachmännisch. Möglichst unauffällig ließ sie dabei so etwas wie einen Papierschnipsel in ihre Rocktasche gleiten. Allerdings hatte ich es trotzdem bemerkt.

Sergeant Oaks schüttelte den Kopf. »In den Wurffalten«, wurde er deutlicher. »Da ... sehen Sie das?«

»Kekskrümel?«, mutmaßte Meredith Dickinson, unsere Buchhändlerin, die am nächsten dranstand.

»Der entscheidende Hinweis auf die Todesursache«, bestätigte Sergeant Oaks nickend, bevor er erneut seinen Wurstfinger ausstreckte und diesmal auf eine rot-grün karierte Zellophan-Tüte deutete, die sich ein, zwei Meter von Mrs Redcliff entfernt im Seetang verfangen hatte. Auf der Packung prangte die Abbildung eines Beefeaters, auf dessen Schulter ein schwarzer

Rabe hockte. Darunter stand *fancy biscuits, London*. Neben der Tüte lagen zwei aufgequollene Kekse.

Unwillkürlich wirbelte ich zu Finn herum. Unsere Blicke trafen sich. Aber nur für den Bruchteil einer Sekunde. Dann drehte Finn sich weg. Die ausgefallene Verpackung kannte ich nämlich. Meine Gedanken machten sich auf zu einer Zeitreise. Ziel: Unser Schulhof vor vielleicht sechs Wochen. Finn stand unter der alten Eiche, mampfte Kekse aus eben einer solchen Tüte und erzählte seinen Freunden begeistert von dem kleinen Laden, den er zufällig in London entdeckt und in dem er seine absoluten Lieblingskekse gefunden hatte. Nicht ganz so zufällig hatte ich in der Nähe gestanden, alibimäßig auf mein Handy gestarrt und natürlich jedes Wort verstanden.

Unser dicker Dorf-Sergeant stapfte durch die auslaufenden Wellen auf die Kekstüte zu, bückte sich nach ihr und hielt sie sich ganz nah vor die kurzsichtigen Augen. »Keinerlei Hinweis auf die Inhaltsstoffe. Genau, wie ich es mir schon gedacht habe.«

Alle beobachteten gespannt, wie er sich zu dem Keksmatsch herabbeugte und darin herumstocherte. Zum Glück hatte er zwischenzeitlich seine Brille aufgesetzt, denn sonst wäre ihm sein sensationeller Fund bestimmt durch die Lappen gegangen: die Mini-Ecke einer gehackten Haselnuss. Triumphierend hielt er sie uns zwischen Daumen und Zeigefinger entgegen.

»Folgendes hat sich zugetragen.« Um den Moment seines Triumphes in vollen Zügen auszukosten, machte er eine längere Pause als nötig. »Rubinia Redcliff hat sich in London Kekse gekauft. Wie wir sie kennen, hat sie den Verkäufer sehr ausführlich darauf hingewiesen, dass sie keine Nüsse verträgt. Wahrscheinlich sind ihm versehentlich ein oder zwei Kekse mit Haselnüssen dazwischengeraten oder er hatte schlicht und er-

greifend keine Ahnung von den Keksen, die er verkauft. Heutzutage werden ja so viele ungelernte Hilfskräfte eingestellt. In der Annahme, die Kekse seien für sie ungefährlich, hat Mrs Redcliff nun von ihnen gegessen. Daher die Krümelreste auf ihrem Schal. Als sie die Haselnüsse darin bemerkte, war es schon zu spät. Ein tragischer Unfall!«
Gedämpftes Raunen ging durch die Menge der Schaulustigen. Einige applaudierten sogar.
Sergeant Oaks hob abwehrend die Hände. »Leute, ich mache hier nur meinen Job! Das ist keine große Sache für mich!« Dabei lächelte er wie ein Honigkuchenpferd von einem Ohr zum anderen.
Nur meine Tante sagte kein Wort und strich gedankenverloren mit der flachen Hand über ihre Rocktasche. Rückblickend hätte mir damals schon auffallen müssen, dass dieses Schweigen ihren Protest geradezu hinausschrie.
»Hier gibt es nichts mehr zu sehen, Leute«, rief Sergeant Oaks, ganz Herr der Lage. Als sei er einer dieser Top-Ermittler bei CSI, zog er betont lässig sein Handy aus der Jackentasche. Nur leider, leider vermieste ihm der mangelnde Netzempfang den coolen Auftritt. »Kann bitte einer vom Herrenhaus aus einen Leichenwagen rufen? Und …« Suchend reckte er den Hals. »… ist Seine Lordschaft anwesend?«
War er nicht. Genauso wenig wie Ihre Ladyschaft.
Sergeant Oaks straffte die Schultern und brummte: »Dann ist es wohl an mir, ihn über den tragischen Unfall zu informieren. Keine schöne Aufgabe. Gar keine schöne Aufgabe!«

Es war Abend geworden. Eine laue Sommerbrise fuhr raschelnd durch die Blätter der Palmen, bevor sie durch die offene Gartentür in unseren Tearoom wehte. Wir waren schon eine ganze Weile zurück. Geredet hatte keiner von uns, während wir die Körbe mit gebrauchtem Geschirr und Besteck, Backzutaten und sonstigem Krimskrams ausgeräumt hatten. Tante Clarissa, Andrew und ich hingen alle drei unseren Gedanken nach. Percy lag auf Tante Clarissas Lieblingssessel und schnarchte.

In der einen Hand eine Kuchenplatte, in der anderen ein Küchenhandtuch, hielt ich inne und schaute in die Hafenbucht raus. Morgen würden die Arbeiter die Pontons wegschleppen und die Vorrichtungen für das ausgefallene Feuerwerk abbauen. Natürlich hatte Lord Ashford, kaum dass er von dem Todesfall gehört hatte, das Fest abgebrochen. Auch wenn Rubinia nicht gerade die beliebteste Bürgerin unseres Dorfes gewesen war ... ein plötzlicher Todesfall bleibt ein plötzlicher Todesfall.

»Fertig!«, verkündete Tante Clarissa, schubste die Spülmaschine zu und schaltete sie ein. »Jetzt mache ich uns erst mal eine schöne Tasse Tee. Die haben wir, glaube ich, dringend nötig.« Rauschend floss das Wasser in den Wasserkessel.

»Für mich nicht, Clarissa, danke!«, winkte Andrew ab. »Ich gehe nach Hause.« Seufzend fuhr er sich mit der Hand über die Stirn. So wie er es immer machte, wenn er starke Kopfschmerzen hatte.

Weil mich diese Geste an den Nachmittag erinnerte, fragte ich: »Haben die Schmerztabletten nicht gewirkt?«

Wow! Ehrlich, wenn Blicke töten könnten, dann säße ich jetzt nicht hier und könnte nicht diese Zeilen aufschreiben. So kannte ich ihn gar nicht. Schulterzuckend versuchte ich zu erklären: »Du hattest doch so schlimme Kopfschmerzen. Deshalb sollte ich doch einen Blick auf den Stand haben, damit du zum Wagen gehen konntest, um ...«

Ärgerlich schüttelte Andrew den Kopf und schnappte sich Portemonnaie und Schlüsselbund vom Tresen. Mit einem knappen »Bis morgen!« riss er so heftig die Tür auf, dass die Glöckchen aufgeschreckt bimmelten. Völlig verdattert schaute ich ihm nach. Unfreundlichkeit war gar nicht Andrews Art. Draußen sprang der Motor seines Jaguar an, Scheinwerfer leuchteten auf und der rechte Blinker zuckte. Dann schoss der Wagen davon. Wohin wollte er denn so eilig? Andrew hatte es nicht weit. In Ashford-on-Sea war eigentlich nichts wirklich weit entfernt. Bis auf das Herrenhaus vielleicht. Aber Andrew musste nur die Harbour Road hinunter, an der Polizeistation rechts abbiegen und dann dem schmalen Holperpfad zu den Klippen folgen. Da war er dann: der Leuchtturm. Den hatte Andrew sich gekauft, bevor er nach Ashford-on-Sea gezogen war, hatte ihn kernsaniert und so eingerichtet, als wäre er ein Schiff. Eine Schiffsglocke, ein Holzsteuerrad, einen Kompass und sogar eine Schiffskanone – alles Originale – hatte er beim Auktionshaus Sotheby's ersteigert. Die Betten waren echte Schiffskojen und ganz oben im Wohnzimmer stand neben besagtem Steuerrad ein beeindruckendes Fernrohr, das Jack Sparrow alle Ehre gemacht hätte.

Ich kuschelte mich zu Percy auf den geblümten Sessel und nahm dankbar von Tante Clarissa die dampfende Tasse Tee entgegen.

»Geht es dir auch wirklich besser?«, erkundigte sie sich besorgt, während sie sich auf dem Queen-Anne-Sofa mir gegenüber niederließ.

»Ja. Alles gut«, bestätigte ich zum hundertsten Mal.

Percy lag auf meinem Schoß und leckte im Halbschlaf meine Hand.

»Gut!« Nachdenklich pustete Tante Clarissa in den Dampf, der von ihrem Tee aufstieg. Heute kann ich mir denken, was ihr damals durch den Kopf gegangen sein muss. In dem Moment dachte ich allerdings gar nicht groß darüber nach. Denn ich war zu sehr mit mir selbst beschäftigt – und mit Finn. Ihm musste es grauenvoll gehen! Ich meine, das muss man sich mal vorstellen! Da schlendert man nichts ahnend in eine Bucht und plötzlich stolpert man über eine Leiche. Und dann auch noch über eine, die man kennt. Wie schrecklich! Und was hatte ich gemacht? Ich hatte ihn noch nicht mal gefragt, ob ich etwas für ihn tun konnte. Aber …

Fast schäme ich mich, es zuzugeben, aber ich befürchte, dass sich in diesem Moment ein ziemlich breites Lächeln auf meinem Gesicht ausdehnte. Denn eine wundervolle Erkenntnis traf mich wie ein warmer Sonnenstrahl an einem frostigen Morgen: Die in Anbetracht der Ereignisse logische Frage »Hi, Finn, wie fühlst du dich?« konnte ich jederzeit nachholen und war der perfekt unverdächtige Aufhänger für eine Kontaktaufnahme.

War ich dankbar, dass ich schon vor einigen Wochen so schlau gewesen war, Rubinia Redcliffs Liste mit den Telefonnummern ihrer Schüler abzufotografieren, die an der Innenseite ihres Notenschranks hing!

Macht mich das eigentlich zu einem schlechten Menschen? Meine Idee, Rubinias Tod als Vorwand für eine Nachricht an Finn zu nutzen, meine ich. Ich fühle mich jetzt noch ganz mies. Pietätlos war es auf jeden Fall.

# 6

»Hallo, Clarissa! Hallo, Amy!« Krachend flog die Tür auf und Dorothy Pax, Sophie Campbell, Meredith Dickinson, Calinda Bennett und Lydia Scott wehten in den Raum wie die Hexen aus Macbeth.

Jetzt muss ich kurz was erklären. Nein, nicht zu Shakespeare, sondern zu den fünf Damen. Zusammen bildeten sie den *Ashford-Crime-and-Murder-Club* unter dem Vorsitz meiner Tante. Und nein, das war keine Vereinigung von Schwerverbrechern und Mördern, sondern ein top harmloser Literaturclub, der sich ausschließlich mit Krimis beschäftigte und seine Treffen an jedem ersten Dienstag im Monat ab zwanzig Uhr im *Little Treasures* abhielt.

Ganz ehrlich? An diesen Dienstagen verkrümelte ich mich frühzeitig in mein Zimmer unter dem Dach. Von Mord und Totschlag wollte ich einfach nichts hören, auch nicht, wenn sie nur erfunden waren.

Aber zurück zu den Damen, die sich jetzt teils links und rechts von Tante Clarissa niederließen, teils Stühle und Sessel heranschleppten. Und das, obwohl heute natürlich nicht der erste Dienstag im Monat war. Aber ein Todesfall im eigenen Dorf bildete wohl eine Ausnahme.

Unsere Dorfmalerin und Hundeliebhaberin Dorothy Pax habe ich ja mittlerweile schon genügend vorgestellt. Ich glaube, sie war die Einzige in der Truppe, die nicht so unbedingt gerne las. Hauptsächlich kam sie zu den Treffen, weil sie so schön gemütlich waren, Tante Clarissa köstlichste Speisen auffuhr und immer viel getratscht wurde.

Sophie Campbell, die Frau unseres Vikars, war Mutter von zwei kleinen Kindern und das blutrünstigste Clubmitglied von allen. Ihr konnte gar nicht genug Blut zwischen den Seiten hervorquellen. Ekelhaft!

Meredith Dickinson (richtig, diejenige, die heute Nachmittag Sergeant Oaks' Krümelfund in Rubinia Redcliffs Halstuch bestätigt hatte) führte die kleine Buchhandlung direkt gegenüber vom *Little Treasures*. Sie war ein riesengroßer Fan von Daphne DuMaurier, auch wenn die anscheinend keine lupenreine Krimiautorin im klassischen Sinne gewesen ist. Spannend waren ihre Bücher allemal, fand Meredith, und außerdem hatte sie gar nicht so weit von hier gewohnt.

Calinda Bennett war Friseurin und das absolute Gegenteil ihres Bruders, unseres bierernsten und sterbenslangweiligen Bürgermeisters. Sie verschlang nicht nur Krimis, sondern sie hatte sich auch schon wie ein Mähdrescher durch alle Klassiker der Weltliteratur gefräst. Laut Tante Clarissa war sie die beste Kundin von Merediths Buchhandlung.

Die letzte im Bunde war Lydia Scott, Inhaberin unseres Tante-Emma-Ladens. Egal, ob sie Regale einräumte oder im weißen Arbeitskittel hinter der Kasse saß – ihre Nase steckte immer tief in einem Buch. Bis letzten Dezember waren das Krimis gewesen. Doch dann las sie eines Tages einen so Angst einflößenden Thriller, dass sie sich nicht mehr in den finsteren Abend hinaustraute. Kurzerhand verbrachte sie zwischen Konservendosen und Nudelpackungen eine schlaflose Nacht, während der sie sich schwor, ihre Arbeitslektüre auf Arztromane umzustellen und sich den literarischen Nervenkitzel fürs kuschelige Bettchen aufzuheben.

Das wusste ich natürlich alles nur von meiner Tante.

»Möchte jemand Tee?«, bot sie an. Fünf Hände schossen in die Höhe.

»Ich mach schon!« Froh, den Blutgesprächen entkommen zu können, schob ich Percy vorsichtig von meinem Schoß und machte mich hinter der Auslage ans Teekochen. Dort konnte ich allerdings immer noch jedes Wort hören.

»Ist das denn zu glauben? Da befördert sich Rubinia Redcliff eigenhändig ins Jenseits!«, preschte Sophie mit sensationshungrigem Blick vor.

»Nicht, dass ich sie vermissen würde«, ergänzte Meredith, nahm ihre rahmenlose Brille ab und putzte sie verlegen an ihrem Rüschensommerkleid sauber. »Sie hat ihre Bücher eh immer online und nie bei mir gekauft. Außerdem hat sie meinen Laden als verstaubte Bruchbude bezeichnet, aber so einen tragischen Unfalltod wünscht man ihr ja trotzdem nicht.«

»Wenn es denn wirklich ein Unfall war ...«, gab meine Tante zu bedenken.

Einige der Krimi-Clubmitglieder zogen scharf die Luft ein. Für mehrere Sekunden war nichts zu hören außer dem Ticken der alten Standuhr.

Es war Lydia, die das Schweigen mit einem leisen Räuspern beendete und zaghaft fragte: »Du denkst an ...«

Das Pfeifen des Wasserkessels übertönte das letzte Wort.

»Exakt! Meiner Meinung nach ist Rubinia Redcliff ermordet worden«, bestätigte meine Tante.

Beinahe wären mir die fünf Teetassen samt Untertellern aus den Händen gefallen. Es war schon so schwierig genug, sie alle auf einmal – ja, ich hätte ein Tablett nehmen können – zum Tisch zu balancieren.

»Wie kommst du denn darauf?« Interessiert beugte sich Calinda vor.

»Es ist die einzig logische Schlussfolgerung«, behauptete meine Tante. »Erstens: Noch heute hat Rubinia Redcliff zu mir gesagt, dass sie Kuchen, Kekse und Scones **nur** im *Little Treasures* kauft, weil sie weiß und darauf vertraut, dass wir alle Allergikerbackwaren separat von den anderen zubereiten. Bei der Panik, die sie vor Haselnüssen hatte, bin ich davon überzeugt, dass sie die Wahrheit gesagt hat und uns keinen Honig ums Mäulchen schmieren wollte. Rubinia Redcliff, Gott hab sie selig, war ein durchtriebenes, gemeines Aas. Das wissen wir alle. Man kann viel Schlechtes über sie sagen. Aber nicht, dass sie ihre Allergie auf die leichte Schulter genommen hätte.«

Durchtriebenes, gemeines Aas war genau die richtige Bezeichnung, dachte ich mir und schämte mich sofort dafür. Immerhin lebte sie nicht mehr. Bis Freitag war mir gar nicht klar gewesen, wie niederträchtig sie offensichtlich gewesen sein musste, und der heutige Tag hatte mir dann noch mal richtig die Augen geöffnet, aber ... Mord?

Ich schüttelte den Kopf und zog mein Handy aus der Hosentasche. Der Tee musste noch ziehen. Zeit, um schon mal online zu gehen.

Der Bildschirm flammte auf. Kein Empfang. So ein Mist! Aber im *Little Treasures* mit den dicken Steinmauern hatte man immer schlechten Empfang und der WLAN-Router in meinem Zimmer reichte nicht bis hier unten.

»Diese Kekse, die da im Seetang lagen, hat sie nie im Leben gekauft! Und wenn doch, dann hatte sie nie vor, sie selbst zu essen. Zweitens«, fuhr meine Tante beharrlich fort, »ist es doch wohl ausgesprochen bemerkenswert, dass sie ausgerechnet an dem Tag, an dem sie zwei Morddrohungen erhält, auf so ungewöhnliche Art und Weise einem Unfall zum Opfer fallen soll.«

»Aber nicht ausgeschlossen!«, wandte Meredith mit erhobenem Zeigefinger ein.

Wenn ich gekonnt hätte, hätte ich meine Ohren zugeklappt. Ehrlich! Mord und Totschlag. Das ist nichts für mich.

Als hätte Meredith nichts gesagt, dozierte Tante Clarissa unbeirrt weiter. »Drittens – und dieser Punkt ist vielleicht der wichtigste von allen ... Wo ist ihr Notfallset? Sie trug es in ihrer Handtasche bei sich. Das weiß ich deshalb so genau, weil sie es Amy, Andrew und mir heute Mittag gezeigt hat. Vorhin lag ihre Tasche am Strand. Vielleicht zwei, drei Schritte von ihrem Leichnam entfernt. Der gesamte Inhalt lag verstreut drumherum. Ganz so, als ob jemand in wilder Panik etwas gesucht und nicht gefunden hätte. Ich vermute mal, dass es Rubinia selbst gewesen ist, die bei den ersten Anzeichen allergischer Reaktionen nach ihrem Notfallset gesucht hat. Vergeblich!«

Vielleicht hatte sie es verloren, dachte ich bei mir. Ich verliere ständig meinen Hausschlüssel. Mein Handy habe ich auch schon in der Schule liegen lassen und das ist ja mindestens genauso lebensnotwendig wie ein Notfallset. Ich liebe meine Tante wirklich sehr und es gibt niemanden, der schlauer ist als sie. Trotzdem schoss mir in diesem Augenblick ein Spruch durch den Kopf. Der geht ungefähr so: *Bloß, weil ich gerne Irish Stew esse, heißt das noch lange nicht, dass ich weiß, wie man es zubereitet.* Umgemünzt auf meine Tante, hieß das dann wohl: Nur weil sie gerne Krimis las und kleinere »Verbrechen« in Ashford aufklärte, hieß das noch lange nicht, dass sie etwas von wirklicher Polizeiarbeit verstand!

»Und dann ist da noch etwas …« Tante Clarissa legte eine spannungssteigernde Pause ein. »Ist einem von euch der Rubinring aufgefallen, den Rubinia Redcliff heute trug?«

Bejahendes Gemurmel. Wie hätte man diesen Klunker auch übersehen können?

»Der ist ebenfalls weg!«, verkündete sie. »Ist das nicht seltsam?«

»Also, das hat mal gar nichts zu bedeuten, Clarissa!«, ließ Calinda die Spannung platzen wie einen Luftballon. »Bevor ich meinen Kunden die Haare wasche, ziehe ich meine Ringe auch aus. Dann stopfe ich sie in meine Hosentasche oder lege sie neben das Waschbecken. Kannst du dir vorstellen, wie häufig ich sie dort vergessen habe? Vielleicht war Rubinia mal für kleine Mädchen, hat den Ring vor dem Händewaschen ausgezogen und neben dem Waschbecken liegen lassen.«

Beifall heischend blickte Calinda sich in der Runde um.

Der Tee war fertig. Unverzüglich trug ich den heißen Teepott, Milch und Zucker zu den Damen – diesmal war ich schlauer und nahm ein Tablett, um mich schnell auf die Suche nach ausreichendem Netzempfang in den Garten vom *Little Treasures* begeben zu können. Denn langsam, aber sicher hielt ich es hier nicht mehr aus.

Auf dem Weg nach draußen hörte ich meine Tante noch fragen: »Für was würdet ihr denn das hier halten?«

*Hi Finn, wie geht es dir?*, das würde ich schreiben.

Ganz ehrlich? In diesem Moment verschwendete ich nicht einen Gedanken mehr daran, ob er das nun seltsam finden könnte oder nicht. Es war schon komisch. Aber der Tod von Rubinia Redcliff machte alle Bedenken bedeutungslos.

Gedämpft drangen die Stimmen der Literaturclub-Mitglieder in die Dämmerung hinaus, während das Licht von Andrews Leuchtturm im ruhigen Rhythmus über Küste und Meer glitt.

»Ich halte es für die abgerissene Ecke einer Fotografie«, beantwortete Tante Clarissa ihre Frage hinter meinem Rücken selbst. »Ich habe sie in Rubinias Handtasche entdeckt. Sie hatte sich im Reißverschluss eines Seitenfaches verhakt.«

»Die kannst du aber auch getrost in den Müll werfen!«, meldete sich Lydia zu Wort. »Außer einem ziemlich undefinierbaren Hintergrund ist darauf gar nichts zu erkennen.«

Wie ein Wünschelrutengänger streckte ich mein Handy weit von mir und lief im Zickzack zwischen Tischen und Bänken herum. Nach einer leichten Linksdrehung hatte ich plötzlich Empfang. Sofort ging ich auf WhatsApp und dann auf Finns Kontakt.

Finn war um 13.23 Uhr das letzte Mal online gewesen. Eine kalte Hundeschnauze stupste in meine Kniekehle. Das war Percys Art, mich an sein Abendessen zu erinnern.

»Gleich, Percy!«, murmelte ich. »Ich schreibe gerade an Finn, weißt du?«

Wie gesagt, Percy versteht mich wie niemand sonst auf der Welt.

Schicksalsergeben rollte er sich neben meinen Füßen zusammen und wartete geduldig.

»Los, geh online!«, flüsterte ich, während ich den Schriftzug »zuletzt online« beschwörend anstarrte. Es nutzte nichts.

Als ob der Mond mir helfen könnte, schaute ich zu ihm hinauf. Es war der gleiche Mond, den Finn jetzt sehen konnte, falls er gerade im *Smuggler's Rest* aus seinem Fenster schaute … ob er vielleicht, also ganz vielleicht, auch gerade an mich dachte?

»Sag du ihm doch, er soll mal auf sein Handy gucken!«, wisperte ich hoffnungsvoll dem Mond zu.

»Ich weiß nicht, Clarissa!«, zerstörte Sophie mein Zwiegespräch mit dem Himmelsgestirn. »Ein Mord hier bei uns in Ashford-on-Sea? Das ist doch wirklich lächerlich.«

Plötzlich redeten alle wild durcheinander. Zwischendurch rief Dorothy aufgebracht: »Ich dachte, wir wären Freundinnen. Und jetzt verdächtigst du mich, diese Schreckschraube um die Ecke gebracht zu haben? Ich schwöre, dass ich nichts damit zu tun habe!«

»Na ja, Dorothy, du musst schon zugeben, dass einen so ein leiser Verdacht in diese Richtung beschleichen kann!«, meinte Tante Clarissa vorsichtig. »Ich gebe unumwunden zu, dass sicherlich vielen Leuten bekannt war, dass bei Rubinia eine einfache Haselnuss das Gift der Wahl war. Und trotzdem bist nun mal du diejenige, die ihr vor Zeugen angedroht hat, sie zu vergiften. Und genau das ist ja in gewisser Weise auch passiert.«

Inzwischen hatten Percy und ich uns unbemerkt bis an das durchbrochene Bücherregal herangepirscht, das die Kaminecke, in der sich die Mitglieder des *Ashford-Crime-and-Murder-Clubs* gerade die Köpfe heiß redeten, von dem größeren Sitzbereich, hinter dem dann die Terrasse lag, trennte. Zwischen *Strong Poison* von Dorothy L. Sayers und *Murder on the Orient Express* von Agatha Christie hatte ich freie Sicht auf Dorothy, die, eingerahmt von Meredith und Lydia, in Tante Clarissas Sessel thronte. Wie lange wollten die denn noch quatschen?

»Entschuldige, Clarissa, aber da muss ich dir dann doch widersprechen«, mischte sich Meredith ein. »Ich befürchte, diesmal liegst du falsch. Nicht böse sein. Wir leben in Ashford-on-Sea, nicht in Chicago. Sergeant Oaks' Erklärung klingt auf jeden Fall realistischer als deine Mordtheorie. Das, was du Morddrohungen nennst, war doch nur so dahingesagt. Wie schnell sagt man: ›Den könnte ich glatt umbringen!‹, würde es aber nie im Leben wirklich tun?«

Zustimmendes Gemurmel. Wie es sich anhörte, stand Tante Clarissa mit ihrer Theorie ziemlich alleine da. Mein armes Tantchen. Alle gegen einen.

»Jeder hat ein Recht auf seine Meinung!«, erwiderte Tante Clarissa salomonisch. Entschlossen stand sie auf. »Der Tag war lang und aufregend. Schlaft alle gut, wir sehen uns morgen in alter Frische wieder!«

Damit war das außerplanmäßige Treffen des Literaturclubs beendet – und Finn hatte meine Nachricht immer noch nicht gelesen.

Ich weiß, man soll das nicht machen. Wegen der Strahlen. Trotzdem lag mein Handy direkt neben meinem Kopfkissen. Damit ich den Vibrationsalarm nicht verpasste, falls Finn sich doch noch meldete.

Früher habe ich alles, absolut alles mit meiner Tante besprochen. Ehrlich! Jedes Problem. Ich weiß noch gut, wie ich weinend aus der Schule nach Hause kam, weil Lucy Williams sich mal wieder über mich lustig gemacht hatte. Da hat Tante Clarissa mir einen Kindertee und drei Scheiben ofenwarmes Bananenbrot ans Bett gebracht, mich in die Arme genommen, ich habe erzählt, und zusammen haben wir uns eine Lösung ausgedacht. Ich kann gar nicht sagen, wann genau ich damit aufgehört habe, Tante Clarissa ins Vertrauen zu ziehen. Ich glaube, ab irgendeinem Zeitpunkt hatte ich einfach das Gefühl, dass sie gewisse Dinge in meinem Leben nicht so gut verstehen kann. Seitdem vertraue ich alle meine Geheimnisse und Probleme nur noch Percy an. Manchmal tut mir das auch leid, ich meine, meine Tante ist ja nicht blöd. Natürlich merkt sie, dass etwas im Busch steckt, aber ich kann einfach nicht über meinen Schatten springen. Auch wenn ich es gewollt hätte, so wie jetzt. Es hätte mir bestimmt gutgetan, mit ihr über Finn und die Schmetterlinge in meinem Bauch zu reden. Doch anstatt zu ihr zu gehen, starrte ich schon eine ganze Weile durch das

Dachfenster über mir in den Nachthimmel. Mein lieber, treuer Percy hatte sich neben mir im Bett ausgestreckt und artig meine Schwärmereien, Sorgen und Hoffnungen in puncto Finn angehört, bis ihm ziemlich schnell die Augen zugefallen waren. An Schlaf war nicht zu denken und um nicht die ganze Zeit mein Handy anzustarren wie ein hypnotisiertes Kaninchen, spielte ich mit mir selbst ein Spiel. Ich musste langsam von fünfzig an rückwärts zählen. Bei eins durfte ich nachgucken, ob Finn geschrieben hatte. Nur für den Fall, dass der Vibrationsalarm eine Macke hatte. Konnte ja sein. Wenn ich richtig gut war, schaffte ich es, dreimal runterzuzählen, und schaute erst dann nach. In der aktuellen Runde war ich zwar erst bei fünfundzwanzig angekommen, trotzdem tastete ich nach meinem Handy und ließ den Bildschirm aufleuchten. Das war erlaubt, denn diesmal ging es nicht um Finn, sondern um die Uhrzeit. 23.47 Uhr. Und ... keine Nachricht!

Was, wenn ich nur mal ganz kurz, ganz kurz auf WhatsApp ging? Nur mal so. Nur um zu gucken, ob Finn meine Nachricht wenigstens gelesen hatte.

Zwischen zusammengekniffenen Augen blinzelte ich auf Finns Profil. Wow! Zwei Haken! Zwei blaue Haken! Finn hatte meine Nachricht gelesen. Ich riss die Augen weit auf. Wann? Neben seinem Profilbild – einer Klaviertastatur – stand keine Uhrzeit, sondern *online*. Ich schoss im Bett hoch.

»Er ist online, Percy! Er ist online!« Ich zerrte Percy an mich und drückte ihm einen Kuss zwischen die Ohren. »Hörst du?«

Percy brummte missmutig und rollte sich wie eine Katze zusammen.

Das Wort *online* verschwand und *schreibt ...* erschien.
*Wer will das wissen?*

Ein Lächeln breitete sich über mein Gesicht.
*Ich.*
Ich schlug mir mit der flachen Hand gegen die Stirn. Wie blöd war das denn? *Ich?* Schnell drückte ich die Delete-Taste und tippte stattdessen:
*Amy.*
Die Antwort kam prompt.
*Welche Amy?*
Oh Gott, er kannte also mehrere Amys!
*Die Amy Fern von der Klavierstunde.*
Nach einem kurzen Moment kam die Antwort.
*Ach, die Amy, die den Hund mit dem rötlichen Fell hat.*
»Percy, er weiß, dass du zu mir gehörst! Weißt du, was das bedeutet? Er interessiert sich für mich!«, jubelte ich auf und vollführte im Bett ein paar Moves.
Gelangweilt drehte Percy sich auf die andere Seite. Meine Finger sausten über die Tastatur.
*Ja. Genau. Percy. Er ist ein Irish Terrier. Ein bisschen sieht er aus wie ein Fuchs.*
Diesmal ließ die Antwort beunruhigend lang auf sich warten. Lang genug für eine Einsicht, auf die ich gerne verzichtet hätte. Finn wusste nicht etwa von Percys Existenz, weil er sich so rasend für mich interessierte, sondern weil er Augen im Kopf hatte und sich mittlerweile mein Profilbild angesehen hatte. Auf diesem Profilbild schaut Percy freundlich in die Kamera. Ich blödes Schaf! Wie hatte ich auch bloß für einen Moment denken können, dass so jemand wie Finn nur einen Gedanken an eine graue Maus wie mich verschwendete. Bevor ich vollkommen in Depressionen versinken konnte, leuchtete seine nächste Nachricht auf:

*Warst du heute im Heckenlabyrinth? Nach dem Tauziehen?*
Immer, wenn man denkt, es kann nicht schlimmer kommen, kommt es doch noch schlimmer. Mein Herz begann zu hämmern. Wie peinlich! Er hatte mich hinter der Hecke gesehen! Wahrscheinlich gerade in dem Moment, in dem ich neugierig die Zweige auseinandergebogen hatte. Megapeinlich war das! »Amy!«, ermahnte ich mich. »Noch hat er nur eine Frage gestellt.«
*Wieso sollte ich?*
Eine Gegenfrage ist immer eine gute Taktik und wenn sie einem nur Zeit zum Nachdenken verschafft.
Die Antwort kam sofort.
*Ich habe deinen Hund gesehen.*
O. k., er hatte Percys vorwitzige Nase in der Eibenhecke entdeckt. Schwein gehabt. Wenn es nur um Percy ging, dann …
*Das kann sein. Percy ist mir ins Heckenlabyrinth abgehauen. Aber er ist sofort zurückgekommen, als ich ihn gerufen habe. Deshalb war ich definitiv nicht im Heckenlabyrinth. Also heute nicht. Klar, war ich schon mal drin. Häufig sogar. Aber heute? Nein. Ganz bestimmt nicht. Da kannst du ganz unbesorgt sein.*

Erleichtert sausten meine Finger wie ein Blitz über die Tastatur und da kam dann wohl mein Kopf mit dem Denken nicht so richtig mit und deshalb passierte Folgendes: Ich dachte zwar gerade noch an Tante Clarissas Worte: *Wer sich entschuldigt, klagt sich an.* Und dass ich mich zwar nicht entschuldigte, aber unnormal häufig abstritt, im Labyrinth gewesen zu sein (was dann auch wieder verdächtig ist) und dass ich das so besser nicht abschicken sollte … da war es schon passiert. Mein Kopf sackte auf meine Brust. Vorsichtig blinzelte ich aufs Display. Zwei blaue Haken. Finn war immer noch online, schrieb aber nicht. Vielleicht fiel ihm ja gar nichts auf? Oh! Hoffentlich …

*Haha. O. k. Gut. Ja. Alles klar. Dann bis die Tage. F.* Gleiches Prinzip wie bei meinem Geschreibsel. Diesmal zu viele Bestätigungen. Er glaubte mir kein Wort! Ich warf mich auf mein Kissen zurück.

»Percy!« Ich kniff die Augen zusammen. Mir war zum Heulen zumute. »Ich habe es total verbockt! Nie wieder kann ich Finn unter die Augen treten! Ich werde umziehen, eine andere Identität annehmen müssen! Wie kann man aber auch nur so doof sein?«

Percy brummte verständnisvoll, robbte sich ganz nah an mich heran und schnüffelte an meinem Ohr.

»Sei froh, dass du ein Hund bist! Verliebtsein ist so schwer!«

Die regelmäßigen Atemzüge verrieten mir, dass Percy die Sache gechillt sah und längst wieder eingeschlafen war.

Irgendwann muss ich dann auch eingeschlafen sein. Jedenfalls hat mich das Aufschrillen des Telefons im Flur aus dem Tiefschlaf geholt.

»Wer ruft denn um diese Uhrzeit noch an?«, schimpfte Tante Clarissa.

Verschlafen tastete ich nach meinem Handy. Ein Uhr nachts!

»Wer immer da stört … ich hoffe für Sie, dass dieser Anruf lebenswichtig ist!«, gähnte Tante Clarissa in den Hörer.

Ich lauschte.

»Dorothy? … Weißt du eigentlich, wie spät es ist? … Jetzt mal ganz langsam! Beruhig dich und dann erzählst du mir der Reihe nach, was los ist.«

Vorsichtig zog ich meinen Arm unter dem schnarchenden

Percy weg und kletterte die Leiter von meiner Schlafempore in mein Zimmer runter.

»Bist du wieder vorm Fernseher eingeschlafen?«, rief Tante Clarissa in den Hörer, gerade in dem Moment, in dem ich aus meinem Zimmer trat. »... Bist du dir auch wirklich ganz sicher? Schon gut ... Ich komme dich beschützen!« Das Telefon piepste kurz, als Tante Clarissa auflegte. Kopfschüttelnd schaute sie mich an. »Ist es denn zu fassen? Irgendjemand scheint durch das Haus von Rubinia Redcliff zu schleichen. Und jetzt hat Dorothy Angst, der Mörder, an den sie eigentlich gar nicht glaubt, könne dort umgehen und ihr gleich einen Besuch abstatten.«

»Dann soll sie doch Sergeant Oaks anrufen!«, rief ich hinter meiner Tante her, denn sie war schon in ihr Zimmer gelaufen, um sich umzuziehen.

»Vergiss Sergeant Oaks. Der ist nicht auffindbar, und selbst wenn, weiß ich nicht, ob er wirklich eine Hilfe wäre«, schnaubte sie verächtlich, während sie jetzt in Jeans, Bluse, Sneakers und Sommermantel wieder im Flur erschien. Entschlossen zerrte sie einen Schläger aus der Golftasche, die seit vielen Jahren in einer Nische neben dem Geländer am oberen Treppenabsatz einstaubte. Den Schlägerkopf drohend in die Luft gereckt, umklammerte Tante Clarissa den Schaft mit beiden Händen. »Keine Sorge, Liebes, sollte es nötig sein, weiß ich mich durchaus zu wehren!«

Schon wollte sie die Treppe hinunter, als ich sie am Mantel zu fassen bekam.

»Ja, richtig! Was machen wir denn mit dir?«

Angst ist eine komische Sache. Noch heute Abend hatte ich nicht eine Sekunde an die Existenz eines Mörders geglaubt.

Doch jetzt, wo ich wusste, dass in diesem Augenblick ein unheimlicher Schatten durch Rubinia Redcliffs dunkles Haus huschte, raste mein Herz wie wild und meine Fantasie ging mit mir durch.

»Ich bleibe auf keinen Fall alleine hier!«, entschied ich. »Percy und ich kommen mit!«

Die Ladenglöckchen an der Tür vom *Little Treasures* bimmelten gespenstisch, als Tante Clarissa hinter uns den Tearoom verschloss. Ich fröstelte. Dabei war es gar nicht kalt. Ängstlich hakte ich mich bei meiner Tante unter. Percy musste ich nicht erst zu mir rufen. Instinktiv spürte er meine Angst und wich nicht von meiner Seite. In allerhöchster Alarmbereitschaft. Die Nase gereckt, die Ohren gespitzt.

Im bleichen Mondlicht eilten wir über die menschenleere Straße.

Jeder Schritt hallte in meinen Ohren wider. Immer wieder warf ich einen unsicheren Blick über die Schulter. War da nicht gerade ein Schatten vorbeigehuscht? Wir bogen um die dunklen Schaufenster von Merediths Buchhandlung links auf die Harbour Road ein und folgten ihr den Berg hinauf. Hinter uns ging es steil zum Marktplatz und damit zum Hafen hinunter. Von der Bucht stiegen unheimliche Nebelschwaden auf. Na, prima! Das passte ja perfekt. Das ganze Dorf schien zu schlafen. Überall war es dunkel und … totenstill.

»Schon ein wenig gruselig!«, flüsterte Tante Clarissa und zog die Schultern bis zu den Ohren hoch. Ich nickte stumm und drängte mich näher an sie. »Stell dir einfach vor, die Sonne würde scheinen. Das hilft!«, behauptete sie.

Tat es nicht!

Die altersschwache Gaslampe auf der rechten Straßenseite oberhalb der *Ashford Primary School* beleuchtete das Holzschild mit dem Schriftzug *Smuggler's Rest*. Unter dem Namen des Pubs war ein schurkisch dreinblickender Seemann mit Holzbein, Kopftuch, Augenklappe und Entermesser abgebildet. Bei jedem Windhauch schaukelte das Schild leise knarzend vor und zurück. Auch der Pub lag in vollkommener Dunkelheit. Unwillkürlich warf ich einen Blick zu Finns Zimmerfenster im ersten Stock hinauf. Alles dunkel. Mit hastigen Schritten bogen wir nach links in die Ivy Lane ein, wo wir bereits erwartet wurden ...

»Clarissa? Bist du das?«, zischte Dorothy. Sie musste irgendwo zwischen den Rhododendren in ihrem Vorgarten hocken. Aus dem Inneren ihres Cottages drang gedämpftes Hundegebell. Klar, dass Percy darauf einmal kurz mit einem entschiedenen »Wuff!« antworten musste. Er war hier und würde ab jetzt übernehmen. So was in der Art sollte das bestimmt heißen.

»Ja, vollzählig angetreten!«, machte meine Tante Meldung und schulterte den Golfschläger wie ein Gewehr. Für sie schien das alles ein großer Spaß zu sein. »Wo ist denn jetzt der Unhold, der dir deinen Schlaf raubt?«

»Mach dich nur über mich lustig!«, keuchte Dorothy, wobei sie umständlich über den Gartenzaun zu uns kletterte. »Du wirst noch sehen, dass ich recht habe.« Mit einem entschiedenen Ruck befreite sie ihr langes Nachthemd, das sich am Zaun verfangen hatte. »Es treibt den Mörder doch immer an den Ort der Tat zurück! Nicht wahr, Clarissa? Das ist typisch. Davon haben wir doch schon so oft gelesen.«

»Dann müsste er jetzt aber in der Smuggler's Bay und nicht hier sein, Dorothy!«, lachte meine Tante und stützte sich auf den Golfschläger. Damit hatte sie natürlich recht.

Durch das kleine Gitterfensterchen in Rubinias Haustür drang schwach das Licht der Flurbeleuchtung. Ansonsten lag die Vorderfront in absoluter Dunkelheit. Das galt aber nicht für den hinteren Teil des Cottages. Wer auch immer sich in Rubinia Redcliffs Haus herumtrieb, er musste im Wohn- und Klavierzimmer und in den darüber liegenden Räumen Festbeleuchtung angeschaltet haben, denn der Garten hinter dem Haus erstrahlte wie ein Fußballstadion bei einem Flutlichtspiel.

»Sehen wir uns die Sache doch mal genauer an!« Tatendurstig winkte meine Tante uns, ihr zu folgen.

»Wo willst du hin?«, wisperte ich und packte sie am Arm.

»Einen geeigneten Beobachtungsposten suchen«, flüsterte sie, als sei es das Selbstverständlichste der Welt, bevor sie Dorothys Gartentürchen aufstieß.

Wenig später hockten wir gut getarnt in den wild wuchernden Sträuchern, die den hinteren Teil von Dorothys Garten von dem von Rubinia Redcliff trennten. Dorothys Hunde schienen sich mittlerweile beruhigt zu haben. Auf jeden Fall war das Gebell verstummt.

Wie gesagt: Zu diesem Zeitpunkt hatte ich noch nie einen Krimi gelesen oder gesehen, aber dass sich so kein Mörder oder Einbrecher verhält, war selbst mir klar. Unauffällig war anders. Zum einen war die gesamte hintere Front des Hauses tatsächlich erleuchtet wie *Harrods* zur Weihnachtszeit und zum anderen konnte von Heimlichtuerei überhaupt gar keine Rede sein. Durch die bodentiefen Wohnzimmerfenster sahen wir einen Mann, der sich an Rubinia Redcliffs Musikanlage zu schaffen machte, und im nächsten Moment schmetterte Frank Sinatra in voller Lautstärke seine berühmte Lobeshymne auf die Stadt New York.

Beschwingt tänzelte der Mann, der im Übrigen weder maskiert noch sonst wie verdächtig aussah, hinter die Küchenanrichte, auf der immer noch die thailändischen Andenken von Rubinias Mutter standen. Während er auf der Stelle steppte, riss er schwungvoll den Kühlschrank auf und steckte den Kopf hinein, um wenig später freudestrahlend mit einer Champagnerflasche in der Hand wiederaufzutauchen. Als Nächstes machte er sich auf die Suche nach einem Champagnerglas. Nachdem er es endlich in einem der vielen Schränke gefunden hatte, stellte er es vor sich auf die Anrichte, ließ den Korken der Champagnerflasche knallen und füllte das Glas bis obenhin. Mit einem hämischen Grinsen prostete er jetzt einem Unsichtbaren zu und leerte das Glas in einem großen Schluck. Anschließend verbeugte er sich elegant und tanzte mit seiner unsichtbaren Tanzpartnerin ausgelassen durch den Raum. Der Typ feierte eine Party!

Ich hatte mit vielem gerechnet. Mit einem maskierten und ganz in Schwarz gekleideten Einbrecher, der in der einen Hand eine Pistole, in der anderen eine Taschenlampe hielt, und auf der Suche nach ich weiß nicht was durch das Haus schlich … aber mit so was ganz bestimmt nicht. Schon wollte ich erleichtert ausatmen, als Percy neben mir leise zu knurren begann. Ich zuckte zusammen. Percy starrte in die Dunkelheit. Alle Muskeln angespannt. Bereit zum Angriff.

»Was ist denn, Percy?«, flüsterte ich und folgte seinem Blick, aber ich konnte beim besten Willen zwischen den Blüten, Blättern und Ästen nichts Verdächtiges erkennen.

»Was hat er denn?«, wisperte Dorothy alarmiert und umklammerte den Kragen ihres Bademantels.

»Nichts!«, erwiderte meine Tante beruhigend, ohne den Blick von dem Unbekannten in Rubinias Haus abzuwenden.

»Wahrscheinlich stromert da nur eine Katze herum. Percy kann Katzen nicht ausstehen. Und Ratten auch nicht.«
Ich hörte ein Knacken. Wie von einem Ast, der unter einem Fuß bricht. Dann war alles wieder still. Wenn man von der Musik absah.
»Wenig pietätvoll«, urteilte meine Tante kopfschüttelnd.
Plötzlich krallte Dorothy ihre dürren Finger in meine Schulter.
»Aua!«
»Oh, entschuldige! ... Aber das ist ... das ist ... Clarissa ... das ist der Mann, von dem ich dir erzählt habe. Der von Donnerstagnacht. Der Kerl, mit dem sich Rubinia so schrecklich gestritten hat! ... Oh Gott, ich habe ihren Mörder gesehen! Und jetzt ist er zurückgekommen, um mich zum Schweigen zu bringen!«, jammerte Dorothy.
»Ach, Dorothy, und deshalb tanzt er durch Rubinias Haus? Selbst du musst zugeben, dass das sehr ungewöhnlich wäre. Weißt du was, wir fragen ihn einfach, was er da macht.« Ohne eine Antwort abzuwarten, schulterte Tante Clarissa wieder den Golfschläger und trat den Rückweg an. Percy sprang vergnügt vor ihr her, während Dorothy etwas verdattert neben mir her stolperte.
»Meint sie das etwa ernst?«, fragte sie mit zitternder Stimme.
»Ich fürchte schon!« Die arme Dorothy. Sie war wirklich eine Seele von Mensch, aber etwas naiv. »Keine Sorge, Dorothy. Kein Mörder der Welt würde sich so auffällig verhalten! Ganz bestimmt nicht!«
»Doch, Amy! Einer von der ganz durchtriebenen Sorte!«

Tante Clarissa hätte eine Ewigkeit klingeln oder mit dem Türklopfer gegen die Haustür hämmern können, ohne dass der Mann dahinten im Wohnzimmer etwas davon mitbekommen hätte. Dazu war die Musik einfach viel zu laut. Doch als Mr Sinatra zwischen zwei Songs eine kurze Atempause einlegte, näherten sich endlich Schritte.

»Oh, bitte entschuldigen Sie. Die Musik ... schon klar.« Der Mann, der im offenen Türrahmen vor uns stand, war eindeutig Amerikaner. Das verriet der Akzent, mit dem die Champagnerfahne zu uns wehte. Ich bin nicht gut darin, das Alter von Erwachsenen zu schätzen. Deshalb verrate ich lieber schon direkt, was er uns später erzählte. Er war neunundfünfzig. Steinalt also. Trotzdem sah er ziemlich gut aus. Er war schätzungsweise eins neunzig groß, durchtrainiert, braun gebrannt, hatte breite Schultern und seine dunkelbraunen Haare wurden an den Schläfen langsam grau.

»Mein Name ist Clarissa Fern. Ich betreibe das *Little Treasures*. Das hier ist Dorothy Pax, sie wohnt im Haus nebenan, und die junge Dame ist meine Großnichte Amy«, stellte meine Tante uns vor. »Darf ich fragen, wer Sie sind, wie Sie in das Haus von Rubinia Redcliff kommen und was Sie hier suchen?« Prüfend fuhr ihr Blick an ihrem Gegenüber rauf und runter, bevor er an der goldenen Halskette mit der ebenso goldenen Münze hängen blieb, die unter dem weit aufgeknöpften Hemd auf brauner Haut baumelte.

»Duncan Hardy, Schauspieler, Lebemann, Weltenbummler und … Witwer der bedauernswerten Rubinia Redcliff«, erwiderte der Mann mit einem breiten Zahnpastalächeln. »Und reingekommen bin ich damit …« Er förderte einen Schlüsselbund aus seiner Hosentasche und schüttelte ihn, sodass er klimperte wie der Schlüsselbund von unserem Hausmeister in der Schule. »Mit dem Schlüssel der guten Rubinia. Dieser dicke Sergeant hat ihn mir ausgehändigt, nachdem ich ihm erklärt habe, mit wem er es zu tun hat.«

Tante Clarissa verschränkte die Arme vor der Brust.

»Unser Dorfpolizist ist eine gutgläubige Seele, Mr Hardy. Aber mir müssen Sie schon mit einer besseren Erklärung kommen. Jedermann weiß schließlich, dass Rubinia Redcliff unverheiratet war.«

Der Mann, der sich als Duncan Hardy vorgestellt hatte, trat zur Seite und wies uns mit einer einladenden Handbewegung den Weg ins Haus. »Weil Sie und der Rest der Welt auch exakt das denken sollten. Aber bitte treten Sie doch ein, dann kläre ich Sie gerne auf!«

Ein seltsames Gefühl durchströmte mich, als ich hinter meiner Tante den Flur betrat. War es wirklich erst gestern, dass ich durch diesen Flur zu meiner letzten Klavierstunde gegangen war? Es kam mir wie eine Ewigkeit vor. Irgendwie gruselte es mich, das Haus einer Toten zu betreten.

Links neben mir lag hinter einer geschlossenen Tür das Büro, das ich nie betreten hatte. Rechts neben der Bürotür befand sich ein hüfthohes Sideboard, auf dem normalerweise neben einer Vase mit einem prachtvollen Blumenstrauß aus Rubinias Garten ihre Handtasche, ihr Schüsselbund und die Post, die sie noch zum Briefkasten bringen musste, lagen. Handtasche und Schlüsselbund fehlten, aber dafür entdeckte ich zwei Briefumschläge, die ordentlich nebeneinander an der Wand lehnten. Im Vorbeigehen las ich die Adressen. *Polizeipräsident* hatte auf dem ersten Brief gestanden. Der zweite ging an die *Royal Academy of Music* in London. Plötzlich katapultierte mich mein Gedächtnis zurück ins Heckenlabyrinth. Genau zu dem Moment, in dem ich die Zweige der Eibenhecke auseinanderbog und Rubinia Redcliffs aufgebrachte Stimme sagen hörte: »*Ich werde mir nicht noch mal deine Lügengeschichten anhören!*«, und dann: »*… Fälschung … zu weit gegangen … Konsequenzen … Brief an die Akademie geschrieben … Und jetzt Schluss damit!*«

Schnell murmelte ich etwas von wegen offener Schnürsenkel und neu binden, ging zur Tarnung in die Hocke und wartete, bis Percy, Tante Clarissa und Dorothy vor Duncan Hardy ins Wohnzimmer gegangen waren. Mr Hardy hatte die Tür hinter sich nicht zugezogen, sondern einen Spaltbreit für mich offen gelassen. Zum Glück war der Spalt zu klein, als dass sie mich hätten sehen können.

Auf Zehenspitzen schlich ich zum Sideboard zurück. Ich nahm den Brief an die Akademie mit beiden Händen und drehte ihn hin und her. Er war nicht verschlossen. Das machte die Sache leichter. Mit zitternden Fingern zog ich den Briefbogen hervor und faltete ihn auseinander. Ein Schauer lief mir über den Rücken, als ich die Handschrift meiner toten Klavierlehrerin erkannte. Ich schluckte den Kloß in meinem Hals hinunter und las:

*Betreff: Finn Pears*

Mein Herz begann so laut zu hämmern, dass ich dachte, die anderen müssten es bis ins Wohnzimmer hören können.

*Sehr geehrte Damen und Herren,*
*gestern erhielt ich ein Schreiben von Ihnen, das mich in großer Verwunderung zurückließ.*
*Darin bedanken Sie sich nämlich für einen Brief, in dem ich Ihnen angeblich meinen Schüler Finn Pears als Pianisten mit außergewöhnlich hohem Potenzial angepriesen und zu seiner dringenden Aufnahme an der Akademie geraten hätte.*
*Um es direkt zu sagen: Dieser Brief stammt ni̲c̲h̲t̲ von mir!*

Waaas?
Mit trockenem Mund las ich weiter:

*Sicherlich verfügt Finn über ein großes Talent, aber noch ist er nicht reif für die Akademie und das habe ich ihm auch gesagt.*
*Meinen Verdacht, dass er das von Ihnen erwähnte Schreiben gefälscht hat, hat er in einem Telefonat, das ich unmittelbar nach dem Erhalt Ihres Briefes mit ihm führte, bestätigt.*

Ach, du meine Güte!

*Natürlich verlangt dieses unglaublich skandalöse Verhalten nach Ahndung. Ich werde meinen Anwalt einschalten, der für mich Strafanzeige erstatten wird. Aufgrund Finns charakterlichen Versagens – und ich denke, da spreche ich auch Ihre Überzeugung aus – hat er sich auf Lebenszeit für eine Förderung durch die Akademie disqualifiziert.*

*Mit freundlichen Grüßen*
*Rubinia Redcliff*

In meinen Ohren rauschte es wie auf der Autobahn. Mein Gehirn lief auf Hochtouren. Ohne dass ich es wollte, suchte es schon wie ein Weltmeister die Puzzleteile und setzte sie schwindelerregend schnell zusammen. »Ruhig! Ganz ruhig und eins nach dem anderen!«, versuchte ich mich zu bremsen.

Der Brief der Akademie, den der Postbote am Freitag gebracht hatte, den Rubinia gelesen hatte, während ich im Tagebuch ihrer Mutter stöberte – das musste der Dankesbrief dafür gewesen sein, dass sie Finn angeblich empfohlen hatte. Während ich Tonleitern übte, hatte sie Finn angerufen und zur Rede gestellt. Ja. Das ergab Sinn. Im Heckenlabyrinth hatte Rubinia Redcliff Finn mit dem Schreiben an die Akademie gedroht. Deshalb hatte er sie so verzweifelt angefleht. Kalter Schweiß überzog meine Haut. Ich fing an zu zittern. Denn plötzlich wurde mir klar, was diese Drohung für Finn und seine Träume bedeutet haben musste. Die größte Katastrophe seines Lebens – das Ende seiner Träume, seiner Karriere, bevor sie richtig angefangen hatte. Was hatte diese Sarah Dunn gesagt? *Ein Wort von der großen Rubinia Redcliff kann einen Musiker in den Himmel oder in die Verdammnis katapultieren.* Ungefragt blitzte vor meinem inneren Auge das Bild einer rot-grün karierten Zellophantüte mit der Aufschrift *fancy biscuits* im Seetang auf.

Mein Herz setzte einen Schlag aus. Ich musste mich gegen die Wand lehnen, sonst wäre ich umgekippt.

Finns Lieblingskekse … er brachte sie immer aus London mit … außer ihm wusste ich von niemandem in Ashford-on-Sea, der diesen Keksladen auch nur kannte. Mir wurde richtiggehend schlecht. Mein Magen krampfte sich zusammen.

Deshalb hatte Finn also wissen wollen, ob ich nach dem Tauziehen im Heckenlabyrinth gewesen war. Es war ihm gar nicht darum gegangen herauszufinden, ob er es mit einer irren Stalkerin zu tun hatte oder dass es ihm peinlich gewesen wäre, hätte ich sein Flehen und Betteln mit angehört. Nein. Sein Ziel war ein anderes gewesen: Er hatte herausfinden wollen, ob und wenn ja, wie viel ich von diesem Streit mit angehört hatte.

Weil er … weil er …

Mein Gehirn weigerte sich, diesen unfassbaren Gedanken zu denken. Ich ließ mich an der Wand hinabrutschen. Warum war er überhaupt in der Smuggler's Bay gewesen? Hatte ihn das irgendwer gefragt? Ich schloss die Augen. War er Rubinia Redcliff dorthin gefolgt, um sie ein für alle Mal davon abzuhalten, diesen Brief, der jetzt in meiner Hand zitterte, abzuschicken?

War Finn ein Mö…?

Ich schüttelte den Kopf. Ich wollte diesen Gedanken nicht da drin haben! Nein und nochmals nein! Finn war doch kein Mörder! Niemals! Ich wusste das, weil mein Herz es mir sagte. Selbst wenn er ein Motiv oder wie immer man das im Fachjargon nannte, gehabt hatte. Das hatten andere auch. Sarah Dunn, Dorothy und wahrscheinlich noch viele, viele mehr, von denen ich es nicht mal ahnte.

Und außerdem … Wie dumm ich war! Meine ganzen Überlegungen waren absolut lächerlich! Erleichtert atmete ich auf.

Es war ein Unfall gewesen. Niemand dachte auch nur im Traum an einen Mord. Alle waren von der Unfalltheorie überzeugt. Alle außer ...

»Amy, schlägst du da draußen Wurzeln?«

... meiner Großtante!!!

»Bin schon da!«, rief ich über die Schulter, stopfte den Briefbogen in den Umschlag zurück und faltete beides so klein, dass es in die Tasche meiner Jeans passte. Sollte meine Tante ruhig ihrem Hirngespinst hinterherjagen. Ohne diesen Brief würde sie jedenfalls auf keine falschen Gedanken kommen.

Im nächsten Moment stand ich hinter meiner Tante und linste genauso neugierig wie Dorothy über ihre Schulter. In der einen Hand hielt sie eine Heiratsurkunde, in der anderen Mr Hardys Personalausweis.

»Faktisch waren Rubinia und ich nur sechs Monate ein echtes Ehepaar, dann hat sie schon genug von mir gehabt. Das ändert aber nichts daran, dass wir uns nie haben scheiden lassen.« Mr Hardy nickte zu den Papieren, positionierte drei langstielige Gläser auf der Anrichte und füllte sie mit Champagner.

»Und was möchtest du?«, wandte er sich an mich. Ich zuckte unbestimmt mit den Schultern.

»Ach, weißt du was, bediene dich doch einfach selbst!«, schlug er vor und nickte in Richtung Kühlschrank.

»Scheinbar muss ich mich bei Ihnen entschuldigen, Mr Hardy!«, gab meine Tante zu, nachdem sie die Unterlagen ausführlich studiert hatte.

Während er Dorothy und meine Tante mit ausgebreiteten Armen in Richtung Sitzgruppe lotste, erwiderte er charmant: »Schwamm drüber! Wollen wir uns nicht setzen?«

Eigentlich hätte ich gedacht, dass meine Tante die Einladung ablehnen, Mr Hardy eine gute Nacht wünschen und mit mir nach Hause gehen würde. Schließlich wusste sie jetzt, wen sie vor sich hatte. Aber da hatte ich die Hobbydetektivin in ihr unterschätzt. Und ihre Neugier. Denn allein die Identität des Mannes zu kennen, reichte ihr nicht. Für sie war er ein Verdächtiger und die Gelegenheit für Ermittlungen günstig. Wie gesagt, mit der Arbeit eines Detektives war ich damals noch nicht so wahnsinnig gut vertraut.

Tante Clarissa, Dorothy und Duncan Hardy pflanzten sich also auf Rubinia Redcliffs blütenweiße Sofas, die sich im Wohnzimmer parallel gegenüberstanden. Percy machte es sich auf dem flauschigen Kaminvorleger kuschelig. Er schien Mr Hardy für unspektakulär zu halten.

Im Kühlschrank war nichts, was ich mochte, also nahm ich mir ein Glas und hielt es unter den Wasserhahn.

»Auf abwesende Freunde!« Duncan Hardy reckte sein Champagnerglas in die Luft und strahlte von einem Ohr zum anderen. Meine Tante und Dorothy taten es ihm gleich. Allerdings grinsten sie nicht. Während Duncan Hardy und Dorothy den Champagner in einem Schluck hinunterstürzten, nippte meine Tante nur an ihrem Glas. Ich prostete ihnen von der Küche aus zu und wollte gerade zu ihnen hinüberschlendern, als mir Butterfly Redcliffs Tagebuch auffiel. Es lag nicht mehr auf der Küchentheke, sondern auf einem Beistelltischchen neben einem ziemlich unbequem wirkenden Sessel, der so hinter den Sofas stand, dass man von ihm aus freie Sicht auf Rubinias abgezirkelten Garten hatte.

»Rubinia muss sehr jung gewesen sein, als Sie geheiratet haben«, startete meine Tante gerade die Befragung.

»Sie war gerade erst achtzehn geworden«, antwortete Mr Hardy. »Ich bin zehn Jahre älter als sie. Ich weiß«, lächelte er kokett, »man sieht es mir nicht an.«
»Das tut man wirklich nicht!«, schmeichelte Tante Clarissa ihm. Die Gelegenheit war ziemlich günstig, um weiter in Butterflys Aufzeichnungen zu stöbern, überlegte ich mir. Die Erwachsenen waren so sehr in ihr Gespräch vertieft, dass bestimmt keiner auf mich achten würde. Trotzdem zögerte ich.
»Wo haben Sie sich eigentlich kennengelernt?«, wollte Dorothy von Mr Hardy wissen.
Mr Hardys Antwort fiel ziemlich weitschweifend aus. Die Kurzfassung: Er hatte Rubinia Redcliff auf einem Musikfestival getroffen und es war Liebe auf den ersten Blick. Drei Wochen nach dem ersten Kuss heirateten sie heimlich in einer Kapelle in Las Vegas. Ihre Hochzeitsreise war ein atemloser Roadtrip auf einer Harley Davidson durch die USA. Als er davon erzählte, bekam Mr Hardy ganz glänzende Augen. Doch nach sechs Monaten war Schluss. Rubinia Redcliff verlangte die Trennung. Er langweile sie zu Tode, hatte sie gesagt, und ihn eiskalt abserviert. Seine Worte! Plötzlich war sie ein ganz anderer Mensch gewesen. Sie bot ihm Geld, sehr viel Geld, damit er die Ehe, den Roadtrip und alles, was mit ihnen beiden zu tun hatte, schön für sich behielt. Da er sie nicht mehr haben konnte, nahm er das Geld. Ich hoffte inständig, dass ihm auffiel, wie abschätzig ich ihn musterte, während ich langsam auf den Sessel zuschlenderte. Seine große Liebe gegen Geld einzutauschen! Gibt es etwas Unromantischeres? Er hätte kämpfen müssen! Um sie, um ihre Liebe, um ihre Ehe.

Und Rubinia Redcliff? Die machte mit ihrem alten Leben weiter, als habe es ihn niemals gegeben.

»So war sie. Ein Teufel in Engelsgestalt!«, seufzte Mr Hardy. Nahezu geräuschlos ließ ich mich in den Sessel gleiten (er war genauso unbequem, wie er aussah), schnappte mir unauffällig Butterflys Tagebuch und blätterte los.

Ungefähr in der Mitte wurde ich fündig.

Wir sind erst sechs Wochen zusammen und doch habe ich das Gefühl, niemanden auf diesem Planeten besser zu kennen als Harry. Er liebt Scones mit Himbeermarmelade, er kann sich ausschütten vor Lachen über echt alberne Witze, handwerklich ist er eine totale Niete, aber niemand proklamiert so schön Gedichte wie er. Wie ich kommt er aus England, aber nicht aus London, sondern aus einem Kaff irgendwo in Cornwall, das den Namen seiner Familie trägt. Wie abgefahren!

Sein Vater (seine Mutter lebt schon lange nicht mehr) hat scheinbar ziemlich Kohle, aber ihm bedeutet das alles nichts. Wer braucht schon Geld, wenn er Meer, Sonnenschein und so viel Liebe in seinem Herzen trägt wie wir?

Ich liebe ihn so sehr! Ich weiß nicht, wie ich ohne ihn atmen, ohne ihn existieren soll.

Und darum ist heute ein dunkler Tag für mich. Er will nach Hause. Nicht heute, nicht morgen, aber doch in absehbarer Zeit. Sein Vater ist ziemlich alt und krank und er macht sich Sorgen um ihn. Das verstehe ich ja, aber was wird dann aus uns? Mein Herz krampft sich zusammen, wenn ich daran denke, dass jeder Tag in diesem Paradies der letzte für uns sein könnte.

Nein! Das kann er doch nicht machen. Harry kann Butterfly doch nicht sitzen lassen!!! Meine Finger huschten über die Seiten. Da …

… Er hat mich gefragt, ob ich mit ihm komme. Heim nach England, zu seinem Vater, dem er mich unbedingt vorstellen möchte, als seine VERLOBTE. Ich kann mein Glück immer noch nicht fassen: Er hat mich gefragt, ob ich ihn heiraten will.
Ja! Ja! Ja! Und nochmals Ja! Ich will!
So spießig und uncool ich das noch vor wenigen Wochen gefunden hätte. Ohne ihn kann und will ich nicht mehr leben!

Glückselig presste ich das Buch an mein Herz. Wie wundervoll war das denn? Sie hatten sich tatsächlich bekommen. Dieser geheimnisvolle Harry und Butterfly!

Gierig huschten meine Augen über die Zeilen. Butterfly erzählte von ihrem Alltag am Strand, von Lagerfeuern, Tauchgängen, einer abenteuerlichen Unterwasserwelt und der tollen Gemeinschaft zwischen den Campmitgliedern und von einem Christopher, der neu zu ihnen gestoßen war.

Ich blätterte weiter.

O. k., Reisevorbereitungen. In drei Wochen soll es zurück nach England gehen. Ähem … ähem … blätter, blätter …

Einige Seiten später …

Harry und Christopher sind schwimmen gegangen. Deshalb habe ich Zeit für Dich, mein Tagebuch …

… laber, laber … Ich blätterte auf die nächste Seite.

Ich bin schwanger!

Wow! Diese drei Worte nahmen die ganze Seite ein. Verblasste Herzchen schwebten um sie herum.

*Wie Harry sich freuen wird, wenn ich es ihm erzähle. Ich weiß genau, dass er weinen wird vor Glück! Wann ich es ihm sagen werde? Ich weiß es noch nicht. Es muss ein ganz besonderer Augenblick sein. Wir zwei allein abends am Strand, das Lagerfeuer knistert und ...*

Ja, was und? Hier brach der Eintrag plötzlich ab. Ganz so, als ob sie mitten im Schreiben gestört worden wäre.

»Amy? ... Amy?« Die fragende Stimme meiner Tante riss mich ziemlich rabiat in Rubinias Wohnzimmer zurück.

»Was liest du denn da?« Ich hatte gar nicht gemerkt, dass sie hinter mich getreten war.

»Nur so ein Buch!«, behauptete ich möglichst beiläufig und merkte doch, dass ich rot wurde.

»Zeig mal her!«

Ich klappte Butterflys Tagebuch zu und reichte es meiner Tante.

Sie schlug es auf und überflog die erste Seite. »Amy, das ist nicht *nur so ein Buch*. Es ist das Tagebuch einer Frau, die Butterfly Redcliff heißt, und das sie in Thailand geschrieben hat«, teilte sie mir mit hochgezogener Augenbraue mit, was ich eh schon wusste, und ich wusste auch, wie ihre Ansprache weitergehen würde.

»Oh, das Tagebuch meiner Schwiegermutter«, rief Mr Hardy und verschaffte mir so eine kurze Galgenfrist. »Butterfly muss in ihren jungen Jahren ein wilder Feger gewesen sein. Sie war noch blutjung, als sie nach Thailand ging. Es wird Jungmädchenblödsinn aus Butterflys ausgeflippten Hippiezeiten sein. Drogen, Selbstsuche und freie Liebe. Die Hippies lassen herzlich grüßen!«

»Das klingt ja nach einer ganz großartigen Lektüre für eine Dreizehnjährige«, urteilte Tante Clarissa ironisch, bevor ihr nachsichtiger Lehrerinnenblick mich traf. »Amy, das ist ein Tagebuch. Aufzeichnungen, die nur den Verfasser etwas angehen. Du würdest doch auch nicht wollen, dass jemand deine Gedanken liest, oder?«
Ich nickte schuldbewusst. Damit hatte sie natürlich recht. Sie legte das Buch zurück auf das Beistelltischchen, streckte mir versöhnlich die Hand entgegen und gemeinsam gingen wir zur Sitzgruppe zurück, wo ich mich zwischen sie und Dorothy quetschte.

Zum Glück rettete mich Mr Hardys Eitelkeit vor einer peinlichen Gesprächspause. »Wo waren wir …?« Er kratzte sich am Kopf. »Ach, ja. Ich bin also Schauspieler. Ein Shakespeare-Spezialist. Natürlich muss ich das nicht extra erwähnen. Mein Name wird Ihnen in diesem Zusammenhang ein Begriff sein. Aus diesem Grund bin ich auch schon seit Donnerstag hier in Ashford. Seine Lordschaft ist ein großer Fan meiner Kunst und hat mich für die Rolle des Henry VIII. in dem Bühnenstück über seinen Vorfahren William Ashford engagiert. Tja, bedauerlicherweise ist Ihnen durch Rubinias Tod meine Darbietung entgangen. Wirklich schade für Sie. Sehr schade!« Gedankenversonnen nahm er einen großen Schluck Champagner zu sich.

Wenn der ein guter Schauspieler war, würde ich einen Besen fressen. Der fand sich selbst viel zu großartig und übertrieb in allem, was er tat. Kein Wunder, dass Rubinia Redcliff innerhalb kürzester Zeit genug von ihm gehabt hatte.

»Das glaube ich Ihnen aufs Wort!«, stimmte Tante Clarissa ihm zu. Sie war eine viel bessere Schauspielerin als er. »Mr Hardy, kann es sein, dass Sie Donnerstagabend einen Streit mit

Ihrer Frau hatten?«, wechselte sie abrupt das Thema. »Es muss ziemlich hoch hergegangen sein, wie ich gehört habe.«

Augenblicklich schrumpfte Dorothy neben mir wie ein eingetrockneter Schwamm zusammen. Hätte sie nicht ab und an hicksen müssen, hätte man sie für eine Schaufensterpuppe halten können.

»Oh, ja, Donnerstagabend …«, raunte Mr Hardy und rollte mit den Augen, »da ist meine liebe Gattin mal wieder zur Höchstform aufgelaufen. Wissen Sie, sie war ein wenig cholerisch.«

»Darf ich fragen, worum es ging?«, bohrte meine Tante zielstrebig, aber zugleich sehr freundlich nach. Sie war wie ein Jagdhund, der Witterung aufgenommen hatte.

»Klar, dürfen Sie. Wissen Sie, wir Amerikaner sind nicht so zugeknöpft wie ihr Briten. Es ging um Geld. Wir hatten da so eine Vereinbarung. Rubinia überwies mir monatlich Geld, Schweigegeld, wenn Sie so wollen. Sie hielt es für großzügig. Aber seien wir doch mal ehrlich. Was sind denn schon zehntausend Pfund im Monat für einen Mann mit meinen Ansprüchen? Wissen Sie, wie viel allein mein Porsche mich monatlich kostet? Gut, die Wohnung in London hat sie mir bei unserer Trennung überschrieben. Miete muss ich also keine berappen, aber … nun ja, das Leben kostet nun mal … und besonders in London. Und das wollte Rubinia nicht immer so einsehen. Sie war geizig. Ich war mal wieder pleite und dachte mir, da ich eh in der Nähe bin, schaue ich doch mal bei meiner lieben Frau vorbei und rufe ihr ins Gedächtnis, dass sie mir mehr schuldet als die paar lausigen Kröten.«

»Wofür das denn?«, fragte Dorothy verwundert.

»Nun ja … Rubinia war damals noch nicht so vorsichtig und

verschwiegen wie heute. Ich weiß Dinge über sie, die sie ungern in der Zeitung gelesen hätte. Deshalb hatte sie die Wahl. Entweder sie zahlte mir so viel, dass ich davon angemessen leben konnte, oder ich würde ein Buch über sie schreiben. Natürlich wäre es dann auch unvermeidlich, den Autor als ihren lang verschwiegenen Ehemann zu outen.«

»Erpressung also!«, murmelte meine Tante.

»Das ist ein so unschönes Wort«, widersprach Mr Hardy.

»Also finanzierte Ihre Noch-Ehefrau Ihr Leben«, schlussfolgerte Tante Clarissa mehr für sich selbst als für uns andere.

Trotzdem antwortete Mr Hardy: »Da muss ich entschieden etwas klarstellen. Ich bin kein Schmarotzer, ich habe einen Beruf, eine Be-rufung. Die Schauspielerei, mit der ich mein eigenes Geld verdiene!«

»Und jetzt? Nach Rubinia Redcliffs Tod? Wer erbt da?«

Leise sog ich die Luft durch die Zähne. So eine direkte Frage nach Geld war sehr unenglisch und wenig Tante-Clarissa-like.

»Deswegen feiere ich doch hier so nett mit Ihnen«, jubelte Mr Hardy und breitete die Arme aus, als ob er das ganze Wohnzimmer umarmen wollte. »Ich. Ich erbe aaaalles! Nehme ich zumindest an. Und für den Fall, dass das gute alte Mädchen mir aus dem Jenseits doch noch eins auswischen wollte und ihr Vermögen, sagen wir mal, dem Londoner Zoo vermacht hat, bekomme ich immerhin noch die Hälfte, das hat sie mir bei unserer Trennung vertraglich zugesichert. Außerdem schreibe ich jetzt natürlich doch die Biografie. Es ist ja niemand mehr da, der es mir verbieten könnte. Das ist gewissermaßen meine kleine private Rache an Rubinia. Dafür, dass sie mich abgelegt hat wie einen alten Hut, dafür, dass sie mich bevormundet hat, dafür, dass sie sich über mich lustig gemacht hat, dafür, dass sie mich hat betteln lassen!« Während seines ganzen Monologs hatte Duncan Hardy sein Zahnpastalächeln zur Schau gestellt. Nur beim letzten Satz fiel die Maske. Sein Gesicht verzerrte sich zu einer hasserfüllten Fratze, er ballte die Fäuste. Eine Welle aus Wut und Hass ließ seinen ganzen Körper erbeben. Von einem Moment auf den anderen war er nicht mehr der heitere Kerl, der keiner Fliege etwas zuleide tun konnte und das Leben leichtnahm, sondern ein tief gedemütigter Mann, der zu allem fähig war.

Vom Kaminvorleger her war leises Knurren zu hören und ich glaube, wir alle starrten Duncan Hardy überrascht an.

Ich weiß nicht, wie lang diese Schrecksekunde in Echtzeit gedauert hat, aber plötzlich war er wieder der Alte. Er lächelte wie ein Honigkuchenpferd, als er die Champagnerflasche anhob und enttäuscht feststellte: »Wie? Schon leer?« Behände sprang er vom Sofa auf. »Na, dann sorge ich mal für Nachschub!«

»Für uns nicht!«, erwiderte meine Tante und stand auf. »Es wird langsam Zeit für Amy und mich. Und meine Freundin …« Sie stupste Dorothy an, die eingenickt war und jetzt erschrocken die Augen aufriss. »… gehört schon lange ins Bett.«

Es war kurz nach drei, als Tante Clarissa und ich wieder am *Smuggler's Rest* vorbeikamen. Der Nebel war dichter geworden und trotzdem konnte ich sehen, dass in Finns Zimmer Licht brannte.

»Percy, komm zurück!«

Aber Percy hört nicht. Er schaut mich nur an, wirbelt herum und verschwindet im Heckenlabyrinth. Verdammt! Jetzt muss ich hinter ihm her. Ich werfe einen Blick zum Little Treasures-Stand. Als ob ich durch ein umgedrehtes Fernrohr schauen würde, sehe ich ihn ganz klein und in weiter Ferne vor mir. Eine lange Schlange zwergenhafter Menschen hat sich davor gebildet. Ich muss mich beeilen. Tante Clarissa und Andrew brauchen mich doch. Wie ferngesteuert rausche ich im Zeitraffer auf das Heckenlabyrinth zu und plötzlich stehen Percy und ich neben Finn und Rubinia Redcliff.

Finn trägt seinen kornblumenblauen Hoodie, Rubinia Redcliff das gelbe Kleid. Sie schreien sich an. Es geht um das Empfehlungsschreiben ... um die Fälschung ... Rubinia schreit, sie würde Finn verklagen, sie würde ihn fertigmachen.

Finn weint. Er jammert. Er fleht.

»Hört auf!«, bitte ich. »Lasst uns in Ruhe über alles reden!«

Ich greife nach Finns Arm und fasse ins Leere.

Die beiden hören und sehen mich nicht.

»Vergiften sollte ich Sie!«, zischt Finn. »Sie werden mir nicht mein Leben ruinieren!«

Szenenwechsel.

*Percy. Ich. Die Smuggler's Bay. Finn wedelt mit der Tüte von* fancy biscuits *vor Rubinias Nase herum.*

*»Für Sie, Mrs Redcliff. Habe ich extra aus London mitgebracht. Als Abschiedsgeschenk für Sie!« Seine Stimme klingt verführerisch, gruselig. Sie macht mir Angst. Er lächelt böse und plötzlich verschwimmt sein Gesicht. Ich blicke in die hasserfüllte Fratze von Duncan Hardy.*

*»Friss das, Rubinia!«, zischt er, packt Mrs Redcliff, die sich heftig wehrt, und schiebt ihr die Kekse in den Mund.*

*»Nein! Lassen Sie sie los!«, brülle ich und versuche den Mann wegzuzerren, aber ich fasse immer nur in die leere Luft.*

*Rubinia Redcliff packt sich an den Hals und ... Finn lacht ein markerschütterndes Lachen.*

Keuchend fuhr ich aus meinem Kissen hoch. Ich war schweißgebadet. Meine Haare klebten in meinem Gesicht, mein Mund war staubtrocken. Ich hatte das Gefühl, keine Luft zu bekommen. Nach einem kurzen Moment ließ ich mich wieder in die Kissen fallen. Ein Albtraum. Es war ein Albtraum! Ich tastete den Nachttisch nach meinem Handy ab.

7.53 Uhr. Draußen kreischten die Möwen. Die Sonne stand am blauen Himmel. Es dauerte, bis ich im Hier und Jetzt angekommen war.

Plötzlich wurde mir eiskalt. Bibbernd zog ich die Decke bis zum Kinn. Dieser Traum ... alles hatte sich so real angefühlt. So unglaublich wirklich. Wie Finn in der Smuggler's Bay vor Rubinia Redcliff gestanden hatte. Die Tüte mit den todbringenden Keksen in der Hand. Ich starrte die Decke an. Konnte es sich so abgespielt haben? Hatte er sie gezwungen, von den Keksen zu essen? Alles sträubte sich in mir. Aber es war nicht unmöglich. Der Zweifel begann an mir zu nagen wie eine Ratte am Käsestück.

Tante Clarissa hatte recht. Diese Einsicht traf mich wie ein Pfeil ins Herz. Freiwillig hätte Rubinia Redcliff niemals von diesen Keksen gegessen. Bestimmt nicht. Also musste sie dazu gezwungen worden sein. Finn war groß und kräftig. Rein körperlich wäre er dazu in der Lage gewesen. Außerdem stammten die Kekse mit 99-prozentiger Wahrscheinlichkeit von ihm und dann war da die Tatsache, dass er die Leiche gefunden hatte. Wer sagte denn, dass sie bei seiner Ankunft wirklich schon tot gewesen war? Seit gestern Nacht wusste ich, dass er ein Motiv gehabt hatte. Alles sprach gegen ihn! Aber Finn war kein Mörder. Mein Finn doch nicht! Ganz tief in meinem Herzen fühlte ich das.

Ich warf mich auf die Seite. Mein Blick wanderte über die Buchrücken in meinem windschiefen Regal. Alles nur Liebesromane. Jane Austen rauf und runter. Kein Conan Doyle, keine P. D. James und auch keine Agatha Christie. Warum hatte ich mich nie für Krimis begeistern können, so wie Tante Clarissa? Dann wüsste ich, wie ich jetzt vorzugehen hätte. Denn meine Mission war klar: Amy Fern, die von Detektivarbeit noch weniger Ahnung hatte als von der Mondfahrt, musste den wahren Mörder von Rubinia Redcliff ausfindig machen. Ja, das musste ich! Für mich, damit der Zweifel aufhörte, sich in mein Herz zu fressen. Und für Finn, um ihn zu retten. Denn so viel stand fest: Wüsste Tante Clarissa, was ich wusste ...

Unter mir im Tearoom schepperte es. Es waren Ferien, es war Sonntag und eigentlich hätte ich bis in die Puppen pennen können, aber an Weiterschlafen war nicht zu denken. Ich musste einen Mörder schnappen. Ich kletterte aus meinem Bett, verpflanzte den murrenden Percy in sein Körbchen und ließ es an dem Seil, das über einen dicken, schwarzen Deckenbalken lief, langsam und vorsichtig in mein Zimmer hinunter.

Was ich brauchte, war ein Crashkurs in Detektivarbeit, überlegte ich beim Zähneputzen. Gab es so etwas auf YouTube? Beim Bürsten meiner Haare wusste ich Bescheid. Die Lösung hieß: Tante Clarissa! Sie brachte fast alle Voraussetzungen mit sich: Sie war Lehrerin gewesen, konnte also gut erklären. Sie hatte bestimmt jeden Krimi gelesen oder gesehen, der es wert war, verfügte also über eine zumindest theoretische Sachkenntnis und ... sie war wild entschlossen, den Mörder zu finden. Ich muss zugeben, meine Idee gefiel mir ziemlich gut.

Denn so konnte ich gleich mehrere Fliegen mit einer Klappe schlagen: Ich lernte, wie man als Detektivin vorging, und ich wusste immer, wie weit meine Tante mit ihren Ermittlungen war. Das war immens wichtig, denn sollte die Spur der Kekstüte sie tatsächlich auf Finns Fährte führen, konnte ich versuchen, sie davon abzulenken.

Minuten später hüpfte ich gefolgt von dem immer noch verschlafenen Percy die Treppe hinunter ins *Little Treasures*, wo mich der Duft von frisch gebackenem Bananenbrot empfing.

»Guten Morgen, mein Schatz! Schon wach?« Meine Tante hielt mir ihre mehlverschmierte Wange entgegen und ich drückte einen Guten-Morgen-Kuss darauf. Sie duftete ganz herrlich nach ihrem Lavendel-Parfum. »Ich hoffe, ich war nicht zu laut?«

»Nein, warst du nicht«, beruhigte ich sie, schnappte mir ein Messer und schnitt mir eine fette Scheibe Bananenbrot ab.

»Ich konnte einfach nicht mehr schlafen. Ich bin schon seit sieben Uhr hier. Mir geht zu viel im Kopf herum!«, gestand

Tante Clarissa, während sie sich die Hände wusch und abtrocknete. Danach wanderten drei Bleche Scones in den Backofen und ihre Schürze an den Haken. Darunter kamen eine dunkelblaue Leinenhose und ein blau-weiß gestreifter Sommerpulli zum Vorschein. Wie ein Matrose hatte sich meine Tante ein blaues Tuch mit weißen Tupfen um den Hals geknotet.

»Denkst du über den Mord nach?«, fragte ich zwischen zwei Bissen. (Dieses Bananenbrot! Ich hätte darin baden können.) Ich gab mir größte Mühe, nicht allzu interessiert zu wirken.

Ohne meine Frage zu beantworten, schritt meine Tante zu ihrem Sessel hinüber, setzte sich und schlug die Beine übereinander. Mit dem Kugelschreiber in der Hand beugte sie sich über ein Notizbuch.

Ich biss mir auf die Unterlippe und entschied mich für den Frontalangriff. Nachdem ich mir ein zweites Stück Bananenbrot und eine Tasse Tee geschnappt hatte, hockte ich mich auf die Armlehne von Tante Clarissas Sessel und legte los: »Meinst du, dieser Duncan Hardy hat Rubinia Redcliff ermordet?«

Neugierig schielte ich auf ihre Notizen.

Sie hatte sich die Ereignisse des gestrigen Tages und der gestrigen Nacht, so wie sie sie mitbekommen hatte, mit Uhrzeiten und Namen ganz genau aufgeschrieben.

Im Geiste merkte ich mir, das kleine Büchlein, das Tante Clarissa mir mal geschenkt hatte, als Notizbuch zu aktivieren.

Meine Tante wog nachdenklich den Kopf hin und her. »Unwahrscheinlich ist es nicht. Wollen mal sehen ...«

Sie blätterte die Seite um.

»Er hat mehr als ein Motiv. Er erbt ihr riesiges Vermögen oder besser – er rechnet fest damit. Was für ihn bedeutet: Er muss nie wieder bei seiner Exfrau betteln. Außerdem kann er endlich die Biografie über sie schreiben. Die wird ihm Geld und die Rache bringen, auf die er sinnt. UND ... er kann in die Welt hinausposaunen, dass er der lange verschwiegene Ehemann der berühmten, aber grausamen Rubinia Redcliff ist. Die Leute lieben solche Geschichten. Das bringt ihm die Publicity, nach der er so dürstet. Mit einem Wort: Er ist ein Verdächtiger wie aus dem Bilderbuch.«

Um Zeit zu gewinnen, spülte ich das Bananenbrot mit einem besonders großen Schluck Tee hinunter. Die nächste Frage wollte mit Bedacht formuliert sein.

»Und wie ... wie machst du das jetzt? Ich meine, wie geht es jetzt weiter?« (Ganz hohe Formulierkunst. ☺)

Tante Clarissa schaute zu mir auf. »Ein Motiv hat er. Jetzt muss ich herausfinden, ob er auch eine Gelegenheit hatte. Die Frage lautet: Wo war er, als Rubinia Redcliff ermordet wurde?«

Der Kugelschreiber klopfte auf das Notizbuch.

»Das bringt uns zu der Frage: Wann war der exakte Todeszeitpunkt? Der Leichnam wird untersucht werden. Nur werde ich nicht an die Ergebnisse herankommen. Und ich würde mir lieber die Zunge abbeißen, als Sergeant Oaks danach zu fragen. Finn hat ihren Leichnam um kurz vor Viertel vor sechs gefunden. Aber wann ist sie gestorben?«

Ich nickte.

»Um den Todeszeitpunkt einzugrenzen, muss ich also herausfinden, wann sie zuletzt lebend gesehen worden ist und von wem, das wäre auch ganz gut. Bis ich das in Erfahrung gebracht habe, nehme ich einfach die Uhrzeit, zu der *ich* sie das letzte Mal bewusst gesehen habe, und das muss so gegen zwanzig vor fünf der Fall gewesen sein«, erklärte mir meine Tante. »Zwischen zwanzig vor fünf oder einem späteren Zeitpunkt, zu dem sie jemand anderer gesehen hat, und dem Moment, wo Finn sie gefunden hat, ist sie ermordet worden. Für diese Zeitspanne – derzeit also eine gute Stunde – muss ich dann Mr Hardys Alibi und das der anderen Verdächtigen überprüfen.«

»Und wie macht man so was?«, fragte ich, nachdem ich kurz überlegt hatte, wann ich Rubinia zuletzt gesehen hatte. Als sie mit Teller und Tasse auf den Tisch zugegangen war. Aber wann war das gewesen? Kurz vor halb fünf? Puh!

Tante Clarissa zuckte lächelnd die Schultern. »Na ja, die Leute ausfragen. Möglichst unauffällig und nach allen Regeln der Kunst. Einen nach dem anderen.« Sie schnalzte bedauernd mit der Zunge. »Zu schade, dass ich dich nie für die alten schwarzweißen Miss-Marple-Filme mit Margaret Rutherford erwärmen konnte. Dann wüsstest du, was ich meine.«

Ich hob bedauernd die Schultern. In diesem Moment tat es mir wirklich unendlich leid, dass ich nie einen Krimi gesehen hatte. »Das klingt nach Arbeit!«, bemerkte ich nun tief beeindruckt. Mit so viel Gleichgültigkeit wie möglich hakte ich nach: »Hast du denn noch mehr Verdächtige auf deiner Liste?«

Mein Herz klopfte mir bis zum Hals. Tante Clarissa blätterte bis zu einer Seite, die die Überschrift *Verdächtige* trug.

»Im Moment drei!«

Untereinander hatte sie Duncan Hardy, Sarah Dunn und Dorothy aufgelistet. Erleichtert atmete ich auf. Finn hatte sie noch nicht auf dem Schirm.

»Aber ich schwöre dir, dass die Liste noch länger werden wird. Rubinia Redcliff hat es recht gut verstanden, sich jeden zum Feind zu machen.« Tante Clarissa warf einen Blick auf die Standuhr.

»Andrew muss jeden Moment hier sein. Ich habe ihn eben angerufen. Und dann mache ich mich ganz eilends zum *Smuggler's* auf.«

»Was willst du denn da?« Die Frage war aus meinem Mund geschossen, bevor ich sie hatte aufhalten können. Blöd! Hatte meine Stimme nicht ziemlich hysterisch geklungen? Zum Glück schien meiner Tante nichts aufgefallen zu sein.

»Ganz einfach. Ich will diese bedauernswerte Person, die gestern Morgen bei der Eröffnungsfeier Rubinia Redcliff so angefeindet hat, noch vor ihrer Abreise erwischen. Diese Cellistin, diese Sarah Dunn, die arme Seele, der Rubinia so böse mitgespielt hat. Und mit ein bisschen Glück kann ich zwei Fliegen mit einer Klappe schlagen und Finn läuft mir bei dieser Gelegenheit auch noch über den Weg. Unter Umständen ist er ein wichtiger Zeuge und hat irgendetwas Verdächtiges in der Bucht gesehen. Das muss ich herausfinden, solange seine Erinnerung noch frisch ist.«

»O. k., ... und woher weißt du, dass Sarah Dunn im *Smuggler's* wohnt?«, fragte ich verwundert nach. »Wir haben doch noch mehr Hotels hier.«

»Ganz einfach. Wäre ich Sarah Dunn und würde so offensichtlich wie sie mit jedem Penny rechnen müssen, dann würde ich mir natürlich das preisgünstigste Hotel vor Ort aussuchen. Das *Smuggler's* liegt zentral und Nicolas hat zu Ehren der großen Feierlichkeiten für einige Zimmer die Preise radikal heruntergesetzt. Billiger dürfte sie an keine Unterkunft gekommen sein«, erklärte mir Tante Clarissa.

»Klingt logisch!« Meine Tante schien es echt draufzuhaben.

Augenzwinkernd setzte sie hinzu: »Außerdem habe ich mit Nicolas telefoniert, bevor ich Andrew angerufen habe. Er hat mir bestätigt, dass sie im *Smuggler's Rest* ist. Und sie hat für halb zehn ein Taxi bestellt, das sie zum Bahnhof bringen soll.« Sie nickte in Richtung der Standuhr. »Ich sollte los!«

»Darf ich mitkommen?«, fragte ich eine Spur zu eifrig. Prompt schaute Tante Clarissa überrascht von ihrer Handtasche auf, in der sie gerade Brille und Notizbuch verstaute, und betrachtete mich forschend. »Was ist denn mit dir los?«

Mit dieser Frage hatte ich gerechnet und mir eine ziemlich glaubhafte Begründung zurechtgelegt. »Immerhin ist meine Klavierlehrerin ermordet worden. Und wenn Sergeant Oaks nichts unternimmt, dann muss dir doch einer helfen«, erwiderte ich. Dabei starrte ich das Hochzeitsfoto von Prinz William und Kate Middleton auf meiner Teetasse an, als ob ich es noch nie gesehen hätte. Ich konnte meiner Tante nicht in die Augen schauen und sie dabei beschwindeln.

Zum Glück bimmelten in diesem Moment unsere Türglöckchen und Andrew schlurfte in den Raum. Er sah grauenvoll aus. Normalerweise ist Andrew immer wie aus dem Ei gepellt. Klar, er hatte mit seinem Umzug hierher Anzug und Krawatte gegen einen lässigen Jeans-Hemd-Look eingetauscht und seine braunen Haare wachsen lassen, aber seine Kleidung war immer tipptopp und dazu duftete er ganz köstlich nach seinem Rasierwasser von Hérmes. Heute hatte er sich aber nur achtlos die mittlerweile verknitterten Sachen von gestern übergezogen. Seine Haare glänzten fettig, rasiert war er auch nicht und von Hérmes fehlte unter Garantie jede Spur.

»Guten Morgen, Andrew!«, begrüßte ich ihn und sprang auf. Er hob nur schlaff die Hand zum Gruß, ignorierte den schwanzwedelnden Percy und schlurfte hinter die Theke. Im nächsten Moment brummte der Kaffeeautomat los.

»Funktioniert deine Dusche nicht?«, wandte sich Tante Clarissa lächelnd an ihn.

Seine Antwort war nicht mehr als ein Schulterzucken und ein geknurrtes: »Keine Ahnung. Wieso?«

»Hast du mal in den Spiegel geguckt?«

»Wenn du mich zu nachtschlafender Zeit hierherbeorderst, Clarissa, dann beschwer dich nicht über mein Aussehen!«, schnappte Andrew zurück.

Wow! Was war denn in den gefahren?

Plötzlich hob er den Kopf und schnüffelte.

»Sagt mal, riecht ihr das nicht?« Mit wenigen Schritten war er am Backofen und riss ihn auf. Eine riesige schwarze Rauchwolke quoll daraus hervor.

»Ach, du meine Güte!«, rief meine Tante.

»Die Scones kann man nur noch als Briketts verkaufen«, hustete Andrew, als er die Bleche aus dem Ofen zerrte und zum Ausdampfen in den Garten brachte.

»Oh, die hab ich ganz vergessen!«, flüsterte Tante Clarissa mir schuldbewusst zu.

»Ist der Timer kaputt?«, fragte Andrew und drückte auf den schwarzen Knöpfchen herum.

»Ich befürchte, den habe ich gar nicht erst eingeschaltet.« Andrew zog eine Miene wie sieben Tage Regenwetter.

»Das kommt davon, wenn man mit seinen Gedanken ganz woanders ist.« Lachend schüttelte Tante Clarissa den Vorfall ab wie ein Hund die Regentropfen.

»Und ich kann mir auch ganz genau denken, womit deine Gedanken beschäftigt waren. Ich habe eben Sophie Campbell getroffen.« Andrew zog scharf die Luft durch die Nase ein.

»Stimmt es, was sie mir erzählt hat, Clarissa? Du behauptest allen Ernstes, Rubinia sei ermordet worden? Was soll denn der Unsinn?«

»Es ist kein Unsinn, Andrew. So leid es mit tut«, erwiderte Tante Clarissa, nahm ihre Tasche und stand auf. »Amy und ich sind dann mal weg. Keine Ahnung, wann wir wieder hier sind.«

»Ich finde es unglaublich!«, protestierte Andrew mit mühsam beherrschter Stimme. »Da stirbt ein Mensch und du phantasierst dir sofort einen Kriminalfall zusammen. Für wen hältst du dich? Für einen Westentaschen-Sherlock-Holmes?«

»Was ist denn in dich gefahren?« Mit offenem Mund starrte meine Tante Andrew an.

Dem wurde wohl in diesem Moment auch klar, wie unfreundlich er gewesen war. Denn er senkte die geröteten Augen und fuhr sich durch sein ungekämmtes Haar. »Oh, Clarissa, es tut mir so leid. Ich habe das nicht so gemeint. Mir … ich fühle mich heute nicht so gut. Diese Sache von gestern. Sie steckt mir noch in den Knochen. Und … ich gehe mich nachher selbstverständlich auch frisch machen.«

»Schon gut, Andrew!«, beschwichtigte Tante Clarissa ihn verständnisvoll. »Rubinias Schicksal hat uns alle sehr mitgenommen. Da kann man schon mal die Nerven verlieren. Alles gut! Spätestens um zehn bin ich zurück. Dann kannst du nach Hause gehen und dich ausruhen. O. k.?«

»Ach, Clarissa!« Mit hängenden Schultern brachte Andrew ein schiefes Lächeln zustande. »Du bist der verständnisvollste Mensch, den ich kenne.«

»Das ist eine Berufskrankheit. Ohne diesen Infekt kommt man als Lehrerin nicht weit!«, behauptete meine Tante, drückte im Vorbeigehen kurz Andrews Schulter und schon musste ich mich beeilen, um ihr auf die Straße zu folgen.

Die wettergegerbte Tür des *Smuggler's Rest* ächzte leise, als Tante Clarissa sie aufschob. Sofort umschwirrten uns Stimmen, Gelächter und leise Musik. Der dunkel getäfelte Schankraum, in dem sich abends die meisten Männer von Ashford auf ein Guinness und zum Darts trafen, hatte sich in einen Frühstücksraum verwandelt. Es duftete ganz herrlich nach Rührei mit gebratenem Speck, gebackenen Bohnen und frischem Kaffee.

Finns Vater stand hinter dem Tresen vor der vollautomatischen Kaffeemaschine und kratzte sich verzweifelt den Bart. »Was waren das noch für Zeiten, als die Gäste mit englischem Frühstückstee zufrieden waren!«, lachte er uns schallend entgegen. »Dann musste es Filterkaffee sein und jetzt braucht man so ein Ding mit tausend Knöpfen, das zischt und dampft und so kontinentale Sachen wie Latte Macchiato oder Cappuccino zusammenbrüht. Da frag ich mich, sind wir in England oder in Italien?«

Er war ein großer, kräftiger Mann, dessen Gesicht fast komplett hinter seinem struppigen Bart verschwand. Mit seinem schulterlangen, wirren Haar erinnerte er mich immer etwas an Hagrid aus *Harry Potter*.

»Vielleicht ist der Cappuccino die späte Rache der Römer dafür, dass sie nicht hierbleiben durften«, schlug Tante Clarissa versöhnlich vor. Nicolas stützte sich mit seinen großen Händen auf einem der vielen Zapfhähne ab und lachte so herzlich, dass seine breiten Schultern rauf und runter hüpften. Mit dem Handrücken wischte er sich die Lachtränen von den Wangen und deutete auf das Häufchen Elend, das zusammengesunken am Ende des Tresens hockte. Sarah Dunn. Neben ihr entdeckte ich einen schäbigen Koffer, auf dem eine ebenso schäbige, abgewetzte Handtasche lag.

»Ich glaube, sie ist ziemlich angeschlagen, und das nicht nur, weil sie einen dicken Kopf haben dürfte. Der Tod von Rubinia Redcliff nimmt sie mehr mit, als sie zugeben möchte«, raunte er uns hinter vorgehaltener Hand zu. Dann setzte er in normaler Lautstärke hinzu: »Was darf es denn sein?«

Nachdem wir Tee für uns und für Percy ein Schälchen Wasser bestellt hatten, marschierte Tante Clarissa schnurstracks auf Sarah Dunn zu. Percy und ich folgten mit einigem Abstand. Zum einen fand ich es echt peinlich, eine Wildfremde mit Fragen zu bombardieren, und zum anderen hatte ich so genug Zeit, um den Schankraum nach Finn abzuscannen. Im Sonnenlicht, das durch die Buntglasscheiben in das Pub fiel, tanzten Milliarden von Staubflocken wild durcheinander, bevor sie sich auf dem dunklen Holz der Möbel niederließen. Aber von Finn keine Spur! Erleichtert seufzte ich auf. Seit meiner verkorksten WhatsApp-Nachricht und, noch viel schlimmer, seit meinem gruseligen Traum war ich nicht gerade scharf darauf, ihm zu begegnen. Auch wenn ich es vor mir selber nicht zugeben wollte, ich glaube, ich fürchtete mich etwas vor ihm.

»Ist der Platz hier frei?« Scheinheilig lächelte Tante Clarissa Mrs Dunn an und deutete auf den Barhocker neben der Cellistin. Langsam hob die Angesprochene den Kopf, schaute verwundert die leere Reihe aus Barhockern entlang, als ob sie fragen wollte: »Warum müssen Sie sich denn ausgerechnet hierhin setzen?«, begnügte sich aber mit einem stummen Nicken als Antwort.

»Danke!«, strahlte meine Tante. »Komm, Amy, setz dich zu mir!« Mit der flachen Hand klopfte sie auf den Hocker an ihrer anderen Seite. »Die nette Dame hat nichts dagegen, wenn wir ihr Gesellschaft leisten.«

Notgedrungen schob ich mich auf den Barhocker, ließ mir die Haare über das Gesicht fallen und übte mich im Unsichtbarsein. So eine peinliche Vorstellung!!!

»Wo habe ich denn nur meine Brille?«, murmelte meine Tante ziemlich laut. »Wissen Sie, ständig verlege ich meine Brille. Nie ist sie da, wo sie sein soll!«

Mrs Dunn schaute mit traurigen Bernhardineraugen kurz in ihre Richtung, erwiderte aber nichts. Da ließ meine Tante ihre Handtasche zuschnappen, starrte die Cellistin an, als säße plötzlich die Queen höchstpersönlich neben ihr, und rief mit gespieltem Erstaunen: »Sie sind doch ... nein ... sagen Sie es mir nicht ... ich kenne Sie ... Genau ... von gestern ... auf der Fünfhundertjahrfeier ... Sarah Dunn, nicht wahr.«

Die Frau hob den Kopf und blinzelte misstrauisch. Sie sah mindestens genauso grauenerregend wie Andrew aus. Ihr Gesicht war fahl, die Haare hingen ihr strähnig in die Augen.

»Mein Name ist Clarissa Fern, ich betreibe das *Little Treasures* ein Stück weit die Harbour Road runter.« Mitfühlend legte Tante Clarissa sich die eine Hand auf die Brust, die andere auf Mrs Dunns Unterarm. »Sie armes Wesen. Ich kannte Rubinia Redcliff seit dem Tag, an dem sie hierhergezogen ist, und sie war mir bei Gott nicht sonderlich sympathisch. Glauben Sie mir, sie hatte hier nicht gerade viele Freunde, verständlicher-

weise, aber was sie **Ihnen** angetan hat, das setzt ja allem die Krone auf! ... Natürlich ist sie jetzt tot und über die Toten nichts als Gutes, aber was wahr ist, muss auch wahr bleiben!«
»Es ist so typisch Rubinia. Schleicht sich einfach so aus der Affäre«, flüsterte Sarah Dunn in ihre Teetasse. »Jetzt kann sie nichts mehr tun, um meinen guten Ruf wiederherzustellen.«
»Ausgesprochen rücksichtslos von ihr!«, pflichtete ihr meine Tante nickend bei. »Auch die Art und Weise ihres Ablebens ... so spektakulär ... auch typisch ... nicht wahr?«
»Ja, sie liebte große Auftritte«, seufzte Mrs Dunn. »Große Auftritte und Macht; Macht über andere Menschen zu haben, das hat sie schon als kleines Kind genossen. Ich muss das wissen, wir haben im gleichen Haus gewohnt. Mit ihrer Krankheit wurde sie dann richtig bösartig. Trotzdem hätte ich sie gestern nicht so angehen sollen. Das war nicht richtig. Ich schäme mich heute so sehr dafür! Ich weiß gar nicht, was in mich gefahren ist. Aber manchmal, da packt mich der Jähzorn und dann sage und tue ich Dinge, die mir anschließend schrecklich leidtun.«
Bevor ich weiter davon berichte, was Mrs Dunn uns erzählte, muss ich kurz auf die Krankheit von Rubinia Redcliff zu sprechen kommen. Um es kurz zu machen: Rubinia war ein Wunderkind. Wie Mozart lernte sie schon sehr früh das Klavierspielen und bald beherrschte sie es so vollendet, dass es alle von den Sitzen riss. Von da an ging es immer nur bergauf. Sie wurde berühmter und berühmter und verdiente ein wahnsinniges Geld mit Konzerten, Platten, CDs, Büchern, Fernsehauftritten und Interviews. Dann kam der Schock. Sie war sechsunddreißig, als man bei ihr Rheuma feststellte. Die Krankheit tritt in Schüben auf. Unvorhersehbar und unheilbar. Als sie das

erste Konzert absagen musste, weil ihre Hände ihr nicht richtig gehorchen wollten, machte sie Schluss. Mit vierzig hängte sie das Klavier gewissermaßen an den Nagel. Die Zeitungen müssen damals voll davon gewesen sein. Es war ja auch tragisch. Ich meine, wenn der liebe Gott einem so ein riesengroßes Talent schenkt und dann macht so eine blöde Krankheit alles kaputt.

Wer in Ashford-on-Sea lebte, kam gar nicht darum herum, Rubinia Redcliffs Geschichte zu kennen. Und natürlich wusste ich auch, dass das Rheuma bei ihr superlangsam vorangeschritten war. Deshalb hatte sie ab und an im kleinen Kreis immer noch Minikonzerte geben können. Natürlich lange nicht auf dem Niveau von früher, aber immerhin. So wie gestern auf dem Anwesen von Lord Ashford.

»So, hier kommt eine kleine Erfrischung für den guten Percy!« Ein wenig Wasser schwappte über den Rand, als Nicolas den Napf auf dem Steinboden abstellte. Ich lächelte ihn dankbar an, während Percy sofort losschlabberte.

»Ich wünschte, ich könnte den gestrigen Tag aus dem Kalender streichen. Erst attackiere ich Rubinia vor allen Leuten und mache mich dabei total lächerlich, dann ertränke ich meinen ganzen Ärger und meine Wut im Zelt des *Smuggler's Rest* im Alkohol.« Tränen kullerten über Sarah Dunns eingefallene Wangen. »Ich war so schrecklich betrunken. Mr Pears hier war so nett, mich ins Pub zu fahren, und seine Frau hat mich dann ins Bett verfrachtet. Mir ging es hundeelend.«

»Dann haben Sie Rubinia gestern gar nicht mehr gesehen?«, forschte meine Tante achtsam nach.

Sarah Dunn schüttelte langsam den Kopf. »Nein. Heute Morgen nach dem Aufstehen, da hatte ich mir überlegt, dass ich noch mal zu ihr gehe und versuche, ganz in Ruhe mit ihr zu reden, aber dann teilte Mr Pears mir mit, dass ... dass sie tot ist.« Sie machte sich nicht mehr die Mühe, die Tränen wegzuwischen. Verzweifelt schaute sie Tante Clarissa an. »Was mache ich denn jetzt nur? Sie hat mein Leben zerstört und niemand auf der Welt kann das wieder in Ordnung bringen!« Die arme Frau war völlig am Ende. Wahrscheinlich hätte sie ein glücklicher Mensch werden können, wäre ihr nur nie Rubinia Redcliff begegnet.

Draußen hupte es. Sarah Dunn rutschte von ihrem Barhocker und wühlte umständlich in ihrer Tasche herum, bis sie schließlich ein zerknüddeltes Papiertaschentuch zutage förderte. »Entschuldigen Sie, Mrs Fern«, sagte sie zwischen zwei Nasenschnäuzern, »aber das ist mein Taxi.«

Sie griff nach Tasche und Koffer. Schon an der Tür, wandte sie sich noch mal um. »Auf Wiedersehen, Mr Pears! Vielen Dank für alles. Auch an Ihre Frau. Und entschuldigen Sie bitte noch mal die Umstände, die ich Ihnen gemacht habe!«

»Gehört alles zum Service!« Nicolas ließ sein tiefes Lachen hören. »Gute Reise und kommen Sie bald mal wieder!«

Sie winkte uns zum Abschied matt zu und rumpelte mit ihrem Koffer nach draußen in den Sonnenschein.

»Euer Tee! Er reicht zwar nicht an den im *Little Treasures* heran, aber man kann ihn trinken.« Nicolas schob zwei Tassen zu uns rüber. Das Wandtelefon hinter ihm brummte leise auf. »Armes Persönchen, diese Mrs Dunn. Kann einem richtig leidtun!« Er nickte dem jetzt verwaisen Barhocker neben Tante Clarissa zu.

»Sie scheint keinen Alkohol zu vertragen. Innerhalb kürzester Zeit war sie ziemlich beschwipst. Meghan zufolge hat sie geschnarcht wie ein Bär, nachdem sie sie ins Bett bugsiert hatte. Und damit hat sie bis heute Morgen auch nicht aufgehört. Einige Hotelgäste haben sich über die Ruhestörung beschwert.«

Meine Tante nickte und warf mir einen bedeutungsschwangeren Blick zu. Zugegeben, es dauerte zwei, drei Sekunden, aber dann fiel auch bei mir der Groschen. Nicolas hatte Sarah Dunn gerade das geliefert, was man wohl in der Fachsprache ein wasserdichtes Alibi nennt.

»Willst du nicht ans Telefon gehen?«, fragte meine Tante irritiert, nachdem der Apparat zum wiederholten Male fordernd aufgebrummt hatte.

Nicolas winkte ab. »Heute will die ganze Welt nur Zimmer reservieren. Und die unterstehen Meghan. Ich werde den Teufel tun und mich da einmischen. Gleich schaltet das Telefon zu ihr um. Einfach ignorieren.« Fast ohne Luft zu holen, fuhr er fort: »Auf dem Fest, in unserem Zelt, meine Herren, hat die gequasselt! ... Die ganze Zeit ging es nur um Rubinia hier, Rubinia da. Dass sie mal Freundinnen gewesen seien ... wie gehässig, bösartig und missgünstig Rubinia wegen ihrer Krankheit geworden ist. All so ein Zeug.« Wieder brummte das Telefon. In aller Ruhe legte Nicolas seine Unterarme auf dem Tresen auf und begab sich in Tratschposition.

»Sie hat davon gefaselt, was für eine tolle Frau Rubinias Mutter gewesen ist. Mit der war sie wohl ziemlich dicke. Ein bisschen verrückt und durchgeknallt, aber liebenswert und herzlich«, berichtete er und Tante Clarissa sog jedes Wort wie süßen Honig ein. »Butterfly Redcliff.« Er grinste und schüttelte den Kopf. »Schräger Name, nicht wahr? Deshalb kann ich ihn mir auch so gut merken. Eigentlich hieß sie Rosamunde. Nach einer Ausbildung zur Krankenschwester ist sie wohl ab durch die Mitte. Ist zum Hippie mutiert, hat sich den Namen Butterfly verpasst und ist ab nach Asien.« Nicolas nickte wissend. »Selbstfindungstrip. Indien und so weiter. Das kennt man ja. Vor allem Thailand. Da hat sie dann wohl in so einer Art Hippiekommune ihre große Liebe gefunden. Rubinias Vater. Wenn ich das richtig verstanden habe, war sogar von Hochzeit die Rede.«

Aufgeregt rutschte ich auf meinem Hocker ein Stückchen vor und hätte beinahe meine Teetasse umgeworfen. Harry! »Und … haben sie? Geheiratet, meine ich!«, stieß ich hervor. »Happily ever after?«, zwinkerte Nicolas mir zu. Ich nickte heftig. Zu meiner Enttäuschung hob er bedauernd die Schultern. Oh, nein! Was war passiert! Kein Happy End?

»Keine Ahnung«, antwortete er schulterzuckend. »Ich weiß nur das, was alle wissen. Nämlich dass Rubinias Vater bei einem tragischen Unfall ums Leben gekommen ist und dass Rubinia Einzelkind gewesen ist. Ob sie ihren Vater überhaupt gekannt hat?« Er zuckte wieder mit den Schultern.

Während Nicolas' Bericht hatte Tante Clarissa Kugelschreiber, Notizbuch und Brille hervorgeholt und alles in Windeseile mitgeschrieben. Nachdenklich rührte ich meinen Tee um. Ich war tief getroffen! Ehrlich jetzt! Harry war bei einem Unfall gestorben? Wann? Warum? Wie tragisch! Kurz nach der Hochzeit oder noch davor? Ich hatte mir ihre romantische Hochzeit schon so schön ausgemalt. Wie glücklich sie gewesen waren! Was war nur geschehen?

»Rubinia Redcliffs Mutter ist tot. Vor ein paar Wochen ist sie im Pflegeheim verstorben«, raunte ich vor mich hin.

»Ach, ich dachte immer, sie sei schon vor Jahren gestorben«, antwortete meine Tante überrascht.

Ich schüttelte den Kopf. »Mrs Redcliff hat es mir selber erzählt.«

»Die Rechnung?«, rief Nicolas fragend über unsere Köpfe hinweg zu einem Tisch hinüber, an dem eine sechsköpfige Familie gerade ihr Frühstück beendet hatte. »Komme gleich!« Er griff nach seinem großen Portemonnaie, das ganz ausgebeult war von den vielen Penny- und Pfundstücken. Das Telefon machte sich schon wieder bemerkbar.

»Ist Finn zu Hause?« Tante Clarissas Frage ließ mich zusammenzucken. Finn! Beim Gedanken an ihn stiegen die Schmetterlinge in meinem Bauch auf, aber nur um im nächsten Moment eine Bruchlandung hinzulegen. Denn eine eiskalte Eisenhand hatte mein Herz umschlossen und drückte langsam zu. Es war die Angst. Davor, was passieren würde, würde Tante Clarissa ihn genauso geschickt in die Mangel nehmen wie eben Sarah Dunn. Würde er vielleicht Sachen verraten, die er besser für sich behielt und die ich auch gar nicht wissen wollte?

»Finn ist unschuldig. Er hat nichts getan«, betete ich mir im Stillen vor. Wie gerne ich das glauben wollte! Doch da war dieser Zweifel in meinem Kopf, der mich nicht in Ruhe ließ. Was, wenn doch?

Nicolas hatte den Tresen umrundet und war auf dem Weg zu der Familie mit den vier Kindern, die sich mittlerweile lauthals stritten, vor uns stehen geblieben. Mit ungewöhnlich ernstem Gesicht schaute er uns an. »Ach. Der arme Junge. Was für ein Pech. Stolpert geradezu über die Leiche seiner Klavierlehrerin. Das war ein schlimmer Schock. Erst haben Meghan und ich uns überlegt, ihn für die Ferien zu seiner Tante nach Schottland zu schicken, damit er hier rauskommt und nicht an jeder Straßenecke an Rubinia Redcliff erinnert wird.«

Sehr gut! Erleichtert atmete ich auf. Dann war er aus der Schusslinie, bis Tante Clarissa und ich den wahren Mörder überführt hatten. Auch wenn das bedeutete, dass ich ihn ziemlich lange nicht sehen würde.

»Aber er hat ja diesen Ferienjob bei Lord Ashford. Den konnte er natürlich nicht so kurzfristig absagen«, zerstörte Nicolas mit einem Wimpernschlag all meine Hoffnungen. »Obwohl Seine Lordschaft bestimmt Verständnis dafür gehabt hätte. Aber na ja, wenn Finn da oben im Herrenhaus beim Neuordnen der vielen Bücher hilft, ist er abgelenkt, kommt auf andere Gedanken und verdient auch noch Geld. Und das kann er gut gebrauchen. Ihr wisst doch, dass er wahrscheinlich demnächst nach London geht?«

Finns Vater strahlte uns so überglücklich an, dass es mir ins Herz stach.

»Kevin, lass auf der Stelle Sandys Haare los! ... Sandy, hör auf zu spucken!«, schrillte die Stimme einer Frau vom Sechsertisch zu uns herüber.

Nicolas rollte mit den Augen. »Also, nein, er ist nicht hier, sondern bei Lord Ashford. Und jetzt entschuldigt mich. Ich muss dahinten mal abkassieren, bevor die anfangen, mit Porridge zu werfen! Und vergesst den Tee. Ihr seid meine Gäste!«

Wir traten in den Sonnenschein hinaus. Unten in der Bucht bauschten sich die Segel der ersten Yachten im Wind. Nichts erinnerte mehr an den Nebel von gestern Nacht. Ich wusste, dass sich meine Freunde heute zum Segeln und Schwimmen verabredet hatten und wünschte ihnen in Gedanken viel Spaß dabei. Die Sommerferien waren für mich immer so eine Sache. Bei schönem Wetter toasteten sich die anderen in jeder freien Sekunde in den Badebuchten oder segelten in ihren Booten aufs Meer hinaus. Nur ich mied Wasser und Strand wie der Teufel das Weihwasser. Ich habe ja schon erzählt, warum … Nur ab und an erklärte sich einer bereit, mit mir Crocket oder Tennis spielen zu gehen, und manchmal schauten die anderen mit nassen Haaren und sonnengebräunter Haut am Ende eines Strandtages noch auf einen Eistee im *Little Treasures* vorbei. Aber im Großen und Ganzen sorgte meine Panik vor dem Wasser dafür, dass ich meine Freunde wochenlang kaum sah.

»Sarah Dunn können wir also von unserer Liste streichen«, entschied meine Tante. »Wenn das so weitergeht, müssten wir den Mörder heute Abend haben.«

»Wo gehen wir jetzt hin?«, fragte ich, als ein Mini neben uns eine Vollbremsung hinlegte. Die sportliche Fahrerin war Meghan, Finns Mutter, eine rundliche Frau mit roten Bäckchen, die ich noch nie in meinem Leben in einer Hose gesehen habe. Ob es Winter war oder Sommer, sie trug immer nur Kleider. Und genau wie ihr Mann hatte auch sie stets unverwüstlich gute Laune.

»Hallo, ihr zwei!«, winkte sie uns zu, während sie aus dem Auto stieg. »Mir ist die Marmelade ausgegangen. Zum Glück hat Lydia am Freitag eine neue Lieferung bekommen. Sie ist ein wahrer Engel! Sperrt mir den Laden auf, obwohl heute Sonntag ist. Ich hab mal vorsorglich ihre Regale geplündert. Spätestens ab heute Mittag erwarte ich eine Invasion. Wir sind ausgebucht bis in die Besenkammer und das Telefon hört einfach nicht auf zu läuten. Seit gestern Abend geht das schon so.«

»Was ist denn passiert?« Tante Clarissa blinzelte verwundert in das Sonnenlicht.

»Rubinia Redcliffs Tod ist passiert.« Meghan zerrte einen

Korb voll Marmeladengläser aus dem Wagen und schlug donnernd die Tür zu. »Die meisten Anrufer waren Journalisten und schluchzende Fans.«

»Na. Klar! Ich Trottel!« Tante Clarissa fasste sich an den Kopf. »Das wird eine kleine Völkerwanderung geben. Und der arme Andrew ist ganz allein im *Little Treasures*! Auf so einen Ansturm sind wir gar nicht vorbereitet.«

»Wir sind auch nur zu zweit. Finn ist ins Herrenhaus, um Lord Ashford in der Bibliothek zu helfen. Der Junge ist ja so fleißig und Lord Ashford hatte nichts dagegen, wenn er heute schon anfängt«, setzte Meghan an und stemmte den Korb in die Hüfte. »Wisst ihr, dass Finn nach London geht?«

»Die *Royal Academy*? Hat das tatsächlich geklappt? Nicolas hat eben schon so etwas angedeutet«, freute sich meine Tante.

»Noch nicht. Aber bald dürfte die Einladung zum Vorspielen wohl eintreffen. Zum Glück hat Rubinia Redcliff ihn noch vor ihrem Tod an die Akademie empfohlen.« Meghan strahlte. »Nic platzt vor Stolz und ich kann es auch kaum fassen. Unser Junge an der berühmten *Royal Academy of Music*. Wer hätte das gedacht.«

Ich biss mir auf die Unterlippe. Wenn Finns Eltern die Wahrheit kennen würden …

»Deshalb hat Finn diesen Ferienjob in Lord Ashfords Bibliothek angenommen. Er will für London sparen. Er weiß, dass wir uns ganz schön krummlegen müssen für seinen Traum. Aber das tun wir gern. Und genau deshalb muss ich jetzt auch zusehen, dass ich weiterkomme. Die Betten beziehen sich nicht von selbst!«

Die Tür zum *Smuggler's Rest* fiel hinter ihr ins Schloss.

## 11

Sekundenlang studierte Tante Clarissa das Zifferblatt ihrer Armbanduhr. Wahrscheinlich überschlug sie dabei im Kopf die Menge an Scones und Kuchen, die für den zu erwartenden Ansturm gebacken werden mussten. Jedenfalls entschied sie am Ende: »Andrew kann das unmöglich alleine schaffen und Dorothy läuft uns schon nicht weg. Genauso wenig wie der gar nicht trauernde Witwer. Ich muss ins *Little Treasures* zurück.«

»Percy, komm, wie gehen nach Hause!«, rief ich. Doch Tante Clarissa hatte andere Pläne.

»Du nicht!«, stoppte sie mich. »Du und Percy, ihr geht zum Herrenhaus. Genauer gesagt in die Bibliothek. Dort verwickelst du Finn in ein Gespräch und ganz nebenbei bringst du in Erfahrung, ob ihm gestern in der Bucht etwas Außergewöhnliches aufgefallen ist.« Sie tippte sich mit dem Zeigefinger gegen das Kinn und nickte zufrieden. »Ja. Genau so machen wir es. So ist es sogar viel unauffälliger. Ihr besucht immerhin die gleiche Schule und kennt euch. Also ... dein morgendlicher Spaziergang mit Percy hat dich rein zufällig zum Herrenhaus geführt. Weil Finns Eltern dir von seinem Ferienjob erzählt haben und du Bücher liebst, schaust du einfach mal rein, um zu fragen, ob du dir die Büchersammlung von Lord Ashford angucken darfst.«

Irgendein böser, kleiner Teufel hatte mir gerade den Boden unter den Füßen weggezogen und ich befand mich im freien Fall. Ich sollte zu Finn gehen? Allein?

»Geht gar nicht!«, stieß ich hervor. Ich glaube, das Gefühlschaos, das in mir tobte, muss ich nicht erst groß beschreiben. »Außerdem ist Sonntag, da kann ich doch nicht so früh bei Lord Ashford klingeln. Wer weiß, vielleicht frühstücken die noch!«

»Unsinn. Lord und Lady Ashford sind Frühaufsteher. Und was die Befragung angeht ... Das ist alles kein Hexenwerk. Du warst doch eben dabei und hast mit angehört, wie ich es gemacht habe!«

Darum ging es doch gar nicht. Oder zumindest nicht an erster Stelle.

»Und solltest du nichts herausfinden, ist das auch kein Drama«, fuhr meine Tante unerbittlich fort.

War das zu fassen? Sie ließ mich einfach so stehen. Winkte und ging davon.

Unschlüssig stand ich vor dem Pub. Am liebsten wäre ich hinter ihr hergerannt. Und das hätte ich bestimmt auch getan, wenn mich nicht eine plötzliche Einsicht davon abgehalten hätte. War es trotz aller Bedenken nicht tatsächlich besser, wenn ich Finn befragte? Sobald Tante Clarissa etwas von seinem Streit mit Rubinia Redcliff und/oder der Sache mit den Keksen erfuhr, konnte das Finns Schicksal besiegeln. Wenn ich wirklich an ihn glaubte, wenn ich ihn wirklich liebte, dann musste ich jetzt alle Ängste abschütteln und mutig sein. Es wäre gelogen, würde ich behaupten, dass mir kein mulmiges Gefühl im Nacken saß, als ich mich umwandte und die Harbour Road in Richtung Herrenhaus hinaufschritt.

Fragen über Fragen schwirrten mir durch den Kopf: Hast du wirklich das Empfehlungsschreiben gefälscht, Finn? Warum hast du das getan? Warum bist du gestern doch zum Fest gekommen? Was wolltest du in der Smuggler's Bay? Und: Was hat es mit der Kekstüte im Seetang auf sich?

Nein, die allerwichtigste Frage war mir nicht entgangen. Die entscheidende Frage, auf die alles hinauslief …, doch die konnte ich noch nicht mal denken, ohne dass es mir eiskalt über den Rücken lief. Und trotzdem würde ich sie ihm stellen müssen. Früher oder später.

Mit jeder dieser Fragen wurden meine Beine schwerer und der Berg steiler. Plötzlich blieb Percy stehen. So unvermittelt, dass ich beinahe über ihn gestolpert wäre. Er spitzte die Ohren und lauschte.

Jetzt hörte ich sie auch. Eine ziemlich heisere Polizeisirene und Hundegejaule. Die Sirene kam näher, nicht schnell, aber stetig. Eben mit der gleichen Geschwindigkeit, mit der sich der klapprige Polizeiwagen von Sergeant Oaks die Harbour Road hinaufkämpfte. Ein gutes Stück unterhalb der Stelle, an der wir standen, bog er in eine Seitenstraße ein. Und zwar nicht in irgendeine, sondern in die Ivy Lane. Die Straße, in der Dorothy und seit gestern Rubinia Redcliffs Witwer wohnten. Mein Handy vibrierte.

»Amy? Endlich kommt man mal durch, wenn es wichtig ist!« Tante Clarissa. »Wo bist du? Sergeant Oaks ist gerade mit Blaulicht am *Little Treasures* vorbei. Weißt du, wo er hin ist?«

»In die Ivy Lane.«

»Aha! Das ist ja interessant! Was will er denn da? Zu dumm, dass ich hier nicht wegkann. Der Laden ist rammelvoll.« Im Hintergrund hörte ich die Kaffeemaschine, Stimmengemurmel und Geschirrgeklapper. »Hör zu, Amy! Du musst jetzt für mich Augen und Ohren sein«, beschwor mich meine Tante. Keine Frage, das Jagdfieber hatte sie gepackt. »Finde heraus, was da los ist. Irgendetwas *ist* da los. Oder kannst du dich daran erinnern, wann wir hier das letzte Mal die Polizeisirene gehört haben?«

Konnte ich nicht.

»Ich verlasse mich auf dich!« Es raschelte verdächtig in der Leitung.

»Das ist voll peinlich!«, protestierte ich, bevor meine Tante auflegen konnte. »Wir können gerne tauschen. Ich bin in zwei Minuten im *Little Treasures* und du kommst schnell hierher.«

»Blödsinn!«, entschied Tante Clarissa. »Bis ich in der Ivy Lane bin, ist doch schon längst alles Wichtige gelaufen. Sieh es als Übung an. Der Sprung ins kalte Wasser ist meistens das Beste.« Das bimmelnde Türglöckchen und das laute Stühlerücken, das durch die Leitung bis zu mir drang, ließ auf eine größere Gruppe von Gästen schließen, die gleich bedient werden wollte.

Zögernd überquerte ich die Straße. Natürlich hatte die Polizeisirene nicht nur Tante Clarissa alarmiert. Beinahe in jedem Haus war hinter den Gardinen ein neugieriges Gesicht zu erahnen. Die besonders Sensationshungrigen traten auf die Straße und stierten unverhohlen in die Ivy Lane.

Ich stolperte die Harbour Road hinunter und hatte schon die Ecke erreicht.

»Wo ist Sergeant Oaks jetzt?«, wollte meine Tante wissen.

»Er hat gerade sein Auto vor Rubinia Redcliffs Haus geparkt«, berichtete ich. Als würde das irgendetwas besser machen, legte ich die Hand über mein Handy. Man sah natürlich trotzdem, dass ich telefonierte. »Jetzt steigt er aus und geht auf die Haustür zu. Die steht offen.«

Ich warf einen Blick zurück über die Schulter zum *Smuggler's Rest*. Davor hatte sich ebenfalls eine Menschentraube gebildet. Nicolas hatte sich wie ein Troll vor der schweren Eichentür aufgebaut und trocknete sich die Hände an einem Tuch ab. Nur Dorothys Haus lag wie ausgestorben da. Also, abgesehen von dem Heulen der Hunde. Auch wenn sich kein Vorhang regte, kein Kopf am Fenster zeigte, kroch mir doch das Gefühl den Nacken hoch, dass mich von dort drüben jemand beobachtete.

»Kannst du Mr Hardy sehen?«

»Nein.«

»Wie seltsam!«, raunte Tante Clarissa nachdenklich. Die Geräusche im Hintergrund verblassten. Deshalb nahm ich an, dass sie sich in den Vorratsraum geschlichen hatte, um ungestört telefonieren zu können. »Noch ein Mord? Nicht auszuschließen«, mutmaßte sie.

»Tante Clarissa!«, zischte ich. »Mach mir keine Angst!«

»Entschuldige, das wollte ich nicht. Aber man darf sich auch nicht den Tatsachen verschließen und leider sagt mir meine Erfahrung, dass ein Unglück selten allein kommt.«

Na, ganz großartig und das sollte mich jetzt beruhigen? Ich weiß nicht, was die anderen dachten, aber für einen Moment schien halb Ashford den Atem anzuhalten. Wie in einer Endlosschleife rauschte mir nur ein Gedanke durch den Kopf: »Bitte nicht noch eine Leiche!« Bis zu meiner unendlichen Erleichterung Duncan Hardy mit frisch gegeltem Haar und gekleidet wie aus einer Modezeitschrift vor Sergeant Oaks ins Freie trat.

»Er lebt!«, vermeldete ich erleichtert. »Duncan Hardy ist quietschlebendig!«

Als er bemerkte, dass er Publikum hatte, winkte er so majestätisch wie ein Filmstar bei der Oscarverleihung. Ein überraschtes Tuscheln und Raunen ging durch die Menge. Außer Sergeant Oaks, Dorothy, meiner Tante und mir wusste wahrscheinlich noch niemand, wer dieser fremde, aufgeblasene Typ in Rubinia Redcliffs Haus war.

»Was passiert jetzt?«

Ich musste grinsen, denn mit jedem Wort hörte ich Tante Clarissa an, dass sie am liebsten durchs Telefon gekrochen wäre, um Mäuschen zu spielen.

»Mr Hardy deutet auf die Haustür ...«

»Ein Einbruch. Eins zu zehn!«

»Er zuckt mit den Schultern und redet, redet, redet.«

»Das tut er ja sehr gerne!«, wisperte Tante Clarissa. »Kannst du verstehen, was er sagt?«

Plötzlich funkte Andrew mit ziemlich saurer Stimme dazwischen: »Oh, Clarissa! Das darf ja wohl nicht wahr sein. Ich schlage mich da drinnen doppelt und dreifach, während du hier telefonierst. Könntest du bitte ...?«

»Liebes, du hörst es ja, ich muss aufhören!«, seufzte sie. »Jetzt pass mal gut auf: Es ist anzunehmen, dass diese Aufregung in unmittelbarem Zusammenhang mit dem Mord an Rubinia Redcliff steht. Deshalb musst du unbedingt herausfinden, was da los ist. Das ist wichtig, Amy! Ich verlasse mich auf dich!«

Das Nächste, was ich hörte, war ein lang gezogenes Tuten. Tante Clarissa hatte aufgelegt.

## 12

»Hey, Leute, macht, dass ihr weiterkommt! Hier gibt es nichts zu sehen!« Als wollte er Hühner verscheuchen, ruderte Sergeant Oaks mit den Armen in Richtung der Schaulustigen. Nachdem sie eingesehen hatten, dass ihnen heute nichts Sensationelles mehr geboten würde, waren die Ersten eh schon wieder in ihre Häuser gegangen und der Rest folgte jetzt. So komisch das vielleicht klingen mag, aber das hier war eine Aufgabe, die wie für mich gemacht war. Beim Anschleichen und unauffällig Beobachten geht es schließlich nur um eins: Unsichtbar sein, und diese Disziplin beherrsche ich perfekt.

Auf der Suche nach einem Hundeleckerli schob ich meine Hand in die Tasche meiner Shorts und wurde fündig. Das Leckerli sollte meine Rückversicherung sein. Nur für den Fall der Fälle. Wer wirklich unsichtbar sein will, muss sich absolut normal verhalten. Zu meinem Glück verschwanden Sergeant Oaks und Mr Hardy wieder im Hausflur, sodass ich durch das Gartentörchen treten konnte. Als sei es das Selbstverständlichste von der Welt, schlenderte ich auf die Haustür zu. Hinter einem besonders prächtigen Rosenstock ging ich in die Hocke und dankte Gott dafür, dass ich heute Morgen das Shirt mit dem Blumenmuster aus dem Schrank gezerrt hatte. Percy saß neben mir und schaute mich erwartungsvoll an.

»Leise!«, flüsterte ich ihm zu.

»Wie gesagt, habe ich den Einbruch erst eben bemerkt«, hörte ich da Mr Hardy im Hausflur sagen.

»Haben Sie denn nicht das Glas splittern hören?«, wollte Sergeant Oaks wissen. »Das muss doch laut gewesen sein.«

»Ich habe geschlafen wie ein Baby!«, gab Mr Hardy zurück. »Wahrscheinlich war das sogar mein Glück. Nicht auszudenken, was hätte passieren können, wäre ich durch das Geräusch aufgeschreckt worden ...«

Splitter knirschten unter einer Schuhsohle. Zwischen den Rosen sah ich, wie sich Sergeant Oaks, die Brille auf der Nase, vor die Haustür hockte, um den Schaden zu inspizieren. »Das war kein Profi. Der hätte nämlich einfach das Schloss geknackt. Selbst meine Großmutter würde das mit einer Hutnadel in drei Sekunden aufbekommen. Und die ist hundertzwei.«

Keuchend richtete er sich wieder auf und starrte mich an.

»Amy Fern, was treibst du da!«, donnerte seine Stimme.

Blitzschnell warf ich das Hunderleckerli zwischen die Bodendecker, zischte Percy ein gepresstes »Such!« zu und richtete mich auf. »Es tut mir so leid, Sergeant Oaks, aber Percy muss etwas gewittert haben. Ein Kaninchen oder so!«

Zur Erklärung deutete ich auf Percy, der wie wild in der Erde buddelte.

»Schaff dich und deinen Hund hier sofort weg!«, schimpfte Sergeant Oaks, zog die Brille ab und durchbohrte mich mit seinen kleinen Schweineaugen.

»Das würde ich ja gerne, aber Percy ist ein Terrier und Sie wissen doch, wie Terrier sind. Stur!«

Sergeant Oaks schnaubte, machte eine wegwerfende Handbewegung in meine Richtung und wandte sich wieder Mr Hardy zu.

»Und jetzt zeige ich Ihnen mal etwas wirklich Erstaunliches«, setzte Duncan Hardy an. Für mich interessierte er sich nicht im Geringsten. »Schauen Sie sich doch mal die Terrassentür an!«
Ich zählte leise und langsam bis zehn, denn nach meiner Einschätzung deckte das genau die Zeitspanne ab, die die beiden benötigten, um von der Haus- zur Terrassentür zu gehen. Bei zehn warf ich einen prüfenden Blick über die Schulter. Ich war allein.
Mit zwei Schritten war ich an der Tür. Vor mir lag der Flur. Linker Hand die geschlossene Bürotür. Daneben das Sideboard mit den Blumen und ... Ich riss die Augen auf und guckte noch mal genauer hin. Der Brief an den Polizeipräsidenten war weg. Verschwunden! Ich schaute den Flur rauf und runter. Kein Brief! Und direkt vor meinen Füßen? Auch kein Brief. Aber Tropfen. Rote Tropfen, wie gekleckerter Tomatenketchup. Sie leuchteten mir von den weißen Marmorfliesen entgegen. Rot. Dunkelrot. Blutrot.
Noch während ich auf die Knie sank, zog ich ein Taschentuch aus meiner Hosentasche. Vorsichtig drückte ich es auf den roten Fleck direkt vor mir. Es blieb blütenweiß. Der Fleck war knochentrocken. Meine Augen wanderten die Haustür hinauf bis zu dem gesplitterten Glas. An einem besonders langen und spitzen Splitter war ein dünner Faden Blut hinuntergelaufen, der jetzt Orangerot im Sonnenlicht glitzerte. Der Einbrecher hatte sich also am Glas verletzt.
»Schauen Sie, Sergeant«, drang Duncan Hardys Stimme aus dem Wohnzimmer. »Ganz offensichtlich hat jemand die Terrassentür aufgebrochen und sich Zutritt zu meinem Haus verschafft. Da drängt sich doch die Frage auf: Warum bricht ein Einbrecher zweimal ein?«

»Seltsam, sehr seltsam. Oder doch nicht. Ich nehme an, der Einbrecher hat es erst an der Haustür probiert, ist dann aber im entscheidenden Moment gestört worden. Deshalb ist er ums Haus rum und hat sein Glück an der Terrassentür versucht ...«, erwiderte Sergeant Oaks. Plötzlich schimpfte er: »Und nehmen Sie um Gotteswillen die Finger da weg, Mann. Sie ruinieren mir ja sämtliche Fingerabdrücke!«

Unschlüssig überlegte ich, was Tante Clarissa an meiner Stelle tun würde. Mein Auftrag lautete: »Finde heraus, was du kannst!«

Duncan Hardy und Sergeant Oaks hatten die Tür zum Wohnzimmer nicht geschlossen. Langsam schlich ich darauf zu und spähte durch den offenen Spalt. Das Herz schlug mir bis zum Hals. Noch nie in meinem ganzen Leben hatte ich so etwas Aufregendes getan und es fing an, mir Spaß zu machen.

»Vermissen Sie irgendetwas?« Wie Tante Clarissa hatte auch Sergeant Oaks einen Block für seine Notizen.

»Nein. Nicht wirklich. Zumindest nichts Wichtiges.« Ich folgte Mr Hardys Blick auf den unbequemen Sessel und den Beistelltisch daneben und da wusste ich, was er im nächsten Moment antworten würde: »Nur das Tagebuch meiner Schwiegermutter. Das ist verschwunden.«

»Was kann ich für dich tun?« Mit diesen Worten öffnete mir eine gute halbe Stunde, nachdem Percy und ich uns unbemerkt aus Rubinia Redcliffs Haus geschlichen hatten, ein Mann mit schlohweißem Haar und Butler-Uniform die mächtige Tür von Ashford House. Auch wenn ich noch nie mit ihm gesprochen hatte, wusste ich trotzdem, dass er Mr Seaton hieß und Lord Ashfords Butler war.

»Hallo, Mr Seaton! Bitte entschuldigen Sie die Störung. Ich bin Amy Fern«, stellte ich mich ihm vor. »Kann ich bitte zu Finn. Finn Pears?«

Der Butler zog eine Augenbraue hoch und musterte mich und Percy skeptisch. »Soweit ich informiert bin, ist der junge Mann zum Arbeiten hier und nicht, um Besuch zu empfangen.« Das sagte er so höflich und neutral, als ob er mir den Weg nach London erklären würde.

»Ja, ich weiß. Ich würde ihn auch nicht lange stören, aber wenn es nicht geht, dann … o. k. … äh … ja, dann gehe ich jetzt wohl wieder.«

Ich hatte mich schon umgewandt, um den Rückzug anzutreten, als mich eine bekannte Stimme zurückrief.

»Was gibt es, Seaton?« Ich wirbelte herum und sah Lord und Lady Ashford durch die riesige Eingangshalle auf mich zukommen. Seine Lordschaft saß in einem antiken Rollstuhl aus Holz und Korbgeflecht, den seine Frau schob. Sein rechtes Bein ruhte ausgestreckt auf einer Art Stütze und der darauf liegende Fuß steckte in einem elastischen Strumpf. Oh je, dann war sein Sturz wirklich so folgenschwer gewesen, wie es gestern gewirkt hatte.

»Guten Morgen!«, grüßte ich.

Wohl weil Seiner Lordschaft mein erschrockener Blick aufgefallen war, seufzte er: »Beachte den Rollstuhl bitte gar nicht. Ein Spazierstock zur Unterstützung würde reichen, aber meine Frau besteht darauf, mich in diesem Monstrum aus dem letzten Jahrhundert durch die Weltgeschichte zu schieben.«

»Hallo, Amy!« Lady Ashford lächelte mich freundlich an. Auch heute sah sie wieder aus wie Audrey Hepburn. So zierlich und zerbrechlich. Ihr Haar hatte sie glatt nach hinten gekämmt und am Hinterkopf zusammengesteckt. Auch wenn das Twinset und der Rock, den sie trug, bestimmt schon bessere Tage gesehen hatten, wirkte sie unglaublich elegant. Nicht dass sie aufs Geld hätte achten müssen. Sie war nur sehr sparsam und bescheiden. Wie ihr Mann auch. Die meisten Jacken von Lord Ashford waren ausgebessert, hatten Lederaufsätze und waren schon ziemlich alt. War er ein perfekter Lord, war sie eine perfekte Lady, aber nicht auf irgendeine hochmütige Art. Nein, gar nicht. Sie hielten sich nicht für was Besseres und spendeten jedes Jahr eine Menge Geld an Kindergärten, Krankenhäuser oder für Kinder in Not. Jedes Mal, wenn ich sie zusammen sah, konnte ich nicht anders, als sie minutenlang zu betrachten. Sie lächelten sich immer an, hielten sich bei den Händen und guckten danach, dass es dem anderen gut ging. So sah die große Liebe aus, die jetzt schon über fünfzig Jahre hielt.

»Nun sei nicht so bockig, Henry!«, ermahnte Lady Ashford ihren Mann. »Du hast dir gestern eine wirklich böse Verstauchung zugezogen. Dein Knöchel muss geschont werden.«

»Dieses dumme Kaninchenloch«, schimpfte Lord Ashford. »Ich habe unsere Gärtner schon tausendmal angewiesen, etwas gegen diese Kaninchenplage zu unternehmen. Ein Unglück kommt eben selten allein.«

Lady Ashford seufzte schwer. »Ach Gott. Ja. Die arme Rubinia Redcliff. Eine Tragödie ist das. Ich habe die ganze Nacht kein Auge zugetan. Ausgerechnet auf unserem Fest musste das passieren.«

Es folgte eine lange Pause, die Seaton durch ein dezentes Räuspern beendete.

»Was kann ich denn für dich tun, Amy?« Ächzend setzte sich Lord Ashford in dem Rollstuhl auf.

»Ich möchte zu Finn. Wenn ich darf.«

Es war nur ein ganz kurzer Moment. Eigentlich nur das Aufblitzen eines wissenden Lächelns auf Lord Ashfords Gesicht gewesen, aber mir war es trotzdem nicht entgangen, und noch im selben Moment fing mein Gesicht an zu glühen. Ich sage nur Pink-Grapefruit-Syndrom. Ich hasse es!

»Seaton?«

»Sehr wohl, Eure Lordschaft?«

»Bitte, zeigen Sie Amy den Weg in die Bibliothek.«

Ehrerbietig senkte Seaton den Kopf. »Sehr wohl, Eure Lordschaft!«

»Aber halte ihn nicht zu lange von der Arbeit ab!«, rief mir Lord Ashford noch hinterher, als Seaton mir mit der Hand den Weg wies und mit hoch erhobenem Kopf vor mir hermarschierte.

»Mach ich nicht!«, rief ich schnell und jagte hinter Seaton her.

Jeder, der Downton Abbey geguckt hat, hat eine ungefähre Vorstellung davon, wie so ein richtiges Herrenhaus von innen aussieht. Meine Sneakers quietschten auf dem marmornen Steinboden, als Seaton den neugierig schnüffelnden Percy und mich durch die unglaubliche Eingangshalle führte. Ich wusste gar nicht, was ich zuerst bestaunen sollte: die hohe Decke, die Marmorsäulen oder die hölzerne, mit Teppich überzogene Treppe, die in die oberen Stockwerke führte und mindestens so breit war wie die Harbour Road. Ich kam aus dem Staunen echt nicht mehr raus und hätte das alles gerne noch viel länger bewundert, aber Seaton erreichte viel zu früh eine der riesenhohen Türen, öffnete sie und trat zur Seite: »Amy Fern für dich, Finn.«

Nachdem ich den Raum, ach was Raum, die *Halle* mit all den Büchern betreten hatte, deutete Seaton ein Kopfnicken an, machte auf dem Absatz kehrt und schloss hinter sich die Tür. Das, was ich da im Sonnenlicht, das durch die Fenstertüren fiel, zu sehen bekam, nahm mir den Atem. Die Decke, die Regale, alles war aus einem wunderschönen, edlen Holz gearbeitet. Vom Boden bis zur Decke nichts als Bücher. Bücher. Bücher. Bücher. Ich musste im Himmel sein. Und nicht ein pisseliges Taschenbuch war darunter. Es waren in Leder gebundene Bücher, einige davon bestimmt mit Goldschnitt. So wertvoll, dass sie woanders nur in verschlossenen Glasvitrinen aufbewahrt wurden. An den Regalwänden lehnten hohe Leitern. Und auf einer von ihnen entdeckte ich Finn. Er hatte sich einen Stift hinter das rechte Ohr geschoben und zog gerade ein Buch heraus.

»Amy?« Verwundert schaute er zu mir hinunter.

Ein Teil von mir machte Jubelsprünge. Mein Herz wurde ganz warm, dabei hämmerte es wie nach einem Tausend-

Meter-Lauf. Finn und ich allein. In einem Raum. Zum ersten Mal. Wow.

Gleichzeitig war da aber auch diese innere Stimme, die mich vor ihm eindringlich warnte.

Er ist kein Mörder!, versuchte ich sie zu beruhigen.

»Hi«, stammelte ich, dabei merkte ich, wie mein Gesicht Dunkelpink anlief. Nicht hilfreich. Gar nicht hilfreich! Ich räusperte mich und deutete auf die vielen Bücher um mich herum. »Tolle Bücher!« Meine Stimme zitterte. Sosehr ich mich auch bemühte, es gelang mir nicht, sie unter Kontrolle zu bringen. »Deine Eltern haben mir erzählt, dass du hier bist und ...« Ich kratzte mich verlegen im Nacken. »Und was du hier machst ... Also, mit den Büchern. Da habe ich mir gedacht, ich komme mir mal die Bücher angucken.«

Wortlos stieg Finn die Leiter hinunter. Als er direkt vor mir stand, hob er die Augenbrauen und schaute mich fragend an. Wenn es etwas gibt, womit man mich total aus dem Konzept bringen kann, dann ist das Schweigen. Deshalb plapperte ich einfach weiter.

»Das und ...« Ich deutete auf Percy, der sich vor mir aufgebaut hatte und Finns Hosenbein von oben bis unten abschnupperte. »... ich musste ja eh mit Percy Gassi gehen.«

Percy hielt im Schnuppern inne und warf mir einen unzufriedenen Blick zu. Ich wusste selber, wie lahm diese Erklärung war. Wortlos ging Finn zum Schreibtisch ans Fenster hinüber, zog den Stift hinter seinem Ohr hervor, schlug das edle Buch an einer bestimmten Stelle auf und trug irgendetwas in die große Kladde ein, die aufgeschlagen vor ihm lag.

»Du warst gestern im Heckenlabyrinth«, sagte er über die Schulter hinweg.

Ich presste die Lippen aufeinander. Aufgeflogen! Widerspruch war zwecklos.

»Habe ich recht?« Finn legte den Stift weg, wandte sich zu mir um und sah mir mit verschränkten Armen direkt in die Augen. »Ich wusste sofort, dass du gelogen hast.«

Oh Gott. Mir wurde gleich schlecht! Am liebsten wäre ich einfach weggerannt, aber das ging mit Wackelpudding in den Knien nicht. Was würde er als Nächstes sagen? »Hör auf, mir hinterherzurennen!« oder »Wie viel hast du mit angehört?«

Plötzlich sah ich sie. Auf seiner rechten Hand. Und ich konnte nicht aufhören, sie anzustarren. Frische Schnittwunden auf Handrücken und Fingerknöcheln. Schnittwunden. Gesplittertes Glas. Rote Tropfen auf weißen Fliesen.

»Gestern Nacht ist bei Mrs Redcliff eingebrochen worden.« Ich erkannte meine eigene Stimme nicht wieder, so ernst, so fest und so erwachsen klang sie in meinen Ohren. Keine Ahnung, woher ich plötzlich den Mut und die Ruhe zu dieser Attacke genommen hatte. Vielleicht lag es daran, dass ich ganz schlecht im Taktieren bin. Davon hatte ich ja eben eine Kostprobe gegeben.

Finn hob seine Hand vor die Augen und drehte sie hin und her. »Ja, ich weiß!« Jetzt richtete er seine strahlend blauen, hypnotischen Augen auf meine. Seine Stimme war nicht mehr als ein Windhauch, als er gestand: »Das war ich.«

Wie ein Felsbrocken, der von einer vom Meer ausgehöhlten Klippe in die Tiefe stürzt, ließ ich mich in einen der weinroten Ledersessel plumpsen. Es haut einen ganz schön um, wenn aus einer bösen Ahnung schreckliche Gewissheit wird. Die Gedanken rasten durch mein Gehirn und mein Herz schlug Kapriolen. Zuneigung, Angst, Ungläubigkeit, Entsetzen, Vertrauen, Panik, all das trug in mir einen erbitterten Kampf aus.

»Zieh keine falschen Schlüsse, Amy!« Mit kreidebleichem Gesicht kam Finn auf mich zu. Er griff nach meinen Händen, aber ich zuckte unwillkürlich zurück. Im nächsten Moment drängte sich Percy schützend vor mich. Er knurrte leise, aber sehr bedrohlich. Sofort ließ Finn von mir ab und wich mit erhobenen Händen zurück.

»O. k., ich weiß, dass das eine Straftat ist, und ich fühle mich auch echt mies deswegen, aber ich hatte gute Gründe. Ich musste es tun. Lass es mich dir erklären, bitte!«

Ich wusste ja nicht mal, was ich fühlte, wie sollte ich da wissen, was darauf die richtige Antwort war?

Als ich schwieg, ging er langsam rückwärts, bis er mit dem Rücken an die Schreibtischkante stieß.

»Hör mir einfach nur zu!«

Unfähig zu sprechen, begnügte ich mich mit einem Nicken. Finn holte tief Luft und dann begann er. Es wurde eine lange und ausführliche Erzählung.

Den größten Teil der Fakten hatte ich richtig kombiniert. Finn hatte den Brief an die Akademie gefälscht. Und zwar, weil Rubinia Redcliff trotz ständiger Versprechungen ihr Empfehlungsschreiben einfach nicht schrieb. Aus purer Panik, sie könnte die Meldefrist für das nächste Semester verpassen, hatte er nach einer Klavierstunde einen Briefbogen gestohlen, den Brief geschrieben und ihre Unterschrift gefälscht.

»Ich weiß, dass das völlig bescheuert war! Absoluter Wahnsinn. Aber damals hielt ich es für eine richtig gute Idee«, erklärte Finn mir, während er sich verzweifelt durch seine blonden Locken fuhr. »Ich hatte schon so lange auf die Akademie gewartet und ich wollte nicht noch ein Jahr verlieren, nur weil sie die Termine nicht im Kopf hatte. Ich ging ja fest davon aus,

dass sie mir auf jeden Fall helfen würde. Und dass diese ganze Fälschungsgeschichte deshalb nicht so schlimm sein würde. Klar, sie würde früher oder später auffliegen. So oder so. Aber ich dachte, wir würden dann einfach darüber lachen. Nicht im Traum hätte ich daran gedacht, dass sie gar nicht die Absicht hatte, irgendetwas für mich zu tun. Ich könnte mich ohrfeigen!«
Ich schwieg.
Auch damit, wie die Sache dann aufgeflogen war, sollte ich recht behalten.
Der Brief von der Akademie am Freitag war der Auslöser gewesen. Während ich Tonleitern übte, hatte Rubinia Finn am Telefon zur Schnecke gemacht.

»Sie würde der Akademie die Wahrheit sagen und mit meinen Eltern wollte sie auch sprechen und eine Anzeige würde es geben, brüllte sie mir durchs Telefon entgegen«, berichtete Finn mit gesenktem Kopf, herabhängenden Schultern und tonloser Stimme. »Allerdings würde sie die Fünfhundertjahrfeier abwarten. Großzügigerweise wollte sie die meinen Eltern angeblich nicht verderben. Ich hatte aber Sorge, dass sie die Bombe genau dort platzen lassen wollte. Deshalb habe ich mich auch nicht zum Vorspielen getraut. Später habe ich es mir dann anders überlegt. ›Red noch ein einziges Mal mit ihr! Versuch es wenigstens‹, habe ich mir gesagt und habe mich doch hingeschlichen. Erst habe ich sie beobachtet«, (Aha, dachte ich, darum also der kornblumenblaue Hoodie im Kirschlorbeer, als Rubinia Redcliff beim Dosenwerfen war!), »um einen günstigen Moment abzupassen. Ich wollte alleine mit ihr sprechen. So kam es zu dem Streit im Heckenlabyrinth. Ich habe sie um Verständnis gebeten und versucht, ihr alles zu erklären. Aber sie hat mir nicht mal zugehört. Sie hat nur gesagt, dass ich eine Enttäuschung für sie sei und zu weit gegangen wäre, dass der Brief an die Akademie schon geschrieben sei. Sie würde ihn am Montag abschicken. Ich habe mich grauenhaft gefühlt! Ich war total verzweifelt. Und ich habe mich so geschämt. Meine Eltern sind doch so stolz auf mich … Eine ganze Zeit bin ich ziellos umhergewandert. Der Zufall hat mich dann oberhalb der Smuggler's Bay vorbeigeführt und da sah ich sie. ›Schlimmer kann es eh nicht kommen‹, habe ich mir gesagt und bin runter, um ein allerletztes Mal an ihr Mitgefühl zu appellieren. Doch als ich unten ankam … da war sie … da lebte sie schon nicht mehr!«

Finn holte ganz tief Luft. Ich kaute auf meiner Unterlippe und wusste immer noch nicht, was ich erwidern sollte. Eine beklemmend lange Zeit blieb es totenstill.

»Und was war mit den Keksen?«, traute ich mich schließlich leise zu fragen. »Das waren doch deine, oder?«

»Ja. Die hatte ich mir letztes Wochenende in London gekauft.« Er stieß sich vom Schreibtisch ab und trat, die Hände tief in die Taschen seiner Jeans vergraben, vor eine der großen Flügeltüren. Sein Blick schweifte über die Parkanlage von Ashford House. »Wegen der ganzen Sache war mein Magen wie zugeschnürt. Ich konnte einfach nichts mehr essen. Gleichzeitig war mir aber auch total flau. Deshalb habe ich die Kekse mitgenommen. Ich habe aber keinen Bissen herunterbekommen. Als ich dann vor Mrs Redcliff stand und mir klar wurde, dass sie … dass sie tot war, ist mir die Tüte aus der Hand geglitten und in den Sand gefallen. Ein Leckerbissen für die Möwen.« Gut, dass er mit dem Rücken zu mir stand, denn sonst hätte auch das Zusammenkratzen meines ganzen kümmerlichen Mutes nichts genutzt. Sonst hätte ich es niemals gewagt, das zu sagen, was ich genau jetzt sagen musste, um nicht daran zu ersticken.

»Meine Tante denkt, dass Rubinia Redcliff ermordet worden ist. Und zwar ... mit diesen Keksen.«

Wie in Zeitlupe drehte Finn sich zu mir um und ich erschrak, so totenblass war sein Gesicht geworden. Oh Gott, lass mich nicht den Nagel auf den Kopf getroffen haben!

»Was?« Seine erschütterte Frage war nicht mehr als ein Windhauch. »Und jetzt denkst du ... ich hätte ...?« Kraftlos tippte er mit dem Finger gegen seine Brust.

Es zerriss mir fast das Herz.

»Amy!«, keuchte er. »Sie war tot, als ich bei ihr ankam. Ich habe Rubinia Redcliff nichts angetan. Das schwöre ich beim Leben meiner Eltern!« Er hob die rechte Hand zum Schwur.

»Ich weiß!« Und plötzlich wusste ich es mit absoluter Gewissheit.

Finn war unschuldig. Aber eine Frage hatte ich da noch.

»Du hast mir immer noch nicht gesagt, warum du bei ihr eingebrochen hast.«

»Na, wegen des Briefes an die Akademie. Der musste noch in ihrem Haus sein. Ich hatte wahnsinnige Angst davor, dass ihn jemand finden und lesen würde. Hey, Ashford ist ein Dorf. Alle tratschen, was das Zeug hält. Ich wollte meinen Eltern die Schande ersparen, dass alle mit dem Finger auf mich zeigen und mich einen Betrüger nennen. Verstehst du das?«

Als ich nickte, fuhr er fort: »Gestern Nacht bin ich zu ihrem Haus geschlichen. Du kannst dir gar nicht vorstellen, wie dankbar ich für den Nebel war! Ich habe das Glasfenster in der Haustür eingeschlagen, die Tür von innen geöffnet, bin rein und dann … kein Brief.« Er sackte in sich zusammen und raufte sich wieder die Haare. »Sie hat gelogen. Sie hatte den Brief schon abgeschickt.«

»Moment mal?« Ich musste kurz überlegen. »Und die Terrassentür? Warst du auch an der Terrassentür?«

»Welche Terrassentür?«

»Na, die von Rubinia Redcliff? Die ist aufgebrochen worden.«

Finn schaute mich so verständnislos an, als ob ich den letzten Satz in einem Mix aus Chinesisch und Russisch gesprochen hätte. »Das … das war ich nicht!«, stammelte er. »Ehrenwort. Ich war nur an der Haustür!«

»Komisch!« Ich kratzte mich ratlos am Kopf. »Und das Tagebuch von Butterfly Redcliff? Hast du *das* mitgenommen?«

»Wer, bitte, ist Butterfly Redcliff? Und warum hätte ich mir ihr Tagebuch schnappen sollen?«

»Sie war Rubinias Mutter«, erklärte ich ihm.

»Keine Ahnung, Amy! Ich habe andere Sorgen als so ein blödes Tagebuch.« Finn legte den Kopf in den Nacken, schloss die Augen und krallte seine Hände in die Haare. »Aber was ich weiß, ist, dass jetzt alles rauskommt. Vielleicht schon morgen, spätestens aber übermorgen, trifft dieser schreckliche Brief in London bei der Akademie ein. Weißt du, was der auslösen wird? Meine Karriere als Pianist kann ich mir von der Backe wischen. Und meine Eltern … ich darf gar nicht daran denken!«

Finn drehte den Kopf weg. Seine Schultern bebten. Tropfte da eine Träne auf den Parkettboden? Ich konnte nicht anders. Ich musste zu ihm gehen. Meine Finger zitterten, als ich behutsam meine Hand auf seine Schulter legte. »Sie hat den Brief nicht weggeschickt!«

Finn drehte sich ungläubig zu mir um. »Woher willst du das wissen?«, rief er.

»Weil ich ihn habe! Beziehungsweise hatte, bis ich ihn in tausend Fetzen zerrissen und in der Toilette abgespült habe.« Und jetzt war ich dran mit Erzählen. Mit jedem Wort, das ich sprach, wurde das Lächeln auf seinem Gesicht strahlender.

»Amy!«, jubelte er, als ich geendet hatte. Er nahm mich in die Arme, drückte mich und wirbelte mich wild im Kreis herum. »Du bist meine Rettung!« Ich schloss die Augen, sog seinen Duft ein und genoss jede Sekunde. So gut fühlte sich Glück an!

»Jetzt ist alles gut! Alles ist wieder gut, Amy!«, wiederholte er immer und immer wieder. Plötzlich schien ihm bewusst zu werden, was er da machte, und er setzte mich verlegen auf dem Boden ab.

»Leider nicht so ganz«, gab ich zögernd zu. Ich konnte ihm nicht in die Augen sehen. »Da ist immer noch meine Tante. Leider ist sie felsenfest davon überzeugt, dass es kein Unfall, sondern Mord war. Und sie ist fest entschlossen, den Mörder zu finden. Sollte sie dahinterkommen, wem die Kekstüte gehört hat, und irgendwie von deinem Streit mit Rubinia Redcliff erfahren, dann schätze ich …«

»… dass sie mich für den Mörder halten wird«, führte Finn meinen Satz zu Ende.

»Genau. Und das Schlimme ist …« Ich stockte. »Ich glaube, sie hat recht. Dass es Mord war, meine ich. Nicht dass du der Mörder bist«, fügte ich schnell hinzu. »Rubinia Redcliff muss ermordet worden sein. In Ashford läuft ein Mörder frei herum. Und den sollten wir finden, bevor meine Tante oder sonst wer dich verhaften möchte!«

»Wir? Du meinst, du willst mir helfen?« Ein Lächeln huschte über sein Gesicht. »Sind wir Die drei Fragezeichen? Sherlock Holmes und Dr. Watson? Dann bin ich aber Holmes!«

»Gut, Holmes!« Wir lächelten uns an und plötzlich war alles klar. Für die Zeit, die es brauchen würde, den Mörder zu finden, waren wir ein Team.

Es fühlte sich unbeschreiblich gut an.

»Meine Tante sagt, Motiv und Gelegenheit sind wichtig«, sagte ich und begann, ziellos in der Bibliothek herumzuwandern. Gehen hilft mir beim Denken. »Wer hatte ein Motiv? Wer hatte die Gelegenheit? Wer hasste Rubinia Redcliff so sehr, dass er bereit war, na ja … du weißt schon?« Was ich da sagte, klang schon ziemlich professionell in meinen Ohren.

In diesem Moment brummte mein Handy los wie ein verärgerter Bienenschwarm. Bei meiner ziellosen Wanderung durch die Bibliothek hatte ich eine der Flügeltüren passiert und damit kurzfristig Handyempfang. Fünf verpasste Anrufe von Tante Clarissa und sieben gleichlautende WhatsApp-Nachrichten.

*Brauchen dringend Verstärkung hier!!! Hast du Finn gefragt? TC*

»Tante Clarissa braucht meine Hilfe. Ich muss los. Komm doch am besten ins *Little Treasures,* wenn du hier fertig bist. Dann halten wir Kriegsrat.«

»Gute Idee!«, nickte Finn.

»Und äh … eine Sache noch. Hast du in der Smuggler's Bay irgendetwas Verdächtiges bemerkt? Oder irgendwen gesehen?«

Finn zögerte. »Da war in der Tat jemand bei Rubinia unten in der Bucht.«

Ausgerechnet jetzt musste es klopfen!

Die Tür schwang auf und Seaton kam, ein Telefon auf einem Tablett balancierend, auf mich zu. »Deine Tante!«

»Ich habe deine Nachricht gerade erst bekommen, Tante Clarissa!«, rief ich in den Hörer. »Bin schon auf dem Weg!« »Aber Tempo bitte, hier ist der Teufel los!« Es hörte sich so an, als ob meine Tante aus der Abflughalle von London Heathrow anriefe.

»Mach ich!« Eigentlich hatte ich damit gerechnet, dass Seaton mit dem Telefon wieder abziehen würde, aber stattdessen blieb er neben mir stehen wie bestellt und nicht abgeholt. Schließlich näselte er: »Dann darf ich dich zur Tür begleiten?« Was blieb mir anderes übrig, als ihm zu folgen? An der Tür drehte ich mich noch mal zu Finn um.

»Wen?«, formten meine Lippen die Frage, die mir auf der Zunge brannte.

»Alicia Miles«, war Finns lautlose Antwort.

Der Name Alicia Miles (sie war seit einem Jahr Gutsverwalterin von Ashford House und sehr viel mehr wusste ich auch nicht über sie) sollte mir bald wieder begegnen. Aber davon später mehr …

Die nächsten Tage herrschte in Ashford-on-Sea absoluter Ausnahmezustand. Der Tod von Rubinia Redcliff hatte so viele Reporter, Fernsehteams und Fans aus aller Welt angelockt, dass selbst noch in den Nachbarortschaften die Hotels und Pubs ausgebucht waren.

Jetzt war Duncan Hardys große Stunde gekommen. Fans und Journalisten pilgerten zu Rubinias Haus und gaben ein sehr dankbares Publikum für ihn ab. Es verging kein Tag, an dem er nicht in der Zeitung stand. Bei uns und sogar in der *Times*. Als der lange verschwiegene Ehemann der großen Rubinia Redcliff. Auf den Fotos hatte er seinen Gesichtsausdruck dem jeweiligen Inhalt der Artikel angepasst. Mal spielte er ganz den trauernden Witwer. Dann den strahlenden Schauspieler. Oder den ernsthaften Autor der zu erwartenden Enthüllungsbiografie über Rubinia.

Andrew, Tante Clarissa und ich mussten Doppelschichten in der Backküche einlegen. Finn kam auch nicht wie versprochen ins *Little Treasures*, sondern schickte mir eine SMS, dass er bei seinen Eltern aushelfen müsse. Lord Ashford hatte ihn gewissermaßen beurlaubt, damit er im *Smuggler's Rest* seinen Eltern unter die Arme greifen konnte.

»Wenn sich die gute Rubinia die Radieschen von unten ansieht, kehren hier wieder normale Zustände ein«, verkündete meine Tante eines Abends hoffnungsvoll, nachdem wir den letzten Reporter vor die Tür gekehrt hatten. Unsere Ermittlungen lagen auf Eis. Tee ausschenken, Kuchen backen und servieren war nämlich das Einzige, wozu wir kamen. So schien es zumindest. Doch der Schein trog. Begierig hatte Tante Clarissa meinen Bericht über den Einbruch und das, was ich über meine Nachforschungen im Herrenhaus zu verraten bereit war, aufgesogen. Ich brauchte sie nur von der Seite anzugucken und wusste Bescheid. Zwischen Scones-Teig-Kneten und Abkassieren ratterte es hinter ihrer Stirn wie in einem Bergwerk. Auch wenn sie unseren Tearoom nicht verlassen konnte, war sie dem Mörder auf der Spur. Das war so sicher wie das Amen in der Kirche.

Eine gute Woche nach Rubinia Redcliffs Tod war es dann so weit: Sie wurde unter Anwesenheit von Fans und Weltpresse auf dem Friedhof von Ashford-on-Sea beigesetzt. Das Grab war ein einziges Blumenmeer. Matthew Campbell, unser Vikar, hielt eine schöne Predigt und obwohl ich Rubinia Redcliff nun wirklich nicht gemocht hatte, stiegen mir bei der ganzen Feierlichkeit doch die Tränen in die Augen. Tante Clarissa war da weniger emotional. Hinter der Sonnenbrille suchten ihre Augen die Menschengruppe ab, in der sich die Einwohner von Ashford zusammendrängten. »Wer von euch ist es gewesen?«, murmelte sie leise vor sich hin.

Auf einen Spazierstock gestützt, humpelte Lord Ashford in Begleitung seiner Frau als Oberhaupt unserer Dorfgemeinschaft hinter Duncan Hardy als Erster zu dem ausgehobenen Grab, bekreuzigte sich und warf ein Schäufelchen der bereitgestellten Erde auf den Sarg. Ihm folgte eine nicht enden wollende Prozession mehr oder minder trauernder Menschen. Alicia Miles heulte wie ein Schlosshund, während Samuel Archer sich mit einem kurzen Nicken in Richtung Grab begnügte und noch nicht mal die Hände aus den Hosentaschen nahm.

Weil die Sonne an diesem Tag ungewöhnlich brannte, hatte ich unter einer der großen Trauerweiden Schutz gesucht. Ich bekomme leider sehr schnell einen Sonnenbrand und – Sommersprossen!

Kaum war ich allein, raschelten die herabhängenden Äste und Finn stand plötzlich vor mir.

»Finn!«, strahlte ich ihn an.

»Amy, ich habe solche Angst!«, sprudelte er los.

»Ist was passiert?« Ich war richtig erschrocken.

»Die Akademie hat angerufen und mich zum Vorspielen eingeladen.«

»Aber das ist doch eigentlich …« Eigentlich super, hatte ich sagen wollen. Obwohl es das natürlich nicht war. Diese Einladung hatte Finn sich ergaunert. Früher oder später würde er die Sache mit dem Empfehlungsschreiben aufklären müssen. Nur konnte er das jetzt noch nicht, ohne sich selbst zu belasten. Erst musste der wahre Mörder überführt und gefasst sein. Trotzdem verstand ich seine Panik nicht.

»Sie schöpfen Verdacht!«, stieß er heftig hervor.

»Jetzt mal langsam.« Mit einem Blick über die Schulter vergewisserte ich mich, dass niemand in unserer Nähe stand.

»Die Frau am Telefon hat sich königlich darüber amüsiert, dass Rubinia Redcliffs Empfehlungsschreiben auf dem Rechner geschrieben worden ist. Sie hat so was gesagt wie: ›Dann ist sie ja doch noch im einundzwanzigsten Jahrhundert angekommen!‹ Scheinbar hat sie alle Briefe mit der Hand geschrieben. Das wusste ich nicht.«

»Was?«, rief ich viel zu laut, um im nächsten Moment flüsternd hinzuzufügen: »Wer schreibt denn heute noch Briefe mit der Hand?« Doch wenn ich es recht bedachte, hatte ich es bei ihrem letzten Brief ja mit eigenen Augen gesehen.

»Rubinia Redcliff, ganz offensichtlich!«, zischte Finn.

»Und wenn schon! Das hat doch gar nichts zu bedeuten«, sagte ich schnell, obwohl mir auch mulmig wurde.

»Wenn da dieser Reporter nicht wäre, Amy ... Meine Eltern mussten natürlich die Sache groß im Pub herumerzählen. Dass die berühmte Rubinia Redcliff mich an die Akademie empfohlen habe, dass ich dort nun zum Vorspielen eingeladen sei ... und da meinte so ein Reporter von der *Daily Mail*, er wolle einen großen Artikel über Rubinia und mich verfassen. So nach dem Motto: Der Star und sein Erbe.« Finn schaute mich verzweifelt an. »Was, wenn der bei der Akademie nachfragt, die losplaudern und ihm die Sache spanisch vorkommt?«

»Das wird schon nicht passieren!« Das war es, was ich sagte, nicht das, was ich dachte. Es wurde allerhöchste Zeit, dass ich mit meinen Ermittlungen weiterkam.

Genau das Gleiche sagte am selben Abend Tante Clarissa zu mir. Die Journalisten, Fernsehteams und Fans hatten ihre Zelte nach der Beisetzung abgebrochen und langsam kehrte so etwas wie Normalität in Ashford ein. Dazu gehörte, dass sich heute, wie an jedem ersten Dienstag im Monat, pünktlich um acht Uhr abends die Mitglieder des *Ashford-Crime-and-Murder-Clubs* im *Little Treasures* versammelten. Alle redeten wild durcheinander. Dabei hatten sie nur ein Thema: Rubinia Redcliffs Beisetzung. Und dieses Mal verdrückte ich mich nicht, sondern quetschte mich mit Percy mittenrein und sperrte Augen und Ohren auf.

»Hättet ihr gedacht, dass sie verheiratet war?«, schwatzte Sophie los. »Ein verdammt gut aussehender Typ. Selbst der schwarze Traueranzug stand ihm ausgesprochen gut. Diesen Adonis hätte ich unter Garantie nicht verschwiegen!« Für die Frau eines Vikars eine ziemlich heftige Bemerkung, wie ich fand.

»Oooooh doch, das hättest du!«, widersprach Dorothy bestimmt. »Ich hab den mal gegoogelt. Hübsch, aber selbstverliebt wie ein Pfau und dazu auch noch unangenehm großmäulig und ausgesprochen peinlich. Für den kann man sich nur schämen. Vor ein paar Jahren hat er sogar mal bei einer ziemlich schlüpfrigen Reality-Show mitgewirkt.«

»Was schätzt ihr? Wie hoch ist Rubinia Redcliffs Vermögen?«, brachte sich Lydia ins Spiel.

»Unanständig hoch!«, schätzte Sophie.

»Ist euch aufgefallen, wie fertig Alicia Miles war? Und das bestimmt nicht aus Trauer über Rubinias Dahinscheiden«, schmatzte Calinda. Mit erhobener Hand bat sie um Geduld, bis sie den Bissen Hühnchen-Curry-Sandwich zu Ende gekaut hatte. »Da steckt etwas ganz anderes dahinter! Das sag ich euch …!«

Alicia Miles! Die war das Stichwort. Ich bemerkte, wie Tante Clarissa die Ohren spitzte.

»Als Alicia hierherkam, also nach Ashford«, sagte Calinda, wischte sich jeden Finger einzeln an ihrer Serviette ab und nahm einen Schluck Jasmintee, bevor sie weitersprach. »Also, als Alicia Miles hierherkam, vor einem Jahr, war sie doch eine ziemlich graue Maus. Findet ihr nicht?«

Allgemeines Nicken.

»Dann kam sie eines Tages zu mir in den Frisiersalon, plapperte wie ein Wasserfall, ließ sich blonde Strähnchen verpassen und einen langen Bob schneiden. Plötzlich trug sie auch nicht mehr ihre langweiligen Tweedkostüme, sondern war aufgestylt wie aus der Vogue entsprungen. Schlussfolgerung?«, fragte sie in die Runde.

Lydia Scott, die Expertin für Arztromane und Liebesangelegenheiten, gab seufzend die logische Antwort: »Sie war verliebt!«

»Exakt!«, bestätigte Calinda.

Möglichst unauffällig schaute ich an mir runter. War sie mir auch auf die Schliche gekommen? Ich hatte mir erst vor Kurzem die Haare schneiden lassen, bei Tante Clarissa ein paar neue Klamotten erbettelt und mit dem Klavierspielen angefangen. Offensichtlich war das ein weit verbreitetes Muster. Da mich aber niemand beachtete und auch keiner mit der Augenbraue in meine Richtung zuckte, atmete ich erleichtert auf.

»Und jetzt kommt's!« Auf halbem Weg zu Calindas Mund schwebte das Sandwich in der Luft. »Am Montag nach der Fünfhundertjahrfeier stand sie um Punkt neun Uhr vor meinem Frisiersalon. Kurzer Prozess, sage ich nur. Sie hat sich einen raspelkurzen Pixie-Cut verpassen lassen.« Herzhaft biss sie ab.

»Der ihr im Übrigen fantastisch steht«, bemerkte Dorothy und nahm ein Lachssandwich in Angriff.

Alle ließen ein verständiges Raunen hören. Das Verhalten von Alicia Miles schien irgendetwas zu besagen. Nur was?

Es war wieder Lydia, die die Übersetzung übernahm. »Sie haben sich getrennt. Wenn eine Beziehung in die Brüche geht, müssen immer die Haare dran glauben.« Mitfühlend fasste sie sich an die Brust.

»Und wer war dieser mysteriöse Liebhaber?«, bohrte Sophie sensationslüstern nach.

»Ich will ja keine Gerüchte in die Welt setzen …«, hob Meredith sachte an, um dann doch eines in die Welt zu setzen.»Aber vor ein paar Wochen habe ich Alicia Miles zusammen mit einem Mann auf dem Küstenpfad gesehen. Sie gingen in Richtung Smuggler's Bay spazieren.«

»Mit wem?« Lydia stand kurz vorm Platzen.

Meredith zuckte mit den Schultern.»Keine Ahnung. Es hat geregnet. Sie hatten so einen Golfschirm. Ihr wisst schon, die Dinger haben eine ziemliche Spannweite. Sie musste sich einmal den Schnürsenkel binden. Da hab ich sie erkannt, aber er war die ganze Zeit vom Regenschirm verdeckt. Ich konnte nur seine Stimme brummen hören.«

»Vielleicht hat sie ein Verhältnis mit Lord Ashford?« Erschrocken über ihre eigene Vermutung, schlug sich Dorothy die Hand vor den Mund.

Lydia schüttelte den Kopf und raunte:»Der ist doch mehr als doppelt so alt!«

»Das allein wäre kein Hinderungsgrund. Er wäre nicht der Erste, dessen Geliebte seine Tochter sein könnte«, gab Tante Clarissa zu bedenken.»Aber, nein, das glaube ich auch nicht.«

Da musste ich meiner Tante entschieden beipflichten. Lord Ashford würde niemals seine Frau betrügen. Nie. Ausgeschlossen.

»Ach, Göttchen, das habe ich ja ganz vergessen.« Sophie klatschte in die Hände.»Wollt ihr wissen, was bei der Obduktion herausgekommen ist?«

Angestachelt durch eifriges Kopfnicken, kam sie jetzt richtig in Fahrt.»Das dachte ich mir. Sergeant Oaks hat es Matthew auf dem Beerdigungskaffee erzählt. Ich frage mich immer, wie mein Mann es schafft, das Beichtgeheimnis zu wahren. Er tratscht nämlich mindestens genauso gerne wie ich. Na ja, wenn man ihm sagt, dass man ihm gerade ein Geheimnis anvertraut, dann kann er schon dichthalten. Aber ansonsten ... Egal! Auf jeden Fall hat Matthew mir sofort alles weitergetratscht, kaum dass wir uns von der Trauergesellschaft verabschiedet hatten.«

»Und?« Tante Clarissa war die Königin des Pokerface. Selbst ich konnte nicht erkennen, was in ihr vor sich ging. Obwohl sie bestimmt gespannt war wie ein Flitzebogen.

»Ha-sel-nüsse!«, verkündete Sophie, wobei sie jede Silbe besonders betonte. »Ein anaphylaktischer Schock hat sie dahingerafft. Ein wirklich tragischer Unfall! Als ob sie ihr Ende vorausgeahnt hätte.«

Diese prophetische Äußerung sorgte erst mal für andächtiges Schweigen, bis Lydia es brach.

»Was sagst du denn dazu, Clarissa?«

»Ich habe nie bestritten, dass Rubinia an einem durch Nusskonsum ausgelösten anaphylaktischen Schock gestorben ist. Nur die Annahme, es sei ein Unfall gewesen, ist hanebüchener Unsinn.«

»Du hältst also an deiner Mordtheorie fest?«

»Das tu ich! Ihr glaubt mir nicht, aber ich weiß, was ich weiß. Es geht ein gerissener Mörder um in Ashford-on-Sea und Amy und ich werden ihm das Handwerk legen!«

»Eins zu zehn, dass ihr auf dem Holzweg seid. Es war ein Unfall!« Herausfordernd streckte Lydia meiner Tante die rechte Hand entgegen.

Ohne zu zögern schlug Tante Clarissa ein. »Wette angenommen!«

Irgendwie erinnerte mich die Situation an Phileas Fogg, als er im Reformclub in London sein ganzes Vermögen darauf verwettet, in achtzig Tagen um die Welt reisen zu können. Ein Klacks im Vergleich zu dem, was uns bevorstand.

# 16

»Und du bist dir auch ganz sicher, dass wir da jetzt einfach so reinmarschieren können?«

Es war der nächste Vormittag. Finn, Percy und ich standen vor Alicia Miles' Arbeitszimmer in der großen Halle von Ashford House. »Ich müsste jetzt eigentlich in der Bibliothek sein und Bücher katalogisieren.«

»Die laufen dir nicht weg. Und es dauert ja auch nicht lange!«, erwiderte ich, obwohl alles in mir nach Flucht schrie. Mir war noch viel unwohler als an dem Tag, an dem ich Tante Clarissa ins *Smuggler's* begleitet hatte, um Sarah Dunn auszuquetschen. Doch … Unwohlsein hin oder her … Tante Clarissa hatte bestimmt den richtigen Riecher. Finns Beobachtung in der Bucht plus Calindas Bericht ließen nur einen Schluss zu: Einer musste Alicia Miles auf den Zahn fühlen. Blöd war nur, dass meine Tante beschlossen hatte, dass ich diejenige sein sollte. »Sie ist verdächtig und irgendwo müssen wir ja anfangen.«

Unruhig trat Finn neben mir von einem Fuß auf den anderen. »Na, dann mal los!«, raunte er. Ich hatte die Hand schon zum Klopfen erhoben, als ein Aufschluchzen hinter der Tür mich zögern ließ. Percy spitzte aufmerksam die Ohren. Natürlich hatte er es lange vor mir gehört. Hinter der Tür redete jemand. Ich guckte nach links. Nach rechts. Meine Augen huschten über die Treppe nach oben. Wir waren allein.

»Was ist los?«, flüsterte Finn alarmiert. Ich legte meinen Zeigefinger auf die Lippen und presste mein Ohr gegen die Tür. Finn folgte meinem Beispiel und was wir jetzt zu hören bekamen, war wie ein Sechser im Lotto.

»Bitte, nur ein Treffen. Mehr verlange ich doch gar nicht!«, flehte Alicia Miles.

Es folgte eine Pause.

»Ja. Ja, ich weiß!«, schluchzte sie auf. »Aber um der alten Zeiten willen ...«

Wieder folgte Stille.

»Sie telefoniert!«, wisperte Finn mir unnötigerweise ins Ohr. Ich nickte. Aber mit wem?

»Sie kommt aber nicht mehr zurück! Verstehst du das nicht? Sie ist tot, tot, tot!«, heulte Alicia Miles auf. »Aber ich lebe und ich liebe dich! Ich würde alles für dich tun! ALLES! ... Nein, leg nicht auf ... Hallo? ... Hallo?«

Calinda hatte also recht gehabt. Ein Mann war im Spiel. Und so, wie das klang, waren wir zur richtigen Zeit am richtigen Ort. Ich holte noch einmal tief Luft und klopfte an.

Das »Herein« ließ etwas auf sich warten und als es dann kam, klang Alicia Miles' Stimme ziemlich belegt.

Wir betraten ein sehr erlesen eingerichtetes Arbeitszimmer mit Ledersofa, Globus, Büchern, Akten und einem Rechner auf dem wuchtigen, antiken Schreibtisch, hinter dem die zierliche Alicia Miles wie ein Püppchen in dem großen Stuhl versank.

»Guten Morgen, Mrs Miles«, grüßte ich. Vor ihr lag ein Handy auf dem Schreibtisch. Das erleuchtete Display zeigte ein WhatsApp-Fenster. Wir hatten sie beim Verfassen einer Nachricht gestört. An wen? Als sie bemerkte, worauf ich starrte (leider konnte ich den Adressaten auf die Distanz nicht erkennen), schaltete sie den Bildschirm hastig aus.

Sie rang sich ein gequältes Lächeln ab.

»Hi!«, winkte Finn.

»Was kann ich für euch tun?« Mir war das Taschentuch nicht entgangen, das sie jetzt zwar eilig wegsteckte, mit dem sie sich aber bei unserem Eintreten noch die Nase geputzt hatte.

Ich hätte vor Scham im Fußboden versinken können, aber wir brauchten Antworten und deshalb musste ich jetzt über meinen Schatten springen und unangenehme Fragen stellen.

»Sie könnten uns ein paar Fragen beantworten«, startete ich vorsichtig und setzte leise hinzu. »Zu Rubinia Redcliff.«

»Fragen zu Rubinia Redcliff?« Ihre Augen huschten unruhig zwischen Finn und mir hin und her. Ganz so, als ob sie auf der Hut war. »Ich habe die Frau kaum gekannt.«

»Am Tag der Fünfhundertjahrfeier, am Tag von Mrs Redcliffs …« Finn zögerte kurz. »… Tod. Da waren Sie bei ihr in der Smuggler's Bay und wir möchten wissen, warum Sie dort waren.«

Alicia Miles griff nach ihrem Kugelschreiber und klickte hektisch die Mine rein und raus. »Wer sagt das? Wer sagt, ich sei bei ihr gewesen?«

»Ich!«, erwiderte Finn mit seinem zuckersüßen Lächeln. »Ich habe gesehen, wie Sie gestritten haben.«

Ich muss Finn ziemlich baff angesehen haben, denn dieses wichtige Detail hatte er bis jetzt gar nicht erwähnt. Alicia Miles wurde von Sekunde zu Sekunde verdächtiger.

»Und selbst wenn, was ginge euch das dann an?«, fauchte sie.

Es war so weit. Wir mussten die Karten auf den Tisch legen.

»Wir glauben, dass Rubinia Redcliff ermordet worden ist«, sagte Finn in einer Seelenruhe, als ob er am Ende der Nachrichten für morgen schönes Wetter verkündet hätte.

»Das ist ja ... lächerlich!«, stammelte Alicia Miles. »Es war ein Unfall. Das sagt sogar Sergeant Oaks!«

»Wir haben Grund zu der Annahme, dass er sich irrt«, erwiderte Finn. Wie er das gesagt hatte! *Grund zu der Annahme.* Noch nicht mal Sherlock Holmes hätte das lässiger formulieren können.

»Selbst wenn dem so sein sollte«, schnappte Alicia Miles. »Dann habe ich absolut nichts damit zu tun. Ja, wir haben uns gestritten, das hast du ganz richtig beobachtet. Aber das war es dann auch schon.«

Irgendwie machte sie auf mich den Eindruck einer Ratte, die sich in die Enge getrieben fühlt.

»Worüber haben Sie denn gestritten?«, wagte ich zaghaft einen Vorstoß.

Die Beine des schweren Stuhls scharrten ächzend über den Boden, als Alicia empört aufsprang. »Das ist meine Privatangelegenheit, die euch rein gar nichts angeht!«

»Drehte sich Ihr Streit vielleicht um einen Mann?« Finns Pfeil traf scheinbar ins Schwarze.

Alicia Miles begann am ganzen Körper zu zittern. Tränen schossen ihr in die Augen. Ihre Schultern bebten, als sie das Gesicht in den flachen Händen vergrub. Sie brauchte gar nichts mehr zu sagen. Ihre Reaktion war Antwort genug. Sie wandte sich zu dem großen Ölgemälde von William Ashford um. »Geht jetzt!«, schluchzte sie leise. »Bitte!«

»Noch eine letzte Frage«, verlangte Finn. »Was hat Rubinia Redcliff Ihnen vor die Füße geworfen?«

Doch ich hielt es nicht länger aus. »Komm!«, wisperte ich und zog Finn an seinem Shirt aus dem Raum.

»Das habe ich nicht gewollt«, seufzte ich wenige Augenblicke später, als die Tür zur Bibliothek hinter Finn, Percy und mir zuschlug. »Die Arme war ja völlig fertig!«

»Sie hat mir auch leidgetan«, gestand Finn und warf sich lässig in einen der Sessel. »Aber wenn wir die Leute mit Glacéhandschuhen anfassen, kommen wir nie auf einen grünen Zweig.«

Damit hatte er natürlich auch wieder recht. Ich setzte mich in den Sessel ihm gegenüber. Weil ich ein zu weiches Herz hatte, hatte ich die Chance verbockt zu erfahren, was es war, das Rubinia Redcliff Alicia Miles entgegengeschleudert hatte. Ich musste echt tougher werden. Percy legte sich auf meine Füße und ich zog seufzend mein Notizbuch nebst Stift aus meinem Rucksack.

*Alicia Miles* schrieb ich auf die zweite Seite. Gleich unter die Überschrift *Verdächtige*. Auf der ersten Seite hatte ich in sachlich eckigen Druckbuchstaben *Ermittlungsergebnisse im Mordfall Rubinia Redcliff* geschrieben.

»Für mich ist sie topverdächtig«, verkündete Finn fröhlich, während ich notierte:

*Gelegenheit: Sie war in der Bucht.*

*Motiv: Ein Mann/Eifersucht. Wahrscheinlich wegen ihm Streit mit Rubinia.*

»*Ich würde alles für dich tun*, hat sie am Telefon gesagt. Und dass sie mit dem Typen telefoniert hat, um den es auch im Streit mit Rubinia Redcliff ging, ist ja wohl so klar wie Kloßbrühe«, überlegte Finn und streckte sich. Er legte den Kopf weit in den Nacken. »ALLES. Auch einen Mord?«

Mich schauderte. Irgendwie konnte ich mir dieses zierliche Persönchen nicht als Mörderin vorstellen. Aber wer konnte das schon wissen …?

*Rubinia Redcliff hat ihr etwas … vor die Füße geworfen*, hatte ich gerade noch ergänzen wollen, aber erst musste hier etwas geklärt werden: »Hör mal, Finn, du musst mir aber schon alles sagen, was du weißt. Ich meine, wir sind doch ein Team.«

»Hab ich doch!«, protestierte Finn und schaute mich überrascht an.

»Nein. Hast du eben nicht. Von dem Streit zwischen den beiden hast du kein Wort erwähnt. Auch die Sache mit dem Ding, das Rubinia geworfen hat, wusste ich nichts«, beschwerte ich mich.

Da war es wieder, dieses unwiderstehliche Lächeln. »Dann hab ich es wohl vergessen. Tut mir leid.«

Diesen strahlenden Augen konnte ich nicht eine Sekunde lang böse sein. Nachdem ich meine Aufzeichnungen vollendet hatte, las ich sie noch mal in Ruhe durch. Nachdenklich klopfte ich mit dem Stift auf mein Notizbuch. »Wo warst du eigentlich, als du Alicia Miles und Rubinia Redcliff in der Bucht gesehen hast?«

»Auf dem Küstenpfad, dort, wo sich der Trampelpfad in die Bucht hinabschlängelt. Ich habe mich reflexartig in die Büsche geworfen, als ich sah, dass Rubinia Redcliff nicht alleine war. Von dort aus habe ich sie beobachtet. Aus drei Meter Entfernung haben sie sich angekeift wie die Marktweiber. Wild gestikuliert und so. Leider habe ich nicht ein Wort verstanden. Dazu war ich zu weit weg.«

»Und dann?«

»Irgendwann hat Rubinia Redcliff Alicia Miles etwas vor die Füße geschleudert. Die hat dieses Etwas aufgehoben und ist abgedampft. Da bin ich schnell wieder in Deckung gegangen. Ich weiß gar nicht warum, aber ich wollte nicht, dass sie mich sah.«

»Und dann?«

»Nach so ungefähr fünf Minuten ist Alicia Miles an mir vorbeigehuscht. Sie hat geweint und hatte eine ziemlich rote Birne. Ich wartete noch einen Augenblick, bis die Luft rein war, dann hab ich mich aus meinem Versteck getraut. Rubinia Redcliff saß unten auf einem Felsbrocken. Quicklebendig!«

»Und als du unten ankamst, war sie tot.«

»So war es.«

Langsam schüttelte ich den Kopf. »Dann kann Alicia Miles sie nicht ermordet haben«, stellte ich fest, und ich muss zugeben, dass ich mindestens genauso enttäuscht war wie Finn, der mit verwundertem Blick fragte: »Warum nicht?«

Ich erklärte ihm geduldig, was Tante Clarissa mir nach dem Treffen ihres Literaturclubs mit vor Aufregung geröteten Wangen erläutert hatte: Laut Autopsiebericht war Rubinia Redcliff an einem anaphylaktischen Schock gestorben. Damit bezeichnet man eine Extremreaktion des Körpers auf einen Stoff, gegen den die Person hochallergisch ist. Rubinia Redcliff hatte häufig darüber gejammert, dass sie an einer Typ 1 Allergie gegen Haselnüsse litt, und das bedeutete übersetzt: Aß sie Haselnüsse und wurden nicht sofort Gegenmaßnahmen ergriffen, würde sie innerhalb von Sekunden oder sehr wenigen Minuten sterben.

»Hätte Alicia Miles also Rubinia Redcliff tatsächlich gezwungen, eine Nuss zu essen, wäre Rubinia höchstwahrscheinlich schon tot gewesen, bevor Alicia auch nur einen Fuß auf den

Küstenpfad gesetzt hätte. Du hast sie aber selbst noch fünf Minuten später quicklebendig gesehen«, schloss ich meine Überlegungen. »Und hättest du mir das alles schon von Anfang an erzählt, hätten wir sie gar nicht so bedrängen müssen.«
»Mist!«, fluchte Finn und schwang sich aus dem Sessel. »Klingt aber leider logisch. Dabei war sie so eine großartige Verdächtige! Wer war es dann?«
»Wann ist sie gestorben?«, überlegte ich laut. »Ich meine, wann hat der Mörder zugeschlagen? Als du dich oben am Küstenpfad in Bewegung gesetzt hast, da lebte sie noch. Als du unten ankamst, war sie tot. Wer kann in dieser kurzen Zeit da gewesen sein, ohne dass du ihn gesehen hast? Wie viel Zeit blieb dem Mörder überhaupt?«

Hier muss ich wieder kurz etwas für all diejenigen erklären, die noch nie in der Smuggler's Bay von Ashford-on-Sea gewesen sind. Man darf sich den Hang, den sich der Trampelpfad hinunter in die Bucht windet, nicht als karge, steinige Steppe vorstellen. Das Gegenteil ist der Fall. Hier wachsen Bäume und Sträucher im Überfluss. Sie stehen dicht beieinander. Sobald man den Trampelpfad betritt, fühlt man sich wie in einem Dschungel, der einem die Sicht auf die Bucht verstellt. Nirgendwo sonst in Cornwall gibt es eine solche Bucht und wir hier in Ashford sind mächtig stolz darauf.

Ich rückte auf die Sesselkante vor. Es war Zeit für mein übliches Hin- und Hergerenne, um mein Gehirn auf Touren zu bringen. Als wäre es das Selbstverständlichste von der Welt, kam Finn zu mir rüber, schob mich zurück in den Sessel und setzte sich auf die Armlehne.

»Das können wir leicht ausrechnen«, behauptete er, beugte sich über mich und nahm mir Stift und Buch aus den Händen. Ich erschauderte. Er hatte meine Hand gestreift! Nur kurz und beiläufig, aber es hatte gereicht, um mich zu verzaubern. Würde dieser Augenblick von einem Wimpernschlag doch ewig währen! Zaghaft tastete ich nach der Stelle, an der er mich berührt hatte.

»Wir müssen rückwärts gehen. Sergeant Oaks hat gesagt, es war circa Viertel vor sechs, als ich Alarm geschlagen habe. Das ist also unser Ausgangspunkt.« Finn setzte sich aufrecht auf die Armlehne, als ob nichts geschehen wäre, und ließ den Stift über dem Papier schweben. So schnell vergehen Ewigkeiten! »Vorher war ich aus der Bucht den Trampelpfad hoch und zu euch gerannt. Wie lange braucht man dafür? Fünf Minuten? Ich meine, ich bin echt gerannt.«

»Kann hinkommen«, flüsterte ich und hoffte, dass er das Zittern in meiner Stimme nicht bemerkte.

Er notierte 17.45 Uhr minus fünf. Und daneben 17.40 Uhr.

»Um diese Zeit bin ich also weg aus der Bucht.«

Seine Augen starrten zwar auf das Notizbuch auf seinem Bein, aber in Wahrheit trug ihn seine Erinnerung zurück in die Smuggler's Bay. »Als ich Rubinia Redcliff auf dem Boden liegen sah, bin ich automatisch langsamer auf sie zugegangen. Ich habe sie angesprochen. ›Mrs Redcliff, ist Ihnen nicht gut? Kann ich helfen?‹ Sie gab keine Antwort. Als ich ihren Blick sah. Die weit aufgerissenen Augen. Da wusste ich, dass sie tot war.«

»Wie schrecklich!«

»Diesen Moment werde ich mein Leben lang nicht vergessen!«, stöhnte Finn auf. »Es war so fürchterlich!«

Er musste mehrere Male schlucken, um die düsteren Geister zu vertreiben. »Dieser Weg zu ihr … er ist mir unendlich

erschienen. Wie lange werde ich dafür gebraucht haben? Ich weiß es nicht.«
»Vielleicht zwei Minuten«, schlug ich vor. Ich nahm ihm den Stift aus der Hand. *17.40 Uhr minus zwei Minuten = 17.38 Uhr* schrieb ich auf und schaffte es, trotz zittriger Hand nicht zu krakeln.
»Schätzungsweise gegen 17.38 Uhr war sie also schon tot«, murmelte ich. »Wie lange hast du wohl gebraucht, um den Trampelpfad zu ihr hinunterzugehen? Drei Minuten?«
Finn sog tief die Luft ein. »Nee, das war länger. Ich war nicht wirklich scharf auf das Gespräch mit ihr und habe ziemlich gedrömmelt. Ich bin langsam gegangen, ab und an bin ich sogar stehen geblieben, um mir in Ruhe meine Argumente zurechtzulegen. Das waren bestimmt fünf, wenn nicht sieben Minuten.«
»O. k, dann haben wir also 17.38 Uhr minus 7 Minuten. Macht 17.31 Uhr. Das ist unsere Tatzeit. Sie ist nicht mehr als ein Schätzwert. Gehen wir also auf Nummer sicher: Wir müssen denjenigen finden, der einen ziemlichen Hass auf Rubinia Redcliff hatte und, sagen wir, zwischen 17.25 Uhr und 17.40 Uhr kein Alibi hat und in der Bucht gewesen sein kann.«
»Du bist unschlagbar, Amy. Ich glaube, ich nenne dich ab heute nur noch Jane. Wegen Jane Marple. Du bist einfach die Beste!« Er lächelte auf mich hinunter und ich hätte am liebsten die Zeit angehalten.

## 17

Nachdem Finn und ich uns für den späten Nachmittag verabredet hatten, um herauszufinden, wo der nächstwichtige Verdächtige, Duncan Hardy, zur Tatzeit gewesen war, ließ ich ihn mit den vielen Tausend Büchern allein in der Bibliothek von Ashford House.

In der Zwischenzeit hatte sich die Sonne ihren Platz am Himmel erkämpft und die Wolken vertrieben. Die Bienen summten von Blüte zu Blüte, Percy tobte ausgelassen neben meinem Rad her und ich trat zufrieden in die Pedale. Unsere ersten Ermittlungsergebnisse konnten sich nun wirklich sehen lassen.

Und Finn hatte meine Hand berührt und mir zum Abschied »Bis nachher, meine unverbesserliche Jane!« hinterhergerufen. *Meine unverbesserliche Jane!* Noch nie in meinem ganzen Leben hatte mir ein Junge, den ich nett fand, einen Kosenamen gegeben!

Und bei keinem anderen, für den ich mal leise geschwärmt hatte, hätte es mir so viel bedeutet wie bei Finn. Wenn wir mal in der Kriminalsprache bleiben, dann war das ja wohl ein eindeutiges Indiz dafür, dass er mich mochte. Und zwar nicht nur, weil ich im Moment die Einzige war, mit der er über die Sache mit Rubinia Redcliff reden konnte und die ihm half.

Wir waren die lange Auffahrt von Ashford House vielleicht bis zur Hälfte hinuntergebraust, als wir einem entgegenkommenden dicken schwarzen Bentley Platz machen mussten. Hinter der Windschutzscheibe, in der sich die Sonne spiegelte, erkannte ich Lord Ashfords Fahrer in Chauffeuruniform und passender Mütze. Auf der Rückbank saß Lord Ashford. Als er auf einer Höhe mit uns war, hielt der Wagen und die Scheibe glitt lautlos hinunter.

»Amy, wie gut, dass wir uns treffen!«, begrüßte mich Lord Ashford.

»Guten Morgen, Eure Lordschaft!«, grüßte ich zurück.

»So wie du heute strahlst, muss es wirklich ein guter Morgen sein!«, lachte er und zwinkerte mir zu.

Er ahnte ja nicht, wie recht er damit hatte.

»Sag mal, was habt ihr denn mit Mrs Miles angestellt?«, fragte mich Seine Lordschaft dann, und auf der Stelle zogen Wolken an meinem persönlichen Himmel auf und schoben sich über die Sonne. »Sie hat sich krankgemeldet. Dabei klang sie ziemlich verweint. Und Seaton sagt, er habe dich und Finn kurz vorher aus ihrem Arbeitszimmer kommen sehen.«

»Wir ... ähhh ... wir haben ...«, stotterte ich. »Das tut mir aber leid!«

»Warte, ich begleite dich ein paar Schritte!« Diensteifrig sprang der Chauffeur aus dem Wagen, zog ehrerbietig die Mütze vom Kopf und riss den Wagenschlag für Lord Ashford auf, der dankbar nach der dargebotenen Hand des Chauffeurs griff, bevor er sich ächzend von der Rückbank schob. Mit schmerzverzerrtem Gesicht drückte er den Rücken durch. »Altwerden ist keine wahre Freude, kann ich dir sagen. Überall zwickt und zwackt es und dieser Knöchel macht auch, was er will!« Dabei betrachtete er seinen rechten Fuß wie einen unerzogenen Hund, der nicht hören will.

»Ich brauche Sie dann heute nicht mehr, Firth!«
Der Chauffeur nickte, setzte die Mütze wieder auf und rollte mit dem majestätischen Wagen die Auffahrt in Richtung Ashford House rauf.

»Also, was war denn da los mit euch und der guten Alicia?«, bohrte Lord Ashford nach, als wir zusammen die gekieste Auffahrt hinunterschlenderten. Er auf seinen Spazierstock gestützt. Ich schob mein Rad. Und Percy jagte den Wildkaninchen hinterher.

Mein Herz hämmerte. Denn zum einen kam ich mir mit unseren Ermittlungen plötzlich total albern vor und zum anderen hatte ich große Angst vor Lord Ashfords Reaktion, wenn ich ihm jetzt sagen würde, dass Finn und ich Alicia Miles wegen des Todes von Rubinia Redcliff befragt hatten. Wie sich herausstellte, war beides völlig grundlos gewesen. Denn nachdem ich ihm alles gebeichtet hatte, also die Sache mit unseren Ermittlungen, sah er mich nur aus seinen gütigen Augen an, in denen Abenteuerlust aufflackerte.

»Ein plötzlicher und sehr tragischer Todesfall hat sich in eurer unmittelbaren Nähe ereignet, der – und da muss ich euch recht geben – mit etwas Fantasie durchaus einige Fragen aufwerfen kann. Die wichtigste ist natürlich die hypothetische Frage: Was, wenn es gar kein Unfall war? Wäre ich ein paar Jahrzehnte jünger und hätte Sommerferien«, er lächelte mich verschmitzt an, »glaub mir, ich wäre der Erste, der Lupe, Pfeife und Capemantel hervorgeholt hätte und losgezogen wäre, um dem Vorfall auf den Grund zu gehen. Auch wenn es vielleicht etwas pietätlos ist. So kurz nach der Beisetzung. Sei es drum. Aber die arme Alicia habt ihr natürlich auf dem völlig falschen Fuß erwischt.«

Ich öffnete den Mund, um etwas zu erwidern, kam aber nicht dazu, denn Lord Ashford hob abwehrend die Hand und sprach weiter: »Alicia ist eine großartige Gutsverwalterin. Sie kann rechnen wie ein Computer, ist sachlich, nüchtern, ein beinharter Verhandlungspartner und sie hat ein Händchen für Tiere. Aber sie hat leider kein Fünkchen Fantasie. Im Innersten ihres Herzens ist sie eine Buchhalterseele. Deshalb versteht sie das Wesen eures Mörderspiels nicht. Höchstwahrscheinlich glaubt sie, ihr würdet sie wirklich verdächtigen. Und dann ist da noch diese unglückliche Liebelei. Tja ...« Er blieb stehen und ließ seinen Blick über das Meer schweifen. »Wenn ich wüsste, wer der Kerl ist, der ihr das Herz gebrochen hat, würde ich ihn mir mal vorknöpfen. Zu meiner Zeit waren Begriffe wie Anstand, Ehre und Pflichtgefühl noch keine leeren Hüllen!«

Das konnte ich mir vorstellen. Ich mochte Lord Ashford unglaublich gerne! Schade, dass er keine Enkelkinder hatte. Er wäre bestimmt ein ganz toller Großvater gewesen.

Außerdem: Sollte er ruhig denken, dass unsere Ermittlungen für uns nur ein Spiel waren.

»Was willst du also von mir wissen?« Er schaute mich herausfordernd an.

»Von Ihnen? Gar nichts«, stammelte ich verwirrt.

»Jetzt bin ich aber fast etwas beleidigt, Amy!«, lachte er schallend auf. »Bin ich etwa schon zu alt und klapprig, um einen veritablen Verdächtigen abgeben zu können? Selbst in einem Mörderspiel?«

»Nein, nein«, beeilte ich mich zu versichern. »Natürlich nicht! Sie sind total verdächtig, Lord Ashford!« Ich überlegte kurz. »Wo sind Sie am Tag der Fünfhundertjahrfeier zwischen 17.25 Uhr und 17.40 Uhr gewesen?«

»Ist das der Todeszeitpunkt?«, fragte er und sog scharf die Luft zwischen die Zähne.

Ich nickte stolz.

»Dann muss ich in der Tat passen«, antwortete Seine Lordschaft niedergeschlagen. »Da lag ich schon lange auf meinem Bett, hatte Berge Coolpacks auf meinem Knöchel und alle Hände voll damit zu tun, meine Frau davon abzuhalten, den Arzt zu rufen. Der arme Seaton wusste gar nicht, ob er jetzt losmarschieren sollte oder nicht.«

»Stimmt«, rief ich und schlug mir die Hand gegen die Stirn. »Sie waren ja in das Kaninchenloch getreten. Wann war das?« Ich war ja dabei gewesen, aber um das Verhörspiel richtig zu spielen, stellte ich ihm diese Frage trotzdem.

»Irgendwann beim Teetrinken.« Nach einer kurzen Pause setzte Lord Ashford hinzu: »Da kommt mir aber eine ganz andere Idee. Falls euch die Verdächtigen ausgehen … versucht doch mal bei Samuel Archer euer Glück. Der erscheint mir seeeehr verdächtig. Beim Teetrinken hat er die ganze Zeit ein grimmiges Gesicht gemacht und dabei mit Rubinia Redcliff die Köpfe zusammengesteckt. Nicht dass ich gelauscht hätte, Gott bewahre, aber ich glaube, sie hatten eine Meinungsverschiedenheit. Eine ziemlich heftige sogar.«

»Guter Tipp! Danke!«, lachte ich.

»Schade«, murmelte Lord Ashford und wir setzten unseren Weg fort. »Nun bin ich doch schon zu alt und klapprig, um einen guten Verdächtigen abzugeben. Aber nachdem wir das geklärt hätten: Was würdest du davon halten, Finn bei seiner Arbeit in der Bibliothek zu unterstützen? Ich wollte dich schon gestern fragen. Es ist viel zu viel Arbeit für einen allein. Ich würde dich genauso bezahlen wie ihn. Arbeitszeiten sind von neun bis sechzehn Uhr. Mittagessen und Tee mit Kuchen gibt es umsonst. Na, was sagst du?«

Sofort!, hätte ich am liebsten gerufen. Nur leider musste ich mir erst Tante Clarissas O. k. dazu holen. Das vorausgesetzt, sagte ich zu und versprach, am nächsten Morgen pünktlich da zu sein.

»Das freut mich!« Lord Ashford lächelte verschmitzt. »Dann schwing dich jetzt auf dein Rad und brause los. Geh schwimmen oder segeln oder was auch immer du an einem so wundervollen Tag vorhast!«

Ich schüttelte den Kopf. »Ich mag das Meer nicht. Das Wasser macht mir Angst. Wegen dem, was meinen Eltern passiert ist.«

»Oh, ja, natürlich«, sagte Lord Ashford. Sein Gesicht verriet, wie sehr er seine Unachtsamkeit bedauerte. »Wie unsensibel von mir. Entschuldige, dass ich daran nicht gedacht habe. Aber weißt du, Amy, Ängste sind dafür da, überwunden zu werden. Ich hätte da einen Vorschlag. Wenn du Lust hast, zeige ich dir mal meine Segelyacht, die *Golden Hinde*. Wir suchen uns einen richtig schönen Tag aus. Wir müssen ja nicht gleich, wie Francis Drake mit seiner *Golden Hinde*, die ganze Welt umsegeln. Nein, wir fangen langsam an und segeln einfach nur ein wenig in der Bucht herum. Überleg dir mal, wie toll es wäre, wenn du nach den Ferien die reinste Wasserratte wärst.«

»Mach ich«, versprach ich, obwohl ich jetzt schon wusste, dass ich so schnell nicht auf seinen Vorschlag zurückkommen würde.

## 18

»Du bist die längste Zeit meine Freundin gewesen! Das kann ich dir sagen!«

Aufgeschreckt schaute ich in die Richtung, aus der das Gebrüll gekommen war. Im knallbunten Gewand stand Dorothy in ihrem Vorgarten. Mit jedem Wort stieß sie ihren Zeigefinger in die Luft, als ob sie ihr Gegenüber aufspießen wollte. Und ihr Gegenüber war … meine Tante. Ich legte eine Vollbremsung hin, dass mein Hinterreifen wegrutschte und eine ansehnliche Bremsspur auf der Harbour Road hinterließ.

»Dorothy, das ist ja lächerlich!«, schimpfte Tante Clarissa. Angelockt von dem Wortgefecht schossen Dorothys Hunde kläffend aus dem hinteren Teil des Gartens nach vorne.

»Hier geblieben, Percy! Da musst du jetzt nicht auch noch mitmischen«, rief ich meinen davonjagenden Hund zurück. Er blieb wie angewurzelt stehen, drehte sich zu mir um und warf mir aus seinen Knopfaugen einen vorwurfsvollen Blick zu, der nichts anderes besagte als: »Spielverderber!«

»Da ist ja Amy!«, rief Dorothy, nachdem sie mich entdeckt hatte, und winkte mich zu sich rüber.

»Mist!«, fluchte ich leise. Sollten die Erwachsenen doch ihre Streitereien ohne mich regeln. Und genau das hätte ich auch sagen sollen. Traute ich mich aber natürlich mal wieder nicht. So schob ich mein Rad langsam auf die beiden Streithennen zu.

»Deine Tante bezichtigt mich, diese Schreckschraube in die ewigen Jagdgründe geschickt zu haben! Kannst du dir so etwas vorstellen?« Mit verschränkten Armen und vor Wut schnaubend, dass ich schon befürchtete, ihr würde gleich der Dampf aus den Ohren pfeifen, hatte sich Dorothy hinter dem Ginster aufgebaut.

»Unsinn! Ich habe bloß eine harmlose Frage gestellt«, verteidigte sich meine Tante. Ich wusste haargenau, was sie gemacht hatte. Beim Frühstück hatten wir nämlich unseren Schlachtplan für den Tag ausbaldowert. Mein Teil der Detektivarbeit sollte die Befragung von Alicia Miles sein, während Tante Clarissa sich Dorothy vorknöpfen wollte. An Rubinias Todestag hatte meine Tante gesehen, wie Dorothy den Tisch verlassen hatte. Da war die Teegesellschaft noch im vollen Gange gewesen und Rubinia Redcliff hatte noch an ihrem Platz gesessen. Wiedergesehen hatten wir Dorothy erst am Abend im *Little Treasures*. Wo war sie also in der Zwischenzeit gewesen? Zumal sie leider aus Sicht meiner Tante ein ziemlich gutes Mordmotiv vorzuweisen hatte.

»Sie wollte mein Alibi überprüfen!«, schnaubte Dorothy und pustete sich die vorwitzige graue Haarsträhne aus den Augen. »Ist das zu fassen?«

»Das machen wir bei jedem, Dorothy«, versuchte ich den Streit zu schlichten und schob noch hinterher: »Das ist eine reine Routinefrage!« Den Ausdruck hatte ich bei meiner Tante aufgeschnappt und er gefiel mir sehr gut. »Das hat wirklich gar nichts zu bedeuten.«

»Diese ganze Mordsache ist doch lächerlich!«, schnappte Dorothy und kräuselte die Lippen. Man hätte annehmen können, dass ihre Wut ein kleines bisschen verraucht war. Denn im nächsten Moment lenkte sie halb versöhnlich ein: »Gut, dann spiele ich eben einfach mal mit.«

Aber verraucht war da ganz und gar nichts. Ich kannte Dorothy und wusste, dass sie nachtragender sein konnte als ein Elefant. Hier waren andere Dinge am Werk. Deshalb musste ich mir große Mühe geben, mir das Grinsen zu verkneifen. Wie fast alle Dorfbewohner hatte Dorothy eine riesengroße Leidenschaft: Sie redete gerne. Was bedeutete, sie wäre erstickt, hätte sie die Geschichte, die ihr auf der Zunge lag, nicht erzählen können. Da sie auf meine Tante immer noch sauer war, kam ich ihr als Alibi gerade recht. Deshalb winkte sie mich jetzt ganz nah an ihren Gartenzaun heran und zischte mir vertraulich ins Ohr: »Ich musste mal für kleine Mädchen. Doch, bei Gott, niemand kann von mir verlangen, diese ekeligen Pipi-Boxen zu betreten, die Lord Ashford im Park hatte aufstellen lassen. Unter uns gesagt, da mache ich mir doch lieber in die Hose! Was sollte ich tun? Das einzig Logische. Ich habe mich ins Haupthaus geschlichen. Zum Glück hatte ich meine Hunde schon vor dem Teetrinken nach Hause gebracht. Der ganze Trubel auf dem Fest hat sie zu sehr aufgewühlt. Also, mein Ziel war das Gästeklo Seiner Lordschaft. Jetzt finde du mal ein Klo in so einem riesigen Kasten. Das ist was anderes als in einem Reihenhaus, wo es immer schön neben der Haustür zu finden ist!«

Aus den Augenwinkeln bemerkte ich, wie meine Tante sich Schrittchen für Schrittchen näher an uns heranpirschte. Dabei wäre das gar nicht nötig gewesen, denn Dorothy sprach mittlerweile in einer solchen Lautstärke, dass ich mir sicher war: Sie wollte, dass meine Tante jedes Wort ihrer Erzählung mit anhörte.

»Beinahe wäre ich Ihrer Ladyschaft und Seiner Lordschaft in die Arme gelaufen, als Lady Ashford mit Seatons Hilfe ihrem Mann die Treppe hinaufgeholfen hat. Die Verletzung an seinem Fuß muss sehr schmerzhaft gewesen sein. Dementsprechend hat es eine halbe Ewigkeit gedauert, bis sie den armen Mann endlich nach oben bugsiert hatten. Na ja, ich habe mich hinter einer Säule vor ihnen versteckt. Kaum waren sie in einem der oberen Zimmer verschwunden, bin ich wieder raus aus meinem Versteck und habe weitergesucht. Bibliothek, Arbeitszimmer, Raucherzimmer, Billardzimmer … meine Güte, alles vorhanden, aber kein Klo in Sicht!«

Ich nickte mitfühlend.

»Deshalb habe ich mich auf die erste Etage geschlichen. Das gehört sich natürlich nicht. Aber der Zweck heiligt ja bekanntlich die Mittel. Ständig musste ich aufpassen, dass ich Seaton nicht in die Arme lief. Wie eine Aufziehpuppe rannte er treppauf, treppab. Auf Anweisung von Lady Ashford hat er Coolpacks angeschleppt, Tee, Schmerzmittel, Verbände. Dabei konnte ich Lord Ashford hinter der Tür protestieren hören. Natürlich bin ich dann doch irgendwann Seaton in die Arme gelaufen. Und natürlich hat er mich sehr höflich, aber bestimmt vor die Tür gesetzt. Dann bin ich, so schnell ich konnte, nach Hause geradelt. Weil ich schon mal da war, bin ich gleich mit den Hunden gegangen. Gerade als ich von dem Spaziergang zurückkam, klingelte mein Telefon – und jetzt frag mich bloß nicht, wann das genau war – und Sophie teilte mir atemlos mit, dass Rubinia Redcliff einen tragischen Unfall hatte.«

»Also hast du kein Alibi, meine Gute!«, schlussfolgerte Tante Clarissa erbarmungslos. Meinen warnenden Blick übersah sie geflissentlich.

Wie eine überreife Tomate leuchtete Dorothys Gesicht knallrot auf. »Fängst du schon wieder an, mich zu beschuldigen?«

»Ich fasse lediglich die Fakten zusammen. Du hattest ein ziemlich gutes Motiv, das Wohl deiner Hunde, und für den anzunehmenden Zeitraum kein Alibi. Mehr sage ich gar nicht!«, erwiderte meine Tante. »Auch wenn ich dich persönlich für keine Mörderin halte, darf ich doch die Fakten nicht aus den Augen lassen.«

»Jetzt bist du wohl völlig übergeschnappt!«, fauchte Dorothy. Damit wirbelte sie auf dem Absatz herum, rief ihre Hunde zu sich und stürmte ins Haus. Knallend fiel die Tür hinter ihr ins Schloss.

Tante Clarissa konnte sich gerade noch bis zur Harbour Road beherrschen, dann platzte sie heraus: »Nun erzähl schon, was hast du im Herrenhaus in Erfahrung gebracht?«

Ich erzählte. Von Alicia Miles, von Lord Ashford, seinem Hinweis auf Samuel Archer und seinem Jobangebot. (Und klar, ab morgen durfte ich in der Bibliothek aushelfen.) Ziemlich ins Stottern geriet ich bei der Schilderung, wie Finn und ich uns die Tatzeit zusammenklamüsert hatten. Puh, war ich froh, als ich das Thema wieder unauffällig auf Dorothy lenken konnte.

»Um die musst du dir nun wirklich keine Sorgen machen. Die beruhigt sich schon wieder!«, versicherte mir meine Tante gerade, als bei unserem Eintreten ins *Little Treasures* die Glöckchen an der Tür leise bimmelten. Sofort umhüllte uns dieser göttliche Duft von frisch gebackenem Gebäck und gemahlenem Kaffee. Wunderbar!

Mit seiner feinen Nase hatte Percy noch etwas anderes gewittert. Wie von der Tarantel gestochen, jagte er hinter den Tresen auf Andrew zu. Millisekunden später preschte er stolz wie Oskar mit seinem erbeuteten Speckstreifen in den Garten, um ihn ganz gemütlich auf seinem Lieblingssonnenplätzchen unter seiner Palme zu verspeisen. Ehrlich gesagt, machte ich mir um den Streit zwischen Dorothy und meiner Tante weniger Sorgen. Was mich beunruhigte, war die Tatsache, wie schnell Dorothy unter die Decke gehen konnte. Das, gepaart mit ihrer riesengroßen Liebe für ihre Hunde, war in meinen Augen eine gefährliche Mischung. Und wenn ich jetzt noch dazuzählte, dass niemand wusste, was sie an jenem Nachmittag wirklich gemacht hatte, wurde mir ganz flau. Denn im Gegensatz zu meiner Tante hielt ich sie sehr wohl dazu fähig, aus einer Art Kurzschlusshandlung heraus ALLES zu tun, um ihre Hunde zu beschützen. Und das durfte, bitte, nicht sein! Nicht Dorothy! Bitte, bitte, lieber Gott, lass jemand anderen den Mörder sein! Jemanden, den ich gar nicht mag, dachte ich. Zum Beispiel diesen aufgeblasenen Wichtigtuer Duncan Hardy.

»Guckt mal, wer da sitzt!«, raunte uns Andrew mit gedämpfter Stimme entgegen, wobei er unauffällig in Richtung eines kleinen Dreiertischs unter dem Foto von Königin Elisabeth nickte.

Wenn man vom Teufel … nein, nicht redet, sondern wenn man an den Teufel denkt … ☺

Von dem strahlenden Sunnyboy war wenig übrig geblieben. Mit herabhängenden Schultern, einem knurrigen Gesichtsausdruck und stumpfem Blick hockte Duncan Hardy da und schien von dem Treiben um sich herum nichts mitzubekommen.

»Er ist vor einer halben Stunde gekommen. War wohl heute Morgen beim Notar zur Testamentseröffnung«, informierte uns Andrew, während er mit dem Zeigefinger die Zahlen auf einem Lieferschein hinabfuhr. »Scheint wohl nicht so gut für ihn gelaufen zu sein.«

»Deshalb hat mir keiner die Tür aufgemacht, als ich vorhin bei ihm geklingelt habe«, kombinierte meine Tante und tippte sich gegen ihr Kinn. Hinter ihrer Stirn arbeitete es. »Nutzen wir die Gelegenheit und fühlen diesem Möchtegern auf den Zahn! Komm, Amy«, sagte sie und durchquerte den Raum. »Mr Hardy, was freue ich mich, Sie in meinem *Little Treasures* begrüßen zu dürfen!«, säuselte meine Tante im Näherkommen und streckte ihm die Hand zur Begrüßung hin.

Anstelle einer förmlichen Begrüßung nickte er uns nur knapp zu und deutete auf die beiden freien Stühle.

»Sie sehen aber gar nicht gut aus?«, sagte meine Tante, und ich glaube, sie war ehrlich besorgt. »Fühlen Sie sich nicht wohl?«

»Rubinia!«, brummte Duncan Hardy missmutig. »Dieses Biest! Noch aus dem Grab heraus wischt sie mir eins aus! Ich erbe die Hälfte ihres Vermögens, wie abgemacht. Aber nur, wenn ich mich vertraglich dazu verpflichte, niemals meine Biografie über sie zu schreiben, keine Interviews über sie zu geben und überhaupt überall und immer die Klappe über sie zu halten. Tue ich es doch, muss ich jeden Penny zurückzahlen. Dieses Aas! Ich hätte es wissen müssen.«

»Das ist aber wirklich nicht nett!«, sagte meine Tante mit ehrlicher Entrüstung. »Und wer erbt dann den Rest? Rubinia hatte doch keine lebenden Verwandten mehr, oder?«

»Da haben wir es schon ...« Er ließ den Satz in der Luft schweben und fuhr sich mit den aufeinandergedrückten Kuppen von Daumen und Zeigefinger der rechten Hand über die Lippen. »Kein Kommentar. Aber da die Presse morgen eh ihren Letzten Willen in die Welt hinausposaunen wird: Die andere Hälfte ihres Vermögens geht an einen Schmetterlingsverein in Schottland! Ist das zu fassen?«

Beim Thema Verwandtschaft musste ich plötzlich wieder an ihn denken. An Rubinia Redcliffs Vater und an das grausame Schicksal, das ihn aus dem Leben gerissen und Rubinia vaterlos hatte aufwachsen lassen. Was war ihm nur zugestoßen? Ein Unfall? Das konnte vieles gewesen sein.

Mein Notizbuch hatte ich schon die ganze Zeit gut versteckt unter der Tischplatte aufgeschlagen auf meinem Schoß liegen gehabt. Eilig notierte ich jetzt: *Internetrecherche R. R.s Vater.*

In letzter Zeit waren so viele Zeitungsartikel über sie erschienen. Da musste doch in mindestens einem etwas über ihren Vater zu finden sein. Heute Abend würde ich mich der Sache annehmen.

»Zwischen 17.25 Uhr und 17.40 Uhr?«, riss mich Duncan Hardys verblüffte Stimme aus meinen Gedanken. »Wo werde

ich da denn wohl gewesen sein, gute Dame? In meiner Garderobe natürlich, um mich auf meinen Auftritt vorzubereiten. Immerhin sollte ich um 18.00 Uhr als Henry VIII. auf der Bühne stehen. Da stand ich dann auch. Nur leider ohne Publikum, denn das hatte sich zum größten Teil in der *Smuggler's Bay* versammelt.«
»Gibt es dafür Zeugen?«, raunte meine Tante so leicht dahin wie möglich.
»Gibt es. Zum Beispiel die Dame von der Requisite. An meinem Wams war ein Knopf abgegangen. Den hat sie mir in aller Eile angenäht. Dann die Beleuchter, die anderen Darsteller … Wir sind noch mal einzelne Szenen zusammen durchgegangen.« Er stockte und kniff die Augen zusammen. Dann brach er in schallendes Gelächter aus. »Jetzt verstehe ich! Diese ganze Erbschaftsgeschichte bringt Sie auf dumme Gedanken! Ich habe schon gehört, dass Sie hier so was wie der dorfeigene Sherlock sind. Und jetzt überlegen Sie, ob ich die gute Rubinia wegen ihres schönen Geldes vielleicht umgebracht haben könnte. Deshalb fragen Sie nach meinem Alibi. Da trauen Sie mir aber entschieden zu viel zu. Ich kann noch nicht mal einer Fliege etwas zuleide tun. Aber das kann natürlich jeder behaupten. Deshalb … überprüfen Sie ruhig meine Angaben. Sie werden erfahren, dass ich die Wahrheit gesagt habe.«

Damit sollte er recht behalten. Es kostete Tante Clarissa später exakt einen Anruf bei der Requisiteurin, um zu erfahren, dass Duncan Hardy nicht gelogen hatte. Zur fraglichen Zeit hatte sie ihm in der Garderobe den fehlenden Knopf ans Wams genäht, während er fleißig seinen Text studiert hatte. Damit war er aus dem Schneider.

Duncan Hardy war schon lange gegangen, als es im *Little Treasures* langsam ruhiger wurde und Tante Clarissa, Andrew und ich uns zu einem verspäteten Mittagessen in den Rosengarten setzen konnten. In letzter Zeit war Andrew komisch. Er redete kaum, vergrub sich mit dem Bürokram hinter dem Rechner, telefonierte viel, und wenn man in den Raum kam, flüsterte er in den Hörer oder brach das Telefonat schnell ab. Ständig schien er mit seinen Gedanken woanders zu sein. Deshalb wunderte es mich auch nicht wirklich, dass er sich am Tischgespräch gar nicht beteiligte.

»Wollen mal sehen!«, begann Tante Clarissa, ihr Notizbuch aufgeschlagen neben dem Teller, die Sonnenbrille auf der Nase. »Sarah Dunn, Duncan Hardy und Alicia Miles scheinen für den Moment aus dem Rennen zu sein. Bleiben also nur noch der geheimnisvolle Liebhaber und Samuel Archer übrig. Seine Lordschaft hat recht. Mir ist auch aufgefallen, mit welcher Bittermiene er beim Fest neben Rubinia Redcliff gehockt hat. Richtig finster hat der dreingeblickt. Sollen wir nachher zusammen in die Apotheke gehen, Amy, und ihm auf den Zahn fühlen?«

Beinahe wäre mir mein Thunfisch-Sandwich im Hals stecken geblieben. Da sich die Befragung von Duncan Hardy gewissermaßen von allein erledigt hatte, hatte ich Samuel Archer insgeheim als Zweitbesetzung für meine Verabredung mit Finn eingeplant. Eine Ausrede musste her, und zwar schnell. Zum Glück brach Andrew genau in diesem Moment sein Schweigen.

»Ihr könnt sagen, was ihr wollt, aber ich finde eure sogenannten Ermittlungen lächerlich und pietätlos. Sie machen mich ganz krank. Das ist so provinziell«, murmelte er, ohne von seiner Tomatensuppe aufzublicken, die er übrigens bis jetzt nicht angerührt hatte. Mit einer entschiedenen Handbewegung schob er den Suppenteller von sich, dass etwas Suppe überschwappte, und schaute zwischen meiner Tante und mir hin und her. »Ich habe euch etwas zu sagen. Ich trage mich mit dem Gedanken, Ashford zu verlassen.«

»Weil wir ermitteln?« Erstaunt blickte Tante Clarissa Andrew über den Rand ihrer Sonnenbrille hinweg an.

»Natürlich nicht! Das eine hat mit dem anderen gar nichts zu tun«, sagte er kopfschüttelnd. »Ich sehe hier nur keine Zukunft mehr für mich. Ich hätte zwar nie gedacht, dass ich den Trubel, Dreck und Gestank der Großstadt vermissen könnte, aber es ist so. Das Dorfleben scheint auf Dauer doch nichts für mich zu sein. Und die Bank fehlt mir auch. Nach einem Jahr Ashford zieht es mich in die große weite Welt. Die Barclays Bank hat mir einen ziemlich coolen Job in Hongkong angeboten.«

»Aber du wolltest doch für immer hierbleiben!«, rief ich. Mir war, als ob mich jemand ohne Fallschirm aus einem Flugzeug geschubst hätte. Für mich gehörte Andrew mittlerweile so fest zu meinem Leben wie Tante Clarissa, Percy oder das *Little Treasures*. Wer übte in Zukunft mit mir Bio, wer erklärte mir die Bankenkrise und bei wem durfte ich ins Internet, wenn unser WLAN-Router mal wieder streikte? Ein Leben ohne Andrew konnte ich mir einfach nicht vorstellen. »Du darfst nicht weggehen!«

Er lächelte mich bekümmert an und strich mir über die Haare.

»Du fühlst dich hier nicht mehr wohl?«, fragte Tante Clarissa betroffen. Der Schreck stand ihr ins Gesicht geschrieben. »Warum sagst du denn nichts? Gibt es irgendetwas, was wir tun können, um dich umzustimmen? Bitte, Andrew, überlege es dir noch mal! Amy und ich«, auf ihren um Zustimmung bittenden Blick nickte ich eifrig, »wir brauchen dich doch hier!«

»Es ist ja noch nichts in Stein gemeißelt, Clarissa«, beeilte sich Andrew zu versichern. »Ich stecke noch mitten in den Verhandlungen. Ich habe es euch auch nur schon gesagt, weil ich deswegen in Zukunft häufiger Termine in London haben werde. Heute Nachmittag treffe ich mich aber erst mal mit einem ehemaligen Kollegen in Exeter. Er war schon mal für Barclays in Hongkong. Mal sehen, was er mir über den Job dort berichten kann.«

»Ach, Andrew!«, seufzte Tante Clarissa. »Du weißt aber schon, dass du uns das Herz brichst ... Hongkong ...« Kopfschüttelnd setzte sie hinzu: »Weiter weg geht es ja kaum noch ...«

## 20

Ein Gutes hatte Andrews plötzliche Eröffnung: Jetzt brauchte ich keine Ausrede mehr, um mit Finn zu Samuel Archer gehen zu können. Andrew musste nach Exeter und damit konnte Tante Clarissa das *Little Treasures* am Nachmittag nicht alleine lassen.

Kaum in meinem Zimmer, rasten meine Finger über die Handytastatur und schrieben Finn, dass wir uns doch nicht vor Rubinias Haus, sondern unten am Markt treffen würden, sobald er mit der Arbeit fertig war.

Während ich Kleider, Röcke, Shirts und Blusen aus meinem Schrank zerrte, ging mir Andrews Ankündigung nicht aus dem Kopf. Er war doch so glücklich hier gewesen. Nie wieder hatte er weggewollt. In dem kleinen Ashford-on-Sea habe er sein großes Glück gefunden, hatte er so häufig gesagt und jetzt galt das alles nicht mehr? Für den Moment tröstete ich mich damit, dass sein Entschluss noch gar kein richtiger Entschluss, sondern mehr eine Art Überlegung war.

Eilig stopfte ich alle Klamotten in den Schrank zurück. (Ich war jetzt schon viel zu spät dran.) Alle bis auf das Kleid mit den lila-orangen Längsstreifen, das sich so schön aufbauscht, wenn ich mich ganz schnell im Kreis drehe, wie mir der Spiegel gerade bestätigte. Plötzlich blieb ich wie angewurzelt stehen. Mit weit aufgerissenen Augen trat ich näher an den Spiegel heran und reckte das Kinn vor. Da war sie wieder. Diese eine bestimmte Sommersprosse am Kinn.

Um das klarzustellen, ich mag keine einzige meiner Sommersprossen, aber die am Kinn, die mag ich am allerwenigsten, weil sie so auffällig ist. Ich bin eh keine Schönheit, aber diese Sommersprosse macht alles nur noch schlimmer. Sollte ich schnell in Tante Clarissas Badezimmer huschen und Make-up draufschmieren? Keine Zeit mehr! Ich warf meinem Spiegelbild einen verzweifelten Blick zu, schnappte mir meinen Rucksack, rief Percy und stürmte los.

Als Percy und ich am Marktplatz ankamen, wartete Finn schon auf uns. Er sah so umwerfend aus! Wie er dastand bzw. auf seinem Fahrrad hockte, lässig einen Fuß auf der Holzbank abgestützt, den anderen auf dem Pedal, einen Ohrhörer von seinem Handy im Ohr, den anderen unter sein Shirt gestopft. Während ich von der Sonne blöde Sommersprossen bekam, war Finn schon richtig braun geworden. Und wenn ich mich nicht irrte, waren seine blonden Locken noch blonder geworden.

»Kommst du auch mal?«, sagte er und lächelte mich mit diesem hypnotischen Lächeln an.

»Sorry!«

»Halb so wild! Hauptsache, du bist jetzt da und kannst mir erklären, warum sich unsere Pläne so plötzlich geändert haben … Hübsches Kleid im Übrigen!«, setzte er dann noch beiläufig hinzu. Beinahe wäre ich vor Verlegenheit vom Rad gefallen. Tat ich aber nicht. Stattdessen merkte ich, wie mein Gesicht heiß wurde. Ich sprang schnell von den Pedalen, stellte mein Fahrrad ab und machte mich daran, es abzuschließen. Zum Glück hatte ich mich eben gegen einen Zopf entschieden, sodass meine Haare mir jetzt wie ein Vorhang vors Gesicht fielen und hoffentlich das Schlimmste verdeckten. Kennt das jemand? Dass man plötzlich so nervös ist, dass man rasend schnell anfängt, etwas daherzuplappern, an den blödesten Stellen doof kichert, und noch während man das macht, sich selber in den Hintern treten könnte? Genau so erging es mir jetzt. Die Niagarafälle waren nichts gegen mich. Wild sprudelte ich los, von wegen Dorothy und ihrer Suche nach dem Klo, Duncan Hardy im *Little Treasures*, Testament, fehlender Knopf, Zeugen. Ein Verdächtiger weniger. Lord Ashford. Samuel Archer. Finn. Ich. Apotheke.

Plötzlich fiel mein Blick auf Percy. Mit schräg gelegtem Kopf und erstaunten Hundeaugen schaute er mich forschend an. Oh Gott, selbst mein Hund hielt mich für irre!!!

»Oooookaaaay«, nickte Finn. »Ich habe zwar nur die Hälfte verstanden, aber immerhin so viel, dass Duncan Hardy sich erledigt hat und wir jetzt in die Apotheke gehen.«

»Darauf läuft es hinaus«, sagte ich schnell, schob mich an ihm vorbei und überquerte, ohne auf ihn zu warten, den Marktplatz.

Ich brauchte ein paar Schritte, um tief durchzuatmen. Genau die richtige Entscheidung, denn vor der Apothekentür hatte ich mich wieder beruhigt.

»Und wieso genau ist Samuel Archer jetzt verdächtig?«, raunte Finn mir ins Ohr, als ich die Hand schon nach dem Türgriff ausgestreckt hatte.

»Er hat auf dem Fest neben Rubinia Redcliff gesessen und scheinbar hat er sich mit ihr gestritten. Auf jeden Fall kam Lord Ashford sein Verhalten verdächtig vor, und Tante Clarissa auch«, sagte ich und schob die Tür auf.

»Diese Apotheke ist ein Schandfleck für unser schönes Dorf«, schimpfte Tante Clarissa immer, wenn sie dort Medikamente gekauft hatte. »Der Mensch verdient doch gut, warum investiert er nicht mal ein paar Pfund in seine Inneneinrichtung? Da drinnen ist es so gemütlich wie in einem Beerdigungsinstitut!«

Ich war noch nie in einem Beerdigungsinstitut gewesen, aber als ich die düsteren Möbel sah, die alles so finster machten, dass Mr Archer selbst an einem strahlenden Sonnentag wie heute die spärliche Deckenbeleuchtung anschalten musste, verstand ich, was sie meinte. Außerdem war alles mit einer dicken Staubschicht bedeckt, so dick, dass Tony McMillan aus meiner Klasse mit dem Finger einmal *Ferkel* in die Staubschicht auf dem Tresen geschrieben hat. Kein Scherz, noch Wochen später hatte es niemand weggewischt. Es roch auch immer muffig und es war kalt wie in einem Kühlschrank. Mr Archer hatte die Apotheke von seinem Vater geerbt, der sie wiederum von seinem Vater geerbt hatte, und wahrscheinlich hatte sie auch schon dessen Vater gehört. Auf jeden Fall sah sie so aus, als ob sie seit ihrer Eröffnung nie renoviert worden wäre. Irgendwo im hinteren Teil der Apotheke war bei unserem Eintreten eine Klingel aufgeschrillt, aber es ließ sich niemand blicken.

»Keiner da?«, fragte Finn, stützte sich mit beiden Händen auf dem Tresen ab und beugte sich, so weit es ging, vor, um das Regal mit Vitamintabletten und Pflastern zu beäugen. »Kundschaft!«, rief er und grinste mich breit an.

Finn war schon ein echtes Phänomen. Ich meine, seine Situation war nicht gerade beneidenswert. Mit ein bisschen Pech konnte er bald unter Mordverdacht stehen. Und als ob das nicht schon schlimm genug gewesen wäre, drohte sein Lebenstraum zu platzen, und zwar für immer. Und trotzdem war er gut gelaunt. Der reinste Sonnenschein!

»Was kann ich für euch tun?« Kate Willson schlenderte im Schneckentempo, die Augen fest auf das Tablet geheftet, das sie mit beiden Händen vor sich hertrug, in den Raum.

»Hi, Kate!«, grüßte Finn. »Wir wollten zu Mr Archer. Ist er da?«

»Ach, ihr seid's!«, sagte sie nur, nachdem sie sich kurz vom Bildschirm hatte losreißen können. Sie kratzte sich an ihrem Nasenpiercing, lehnte sich gegen den Tresen und schien unsere Anwesenheit schon wieder vergessen zu haben. Wenn ich das richtig sah, streamte sie gerade irgendeinen Vampir-Horror-Schocker. Kate war zwanzig und ich konnte mir nicht vorstellen, dass ihr der Job in der Apotheke Spaß machte. Mit ihren tiefschwarz gefärbten Haaren und den Tattoos passte sie viel besser als Gitarristin einer Rockband auf die Bühne.

»Ist nicht da«, nuschelte sie plötzlich. Sie hatte uns also doch nicht vergessen. »Ist gestern Nachmittag weggefahren. Hat nicht gesagt, wann er wiederkommt. Und selbst wenn er es getan hätte, wäre kein Verlass darauf.«

Als der Abspann über das Tablett flimmerte, drückte sie auf einen Knopf und der Bildschirm wurde schwarz.

»Soll ich euch mal erzählen, was der sich letztens geleistet hat?«

Finn und ich nickten. Achtung, Dorftratsch!

»Das war, als diese Spießerfeier im Herrenhaus war. Da hatten wir Dienst. Jetzt mal ehrlich, so ein Mist wie diese Veranstaltung da oben«, sie nickte den Berg hinauf, »kann mir echt gestohlen bleiben, aber mein Freund und ich wollten 'ne Tour

mit den Bikes unternehmen.« (Anmerkung: Damit meinte sie keine Fahrräder, sondern Motorräder.) »Mr Archer hatte mir versprochen, pünktlich um fünf Uhr hier zu sein. Pustekuchen! Ist einfach nicht aufgetaucht!«
Ein nervöses Kribbeln stieg von meinen Fingerspitzen Hände und Arme hinauf. Was könnte ihn davon abgehalten haben, pünktlich den Dienst zu übernehmen? Ein Mord?
Ich dachte noch darüber nach, als Kate schon weiterschimpfte. »Äy, mit so was hab ich echt keine Verträge; als er um halb sechs noch nicht hier war, hab ich die Bude abgeschlossen und bin weg. Ich habe auch ein Recht auf meine Freizeit! Die steht mir zu!«
»Ist er denn überhaupt noch gekommen?«, fragte ich neugierig nach.
Kate zuckte mit den Schultern und ließ den Bildschirm wieder aufleuchten. »Keinen Dunst. Um Viertel vor sechs war er aber definitiv nicht hier. Seaton, der Haus- und Hofsklave Seiner Lordschaft, hat nämlich am nächsten Tag angerufen, um sich zu beschweren. Er wäre am Samstag gegen Viertel vor sechs hier gewesen, um ein Schmerzgel für den verstauchten Fuß Seiner Lordschaft zu kaufen. Da war die Apotheke aber verschlossen, trotz Notdienstes.«
Das Kribbeln stieg mir bis unter die Haarwurzel. Endlich hatten wir eine heiße Spur.
»Wenn ihr nix kaufen wollt, dann verziehe ich mich jetzt wieder nach hinten!«, murrte Kate, drehte sich auf dem Absatz um und winkte uns im Davongehen über die Schulter zum Abschied zu.
Kaum waren wir draußen, zupfte ich Finn am T-Shirt. »Das klingt doch richtig gut!«, freute ich mich.

»Stimmt!«, rief Finn und bevor ich michs versah, hatte er mich bei der Hand genommen und vom Marktplatz über die Promenade bis zu dem Eiswägelchen vor dem *Royal Ashford Yacht Club* gezogen. »Wir haben uns eine Belohnung verdient! Was möchtest du haben? Ich schmeiß 'ne Runde!«
»Gerne!« War das jetzt ein Date? Irgendwie schon! Mein Herz hüpfte.

Ich entschied mich für Schokolade und Zitrone im Hörnchen. Meine Lieblingseissorten, seit ich denken kann. Finn meinte, wenn es sich vermeiden ließe, würde er nie die gleiche Eissorte zweimal essen, sondern immer etwas Neues ausprobieren. Deshalb schleckte er jetzt American-Cheesecake-Eis und Granatapfelsorbet. Wir hockten uns auf die ausgediente Ankerkette, die zwischen zwei Steinpollern gespannt war, damit niemand in das Hafenbecken fiel, schaukelten hin und her und betrachteten das Treiben am Yachthafen.

»Das wäre ja zu cool!«, seufzte Finn. »Stell dir vor, wir könnten Samuel Archer wirklich überführen und ich müsste mir keine Sorgen mehr machen!«

»Das wäre wirklich schön«, erwiderte ich und meinte es auch so. Fast gleichzeitig bohrte sich die Erkenntnis wie ein Pfeil in mein Herz, dass wir dann keinen Grund mehr haben würden, uns zu treffen. Doch der Schreck verkrümelte sich genauso schnell, wie er mich getroffen hatte. Denn das stimmte ja gar nicht. »Weißt du eigentlich, dass wir ab morgen zusammen in Lord Ashfords Bibliothek arbeiten?«

Zwischen zusammengekniffenen Augen studierte ich sein Gesicht. Freute er sich? War es ihm egal?

Finn blinzelte grinsend zurück. »Ja. Klar weiß ich davon. Der beste Gedanke des alten Herrn seit Jahrzehnten. Megagut!«

»Echt jetzt?« Ich glaube, ich grinste von einem Ohr bis zum anderen.

»Wenn ich es doch sage!«, erwiderte Finn.

Mein Herz machte einen Riesenhüpfer. Heute war wirklich der schönste Tag meines Lebens!

»Göttlich, dieses Eis!«, schwärmte Finn genießerisch. »So ein Zeug ist noch mal mein Tod. Eis, Pudding, Kuchen ...« Er stockte, legte den Kopf schief und griff nach meinem Arm.

»Apropos Kuchen ... meine Eltern waren völlig geflasht von deiner Schokokreation, die du für die Fünfhundertjahrfeier gebacken hast. Wann bekomme ich denn mal davon eine Kostprobe? Ich bin ein totaler Schokoholic. Wenn sie meinem edlen Gaumen mundet, dann ist sie wirklich gut!«

»Angeber!«, schnaubte ich kichernd. »Morgen? Ich könnte nachher eine backen und dir ein Stück mit nach Ashford House bringen.«

»Eins?«, rief er mit gespielter Enttäuschung. »Das ist ja 'ne Füllung für einen hohlen Zahn. Mindestens zwei!«

»Abgemacht«, lachte ich achselzuckend.

»Jetzt mal im Ernst«, sagte er und zog die Nase kraus. »Nur, wenn es nicht zu viel Arbeit ist. Du tust doch schon so viel für mich.«

Ich fegte seine Bedenken mit einer Handbewegung beiseite. »Quatsch, Kuchenbacken ist doch keine Arbeit. Das mache ich gerne.« Er liebte Schokolade!

»Unverbesserliche Jane!«

Erst als mir das Schokoladeneis die Finger runterlief, konnte ich meinen Blick von ihm und diesem schelmischen Lachen wenden. Oh, mein Gott!

»Wo wir gerade bei dem Thema sind«, setzte Finn plötzlich

superernst an. »Ich wollte dir noch etwas sagen, Jane.« Er senkte den Kopf, sodass ihm die blonden Locken in die sonnengebräunte Stirn fielen. Nachdenklich schob er ein Steinchen mit der Spitze seines Sneakers auf dem Asphalt hin und her. Gespannt presste ich die Lippen aufeinander. »Danke für alles! Dafür, dass du mir hilfst und dich so sehr in die Ermittlungen hängst. Ich meine, hey, du müsstest das nicht tun. Wir kennen uns ja kaum. Das ist echt lieb von dir!« Er hob den Kopf, sah mir tief in die Augen und sagte noch mal: »Danke!«

Aus Angst, nur ein Krächzen herauszubringen, nickte ich bloß. Da breitete sich ein Lächeln über Finns Gesicht. Viel zu spät bemerkte ich, dass sein Blick zur Seite gewandert war und irgendetwas oder irgendwen hinter meinem Rücken fixierte.

»Hier, Percy, sollst auch nicht leben wie ein Hund!« Damit hielt er Percy den Rest seines Hörnchens hin, der sich dieses Angebot natürlich nicht zweimal machen ließ und es mit einem Schnapp verputzte. Bevor er die Hand hob und jemandem in meinem Rücken zuwinkte, wischte Finn sich eilig die Finger an seiner Shorts ab. Ich warf einen Blick über die Schulter und sah sie: eine unbekannte Schönheit. Lange braune Haare, sonnengebräunt, selbstbewusst wie eine Hollywoodgöttin. Irgendwas zwischen sechzehn und zwanzig schätzte ich.

»Tut mir echt leid, Amy!« Finn hatte es plötzlich sehr eilig. »Ich hab die Zeit vergessen, sonst würde ich dich noch nach Hause begleiten. Aber jetzt bin ich verabredet. Sorry!«

»Gar kein Problem«, behauptete ich, während die aufsteigenden Tränen meine Stimme zu ersticken drohten. Mit wackelnden Knien stand ich auf und rief nach Percy. Weg. Nur weg hier. Der saß aber wie ein hypnotisiertes Kaninchen vor

Finn und sah ihn an, als sei er der Weihnachtsmann und hätte irgendwo noch mehr Eis für ihn versteckt. Dabei hätte er ihn jetzt mal kräftig ins Bein beißen sollen!

»Also sehen wir uns morgen in Ashford House?« Finn legte mir zum Abschied die Hand auf die Schulter und drückte sie, wie man es bei einem guten Kumpel macht. Dann sprang er über die Ankerkette. Im Davonlaufen drehte er sich noch mal zu mir um und lief ein Stück rückwärts: »Du bist echt die Beste, meine unverbesserliche Jane! Und vergiss den Kuchen nicht! Ich freue mich schon drauf!«

»Hi, Finnegan!«, hörte ich das Mädchen mit samtiger Stimme gurren. Das war zu viel für mich.

»Komm jetzt, Percy!«, rief ich, während ich mir alle Mühe gab, die Tränen zurückzuhalten.

Das Letzte, was ich von Finn sah, war, wie er mit diesem Mädchen, das ich jetzt schon hasste, ohne es zu kennen, auf einen der Stege hinausging, und zwar Arm in Arm. Galant hielt er ihr eine Hand hin, um ihr ins Boot zu helfen. Sie lachten herzlich, als das Mädchen, natürlich rein zufällig, in seine Arme stolperte. Wie vertraut sie miteinander wirkten!

Das da ist ein Date!, schalt ich mich selbst. Nicht das, was wir da eben hatten.

Ich wartete nicht, bis sie die Segel gesetzt hatten und aus der Bucht in den romantischen Sonnenuntergang glitten.

Ich war am Boden zerstört. Dieses Mädchen musste Finns Freundin sein. Keine Frage. Aber wie hatte ich sie übersehen können? Sie ging nicht auf unsere Schule. So viel war mal sicher. Überhaupt hatte ich sie noch nie in Ashford gesehen. Wo kam sie also her? Woher kannte er sie? All diese Fragen hämmerten durch meinen Kopf, während ich mein Rad neben Percy die Harbour Road hochschob. Ich hätte mich treten können! Womit hatte ich denn gerechnet? Mit einer Liebeserklärung? Er hatte ja völlig recht. Wir kannten uns kaum. Wir waren kein Team geworden, weil er mich so umwerfend fand, sondern weil uns das Schicksal gewissermaßen aneinandergeschmiedet hatte. Weil ich ihm meine Hilfe quasi aufgedrängt hatte. Ich musste dringend aufhören, Liebesromane zu lesen!

Als ich nach Hause kam, klebte ein Zettel von Tante Clarissa an meiner Zimmertür. Sie war zu Meredith Dickinson gegangen, die heute Abend in ihrer Buchhandlung zu Schnittchen, Sekt und Vorstellung der neuen Herbstbücher eingeladen hatte. Eine Quiche stand für mich im Kühlschrank. Mir war der Appetit vergangen und ehrlich gesagt, war ich auch ziemlich froh, eine Weile allein zu sein. Ich stürmte in mein Zimmer, zerrte mir das blöde Kleid über den Kopf und schlüpfte wieder in Shorts und Shirt. Dann kamen die Tränen.

»Wie hab ich auch nur denken können, er würde sich in mich verlieben, Percy?«, schluchzte ich und vergrub mein Gesicht in seinem Fell. »Was gibt es schon an mir, in das man sich verlieben kann? Ich bin unscheinbar, habe Sommersprossen und bin zwei Jahre jünger als er.«
Entrüstet bellte Percy auf und schleckte mir die Tränen vom Gesicht. »Nein, Percy«, protestierte ich, »du kannst sagen, was du willst. Ich bin eine graue Maus wie Alicia Miles. Hast du gesehen, wie umwerfend dieses Mädchen im Yacht Club ausgesehen hat? Sorry, da kann ich nicht mithalten!«
Keine Ahnung, wie lange ich so dagesessen und mir die Augen aus dem Kopf geweint habe. Auf jeden Fall tat es ziemlich gut, einfach mal so richtig draufloszuheulen. Danach ging es mir besser und ich beschloss, dass Ablenkung die beste Medizin war. Also setzte ich mich vor meinen Laptop, um nach Rubinia Redcliffs Vater im Internet zu stöbern, und nahm Percy auf den Schoß.
Kaum hatte ich den Rechner aufgeklappt, sah ich es: kein WLAN. Unser altersschwacher Router zickte also mal wieder rum. Kein Internet! Unter gar keinen Umständen wollte ich aber meinen Abend damit verbringen, über Finn und die Unbekannte nachzudenken. Deshalb fasste ich einen Entschluss.

Im Büro des *Little Treasures*, genauer gesagt in der obersten Schreibtischschublade, fand ich, was ich suchte. Andrews Hausschlüssel, den er dort für Notfälle aller Art deponiert hatte, und das hier war definitiv ein Notfall. Er hatte mir schon häufiger erlaubt, allein in den Leuchtturm zu fahren, um bei ihm ins Netz zu gehen, wenn wir hier mal wieder einen Rückfall in die Steinzeit hatten. Was sollte er also dagegen haben?

Schnell kritzelte ich noch eine Nachricht für Tante Clarissa und pappte sie an die Kühlschranktür.

*Bin noch kurz zu Andrew.*
*Unser Router hat mal wieder eine Macke.*
*Liebste Grüße, Amy*

Als ich auf meinem Rad die Harbour Road hinuntersauste, vermied ich es, in die Hafenbucht oder aufs Meer rauszuschauen. Das Letzte, was ich jetzt brauchte, war noch ein Blick auf das glückliche Paar. Vielleicht würde ich mich morgen bei Lord Ashford krankmelden, überlegte ich mir, als ich hinter der Polizeistation rechts abbog. Damit Percy auf dem Holperpfad in meinem Fahrradkorb nicht durchgeschüttelt wurde wie ein Milchshake, hielt ich kurz an, um ihn in das hohe Gras zu setzen. Von Weitem leuchtete uns Andrews schneeweißer Leuchtturm entgegen. Sein Jaguar stand nicht davor. Also war er entweder noch in Exeter oder auf dem Rückweg. Ich stellte mein Fahrrad neben den Stufen ab und pfiff nach Percy.

Ich steckte den Schlüssel ins Schloss und öffnete die Tür. Sie quietschte leise in den Angeln. Wäre es Nacht gewesen, hätte ich gesagt: Sie quietschte gespenstisch in den Angeln. Aber zum Glück war es noch früher Abend und taghell. Ich stürmte vor Percy die Wendeltreppe hinauf und zwar so schnell, dass ich, oben angekommen, erst mal Luft schnappen und mich einen Moment am Geländer festhalten musste. Wow, hatte ich einen Drehwurm im Kopf, und so wie Percy auf den Sitzsack zutaumelte, ging es ihm nicht sehr viel besser.

Andrews Laptop lag dort, wo er immer lag, auf dem alten Kapitänsschreibtisch. Ich setzte mich davor und klappte ihn auf.

»O. k., Percy, dann wollen wir mal!«, rief ich und öffnete Google.

*Rubinia Redcliff* tippte ich ein und drückte auf Enter. Ach du meine Güte! Achthunderttausend Einträge. Die konnte ich unmöglich alle durchsehen.

Eifrig ergänzte ich die Worte *Vater* und *Unfall*. Ich drückte auf Enter. Vierzigtausend Einträge. Hastig scrollte ich die Seite runter und las. Ich legte die Stirn in tiefe Falten.

»Das kann doch nicht wahr sein. Alle schreiben immer nur dasselbe. Dass Rubinia Redcliff vaterlos aufwuchs, nachdem er bei einem tragischen Unfall ums Leben gekommen war. Nichts Konkretes! Und auch kein Name!«

Percy hatte keine Zeit für mich. Hochkonzentriert verfolgte er eine Möwe, die den Leuchtturm erst umkreiste, um sich dann auf das Geländer vor den Fenstern zu setzen.

»Dann versuchen wir es mal anders ...«

Ich löschte *Vater* und schrieb stattdessen *Butterfly* und *Harry*. Würde eh nichts bringen. Aber was sollte es? Enter.

Na, ganz großartig! Schmetterlinge in allen Farben. Als Insekten oder als Tattoos, die sich irgendwelche Harrys hatten stechen lassen.

Ich stützte das Kinn auf die Hände und starrte den Bildschirm feindselig an. Konnte das wirklich wahr sein? Hatte nicht **ein** Journalist jemals konkret nach Rubinia Redcliffs Vater und diesem mysteriösen Unfall gefragt?

Ohne dass ich es bemerkt hatte, waren meine Augen aufs Meer hinausgewandert. Und ohne dass ich es gewollt hätte, segelte mir jetzt ein Boot ins Blickfeld. Blitzschnell drehte ich mich weg. Trotzdem hatte mich der Anblick tief ins Herz getroffen. Ob das Finn und seine Freundin waren?, dachte ich bitter. Oder wie sie ihn nannte: Finnegan. Kaum hatte ich an den ungewohnten Namen gedacht, ging mir plötzlich ein Licht auf. Finn war die Abkürzung für Finnegan. Genauso wie Harry die Abkürzung für Henry war.

Butterflys große Liebe hatte also vermutlich Henry geheißen. Ich lösche Harry und versuchte es mit Henry.

Google lieferte mir zig Einträge. Die meisten zu einer Oper mit dem Titel *Madame Butterfly* von Giacomo Puccini. Dann gab es noch ein Theaterstück mit einem ähnlichen Titel von einem David Henry Hwang. Aber ich fand nicht einen Eintrag, der mich den Antworten auf meine Fragen auch nur einen Zentimeter näher gebracht hätte.

Nur widerwillig gab ich mich geschlagen.

Tja, offenbar hatte dieser Tag es sich in den Kopf gesetzt, mir einzubläuen, dass nicht jede Liebesgeschichte gut ausging. Punktum!

Obwohl es draußen schon begonnen hatte zu dämmern und es höchste Zeit für mich wurde, wollte ich Andrew noch kurz schreiben, dass ich hier gewesen war und seinen Rechner benutzt hatte, und als P. S. wollte ich daruntersetzen, dass ich hoffte, dass ihm sein Freund ganz schreckliche Dinge über Hongkong und die Bank erzählt hatte, damit er bei uns blieb. Anderenfalls würde ich ihn nämlich ganz fürchterlich vermissen. Ich wusste, dass das im Ernstfall nichts nutzen würde, aber versuchen wollte ich es wenigstens. Ich knipste die Schreibtischlampe an. Auf der Suche nach Stift und Papier zog ich die oberste Schreibtischschublade auf, wurde aber nicht fündig. Die zweite Schublade klemmte etwas und ich musste richtig kräftig daran ruckeln, um sie aufzubekommen. Der Post-it-Block war das Erste, was ich sah, und das Zweite war … ein Ring. Ein richtig protziger Silberring mit goldener Fassung, in der ein fetter roter Stein – ein Rubin – funkelte. Es war kein Zweifel möglich. Diesen Ring hatte ich schon mal gesehen. Auf der Fünfhundertjahrfeier. Am Ringfinger von Rubinia Redcliff. Minutenlang starrte ich diesen Ring an, bevor ich es wagte, die Hand danach auszustrecken und ihn mit bebenden Fingern aus der offenen Schachtel zu nehmen. Wie kam dieser Ring hierher? Plötzlich sah ich Rubinia Redcliff vor mir, als sie das Sektglas gehalten und der Ring an ihrem linken Ringfinger gefunkelt hatte. Dann hörte ich Tante Clarissas Stimme, wie sie den Mitgliedern des *Ashford-Crime-and-Murder-Clubs* eröffnete, dass die tote Rubinia keinen Ring mehr getragen hatte. Ich schauderte. Als wäre er aus Feuer, ließ ich ihn auf die Tischplatte fallen. Doch im nächsten Moment überlegte ich es mir anders. Vielleicht konnte dieser Ring mir erklären, warum ich ihn in Andrews Schublade gefunden hatte. Ich würgte den Ekel hinunter, nahm den Ring wieder auf und hielt ihn ganz nah vor meine Augen ins Licht der Schreibtischlampe.

*In ewiger Liebe. A für R*

Andrew für Rubinia?! Mich traf beinahe der Schlag! Ohne dass ich irgendetwas dagegen hätte tun können, machten sich meine Gedanken selbstständig. Andrew hatte diesen Ring Rubinia Redcliff geschenkt … weil sie – Andrew und Rubinia – ein Liebespaar gewesen waren (???!!!), von dem keiner etwas gewusst hatte. Das allein war noch kein Verbrechen. Irgendwer hatte der toten Rubinia Redcliff diesen Ring vom Finger gezogen, und welch anderen Grund konnte es dafür geben, als dass der Ring nicht verraten sollte, wer ihr geheimer Freund gewesen war, weil dieser geheime Freund sie …? Mein Magen revoltierte, alles in mir krampfte sich zusammen, ich beugte mich vornüber und drückte meine Unterarme, so fest ich konnte, gegen meinen Bauch … weil dieser geheime Freund … ihr Mörder war. Andrew!!! Deshalb auch Hongkong. Er floh ans Ende der Welt vor dem, was er getan hatte. Mich schauderte.

Percy registrierte es zuerst. Mit gespitzten Ohren hatte er sich im Sitzsack aufgerichtet und lauschte auf das Brummen eines Automotors, der sich schnell näherte. Ich sprang so hastig auf, dass ich den Kapitänsstuhl umwarf. Ohne darauf zu achten, rannte ich ans gegenüberliegende Fenster. Unter mir fuhr Andrews Jaguar auf den Leuchtturm zu, dann verschwand er aus meinem Blickfeld.

Ich wirbelte zu Percy herum. »Was machen wir jetzt? Andrew darf uns hier nicht finden.«

Instinktiv spürte Percy meine Panik. Mit einem Satz sprang er aus dem Sitzsack und baute sich schützend vor mir auf. Die Wagentür des Jaguar schlug zu, dann quietschte weit unter mir die Tür zum Leuchtturm. Spätestens jetzt wusste Andrew, dass jemand hier war. Wenn er aus der Ferne das Licht der Schreibtischlampe gesehen hatte, war die entriegelte Tür keine Überraschung mehr für ihn gewesen.

Schritte auf der Wendeltreppe, und ich stand einfach nur bewegungslos da. Ich war starr vor Angst.

»Amy, bist du hier?«

Ich hatte zwei Möglichkeiten. Erstens: Ich versteckte mich unter oder hinter dem Sofa. Zweitens: Ich antwortete ihm und tat so, als ob nichts passiert wäre, als ob ich den Ring … großer Gott, der Ring! Ich Vollidiot hatte ihn im Schein der Lampe mitten auf dem Schreibtisch liegen lassen.

»Warum antwortest du denn nicht?«

Zu spät! Ein dunkler Schatten hatte das Zimmer betreten. Die Stehlampe neben der Tür flammte auf und aus dem Schatten wuchs Andrew im dunklen Anzug, weißem Hemd und Lackschuhen. Die Krawatte hing ihm lose um den Hals und er hatte die obersten Knöpfe seines Hemdes aufgeknöpft. Mir sackte das Blut aus dem Kopf. So musste es sich anfühlen, wenn man ohnmächtig wurde.

»Amy? Ist dir nicht gut? Du bist ja kreidebleich! Man möchte meinen, du hättest einen Geist gesehen!«

Mit langen Schritten war er durch den Raum auf den Schreibtisch zugegangen. Ich beobachtete, wie er jetzt die Aktentasche achtlos auf den Schreibtisch legte, die Jacke abstreifte und plötzlich in der Bewegung innehielt.

»Was ist denn hier passiert?« Er bückte sich nach dem Kapitänsstuhl und richtete ihn wieder auf. Percys Knurren war zwar leise, wurde aber bedrohlicher. Atemlos blickte ich zwischen der offenen Tür und Andrew hin und her. Ich versuchte meine Chancen abzuschätzen. Wenn ich ihn überraschte und so schnell rannte, wie ich konnte, würde ich dann die Tür mit so viel Vorsprung erreichen, dass er mich nicht mehr einholen konnte?

»Hat euer Router wieder den Geist aufgegeben?«, fragte er, als er den aufgeklappten Laptop bemerkte. Im nächsten Moment drehte er den Kopf nach rechts und entdeckte die offene Schublade. Für den Bruchteil einer Sekunde warf er mir einen überraschten Blick zu. Dann sah er den Ring. Ich wollte losrennen. Aber meine Beine waren wie gelähmt.

»Ach, so!«, raunte Andrew, langsam ließ er sich auf den Stuhl sinken. Dabei ließ er mich nicht aus den Augen.

»Du wolltest spionieren. Hat Clarissa dich geschickt?«

»Nein! So war das nicht!«, stammelte ich. »Der Router ... eigentlich wollte ich nur ins Netz ... dann hab ich einen Post-it-Block gesucht ...«

»... und hast den Ring gefunden.« Andrew nickte bedächtig. »Und du konntest die Schublade nicht einfach schließen, sondern musstet den Ring untersuchen. Du hast die Gravur gelesen, eins und eins zusammengezählt, und jetzt hast du eine Mordsangst vor mir, weil du denkst, dass ich Rubinia ermordet hätte. Das kommt davon, wenn man seine Nase in Sachen steckt, die einen nichts angehen. Hättest ja nicht in meinen Schubladen herumwühlen müssen.«

Er nahm den Ring auf und drehte ihn hin und her. Ein bitteres Lächeln huschte über sein Gesicht.

»Ich habe sie geliebt, weißt du? Sehr sogar!« Plötzlich schaute er auf. »Willst du die Geschichte hören?«

Als ich keine Antwort gab, schüttelte er den Kopf und lächelte. »Meine Güte, Amy, entspann dich. Glaubst du ernsthaft, ich könnte dir etwas tun? Ich bin's nur, Andrew. Setz dich, dann erzähl ich dir alles, was du wissen musst.«

»Ich bleibe lieber stehen!«, krächzte ich.

»Wie du willst ...« Er räusperte sich. »Die Geschichte ist schnell erzählt. Angefangen hat das Ganze vor weit mehr als einem Jahr. Damals lebte ich noch in London. Nach der Arbeit ging ich häufig mit meinen Kollegen von der Bank auf ein Bier in den Pub. Und da stand sie eines Abends neben mir. Wir kamen ins Gespräch, wir verliebten uns und wurden ein Paar. Sie lebte damals schon in Ashford-on-Sea und kam für zwei Tage in der Woche wegen ihrer Gastprofessur an der *Royal Academy of Music* nach London. Nach drei Monaten machte ich ihr einen Heiratsantrag. So richtig romantisch, weißt du. Bei einem Picknick mit Kerzenschein und Champagner im Hydepark. Sie nahm ihn an und ich steckte ihr diesen Ring hier an den Finger.«

Wie Andrew mit gedämpfter Stimme weitererzählte, hatte Rubinia Redcliff sich die Sache dann schon bald anders überlegt. Sie löste die Verlobung und wollte Andrew nicht mehr sehen. Sie brauche ihre Freiheit. Andrew war am Boden zerstört und glaubte, nicht mehr ohne sie leben zu können. Er zog nach Ashford, um ihr nahe zu sein. Und es schien auch zu funktionieren. Sie trafen sich bald wieder. Aber Rubinia bestand auf absoluter Geheimhaltung. Und dann fing sie an, mit Andrew zu spielen, wie eine Katze mit einer Maus spielt. Mal schwor sie die glühendsten Liebesschwüre und dann machte sie aus heiterem Himmel mit ihm Schluss. (Das wunderte mich nicht im Geringsten.)

»Auf der Fünfhundertjahrfeier dachte ich, alles wird wieder gut. Sie trug wieder den Verlobungsring, sie flirtete mit mir. Und – ich weiß nicht, ob du das damals verstanden hast – aber dieses Gespräch, bei dem du und Clarissa dabei wart, das Gerede von ihr über ein Bad in der Smuggler's Bay, das war eine geheime Verabredung. Übersetzt hieß das alles: Wir treffen uns gegen 17.00 Uhr in der Smuggler's Bay.«

Davon hatte ich echt nichts mitbekommen. Aber jetzt verstand ich. Die angeblichen Kopfschmerzen ... Andrew hatte mich beschwindelt.

»Rubinia war wieder genauso charmant und liebenswert wie zu unserer Londoner Zeit. Alles, was sie wollte, sagte sie, sei eine unkomplizierte, heimliche Beziehung ohne Verpflichtungen – spätere Heirat ausgeschlossen. Weißt du, Amy, ich war so verliebt in sie, dass ich selbst damit einverstanden war. Wir verabredeten uns für den Abend bei mir im Leuchtturm. Als ich sie verließ, war ich der glücklichste Mann der Welt.«

»Und wo kommt dann dieser Ring her?« Ich weiß nicht, wer von uns beiden mehr erschrak, als eine Gestalt durch die Tür trat. Andrew oder ich.

»Clarissa!«, rief Andrew. Ich glaube, ich war noch nie so froh gewesen, meine Tante zu sehen, wie in diesem Augenblick.

»Entschuldigt. Ich wollte euch nicht in Angst und Schrecken versetzen«, sagte sie und wandte sich an mich. »Ich habe deinen Zettel am Kühlschrank gefunden und beschlossen, dir entgegenzugehen, weil es ja schon dunkel wird. Die Tür unten war nur angelehnt ...«

»Ach, verdammt, ich wollte noch die Sachen aus der Reinigung aus dem Auto holen«, fiel Andrew da ein.

»Ich glaube, die haben es nicht eilig«, winkte Tante Clarissa ab, setzte sich auf das Sofa und klopfte auf den freien Platz neben sich, damit ich mich zu ihr setzte, was ich auch ganz schnell tat.

»Der Ring, Andrew«, munterte sie Andrew auf weiterzuerzählen.

»Den hat Alicia mir gegeben.«

»Alicia Miles!«, riefen Tante Clarissa und ich gleichzeitig.

Andrew nickte. Es war ihm an der Nasenspitze anzusehen, dass ihm das, was er uns nun erzählen musste, ziemlich peinlich war. Er war der Mann, um den sich der Streit zwischen Alicia Miles und Rubinia Redcliff an besagtem Nachmittag in der Bucht gedreht hatte. Alicia Miles liebte Andrew sehr. Sie war das krasse Gegenteil von Rubinia Redcliff. Sie las ihm jeden Wunsch von den Augen ab, war liebevoll, einfühlsam und tat einfach alles für ihn, nur … er liebte sie nicht so sehr, wie er Rubinia liebte. Deshalb hatte sie nie wirklich eine Chance bei ihm gehabt. Nach dem Treffen mit Rubinia suchte Andrew nach Alicia, um ihr zu sagen, dass ein für alle Mal Schluss war zwischen ihnen. Dass sein Herz Rubinia gehöre – für immer – und er sie niemals so sehr lieben könne. Daraufhin lief Alicia Miles wohl wutschnaubend in die Bucht zu Rubinia Redcliff. Sie warf ihr vor, mit Andrew zu spielen, auf seinen Gefühlen herumzutrampeln und ihn zu behandeln wie einen Schuhabtreter. Und dann verlangte sie von ihr, Andrew freizugeben. Erst lachte Rubinia sie aus, dann wurde ihr die Sache wohl zu bunt. Sie zog Andrews Ring vom Finger, warf ihn Alicia vor die Füße und schrie: »Sie können Ihren Andrew haben! Geben Sie ihm diesen Ring zurück und sagen Sie ihm, er hat mir nie etwas bedeutet. Er war immer nur ein Zeitvertreib! Und dass endgültig Schluss ist.« Alicia hat den Ring dann aufgehoben und ist heulend davongerannt.

Das war ja … wow … ich meine, welche Liebesdramen mussten sich da direkt vor meiner Nase abgespielt haben und ich Schaf hatte nichts, absolut gar nichts davon mitbekommen!

»Später hat sie mir das alles erzählt und mir den Ring gewissermaßen als Beweisstück überreicht«, beendete Andrew seinen Bericht.

Das passte alles mit dem zusammen, was Finn beobachtet hatte. Der Streit zwischen den zwei Frauen und dass Rubinia Alicia etwas vor die Füße geworfen hatte.

»Wann hast du die Bucht verlassen?«, bohrte Tante Clarissa nach.

Andrew kratzte sich am Kopf. »Willst du mich jetzt auf eine Uhrzeit festnageln?«

»Eine ungefähre Angabe reicht mir völlig.«

»Ich war nicht lange bei ihr. Vielleicht zehn Minuten? Keine Ahnung.«

»Damit wärst du aus dem Schneider. Erst mal«, brummte Tante Clarissa nachdenklich. »Denn ein findiger Kommissar würde jetzt vielleicht einwenden, dass es möglich ist, dass du hinter Alicia Miles hergelaufen bist, als sie in die Bucht zu Rubinia marschiert ist, um ihr den Marsch zu blasen? Er könnte überlegen, ob du dich irgendwo versteckt gehalten hast und so all die schrecklichen Dinge direkt mit angehört hast, die Rubinia über dich gesagt hat. Und dass dir später, als Alicia weg war, die Nerven durchgegangen sind«, mutmaßte meine Tante.

Meinte sie das jetzt ernst? Ich schaute zwischen ihr und Andrew hin und her. Mittlerweile wusste ich gar nicht mehr, was ich denken sollte.

Andrew schüttelte den Kopf. »Dann müsste ich diesem findigen Kommissar erwidern, dass das zwar eine interessante Theorie, aber trotzdem absoluter Humbug ist. Nachdem ich Alicia gesagt hatte, dass Schluss war, bin ich schnell zum Leuchtturm gefahren, um aufzuräumen. Es sollte alles schön sein, wenn Rubinia am Abend kam. Alicia habe ich erst am Sonntag wieder gesehen. Da hat sie mir alles erzählt und mir den Ring gegeben.« Nach einem kurzen Moment setzte er hinzu: »Und woher hätte ich auf die Schnelle die Haselnüsse nehmen sollen, um sie zu vergiften, Clarissa?«

»Also, rein theoretisch hättest du rein zufällig ein Tütchen in der Hosentasche haben können. Aber ich gebe zu, das wäre ein ziemlich großer Zufall gewesen.« Kopfschüttelnd zog meine Tante die Nase kraus.

»Na, bitte!«, seufzte Andrew. »Außerdem habe ich Zeugen. Kate Willson. Die hat mich nämlich beinahe überfahren, als sie und ihr Freund auf ihren Crossmaschinen am Leuchtturm vorbeigejagt sind. Da hab ich gerade den Müll rausgebracht.« Freudig hüpfte ich auf dem Sofa auf und ab. »Damit hast du das perfekte Alibi!«, jubelte ich. »Das weiß ich, weil Kate mir erzählt hat, dass sie auf Samuel Archer bis halb sechs gewartet hat. Dann ist sie mir ihrem Freund zu einer Motorradtour aufgebrochen. Obwohl Samuel Archer sich immer noch nicht hatte blicken lassen.«

»Ich kann euch gar nicht sagen, wie froh ich bin, dass der findige Kommissar mit seiner Theorie danebenliegt!«, lachte Tante Clarissa erleichtert. »Sonst hätte ich am Ende noch eine Lemon Tarte inklusive eingebackener Feile für Andrew backen müssen.« Augenzwinkernd setzte sie hinzu: »Ich hoffe, Hongkong hat sich damit erledigt.«

Andrew schüttelte bedauernd den Kopf. »Ehrlich gesagt, bin ich nie auf die Idee gekommen, unter Mordverdacht zu geraten. Nein, damit hat meine Überlegung zu gehen nichts zu tun. Es ist nur so, dass ich sie immer noch liebe. Und hier erinnert mich einfach zu viel an sie.«

Während ich mein Rad neben Tante Clarissa durch das mittlerweile dunkle Ashford schob, konnte ich nicht aufhören, über

Andrew, Rubinia Redcliff und Alicia Miles nachzudenken. Die Liebe war offensichtlich nicht nur bei mir eine sehr komplizierte Sache.

»Hattest du gar keine Angst, dass Andrew uns etwas antun könnte?«, fragte ich meine Tante, als sie das *Little Treasures* aufschloss.

»Nicht eine Sekunde«, antwortete sie, ohne zu zögern. »Selbst wenn er Rubinia Redcliff ermordet hätte, uns hätte er nichts getan.«

»Das klingt aber nicht sehr logisch!«, beschwerte ich mich und ging hinter meiner Tante in unser Café.

»Weißt du, meine liebe Amy, manchmal regiert die Logik und manchmal muss man auf seinen Bauch hören.«

Mir war das heute Abend alles zu hoch, deshalb verabschiedete ich mich ins Bett.

## 23

Natürlich fuhr ich am nächsten Morgen doch zum Herrenhaus. Obwohl mir der Sinn nun wirklich nicht danach stand, den ganzen Tag mit Finn in der Bibliothek zu verbringen. Ständig hatte ich diese Schönheit vor Augen. Wie sie und er gemeinsam das Segelboot startklar gemacht und wie sie dabei gelacht hatten. Das tat so unbeschreiblich weh. Ich wusste jetzt ganz genau, was die Sänger meinten, wenn sie davon sangen, dass ein Schmerz sie mitten ins Herz getroffen hatte. Meins blutete immer noch.

Klar, ich hätte kneifen können. Aber dann hätte ich mein Versprechen gegenüber Lord Ashford gebrochen. Und so bin ich nun mal nicht. Versprochen ist versprochen und so weiter ...

Und letztendlich ...? Was hätte es gebracht? Früher oder später wäre ich Finn ja doch über den Weg gelaufen, denn auch an ihn band mich ein Versprechen. Folglich hieß die Devise: Möglichst schnell den wahren Mörder finden und möglichst noch schneller von Finn entlieben.

»Percy, da gibt es nur eins: Augen zu und durch!«, erklärte ich meinem Hund. Vermutlich klang ich dabei cooler und entschlossener, als ich mich in Wahrheit fühlte.

Das Frühstück ließ ich aus. Keinen Hunger. Obwohl meine Tante nichts sagte, spürte ich ihren besorgten Blick in meinem

Rücken, als Percy und ich uns in Richtung Herrenhaus aufmachten. Im Übrigen hatte ich auf jegliche Form des Stylings verzichtet. War ja eh sinnlos. Also schwang ich mich in meinen abgeschnittenen Jeans und einem unspektakulären Shirt auf mein Rad und trat nur verhalten in die Pedale, denn schon an Merediths Buchhandlung musste ich wieder abbremsen, um vorsichtig um die Ecke die Harbour Road hinaufzulugen. Ich schreckte zurück. Hatte ich es doch gewusst! Vorm *Smuggler's* hockte Finn auf seinem Rad, einen Fuß auf dem Pedal, während der andere lässig auf einem Blumenkübel wippte. Warum sah der nur so zum Dahinschmelzen aus? Folter war das! Und warum wartete er auf mich, als wäre nichts passiert? Der hatte echt Nerven!

Schnell warf ich einen Blick auf meine Armbanduhr. Wenn er um neun Uhr im Herrenhaus sein wollte, musste er langsam los. Klar, ich auch. Aber da es keinen anderen Weg gab, es sei denn, man nahm den Küstenpfad oder lief querfeldein (beides dauerte viel, viel länger als der Weg über die Straßen), musste ich warten, bis Finn sich auf die Socken gemacht hatte.

»Wart's nur ab, der fährt gleich los!«, raunte ich Percy zu, dem die ganze Sache scheinbar schon zu lange dauerte. Auf allen vieren ausgestreckt lag er neben mir und hatte seinen Kopf auf seine Pfoten gebettet.

Ich muss schrecklich zusammengefahren sein, als es plötzlich neben mir klopfte. Meredith stand, einen Stapel Bücher auf dem einen Arm, ein Staubtuch in der anderen Hand, im Schaufenster und winkte mir fröhlich zu.

Offensichtlich dekorierte sie um, was bedeutete, dass sie noch eine ganze Weile im Schaufenster bleiben würde und sich über mein seltsames Verhalten wundern konnte. Mit einem ziemlich schiefen Lächeln winkte ich zurück und schob mein Rad schicksalsergeben um die Ecke. Schwein gehabt! Finn hatte die Warterei aufgegeben und war weg. GOTT SEI DANK!!! Mit größerem Sicherheitsabstand als eigentlich nötig folgte ich ihm auf seinem Weg zum Herrenhaus. Ab und an sah ich seine blonden Locken zwischen den Sträuchern vor mir aufleuchten. Zum Glück bemerkte er mich nicht.

»Hallo!«, rief ich mit einem hollywoodmäßigen Sonnenscheinlächeln, als Percy und ich mit Verspätung die Bibliothek betraten. Als ob ich es gar nicht erwarten könnte, Bücher zu katalogisieren, rieb ich mir die Hände und fragte: »Was muss ich tun?«

»Hi, Jane! Alles klar bei dir?« Finn warf mir einen prüfenden Blick zu.

»Alles bestens!«, log ich, dabei merkte ich selbst, dass ich mich total überkandidelt verhielt. Aber wie soll man sich denn auch einem Jungen gegenüber normal verhalten, der einem vor noch nicht mal vierundzwanzig Stunden das Herz gebrochen hat?

»Ich habe auf dich gewartet«, sagte Finn und legte das Buch zur Seite, in dem er bei meinem Eintreten geblättert hatte. »Ich dachte, wir fahren zusammen hierher.« Der leise Vorwurf war nicht zu überhören. Gut so! Sollte er nur schmoren, sich ärgern und fragen, warum ich ihn versetzt hatte.

»Ach, waren wir verabredet?«, fragte ich möglichst beiläufig, allerdings befürchte ich, dass es eher etwas zickig klang. Ich streifte meinen Rucksack ab und warf ihn sehr lässig in einen der Ledersessel. Irritiert zog Finn die Stirn in Falten.

»Hast du an den Kuchen gedacht?«

»Welchen Kuchen?«
»Den Scho-ko-ku-chen!« Als ob er mit einer Geisteskranken redete, betonte er jede Silbe.
»Ach, den! Hab ich vergessen«, erwiderte ich leichthin.
»Sag mal, hast du was?« Irritiert betrachtete er mich. Schnell guckte ich weg, zuckte mit den Schultern und behauptete: »Was sollte ich denn haben? Wenn du so scharf auf den Kuchen bist, bringe ich dir eben morgen ein Stück davon mit.«
»Okay«, nickte Finn gedehnt. »Dann erkläre ich wohl jetzt am besten, was wir hier machen sollen.«
Was wir zu tun hatten, war nicht sonderlich schwer, nur zeitaufwendig. Jedes Buch musste mit Autor, Verlag, Erscheinungsort und Erscheinungsjahr aufgelistet werden. Zusätzlich sollten wir angeben, welchem Bereich es zuzuordnen war. Dann musste noch der Platz, an dem es in der Bibliothek zu finden war, angegeben werden. Dazu hatte Lord Ashford die vielen Regale durchnummeriert. Also Regal Nummer drei, viertes Regalbrett von oben, fünftes Buch von links.
»Alles verstanden?«, fragte Finn und klappte das ehrfurchterregend prachtvolle Buch zu, an dessen Beispiel er mir alles erklärt hatte.
»So schwer ist es ja nun auch wieder nicht!« Ich hätte mich selbst in den Hintern treten können wegen meiner Rumzickerei. Die war einfach mega uncool. Aber ich konnte nicht aus meiner Haut. Ich war verletzt und traurig und es tat viel mehr weh, als ich gedacht hatte, mit Finn in einem Raum zu sein.
Um mich nicht völlig zu blamieren, steckte ich meine Nase schnell in das erstbeste Buch und machte mich an die Arbeit. Außer dem Rascheln, das die Seiten beim Umblättern machten,

und dem Knarzen der Leitern, wenn wir sie rauf- oder runterstiegen, herrschte absolute Stille. Na ja, o. k., Percy schnarchte.

»Andrew? Euer Andrew? Und Rubinia Redcliff? Nicht dein Ernst!«

O. k., ich hatte die Neuigkeiten der vergangenen Nacht dann doch nicht allzu lange für mich behalten können und sie ihm mitgeteilt. Aber ... was soll ich sagen ... das gehörte ja quasi zum Geschäft.

»Schade, dass er ein Alibi hat«, seufzte Finn im nächsten Moment bedauernd auf.

»Hey, Andrew gehört fast zur Familie. Ich bin so was von froh, dass sich mein furchtbarer Verdacht gegen ihn so schnell in Luft aufgelöst hat«, gab ich säuerlich zurück.

»Ja, klar. Du hast natürlich recht. 'tschuldigung«, lenkte Finn schnell ein.

Noch während er das sagte, wurde mir eines schmerzhaft bewusst: Würden wir jemals den wahren Mörder finden, würde mir das Ergebnis nicht gefallen. Ob Dorothy, Andrew, Alicia Miles, Samuel Archer oder wer auch immer ... unser kleines Dorf und seine Bewohner waren doch mein Zuhause. Wie konnte da einer von ihnen ein Mörder sein?

»Oh, Mann, Amy. Dann stehen also nur noch Dorothy Pax und Samuel Archer auf unserer Liste«, brummelte Finn.

»Wir müssen jemanden übersehen haben!«, behauptete ich mit dem Mut der Verzweiflung. »Wir müssen!«

»Verdammt!«, fluchte Finn mit Nachdruck. Innerhalb von Sekunden war es aber wieder da: sein strahlendes Lächeln und sein unverwüstlicher Optimismus. »Kommt Zeit, kommt Rat! Stimmt's?«

Ich nickte und tat alles, um mich nicht von seinem Lächeln um den Finger wickeln zu lassen.

»Wie sieht es aus? Fühlen wir gleich Samuel Archer auf den Zahn, meine unverbesserliche Jane?«

Ich war stinksauer auf Finn. Stinksauer, enttäuscht, verletzt und felsenfest entschlossen, ihn nur noch doof zu finden. Aber wie sollte ich das schaffen? Bei diesem Lächeln, dem ich nicht länger widerstehen konnte.

»Klar«, lächelte ich zurück.

Verliebt sein ist schon kompliziert genug. Aber sich zu entlieben, wenn jemand so zuckersüß ist, ist nahezu unmöglich.

»Dann lass uns mal reinhauen, damit Lord Ashford auch zufrieden mit uns ist!«, rief Finn, spuckte in die Hände und tat so, als ob er seine nicht vorhandenen Hemdsärmel hochschieben würde.

Die Uhr auf dem Kaminsims hatte eben halb drei geschlagen, als die Tür aufging und Lord Ashford erneut die Bibliothek betrat.

»Amy, schnapp dir deine sieben Sachen und folge mir!«, rief er gut gelaunt. Bevor er auf dem Absatz kehrtmachte, setzte er noch geheimnisvoll hinzu: »Ich habe eine Überraschung für dich!«

Im nächsten Moment schritt er fröhlich pfeifend durch die Halle davon. Ich schaute Finn an und breitete fragend die Hände aus.

Seine Antwort war ein Schulterzucken. Eilig griff ich nach meinem Rucksack, rief nach Percy und rannte hinter Seiner Lordschaft her. Ich holte ihn an der Haustür ein, die er für mich aufhielt.

»Heute ist der Tag der Tage ... wir statten meiner *Golden Hinde* deinen Antrittsbesuch ab«, verkündete er. Dabei schritt er entschlossen in Richtung Küstenpfad über den Rasen. Mittlerweile hatte sich sein Fuß von dem Tritt ins Kaninchenloch wieder vollständig erholt.

Ich blieb wie angewurzelt stehen. »Lord Ashford ...«, stammelte ich, unsicher, wie man einem Lord eine Einladung abschlägt.

Er lächelte gütig. »Keine Sorge, Amy! Mir schwebt keine Atlantiküberquerung für dich vor.«

Ich blinzelte ins Sonnenlicht und zog zweifelnd die Nase kraus.

Als ob sie es darauf angelegt hätten, von Percy ein wenig gejagt zu werden, rasten die Wildkaninchen direkt vor seiner Terriernase im Zickzack hin und her. Doch Percy lief dicht neben mir und zuckte nicht mal mit den Wimpern. Er spürte einfach meine Anspannung und das bedeutete für ihn: Bei Amy bleiben, die Lage checken und die Kaninchen ignorieren – auch wenn es schwerfällt.

»Wie gefällt dir denn die Arbeit in der Bibliothek, Amy?«, wollte Seine Lordschaft wissen, als wir die Klippen erreicht hatten.

»Die antiken Bücher sind toll!«, antwortete ich. »Und wie viele es sind! Ich glaube, so viele Bücher gibt es noch nicht mal in unserer Schulbibliothek.«

»Das liegt daran, dass alle Ashfords große Buchliebhaber waren. In den Jahrhunderten ist da einiges zusammengekommen«, erklärte mir Lord Ashford und ließ seinen Blick über die Bucht und das Meer schweifen, das heute so ruhig war, als wäre seine Oberfläche ein Spiegel. Unter uns sah ich die *Golden Hinde* am

Steg in der Smuggler's Bay liegen. Ihr Anblick ließ mein Herz hektisch trommeln. Egal, was Lord Ashford vorhatte, ich würde keinen Fuß auf die Planken dieses Bootes setzen. Noch nicht mal den Steg würde ich betreten! Aus der Ferne angucken, war o. k., aber mehr war nicht drin.

Langsam und vorsichtig schritten wir den steilen und unwegsamen Trampelpfad zur Bucht hinunter. Ich war so schrecklich aufgeregt. Ich musste mich so dringend von dem ablenken, was mich da unten erwartete, dass ich anfing, über das nächstbeste Thema zu plappern, das mir in den Sinn kam. »Es gibt immer noch keine heiße Spur im Fall Rubinia Redcliff!«

»Ich habe mich gar nicht getraut, nach euren Ermittlungserfolgen zu fragen«, gab Lord Ashford zurück und schob einen überhängenden Ast für mich zur Seite. »Was sagt denn Samuel Archer?«

»Der ist irgendwie verschwunden. Kate sagt, sie weiß nicht, wo er ist. Aber wir gehen heute noch mal hin.«

Lord Ashford blieb mitten in einer Kurve stehen, drückte den Rücken durch und drehte sich zu mir um. »Und wen habt ihr noch im Verdacht?«

»Dorothy Pax«, erwiderte ich zögernd und stolperte hinter Seiner Lordschaft her, der, wie ich feststellen musste, für sein Alter ziemlich fit war. »Sie hat kein richtiges Alibi, aber dafür hatte sie einen ziemlich guten Grund. Ihre Hunde natürlich. Wir hatten noch mehr Verdächtige, aber leider haben die alle ein Alibi.«

Wir hatten die Bucht erreicht.

»Dorothy Pax? Ist das dein Ernst?« Lord Ashford lachte herzlich auf. »Dann hoffe ich mal für euch, dass Samuel Archer kein Alibi vorzuweisen hat. Denn Dorothy Pax taugt noch nicht mal für ein Mörderspiel als glaubhafte Täterin. Wenn ich einen friedfertigen Menschen kenne, dann ist sie das. Warte…«, er hielt kurz inne. »Hat Seaton mir nicht erzählt, dass er sie während der Fünfhundertjahrfeier auf der Suche nach einer Toilette im Herrenhaus erwischt hat?«

»Ja, das stimmt!«, nickte ich eifrig. »Hilft aber nicht wirklich weiter.«

Lord Ashford grinste amüsiert. »Tja, Seaton hätte sie nicht vor die Tür setzen sollen, dann wüsste sie jetzt wenigstens, dass wir keine goldenen Klodeckel haben.«

Irgendwie beschlich mich in diesem Moment das Gefühl, dass Lord Ashford unsere Ermittlungen nicht für einen Penny ernstnahm.

Er sog ganz tief die Luft ein und deutete mit dem ausgestreckten Arm aufs Meer hinauf, wo das Sonnenlicht wie Millionen kleiner Sterne auf dem Wasser funkelte. »Ist das nicht wunderschön, Amy? Das Meer?«

»Ja. Schon. Irgendwie!«, gab ich zögernd zu, während ich die Arme vor der Brust verschränkte. »Solange man es aus der Ferne betrachten kann.«

»Weißt du, Amy, mit dem Meer ist es wie mit allem im Leben. Selten gibt es wirklich nur schwarz und weiß, gut oder böse. Es hat von beidem etwas. Jetzt strahlt die Sonne und das Meer ist friedlich«, erklärte er mir, wobei er seine Wanderung über den Sand in Richtung Bootssteg fortsetzte. »Doch heute Abend könnte schon der fürchterlichste Sturm toben.«

Während wir weitergingen, vermied ich es, nach rechts zu schauen und damit zu der Stelle, an der Rubinia Redcliffs Leiche am Strand gelegen hatte.

»Die Sonne kann dich wärmen und bräunen, sie kann dir

aber auch die Haut verbrennen. Ein Medikament kann dich heilen, aber es hat Nebenwirkungen. Ein Fahrrad bringt dich von A nach B. Aber du kannst auch stürzen und dich schwer verletzen.« Lord Ashford blieb zwei Schritte vor dem Steg stehen und wandte sich zu mir um. »Verstehst du, worauf ich hinauswill?«

Ich nickte.

»Nur weil eine Sache schiefgehen könnte, musst du nicht auf sie verzichten«, sagte er. Dabei bedeutete er mir mit der flachen Hand, dort zu bleiben, wo ich war. Er stieg die drei Stufen den Steg hinauf und schritt auf das Segelboot zu. »Guck nur, meine *Golden Hinde!*«, forderte er mich auf, während er liebevoll mit der Hand über das Holz strich. »Es ist unglaublich schön, mit ihr über die Wellen zu jagen oder einfach nur gemütlich dahinzusegeln.«

Wie er das sagte und wie seine Augen dabei leuchteten. Zum ersten Mal konnte ich mir wirklich vorstellen, dass Segeln Spaß machen konnte.

»Für den Anfang würde es aber schon reichen, wenn du mir hilfst, die *Golden Hinde* ein wenig zu putzen. Einfach hier am Liegeplatz! Da kann nun wirklich gar nichts passieren.«

»Ich kann nicht schwimmen!«, krächzte ich kleinlaut. »Als meine Eltern noch lebten, sind sie häufig mit mir an den Strand gegangen. Aber sie sind gestorben, bevor ich groß genug war, um Schwimmen zu lernen.«

Tränen liefen über meine Wangen. Wenn ich ehrlich bin, galten diese Tränen nicht nur meinen Eltern, sondern ein bisschen auch Finn. Wäre ich nicht so ein Angsthase hätte er sich vielleicht mit mir zum Segeln verabredet und nicht mir der Schönheit. Hätte er? Plötzlich wollte ich es unbedingt schaffen. Ich wollte meine Angst überwinden. Hey, ich wohnte am Meer und war die größte Landratte von allen. Schluss damit! Schluss damit!

Sofort war Lord Ashford wieder bei mir.

»Schon gut!«, sagte er und legte den Arm um mich. »Wir machen das Schrittchen für Schrittchen. Und Rettungswesten habe ich auch an Bord.« Damit reichte er mir die Hand und ging rückwärts den Steg hinauf. »Guck mich an! Nur mich!«, forderte er mich mit leiser, geduldiger Stimme auf.

Ich wollte es schaffen, so sehr wie ich noch nie etwas in meinem Leben hatte schaffen wollen. Also konzentrierte ich mich auf Lord Ashford, schloss die Augen und setzte vorsichtig tastend einen Fuß auf die erste Stufe. Auf die zweite. Auf die dritte. Und plötzlich stand ich auf dem Steg.

»Augen auf! Guck mal, bis wohin du es geschafft hast!«, rief er und klatschte Beifall.

Ich war auf dem Steg, unter mir plätscherten kleine Wellen. Glücklich blinzelte ich die letzten Tränen weg. So nah war ich dem Meer noch nie gekommen.

»Du bist mutiger, als du denkst!«, jubelte Seine Lordschaft. »Aber für heute wollen wir es gut sein lassen. Morgen ist auch noch ein Tag!«

Finn hatte sich ein schattiges Plätzchen vor dem Herrenhaus gesucht, wo er schon auf mich wartete, als ich hüpfend zurückkam.

»Und? Was gab es?«

»Lord Ashford ist so süß! Ich hab doch so schlimme Angst vor dem Meer. Vor Wasser«, sprudelte ich los. »Und Lord Ashford hat sich in den Kopf gesetzt, mich zum größten Seebären von allen zu machen. Total lieb, wie er ...« Mitten im Satz brach ich ab. Denn da sah ich ... die Schönheit! Zusammen mit Finns Mutter schlenderte sie die Auffahrt zu Ashford House hinauf und ließ sich jeden Strauch, jeden Baum und wahrscheinlich auch die Geschichte des Herrenhauses erklären.

»Wie er was?«, fragte Finn. »Erzähl weiter!«

»Finnegan!«, rief jetzt die Schönheit und reckte winkend den rechten Arm in die Luft.

»Nichts!«, gab ich zurück. »Ich hab völlig vergessen, dass ich heute pünktlich zu Hause sein muss. Du kannst ja mit deiner Freundin zu Samuel Archer gehen.«

»Amy? Jetzt warte doch!«, rief Finn mir hinterher, aber da war ich schon auf meinem Rad und strampelte die Einfahrt runter.

»Stell dir vor, Amy, Dorothy ist aus dem Schneider!« Mit diesen Worten und einem strahlenden Lächeln begrüßte mich Tante Clarissa, als Percy und ich ins *Little Treasures* stürmten.

»Woher weißt du das?«, fragte ich, marschierte zum Kühlschrank und nahm mir eine Orangina raus. O. k., mein Enthusiasmus hielt sich in Grenzen. Aber ich glaube, ich muss nicht erst groß erklären, woran das lag.

»Ganz einfach!«, erklärte Tante Clarissa, während sie eine frisch gebackene Lemon Tarte in die Auslage bugsierte. Nachdem sie einen verstohlenen Blick zu den besetzten Tischen hinübergeworfen hatte, erzählte sie im Flüsterton weiter: »Ich habe Sophie getroffen und sie geradeheraus gefragt, wann sie Dorothy angerufen hat, um ihr von Rubinia Redcliffs Tod zu berichten.« Sie schnappte nach Luft und stemmte die Hände in die Hüften. »Stell dir vor, diese Klatschbase hat sie angerufen, da war sie noch nicht aus der Bucht raus! Viel wichtiger ist aber, was Sophie über Dorothys Verfassung zu berichten wusste. Dorothy war völlig normal. Weder außer Atem noch aufgeregt. Und ich kenne Dorothy, hätte sie gerade einen Menschen ermordet, dann wäre sie erstens überhaupt nicht erst ans Telefon gegangen und wenn doch, hätte sie einen hysterischen Anfall bekommen. Das reicht mir als Freispruch! Natürlich hatte ich sie nie ernsthaft im Visier, aber Ordnung muss nun mal sein.

Und trotzdem … ich kann dir gar nicht sagen, wie erleichtert ich bin.«

»Vielleicht war es doch ein Unfall?«, schlug ich vor.

»Ich weigere mich, das zu glauben!«, widersprach meine Tante und stopfte die Tarte-Backform in die Spülmaschine. Sie schleuderte die Spülmaschinentür zu und plötzlich durchbohrte sie mich mit diesem prüfenden Lehrerinnenblick. »Amylein, hast du was? Du bist so blass ums Näschen. Hast du überhaupt schon etwas gegessen?«

»Ich habe ein bisschen Kopfweh!« Das war noch nicht mal gelogen. »Am besten, ich gehe auf mein Zimmer und lege mich etwas hin.«

Zum Abendessen ließ ich mich kurz noch mal blicken. Aber selbst Tante Clarissa zuliebe brachte ich nicht einen Bissen hinunter. Ich war froh, dass sie heute Abend zum Bridgespielen bei den Campbells verabredet war. Eine halbe Stunde später räumte ich meinen unbenutzten Blümchenteller in den Schrank zurück und war allein. Na ja, nicht ganz allein. Percy war auch noch da. Zusammen kuschelten wir uns in mein Bett und ich streamte mich bei Netflix durch die Serien. (Gott sei Dank, hatte Andrew unseren Router in der Zwischenzeit wieder zum Laufen gebracht.)

Ich glaube, es war während der zweiten Folge von *Dance Academy*, als ich auf Pause drückte und mich aus dem Bett pellte. »Schlaf weiter!« Ich strich Percy über sein drahtiges Fell und drückte ihm einen dicken Kuss auf den Kopf. Dann machte ich mich auf in die Küche. Es hatte sich nämlich herausgestellt, dass ich nun doch hungrig war. Es gibt nur ein einziges Mittel, das sowohl gegen Liebeskummer als auch gegen Hunger hilft: Schokolade!

Ich riss den Kühlschrank auf. Perfekt! Da stand eine Schale frischer Erdbeeren, die nur darauf warteten, zusammen mit köstlichster Schokolade, Sahne und allem anderen zu meiner Schokomousse-Erdbeer-Torte verarbeitet zu werden. Das, was ich heute nicht in mich hineinstopfen würde, würde ich Finn morgen mitbringen. Er sollte ruhig wissen, was er verloren hatte. Das ist jetzt ein bisschen gehässig, aber der Gedanke tat ungemein gut!

Als mich das Geräusch weckte, war es stockdunkel.

»Percy?« Vergeblich tastete ich nach ihm. Schließlich machte ich im Halbdunkel seinen Schatten an der Luke zur Leiter aus. Angespannt lauschte er in die Dunkelheit hinab. Er schnüffelte leise und stellte seine Ohren auf. Da unten in meinem Zimmer war jemand. Knarzend verkündeten mir die Holzdielen, dass dieser Jemand auf dem Weg zur Leiter war.

Mein Herz schlug mir bis zum Hals. Und zwar so laut, dass ich dachte, wer auch immer da unten war, er müsse es hören. Tante Clarissa? Nein. Was sollte sie mitten in der Nacht in meinem Zimmer wollen? Stocksteif lag ich da und wusste nicht, was ich tun sollte, als plötzlich ein Kopf in der Luke auftauchte und Percys Schwanz freudig hin und her wedelte.

»Jane?«

Ich schrie auf. »Finn? Sag mal, spinnst du? Du hast mich zu Tode erschreckt!«

»Ich habe fünftausendmal versucht, dich anzurufen. Da war ja kein Durchkommen. Es brennt. Im übertragenen Sinne. Los, komm! Schnell!«

Während seiner letzten Worte hatte ich mein Handy gecheckt. Kein Akku.

»Komm jetzt. Wir haben keine Zeit zu verlieren!«

Ich sprang aus meinem Bett und zog mich im Dunkeln eilig an. Da war Finn längst schon wieder unten.

»Wie bist du in mein Zimmer gekommen?«, zischte ich, während ich Percy in seinen Korb setzte und ihn in mein Zimmer hinabließ.

»Ich bin das Rosenspalier neben deinem Fenster hoch. Das stand zum Glück offen. Ich hoffe, deine Tante hat mich nicht gehört!«

»Lass dir doch nicht jeden Wurm einzeln aus der Nase ziehen, Finn! Was ist los? Wo willst du hin? So mitten in der Nacht?«

»Zu Samuel Archer.«

»Mitten in der Nacht?«

Finn nickte. »Ich musste heute Abend im *Smuggler's* aushelfen.«

Ich rutschte die Leiter zu ihm runter.

»Da sind mir gleich so zwei Kerle aufgefallen«, flüsterte Finn. »Zwei Schlägertypen waren das. Sahen aus wie Bilderbuch-Mafiosi. Dunkle Anzüge, kahl rasierte Schädel und Narben im Gesicht, die sie bestimmt nicht vom Rasieren haben. Richtig gruselig sahen die aus. Sie sind gegen zehn gekommen.«

Ich verpflanzte Percy in meinen Rucksack und kletterte mit ihm auf dem Rücken hinter Finn das wacklige Rosenspalier hinunter.

»Nachdem ich ihnen ihr Ale serviert hatte, musste ich an den Tischen in ihrer Nähe bedienen, abräumen … du kennst das ja. Es war mehr Zufall, ich habe echt nicht absichtlich gelauscht und ich konnte auch nicht alles verstehen, was sie getuschelt haben. Aber so viel steht fest: Es ging um Samuel Archer und darum, dass sie ihm heute Nacht einen Besuch abstatten wollen. Ich wette eins zu zehn, dass das kein Freundschaftsbesuch sein wird.«

Als ich die letzte Sprosse des Rosenspaliers erreicht hatte, streckte Finn mir die Hände entgegen, umfasste meine Taille und hob mich auf den Boden. Hab vielen Dank, lieber Gott, für die Dunkelheit! Und dafür, dass ich mit dem Rücken zu ihm stand. Wie er duftete. Irgendwie nach frischer Wäsche. Unglaublich gut. Ich schloss die Augen, sog ganz tief den Duft ein und merkte, wie die Schmetterlinge in meinem Bauch aufstoben und Anstalten machten, mich schweben zu lassen. So musste sich glückliches Verliebtsein anfühlen. Genau so!

Ich wagte es kaum zu atmen, denn ich wollte nicht, dass dieser Augenblick verging. Ist schon mal jemandem aufgefallen, dass sehr unschöne Dinge wie Zahnarztbesuche nie zu enden scheinen wollen, während schöne Dinge, wie wenn du dem Jungen, in den du unsterblich verliebt bist, ganz nah bist, nicht länger andauern als ein kurzer Wimpernschlag?

Und genau deshalb war es ja eigentlich sonnenklar gewesen, dass jetzt etwas passieren würde. Es passierte: Finn kicherte. »Ich hab dich ja auch lieb, Percy! Aber aufs Gesichtabschlecken stehe ich nicht so!« Schon war er zwei Schritte vor der Schleckmaschine Percy zurückgewichen und damit auch von mir. Der Stimmungstöter in meinem Rucksack würde sich nachher was anhören müssen!

»Und was machen wir nun?« Logisch, dass wir uns auf den Weg zur Apotheke machen würden, um herauszufinden, was die Kerle von Mr Archer wollten. Aber mein Hirn war so vernebelt, dass mir gerade kein anderer Pausenfüller einfallen wollte.

»Amy, sag mal, schläfst du noch?«, wisperte Finn verwundert. »Wir beziehen vor der Apotheke Stellung und warten ab, was passiert. Als ich eben den Pub verlassen habe, saßen die Typen noch vor ihren Biergläsern, aber die waren schon ziemlich leer, und gleich macht mein Dad die Schotten dicht. Wir sollten uns echt beeilen!«

Geduckt huschten wir die Harbour Road runter und über den Markt. Wie die Indianer schlichen wir uns möglichst lautlos an die Apotheke heran. Im Inneren brannte Licht. Wie wir dem Notdienstanschlag neben der Tür entnehmen konnten, hatte Mr Archer heute Bereitschaft. Aber sosehr ich mir auch den Hals verrenkte, ich konnte ihn nirgendwo entdecken.

Finn deutete auf die andere Straßenseite. Noch bevor ich begriff, was jetzt an der Bankfiliale so interessant war, nahm er meine Hand und zog mich in den Vorgarten der Bank. Hinter dem Gebührenkasten gingen wir in Deckung. Und weil der nicht sonderlich breit war, mussten wir ganz nah aneinanderrücken.

Würden diese Kerle doch nie hier auftauchen!

Doch plötzlich tat sich etwas. Eine dunkle Limousine rollte mit ausgeschalteten Scheinwerfern über den Markt. Vor der Apotheke stoppte sie. Die Türen schwangen auf, um im nächsten Moment mit einem dumpfen Geräusch wieder zuzufallen. Finn hatte völlig recht gehabt. Die beiden Männer, die ich jetzt in dem aus der Apotheke fallenden Licht ganz gut sehen konnte, hätten in jedem Mafia-Film der Welt mitspielen können. Gebannt beobachtete ich, wie die Kerle die Nachtglocke läuteten und warteten. Es dauerte einige Minuten, bis Samuel Archer mit total verwuscheltem Haar und im zerknitterten Apothekerkittel auftauchte. Wahrscheinlich hatte er oben in seiner

Wohnung geschlafen, bis die Klingel ihn geweckt hatte. Der Anblick der beiden Muskelprotze schien ihm eine Heidenangst einzujagen. Er wurde kreidebleich und blieb wie angewurzelt mitten im Raum stehen. Ungeduldig winkte ihn einer der beiden Männer jetzt zur Tür.

»Ich habe Johnny gesagt, ich bringe alles wieder in Ordnung! Ich brauche nur ein wenig Zeit«, konnten wir Mr Archers Stimme durch die Sprechanlage an der Medikamentennachtausgabe hören.

Worauf einer der Typen antwortete: »Mach die Tür auf, Sam! Wir sollen dir etwas von Johnny geben.«

Nach kurzem Zögern drehte Samuel Archer den Schlüssel im Schloss. Das Letzte, was wir sahen, war, wie die Kerle durch die Tür traten und gemeinsam mit Mr Archer hinter den Regalen verschwanden. Vorher hatte der aber noch in die Nacht hinausgespäht. Ganz so, als ob er sichergehen wollte, dass niemand etwas von seinem seltsamen Besuch mitbekommen hatte. Hier ging irgendetwas Ultrafaules vor.

Als Finn mich jetzt wieder bei der Hand fasste, warf ich ihm, glaube ich, einen ziemlich verliebten Blick zu.

»Ich will wissen, was die reden«, flüsterte er und zog mich mit sich auf die andere Straßenseite, in das kleine Gässchen zwischen dem *Fish'n Chips*-Restaurant und der Apotheke. Unter einem gekippten Oberlicht in der Hauswand der Apotheke machte Finn halt. Im Lichtschein, der aus dem Fenster fiel, sah ich, wie Finn sich den Zeigefinger an die Lippen legte und nach oben deutete. Ich nickte. Meine Hand hielt er immer noch ganz fest. Würde er sie doch nie wieder loslassen …

»Bist du jetzt fertig mit deiner Jammerei, Sam?«, hörten wir eine heisere Stimme fragen.

»Aber ich sage euch doch, ich kann nichts dafür. Rubinia Redcliff ist an allem schuld!«

Finn und ich starrten uns im Halbdunkel an. Was sagte Mr Archer da?

»Leg mal 'ne andere Platte auf. Es ist Johnny völlig egal, wer an was schuld ist«, sagte eine dritte Stimme im übelsten Cockney. »Er will die Kohle sehen, die du ihm schuldest.«

»Die bekommt er ja auch. Ehrenwort!«, versprach Samuel Archer. Dabei bebte seine Stimme vor Angst.

Plötzlich schloss Finn mich in die Arme und drückte mich an sich. »Du zitterst ja!«, flüsterte er mir ins Ohr.

»Johnny möchte, dass wir dir einen Vorgeschmack geben von dem, was dir blüht, falls du dein Versprechen doch nicht halten solltest«, krächzte die erste Stimme. »Wäre ja nichts Neues, dass du einen kleinen Denkzettel brauchst!«

»Bitte nicht!«, flehte Samuel Archer.

Ich zuckte zusammen. Plötzlich war es in der Apotheke laut geworden. Dumpfe Schläge. Ein Schrei. Stöhnen. Geräusche von umstürzenden Möbeln. Splitterndes Glas und Holz. Dann schlug irgendwo eine Tür laut ins Schloss. Wagentüren knallten zu und im nächsten Moment rollte die Limousine auf der Straße an uns vorbei.

Ohne lange nachzudenken, rannten Finn und ich um das Haus herum und stürzten in die Apotheke. Entsetzt legte ich die Hand auf meinen Mund. Die Kerle hatten alles verwüstet. Medikamente, Sonnencremes, Pflasterpackungen, Hustenbonbontüten lagen verstreut auf dem Boden. Regale waren umgeworfen worden. Medikamentenpackungen bedeckten den Boden. Hustensaftflaschen waren zersplittert und ausgelaufen.

»Mr Archer?«, rief Finn und lauschte. »Wo sind Sie?«
Hinter dem Verkaufstresen erklang ein schwaches Stöhnen. Wir jagten darum herum und da lag er: Samuel Archer. Seine Nase blutete. Sein rechtes Auge schwoll jetzt schon an. Die Lippe war aufgesprungen. Der Apothekerkittel war an manchen Stellen zerrissen.

»Oh Gott!« Tränen schossen mir in die Augen.

»Hol ein nasses Tuch«, sagte Finn, während er sich neben Samuel Archer kniete. »Und ein Glas Wasser!«

»O. k.«, krächzte ich und rannte auf der Suche nach der Küche oder der Toilette in den hinteren Teil der Apotheke.

Als ich mit einem feuchten Handtuch und einem Glas Mineralwasser wieder in den Verkaufsraum kam, hatte Finn dem Apotheker auf einen Stuhl geholfen.

»Danke!«, knurrte Mr Archer, nachdem er mir das Tuch aus der Hand genommen hatte und sich damit das Blut von den Wunden tupfte.

Die ganze Zeit über hatte Percy gewusst, dass er sich ganz still im Rucksack verhalten musste. Doch jetzt, da die Gefahr vorüber war, hatte er genug von seinem beengten Gefängnis und machte sich im Rucksack bemerkbar. Kaum hatten seine Pfoten den Boden berührt, schnupperte er wie ein Polizeihund alle Ecken ab.

»Was waren das für Kerle?« Finn hatte sich neben Mr Archer gehockt. Mit einem kurzen Nicken nahm er mir das Glas aus der Hand und hielt es ihm hin.

»Meine Angelegenheit«, knurrte der Apotheker, riss das Glas an sich und nahm gierig ein paar Schlucke.

Ich war immer noch viel zu geschockt, um auch nur einen Satz gerade herauszubekommen.

Finn kaute nachdenklich auf seiner Unterlippe. »Es gibt einen gewissen Johnny, dem Sie Geld schulden und der Ihnen diese Schläger auf den Hals gehetzt hat. So viel wissen wir eh schon.«

Mr Archer warf Finn einen missmutigen Blick zu. »Woher ...« Seine Schultern sackten herab. »Ach, auch egal! Ich hab eben Pech gehabt. Jeder Mann hat eine Leidenschaft. Bei mir sind es Hunderennen. Ich wette. Mal gewinne ich, mal verliere ich. Aber in letzter Zeit bin ich vom Pech verfolgt. Ich habe nur noch verloren. Große Summen. Sehr große Summen. Das ist so eine Art Teufelskreis. Man verliert und beim nächsten Mal wettet man um mehr Geld, um den Verlust wieder reinzuholen. Dann verliert man wieder und der Einsatz steigt erneut.« Mit einer hoffnungslosen Geste deutete er auf seine verwüstete Apotheke. »Das alles hier gehört schon lange nicht mehr mir, sondern der Bank. Bis unter das Dach ist das Haus mit Hypotheken belastet, um meine Schulden bei der Bank abzusichern. Irgendwann reichte das nicht mehr und die Bank drehte mir den Hahn zu. Und dann tauchte dieser Johnny auf und bot mir Geld an. Ein Kredithai, mit dem ich mich besser nicht eingelassen hätte. Diese Leute sind skrupellose Kriminelle. Leihen dir Geld, nehmen horrende Zinsen, die du nie im Leben bezahlen kannst. Aber ich Idiot musste ja trotzdem sein Geld annehmen. Und jetzt kann ich nicht zahlen.«

»Und was hat Mrs Redcliff mit all dem zu tun?«, bohrte Finn weiter.

»Rubinia Redcliff«, stieß Mr Archer hasserfüllt hervor. »Diese Schlange. Erst hat sie versprochen, mir das Geld für Johnny zu geben. Auf der Fünfhundertjahrfeier hat sie dann plötzlich einen Rückzieher gemacht. Ich hätte sie umbringen ...«

Erschrocken winkte Mr Archer ab. »Nein, das ist mir nur so rausgerutscht. Nicht, dass ihr jetzt was Falsches denkt. ... Ich hätte ihr niemals auch nur ein Haar gekrümmt. Ich habe auf sie eingeredet. Beim Tee. Ich hatte einen Vertrag dabei, eine Art Schuldschein, der alles geregelt hätte. Darin hätte ich ihr sogar die Rechte an der Anti-Aging-Creme abgetreten, die ich entwickelt habe. Mehrere Hersteller haben Interesse daran bekundet. Sie wäre kein Risiko eingegangen. Die Creme wird der Renner werden! Im Gegensatz zu den anderen Produkten auf dem Markt hält sie nämlich, was sie verspricht. Aber soll ich euch mal sagen, was Rubinia gesagt hat?

›Hör auf zu weinen, Samuel, und werde endlich erwachsen!‹ Damit ist sie aufgestanden, hat sich ihren Kuchen und ihren Tee genommen, beides hatte sie nicht angerührt, und ist mit einem ›Hier kann man ja nicht mal ungestört seinen Kuchen genießen!‹ abgezogen. Ich bin noch eine Weile sitzen geblieben. Mann, das musste ich erst mal alles verdauen. Aber dann bin ich los. Kate hatte den Dienst für mich übernommen und ich hatte ihr versprochen, um 17 Uhr zurück zu sein. Als ich auf die Uhr guckte, war es aber schon längst fünf. Ich nahm die Beine in die Hand. Kate kann einem ganz schön die Hölle heiß machen, müsst ihr wissen. Doch dann habe ich Rubinia unten in der Bucht gesehen. Dieser Andrew Cox verabschiedete sich gerade von ihr. Da hab ich mir gedacht: ›Mensch, Sam, versuch noch mal dein Glück.‹ Ich habe mich versteckt, bis Cox weg war, dann bin ich zu ihr runter. Ich wollte wenigstens wissen, warum sie plötzlich ihr einmal gegebenes Versprechen gebrochen hatte. Es war sinnlos. Sie hat nur gelacht. Gelacht und gelacht. In meiner Wut habe ich mir das Erstbeste geschnappt, was ich zu fassen bekam. So eine Tüte gehackter Nüsse. Die habe ich ihr ins Gesicht geworfen. Sie hat geschrien wie am Spieß. Dann musste ich weg, sonst hätte ich ihr womöglich doch noch etwas angetan!«

Samuel Archer zischte leise, als er sich das Tuch auf sein verschrammtes Auge drückte.

»Nusstüte?«, horchte ich auf. »Was denn für eine Nusstüte?«

»Ach, was weiß denn ich. So eine mit grünen Herzchen drauf. Die hatte ich kurz vorher auf der Wiese oben gefunden. Sie war aufgerissen und auch nicht mehr ganz voll. Ich hasse es, wenn Leute ihren Müll nicht vernünftig entsorgen, also habe ich sie eingesteckt, um sie später ordentlich wegzuwerfen.«

Grüne Herzchen auf einer Nusstüte? Die Tüte musste aus unserer mobilen Teeküche gewesen sein, überlegte ich. Von unserem Biolabel.

»Wann haben Sie die Bucht wieder verlassen?«, wollte Finn wissen.

Samuel Archer presste sich das Tuch auf die aufgesprungene Lippe. »Woher soll ich das wissen? Gerade noch rechtzeitig, würde ich mal behaupten, denn sonst wäre ich mit Alicia Miles zusammengestoßen. Die kam über die Wiese angerauscht wie ein Ferrari. Ich glaube, mich hat sie nicht gesehen. Verheult wie sie war.«

»Und wo waren Sie zwischen 17.25 und 17.40 Uhr?«

»Was soll das denn jetzt? Aber bitte. Es gibt keinen Grund, warum ich darauf nicht antworten sollte. Ich war fertig. Völlig erledigt. Denn ich wusste, was mir blühte, wenn ich Johnnys Geldforderung nicht begleichen konnte. Ich wusste nicht woher und nicht wohin. Und dann hat mir wohl der liebe Gott Vikar Campbell geschickt. Er hat direkt gesehen, dass etwas nicht mit mir stimmte, und hat mich angesprochen. Dann

haben wir uns in mein Auto gesetzt und ich habe mir alles von der Seele geredet. Das hat richtig gutgetan. Unser Vikar ist ein großartiger Typ. Wir haben zusammen überlegt, wie ich meine Probleme lösen kann. Er hat mir sogar das Geld für Johnny geliehen. Aber …« Er presste die Lippen aufeinander.»… das habe ich verzockt. Ich wollte doch nur noch ein Mal … es war so eine totsichere Wette …«
Bevor ich ein »Oh, nein, Mr Archer!« rufen konnte, redete er schon eilig weiter.»Das war dumm. Richtig dumm. Morgen gehe ich noch mal zu Vikar Campbell, beichte ihm alles und hoffe darauf, dass er mich zur Bank begleitet und alles mit mir regelt. Offensichtlich brauche ich mehr Unterstützung, als ich dachte.«

## 25

Percy trabte neben Finn und mir über die Harbour Road, die wie ausgestorben vor uns lag. Nirgendwo brannte Licht.

»Ich verstehe das nicht, Finn«, murmelte ich nachdenklich. »Irgendeiner muss es doch gewesen sein. Natürlich müssen wir Samuel Archers Alibi noch überprüfen, aber ich glaube ihm. Ich bin mir sicher, dass er die Wahrheit gesagt hat. So etwas erfindet man doch nicht. Und nachdem Tante Clarissa herausgefunden hat, dass es Dorothy zum Glück auch nicht gewesen sein kann, weil Sophie ihr ein Telefon-Alibi gibt, sind wir durch. Kein Verdächtiger mehr übrig. Verdammt!«

Die Hände tief in den Taschen seiner Jeans vergraben, trottete Finn mit hängendem Kopf neben mir her. »Demnach müsste Rubinia Redcliff noch am Leben sein. Ist sie aber nicht. Also muss es einen Mörder geben. Denk nach, Jane, wo ist unser Denkfehler?«

Gerade wollte ich sagen: »Ich weiß es nicht!«, als das Bild einer aufgerissenen Tüte gehackter Nüsse mit drei grünen Herzen drauf vor meinem inneren Auge aufzuckte. Diese Tüte hatte auf der Wiese von Ashford House gelegen! Laut sagte ich: »Diese Nusstüte, von der Mr Archer gesprochen hat. Die ist doch komisch, oder? Diese drei grünen Herzen sind das Firmenlogo eines Bio-Lebensmittel-Herstellers. Andrew hat den irgendwann entdeckt und er betont immer, dass wir die Einzigen hier in der Gegend sind, die diese superteuren, aber sehr hochwertigen Produkte für unsere Kuchen, Törtchen und Scones verwenden. Wir hatten Unmengen von dem Kram dabei. Wegen des Back-Workshops für die Kinder. Und jeder hätte sich – rein theoretisch – bedienen können.« Finn blieb unter der Laterne der Polizeiwache stehen. »Worauf willst du hinaus? Meinst du, dass jemand diese Tüte aus eurer mobilen Küche geklaut hat?«, flüsterte er aufgeregt.

»Finn, das ist es! Genau!«, hauchte ich und griff eilig nach seinem Arm. Ich deutete zu dem offenen Fenster über uns, hinter dem Sergeant Oaks schnarchte. Mit dem Zeigefinger an meinen Lippen nickte ich zum Garten vom *Little Treasures* hinüber. Sekunden später waren wir über das weiße Holzzäunchen geklettert und hockten auf der Bank unter Percys Palme.

»Aber warum soll jemand so ein Nusstütchen klauen?«, wisperte Finn.

Plötzlich kam ich mir wirklich vor wie Sherlock Holmes, wenn er ein Puzzleteil nach dem anderen sucht, in die Hand nimmt, hin und her dreht, nach dem passenden Plätzchen dafür sucht, es zur späteren Verwendung zur Seite schiebt oder wegen seiner Nutzlosigkeit zurück in den Spielkarton wirft. Die Puzzleteile, die im Moment vor mir lagen, passten mit einem Mal haargenau ineinander. Wie hatten wir nur so blind sein können?

»Hör zu!«, zischelte ich aufgeregt. »Rubinia Redcliff ist tot. Todesursache: ihre Nussallergie. Die alles entscheidende Frage ist: Wie kamen die Nüsse in ihren Magen?«

»Gute Frage!« Finn grinste mich im milchigen Licht unserer Straßenlaterne auf diese unglaubliche Art an. Aber ich hatte jetzt keine Zeit, mich von seinem magischen Lächeln verzaubern zu lassen, denn mir schien die Lösung unseres Mordfalls zum Greifen nahe.

»Deine Kekse fallen weg. Denn als du mit deiner Kekstüte in der Hand in die Smuggler's Bay kamst, war sie schon tot, wie wir wissen. Das, was Sergeant Oaks als Rest von deinen Keksen in Rubinia Redcliffs Schalfalten identifiziert hat, stammte in Wahrheit von Samuel Archer. Wie er zugibt, hat er ihr ja die offene Tüte mit dem restlichen Inhalt ins Gesicht geworfen. Diese Tüte hatte er aufgerissen auf der Wiese von Ashford House gefunden. Klar?«

»Klar! Ich bin ja nicht dämlich!«

»Gut …, lass mich kurz überlegen.« Ich brauchte einen Moment, um die Gedanken in meinem Kopf zu sortieren. Dann war ich so weit. »Alle unsere Verdächtigen haben für den Todeszeitpunkt ein Alibi. Und hier liegt unser Fehler! Die Todeszeit stimmt. Aber die war nie die Tatzeit. Unser Mörder ist viel früher aktiv geworden.«

Finn legte die Stirn in tiefe Falten. »Das verstehe ich nicht. Worauf willst du hinaus?«

»Na ja, wir sind davon ausgegangen, dass jemand in der Zeit zwischen 17.25 Uhr und 17.40 Uhr in der Smuggler's Bay war und Rubinia mit Nüssen vergiftet hat. Der Mörder war aber um diese Uhrzeit überall, nur nicht in der Smuggler's Bay. Denn da musste er gar nicht sein.«

»Ich verstehe nur Bahnhof!«

»Die Torte. Es ist die Torte gewesen.« Ich fühlte mich wie in der Schule, wenn es mir endlich gelungen war, eine besonders vertrackte Matheaufgabe zu knacken. »Das Einzige, wovon wir mit hundertprozentiger Sicherheit wissen, dass Rubinia Redcliff es in der Smuggler's Bay gegessen hat, ist: ein Stück von meiner Schokomousse-Erdbeer-Torte. Es ist so einfach, wenn man einmal dahintergekommen ist«, freute ich mich.

»Ach, Amy! Ich dachte, die Torte enthielt keine Nüsse? Sonst hätte Rubinia sie ja niemals angefasst. Was ist so einfach?«

»Ich erkläre es ja gerade! Natürlich enthielt die Torte keine Nüsse! Aber in einem unbeobachteten Augenblick hat der Mörder eine Tüte mit gehackten Haselnüssen aus unserer mobilen Küche gestohlen. Als Nächstes hat er sie aufgerissen und heimlich ein paar Stückchen Haselnüsse in der weichen Schokomousse von Rubinias Kuchenstück versenkt. Vielleicht mit dem Stiel eines Teelöffels. Alles, was er dann noch tun musste, war, die Mousse wieder so zu verstreichen, dass dem Kuchen nichts anzusehen war. Die Tüte hat er dann achtlos weggeworfen. Er brauchte sie ja nicht mehr.«

Finn hatte schon den Mund geöffnet, um etwas zu erwidern, aber ich war so in Fahrt, dass ich ihn nicht dazu kommen ließ: »Samuel Archer hat gesagt, dass Rubinia Redcliff ihren Kuchen noch nicht angerührt hatte, als sie mitsamt Kuchen und Tee aufgestanden und gegangen ist.«

»Stimmt!«, nickte Finn.

»In der Bucht hatte Rubinia Redcliff aber erst mal auch keine Zeit, um Kuchen zu essen. Denn kaum war sie da angekommen, ist schon Andrew zu ihrer Verabredung dort erschienen. Als er weg war, ist Samuel Archer bei ihr aufgetaucht, und direkt nach ihm kam dann schon Alicia Miles. Erst nachdem die wieder gegangen war, hatte sie endlich Zeit, es sich mit ihrem Kuchen und Tee richtig gemütlich zu machen. Und so hat sie, ohne es zu ahnen, die tödlichen Nüsse zu sich genommen. In der Zeitspanne, die du gebraucht hast, um den Küstenpfad zu ihr hinunterzusteigen.«

»Wow! Jane, du bist ja ein richtiges Genie!«, wisperte Finn zwar ziemlich leise, und trotzdem hörte ich die riesige Bewunderung in seiner Stimme mitschwingen.

»Als sie dann gemerkt hat, dass sie Nüsse aß, hat sie in wilder Panik ihre Handtasche nach dem Notfall-Set durchsucht. Nur war das nicht mehr da, wo es sein sollte. Jemand ... unser Mörder ... hatte es unbemerkt zu einem früheren Zeitpunkt herausgenommen«, reimte ich mir aus den restlichen Fakten zusammen. Alles passte jetzt. Und das war furchtbar! Der Mörder war kaltblütig vorgegangen. Er hatte seine grausame Tat bis ins kleinste Detail geplant. Und seine Rechnung war aufgegangen. Konnte das wirklich wahr sein? Alles, unsere ganzen bisherigen Ermittlungen waren völlig umsonst gewesen?

»Puh, das heißt, ich bin gerade von Platz eins der Verdächtigenliste ins breite Mittelfeld abgerutscht«, seufzte Finn unendlich erleichtert. »Das ist ja schon mal ein ziemlich großer Fortschritt! Du bist großartig!«

Mein Herz setzte aus. Denn Finn streckte plötzlich seine Hand nach meinem Kopf aus. Seine Augen ruhten irgendwie auf meinen Lippen ... und er flüsterte: »Das wollte ich schon die ganze Zeit!« Damit wischte er mir über die Wange und hielt mir seinen mit Schokomousse verschmierten Finger hin. »Ich hoffe, es hat geschmeckt und es ist ein Stückchen Kuchen für mich übrig geblieben!«, lachte er, dann schleckte er die Mousse von seinem Finger.

Ich war immer noch in Hochstimmung, als ich mit Percy im Rucksack das Rosenspalier zu meinem Fenster hochkletterte. Ich hing gerade mitten über der Fensterbank, als drei Dinge gleichzeitig passierten: Licht leuchtete auf, die Kirchturmuhr schlug eins, und in die Glockenschläge hinein donnerte die Stimme meiner Tante: »Sieh da, die Nachtschwärmerin ist zurück!« Im blau-weiß gestreiften Pyjama, die Brille im Haar, den zugeklappten Laptop auf dem Schoß, thronte Tante Clarissa wie Zeus auf seiner Wolke in meinem Lesesessel, bereit, jeden Moment eine schreckliche Strafe zu verhängen. »Hattest du noch einen wichtigen Termin, von dem du vergessen hast, mir etwas zu erzählen?«

»Ich war in der Apotheke!«, strahlte ich sie an, sprang ins Zimmer und hob Percy aus dem Rucksack.

»In der Apotheke? Hast du Zahnweh?«

»Stell dir vor, Tante Clarissa, Samuel Archer hat Wettschulden und Rubinia Redcliff hatte versprochen, ihm aus der Patsche zu helfen. Sie wollte ihm Geld leihen. Das hat sie dann aber doch nicht getan. Aber wenn du jetzt denkst, er ist der Mörder, bloß wegen des gebrochenen Versprechens und weil er ihr eine Handvoll gehackter Nüsse ins Gesicht geworfen hat, liegst du falsch. Wir lagen nämlich alle falsch. Das haben Finn und ich heute Nacht herausgefunden.«

»Moment! Moment! Moment! Das geht mir jetzt alles viel zu schnell! Finn? Ich komme nicht mit!«, rief meine Tante und hob überfordert die Hände gen Himmel. »Was hattet ihr um diese Uhrzeit in der Apotheke zu suchen?«

Ich erzählte ihr die ganze Geschichte. Von Anfang an und schön der Reihe nach. Ich erzählte ihr von Rubinia Redcliffs Versprechen, Finn an die Musikakademie zu empfehlen, von seiner Sorge, sie könne die Anmeldefrist verpassen, dass er aus der Not heraus einen gefälschten Brief an die Akademie geschickt hatte (natürlich vergaß ich auch nicht zu erwähnen, dass Finn vor der Akademie seinen Fehler zugeben würde), dass

Rubinia Redcliff ihn gar nicht hatte empfehlen wollen und wie schlimm es war, als sie die Sache mit dem gefälschten Brief herausbekommen hatte, von ihren Drohungen, den Keksen, unserer Sorge, Tante Clarissa könne Finn wegen all dem für den Mörder halten, und unserem Entschluss, gemeinsam den echten Mörder aufzuspüren.

Tante Clarissa lehnte sich im Sessel zurück und hörte mir mit offenem Mund zu. »Aber jetzt wissen wir, dass alles ganz anders war, Tante Clarissa. Wir haben einen Denkfehler gemacht. Samuel Archer hat uns darauf gebracht.« Und wieder erzählte ich, diesmal von den Ereignissen der heutigen Nacht und von dem, was Finn und ich uns zusammengereimt hatten.

»Meine Güte, Amy, das ist es!«, hauchte Tante Clarissa, als ich zu Ende erzählt hatte. »Dein Kuchen! Jemand hat den Kuchen lange vorher mit gehackten Haselnüssen präpariert!«

»Gut, oder?« Sehr zufrieden mit mir nahm ich Percy für die Nacht das Halsband ab. Völlig erschöpft rollte der Arme sich in seinem Körbchen zusammen und schlief sofort ein. »Und genau deshalb kann ich dir jetzt endlich die Wahrheit sagen. Weil Finn nun nicht mehr der Hauptverdächtige ist.«

»Schön für Finn. Aber die Sache hat einen entscheidenden Haken, Amy!« Ächzend erhob sich Tante Clarissa aus meinem Sessel und drückte den Rücken durch. »Wenn der Kuchen, sagen wir mal, die Tatwaffe war, dann wird doch jeder denken, dass derjenige der Mörder ist, der …«

Noch bevor sie den Satz zu Ende gesprochen hatte, überkam mich ein Gefühl, als ob mir jemand den Boden unter den Füßen wegziehen würde.

»… den Kuchen gebacken hat.«

»Oder ihn ihr gegeben hat.«

Und das war ich! In beiden Fällen. Entsetzt starrte ich Tante Clarissa an. So weit hatte ich noch gar nicht gedacht.

»Natürlich wissen wir beide, dass diese Schlussfolgerungen blanker Unsinn sind. Und jedem, der bis fünf zählen kann, muss das auch klar sein. Trotzdem wird es besser sein, wenn wir unseren Verdacht mit dem Kuchen bis auf Weiteres für uns behalten. Unser lieber Sergeant Oaks ist nicht nur etwas einfältig, sondern auch noch denkfaul, und ich bin mir nicht wirklich sicher, ob er des Zählens überhaupt mächtig ist. Doch eines weiß ich mit Sicherheit: Bekommt er etwas davon zu Ohren, erklärt er dich im Handumdrehen zu einer Mörderin.«

»Tante Clarissa!!!«

»Keine Sorge. So weit wird es nicht kommen. Ich werde für morgen Abend ein außerordentliches Treffen des *Ashford-Crime-and-Murder-Clubs* einberufen.« Tief in Gedanken versunken, den Laptop unter dem Arm, eine Hand auf der Türklinke, drehte sie sich noch mal zu mir um. »Und Amy: Versprich mir, dass sich so ein nächtliches Detektivspiel nicht wiederholt. Die Sache hätte auch böse enden können.«

»Versprochen!«, sagte ich schnell. Alles sah danach aus, als ob ich mit einem blauen Auge davonkommen sollte.

»Finn hat sich einen dummen Fehler geleistet. Diesen Brief hätte er nicht schreiben sollen, aber ich nehme an, dass ihm das mittlerweile mehr als schmerzhaft bewusst ist.« Die Tür hatte sich nicht ganz geschlossen, als ich sie noch sagen hörte: »Netter Junge, in diesen Sunnyboy hätte ich mich im Übrigen auch verliebt!«

Ein Lächeln breitete sich über mein Gesicht wie die Strahlen der Sonne an einem warmen Sommermorgen. Aber es war nur von kurzer Dauer, denn in die Erinnerung an das Wundervol-

le, Unglaubliche, Märchenhafte, was diese Nacht passiert war (und damit meine ich nicht unsere sagenhaften Fortschritte im Mordfall Rubinia Redcliff ☺), mischte sich eine andere Erinnerung. Nämlich die an dieses Mädchen, wie es heute Nachmittag mit Finns Mutter auf Ashford House zumarschiert war. Niedergeschlagen ließ ich mich in meinen Lesesessel plumpsen. Wenn die Gefühle so richtig hochfliegen, können sie umso tiefer abstürzen. Schon wieder eine Lektion gelernt! Zwischen Finn und diesem Mädchen, da lief doch was. So ungern ich mir das eingestand. Aber ...
»Verstehst du das, Percy?« Müde hob er nur eine Augenbraue.
»Wenn er mit dieser Schönheit zusammen ist, warum hilft er mir dann vom Rosenspalier, lässt meine Hand nicht mehr los, nimmt mich in den Arm und all solche Dinge? Das sind doch alles sehr eindeutige Signale, oder?«
Jetzt legte Percy sein Köpfchen schief und schaute mich geradeheraus an. Ganz so, als ob er sagen wollte: »Siehst du? Genau deshalb habe ich ihm auch das Gesicht abgeschleckt!«
»Gut gemacht, Percy!«, lobte ich ihn und kraulte ihn ausgiebig unter dem Kinn.
»Am liebsten würde ich morgen gar nicht in die Bibliothek gehen!«, gestand ich Percy. Von meinem Hochgefühl war nicht mal ein Staubkorn übrig geblieben. »Weißt du, ich denke, er mag mich schon. Ganz bestimmt sogar. Aber wenn er mich bei der Hand nimmt oder mich vom Rosenspalier runterhebt, dann tut er das vielleicht so, wie ein großer Bruder seine kleine Schwester bei der Hand nimmt oder ihr beim Klettern hilft. Schätzungsweise denkt er sich gar nichts dabei.« Ja, so war es wahrscheinlich.
Diese schreckliche Erkenntnis durchfuhr mich wie ein Blitz.

Sie tat richtig weh! Und dann dämmerte es mir: Unter diesen Umständen durfte Finn nie, niemals erfahren, wie sehr ich in ihn verliebt war. Wüsste er es, er würde sich wahrscheinlich kugeln vor Lachen, mir über den Kopf streichen und so was sagen wie: »Meine unverbesserliche Jane, jetzt gehen aber die Pferde mit dir durch!«
Und mal ganz ehrlich, was hatte ich dieser Schönheit schon entgegenzusetzen? Sie war älter und viel schöner als ich. Und sie war nicht so ein Weichei, das sich nicht aufs Wasser traute. Um es mal so auszudrücken: Das Spiel war verloren, aber ich würde in Würde untergehen!
»Ich muss mich entlieben. Ganz ehrlich, Percy! Auch wenn es wehtut. Es ist der einzige Weg«, sagte ich und fühlte mich unglaublich erwachsen. »Und egal, wie sehr mein Herz schmerzt, Percy, Finn soll nichts davon merken, denn ab morgen bin ich für die Außenwelt einfach nur noch eine unglaublich coole, lässige und geniale Ermittlerin!«

# 26

Die lange Tafel im Rosengarten des *Little Treasures* war für zwölf Personen gedeckt. Die zwölf Stühle, die weiße Damasttischdecke, die drei silbernen Kerzenleuchter, die Wasserkaraffen, die Gläser … alles sah genauso aus wie auf der Fünfhundertjahrfeier. Mit dem kleinen Unterschied, dass wir als Ersatz für den *Little Treasures*-Stand meinen alten Kinderkaufladen vom Dachboden geholt, entstaubt und auf einem der Tische aufgebaut hatten. Dahinter stand ich und schnitt gerade zwölf Stücke aus meiner eben fertiggestellten Schokomousse-Erdbeer-Torte, als pünktlich um neunzehn Uhr dreißig das Quietschen des hölzernen Gartentors die Ankunft der ehrenwerten Mitglieder des *Ashford-Crime-and-Murder-Clubs* verkündete.

»Da sind wir. Wie gewünscht im gleichen Outfit wie zur Fünfhundertjahrfeier«, rief Calinda, während ihre erstaunten Augen über den langen Tisch und dann zu mir huschten.

»Kuchen? Weißt du, wie der um diese Uhrzeit auf die Hüften schlägt, Clarissa?«

Nachdenklich bohrte sich Sophie die Zunge in die Wange. »Gibt das hier eine Art Revival?«, mutmaßte sie.

»So etwas in der Art«, gab Tante Clarissa unbestimmt zurück und versetzte der Jacke ihres magentafarbenen Kostüms einen entschiedenen Ruck. »Doch bevor ich zur Sache komme: Habt vielen Dank, dass ihr so kurzfristig kommen konntet!«

»Dein Anruf klang ja auch sehr dringend!«, antwortete Lydia. Die Aufregung malte ihr rote Flecken auf den Hals. »Ist etwas passiert?«

»*Sparkling Cyanide!*«, stieß Meredith vom Gartentor aus hervor, da hatte meine Tante noch nicht mal den Mund geöffnet, um Lydias Frage zu beantworten. Alle wirbelten zu ihr herum und starrten sie mit weit aufgerissenen Augen an. (Kleine Anmerkung von mir: Cyanide = Blausäure = tödliches Zeug. Wie mir Tante Clarissa später mit etwas anderen Worten und genauer erklärte.) Ein schüchternes Lächeln umspielte Merediths Lippen, als sie mit einem wissenden Blick auf meine Tante hinzusetzte: »So heißt der Krimi von Agatha Christie aus dem Jahr 1945. Rosemary Barton wird während ihrer Geburtstagsfeier im Restaurant Luxembourg mit Blausäure vergiftet. Erst glauben alle an Selbstmord. Nur ihrem Mann George kommen Zweifel. Deshalb lädt er dieselben Gäste ein Jahr später wieder ins gleiche Restaurant ein. Um dem Mörder eine Falle zu stellen.«

»Wow! Kennst du den Klappentext auswendig?«, fragte Calinda bewundernd.

Das schüchterne Lächeln auf Merediths Gesicht breitete sich zu einem stolzen Strahlen aus.

»Großartig, Meredith! Du bist noch eine Buchhändlerin vom alten Schlag und hast mich durchschaut. Denn genau dieser Agatha-Christie-Krimi ist mir in den Sinn gekommen, als ich unseren heutigen Abend geplant habe«, gab Tante Clarissa offen zu. »Amy und mir geht es in gewisser Weise wie George Barton und genau wie er kommen wir nicht wirklich von der Stelle. Deshalb brauchen wir eure Hilfe, auch wenn ihr nach wie vor nicht daran glaubt, dass Rubinia Redcliff ermordet worden ist. Wir wollen den Nachmittag, genauer gesagt die

Teestunde auf der Fünfhundertjahrfeier nachstellen. Wo hat Rubinia Redcliff gesessen? Wer saß in ihrer Nähe? Mit wem hat sie gesprochen? Wer hat sich für ihren Kuchen interessiert? Auf diese Fragen brauchen wir dringend Antworten. Und die bekommen wir am ehesten, wenn wir uns wieder in die Situation begeben, wie sie auf der Fünfhundertjahrfeier gewesen ist.«

»Ich will ja jetzt nicht den Teufel an die Wand malen!«, meldete sich Sophie zu Wort, wobei das sensationslüsterne Aufblitzen ihrer Augen genau das Gegenteil verriet. »Aber du weißt schon, dass diese Rekonstruktionsgeschichte für George Barton nicht so gut ausgeht?« Sie zwinkerte kichernd meiner Tante zu. »Er wird ermordet. Ebenfalls mit Blausäure. Genau wie seine Frau. Nicht, dass wir gleich auch eine Leiche mehr haben!«

»Ganz ehrlich, Sophie, ich rechne nicht damit, dass unsere kleine Rekonstruktion zu weiteren Todesfällen führen wird«, lachte meine Tante kopfschüttelnd.

Damit sollte sie sich irren. Und wie sie sich damit irren sollte!

Die Absätze ihrer hohen Schuhe klackerten über die Terrassenfliesen, als sie auf meinen Kaufladen beziehungsweise unsere Tearoom-Attrappe zuschritt. »Rubinia Redcliff hat bei Amy ein Stück von der Schokomousse-Erdbeer-Torte gekauft«, erklärte sie, während sie die Hand austreckte und ich ihr einen Teller mit eben einem solchen Kuchenstück darauf anreichte. »Ich selbst habe ihr Tee gegeben ...«, ich übergab Tante Clarissa eine Tasse, »... und dann ist sie mit beidem zum Tisch gegangen und hat sich hingesetzt.« Kaum hatte sie die Teetafel erreicht, drehte Tante Clarissa sich zu ihren Freundinnen um und zog fragend eine Augenbraue in die Höhe. »Welcher Platz war ihrer?«

»Rubinia hat sich da vorne hingesetzt. In die Mitte«, vermeldete Lydia mit so viel Überzeugung in der Stimme, dass es des zustimmenden Kopfnickens der anderen gar nicht mehr bedurft hätte.

Eilig zog ich mein Notizbuch hervor, blätterte mich bis zu der Doppelseite mit der Überschrift *Sitzordnung Fünfhundertjahrfeier* vor und ließ meinen Kugelschreiber klicken. Die Seite war nicht leer, sondern zeigte unseren *Little Treasures Tearoom*-Stand und den langen Teetisch, so angeordnet, wie es auf der Fünfhundertjahrfeier gewesen war. Im perspektivischen Zeichnen bin ich wirklich keine große Leuchte. Deshalb war der Tisch einfach nur ein Rechteck ohne Beine, an dem keine Stühle standen, sondern zwölf Zahlen deren Plätze markierten. In der anderen Ecke der Doppelseite warteten die gleichen Nummern darauf, durch Namen ergänzt zu werden. Neben die Nummer drei schrieb ich nun *Rubinia Redcliff*.

»Hervorragend!«, freute sich meine Tante und stellte Kuchenteller und Teetasse auf ihren Platz. »Aber wir wollen es genauso halten wie auf der Feier. Deshalb holt euch jetzt bitte erst bei Amy Kuchen und Tee und dann nehmt eure Plätze ein.«

Schnell schob ich Buch und Kugelschreiber unter meinen Kaufladen und machte mich ans Kuchen- und Teeausgeben. Für den Fall, dass eine oder mehrere der Damen sich auf dem Fest für einen anderen Kuchen als meine Schokomousse-Erdbeer-Torte entschieden hatten (so genau hatten wir das nicht mehr auf dem Schirm), hatten Tante Clarissa und ich eine kleine Kuchenauswahl zusammengestellt. Doch wie sich zeigte, wäre das gar nicht nötig gewesen. Denn natürlich hatten alle Freundinnen meiner Tante aus purer Loyalität meine neueste Tortenkreation probiert.

»Was mich angeht ...«, meldete sich Sophie zu Wort und bezog mit Teetasse und Kuchenteller zwischen Tisch und meinem Kaufladen Stellung. »Als ich endlich Kuchen und Tee hatte, waren schon alle Plätze besetzt. Ich habe gestanden, und zwar genau hier.«

»Hast du denn vergessen, dass ich dir meinen Stuhl angeboten habe, weil ich schon fertig war?«, erinnerte sie Calinda und gab ihren Platz frei. »So konntest du neben deinem Mann sitzen. Allerdings hattest du damit Rubinia Redcliff zu deiner Linken.«

Eifrig notierte ich neben der Vier *Calinda Bennett/Sophie Campbell* und neben der Fünf *Matthew Campbell*.

»Stimmt!«, rief Sophie mit einem Gesicht, als ob sie diese Feststellung aus allen Wolken purzeln ließe. »Damit bin ich dann ja wohl topverdächtig, oder?«

»Willkommen im Club!«, raunte Dorothy, wobei sie sich auf den Stuhl, der bei mir die Nummer zehn hatte, gleiten ließ.

»Nun hör schon auf, die beleidigte Leberwurst zu spielen, Dorothy!«, ermahnte meine Tante sie augenzwinkernd. »Ein gewissenhafter Ermittler muss erst mal davon ausgehen, dass jeder verdächtig ist, der ein Tatmotiv hat, egal, ob beste Freundin oder nicht. Und ich habe mich entschuldigt! Mehrfach!«

»Du kannst mir mal gestohlen bleiben, das kannst du mir!«, zischte Dorothy. Dabei rammte sie die Kuchengabel in die Torte, als ob sie sich jemand ganz anderen darunter vorstellen würde.

»Ach, Dorothy, ich bin davon überzeugt, dass Clarissa dich nicht ernsthaft im Verdacht hatte«, startete Lydia einen Versöhnungsversuch, während sie unbehaglich auf ihrem Stuhl, meiner internen Nummer zwölf, am rechten Kopfende des Tisches herumrutschte.

»Pah!«, stieß Dorothy verächtlich hervor. Zornesblitze sprühten aus ihren Augen. Gleich würde sie explodieren wie ein Feuerwerk. Das musste verhindert werden. Deshalb kletterte ich schnell mit den Namensschildern, die ich heute Nachmittag gebastelt hatte, hinter meinem Kaufladen hervor und fragte fröhlich in die Runde: »Und wer saß auf den übrigen Plätzen?«
Wie ein Schwarm Gänse schnatterten alle durcheinander, aber letztendlich waren sie sich, was die Platzbelegung anging, einig.

Am linken Kopfende mit der Nummer elf hatte Oliver Oaks gesessen und die beiden Plätze links von ihm (Nummer sechs und sieben) für Lord und Lady Ashford frei gehalten. In meiner allerschönsten Schönschrift schrieb ich die drei Namen auf die Schilder und stellte sie auf dem Tisch auf.

»Eigentlich hat Sergeant Oaks die Plätze völlig umsonst frei gehalten. Lord und Lady Ashford sind doch dauernd herumgewuselt«, steuerte Meredith bei.

»Na ja, als Gastgeber war es ja auch ihre Pflicht, sich um ihre Gäste zu kümmern«, zeigte Calinda Verständnis.

»Sehr gut, wir kommen voran!«, freute sich meine Tante und warf mir einen fragenden Blick zu.

Ich nickte bestätigend. Ich hatte alles verzeichnet. Am Ende sah meine Skizze so aus:

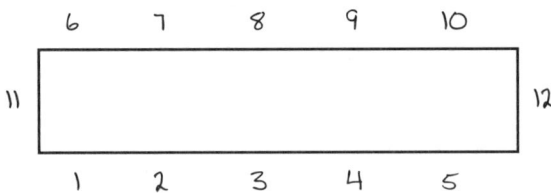

1 Alicia Miles
2 Samuel Archer
3 Rubinia Redcliff
4 Calinda Bennett / Sophie Campbell
5 Matthew Campbell
6 (reserviert für) Lady Ashford
7 (reserviert für) Lord Ashford
8 Duncan Hardy
9 Meredith Dickinson
10 Dorothy Pax
11 Oliver Oaks
12 Lydia Scott

»Und jetzt, wo ihr alle auf euren Plätzen sitzt, denkt an die Fünfhundertjahrfeier zurück!«, forderte Tante Clarissa ihre Zuhörer auf. »Was ist passiert?«

»Also, dieser Duncan Hardy, der sollte mal eine Rolle in einem Horrorfilm übernehmen. Selbst mir ist ganz anders geworden bei dem Blick, mit dem er Rubinia die ganze Zeit fixiert hat.« Die Erinnerung ließ Lydia schaudern. Zur Nervenberuhigung schob sie sich gleich noch eine Gabel mit Torte in den Mund.

»Unglaublich, was die Maskenbildner alles so hinbekommen. Ich wollte es später gar nicht glauben, als ich hörte, dass sich unter der Maske des fettleibigen Königs dieser gut aussehende Duncan Hardy verborgen hat«, schwärmte Sophie und starrte wie gebannt auf den jetzt unbesetzten Platz Nummer acht.

»Fragt mich mal!«, mischte sich Dorothy wichtigtuerisch ein. »Ein paar Abende vorher habe ich ihn ja noch aus Rubinia Redcliffs Haus stürmen sehen. Im Traum wäre ich nicht darauf ge-

kommen, dass diese zwei Männer ein und dieselbe Person waren. Es war ein richtiger Schock für mich.«
»Samuel Archer. Der ist mir ganz besonders aufgefallen. Als ob sie die Übernahme der Weltherrschaft planen würden, haben er und diese Hexe die Köpfe zusammengesteckt. Dabei hat er keinen sonderlich glücklichen Eindruck auf mich gemacht. Irgendwann ist er auch mal kurz laut geworden. Ich glaube … ja … jetzt, wo ich darüber nachdenke, … die hatten Streit. Wie auch immer, er ist ihr ziemlich auf die Pelle gerückt, bis sie mit Kuchen und Tee vom Tisch aufgestanden und gegangen ist«, wusste Meredith zu berichten.

Calinda war schon eine ganze Weile auffallend still gewesen. Irgendetwas schien sie unglaublich zu beschäftigen. Schließlich hielt sie es nicht länger aus und platzte heraus: »Was soll das eigentlich alles hier, Clarissa? Warum veranstalten wir diesen ganzen Zinnober? Wenn ich auch nur für eine Sekunde davon ausgehe, dass du recht hast und Rubinia Redcliff ist wirklich ermordet worden, dann ja wohl in der Bucht und nicht hier. Ich weigere mich, auch nur ein einziges weiteres Wort beizusteuern, bevor ich nicht erfahren habe, auf was du hinauswillst!« Entschieden verschränkte sie die Arme vor der Brust und reckte den Kopf. Anscheinend sprach sie damit nicht nur für sich selbst, wie das eifrige Nicken der anderen Damen vermuten ließ.

Auweia! Nun saßen wir in der Zwickmühle und genauso einen sorgenvollen Zwickmühlenblick warf meine Tante mir jetzt auch zu. Eigentlich hatten wir die Katze nicht aus dem Sack lassen wollen, damit Sergeant Oaks nichts zu Ohren kam und er mich zur Mordverdächtigen abstempelte. Aber was sollten wir tun? Ich nickte ihr zu.

Tante Clarissa seufzte und sagte: »Wir glauben, dass jemand während des Tees gehackte Haselnüsse in das Tortenstück von Rubinia Redcliff gesteckt hat.«

Alle hielten gespannt den Atem an, während Tante Clarissa gerade so viel erzählte, wie sie musste. Als sie geendet hatte, hauchte Meredith ehrfürchtig: »… und weil sie den Kuchen erst in der Bucht gegessen hat, ist sie auch dort verstorben. Ein teuflischer Plan!«

»Ob der Mörder das von vorneherein so geplant hatte, wissen wir natürlich nicht!«, bremste meine Tante unsere eifrige Buchhändlerin aus.

Mit gesenktem Kopf hob Sophie beide Hände in die Luft. »Die Lösung könnte aber auch viel einfacher sein!«, überlegte sie laut und schaute mich forschend an. »Liebste Amy, versteh das jetzt nicht falsch … wir alle kennen dich als überaus gewissenhaften Menschen, aber könnte es dir nicht doch passiert sein, dass beim Backen ein vorwitziges Haselnüsschen den Weg in die falsche Rührschüssel gefunden hat?«

»Und diese Nuss ist dann ausgerechnet in dem Tortenstück des einzigen Menschen weit und breit gelandet, der an einer heftigen Nussallergie leidet?« Zweifelnd legte Lydia die Stirn in Falten. »Das wäre wohl etwas zu fantastisch.«

»Völlig ausgeschlossen!«, sagte Tante Clarissa kategorisch.

»O. k., ihr glaubt also, dass jemand dieses Tütchen mit gehackten Haselnüssen aus eurer mobilen Küche geklaut und dann heimlich ein paar davon in Rubinia Redcliffs Torte gesteckt hat«, fasste Meredith noch mal das Wichtigste zusammen. »Und jetzt geht es darum, wann wer die Gelegenheit dazu hatte. Verstehe ich das richtig?«

Tante Clarissa und ich nickten bestätigend.

»Deshalb ist das ganze Theater hier nötig«, sagte meine Tante. »Um euch auf die Sprünge zu helfen. Denkt nach! Hat sich vielleicht irgendwer über Rubinias Teller gebeugt? Hat sie mal den Tisch verlassen, sodass ihr Kuchen quasi unbeaufsichtigt war? Oder hat sie sich weggedreht, um sich mit jemandem zu unterhalten?«

Nachdenkliches Schweigen senkte sich über den Garten.

»Das hat sie in der Tat«, raunte Meredith in das leise Rauschen der Palmblätter. »Ich meine, sie hat in der Tat den Tisch verlassen. Sie saß vielleicht zwei, drei Minuten auf ihrem Platz, als Alicia Miles ihr zurief, sie habe ihre Handtasche am Tearoom-Stand stehen lassen. Daraufhin ist sie eilig aufgesprungen, um Alicia entgegenzugehen, die so nett war, ihr die Tasche zu bringen.«

»Interessant!«, murmelte meine Tante. »Wer war da in der Nähe des Kuchens?«

Ich stellte mir vor, dass Tante Clarissa genau diese erwartungsfrohe Miene aufgelegt hatte, wenn sie früher ihrer Klasse eine besonders knifflige Matheaufgabe gestellt hatte.

»Wenn ich da schon auf meinem Platz gesessen haben sollte, habe ich nichts von all dem mitbekommen. Matthew und ich haben uns so angeregt über den Brexit und seine Folgen unterhalten«, erinnerte sich Calinda.

»Großer Gott. Das ist zurzeit sein Lieblingsthema!«, seufzte Sophie mit verdrehten Augen. »Was mich angeht, muss ich da wohl noch in der Schlange vor eurem Stand gestanden haben. Außerdem war es ein ständiges Kommen und Gehen. Das alles hier«, sie vollführte mit der Kuchengabel eine kreisrunde Bewegung, die den Tisch und den Garten einschloss, »ist nicht mehr als eine Momentaufnahme. Die einen haben sich Tee nach-

geholt, die anderen Kuchen. Vielleicht ist mal einer zur Toilette gegangen oder aufgestanden, um das Milchkännchen nachfüllen zu lassen. Ich könnte auch nicht mehr mit Gewissheit sagen, wer wo war, als der arme Lord Ashford so blöd in das Kaninchenloch getreten und Samuel Archer auf den Schoß gefallen ist.«
»Lady Ashford kam auf jeden Fall sofort angestürzt«, fiel Lydia ein. »Weiß wie die Wand war sie, als sie ihren Mann auf dem Boden liegen sah. Das Jackett völlig mit Schokomousse-Torte überdeckt.«
Hoffnungsvoll schaute meine Tante Meredith an, doch die schüttelte bedauernd den Kopf. »Mehr als das kann ich nicht berichten. Ich hab die Welt um mich ausgeblendet und mich ganz auf den Genuss von Amys neuer Kuchenkreation konzentriert. Ein unglaubliches Geschmackserlebnis!«
Leider konnte Lydia auch nichts Erhellendes beisteuern. Auch sie hatte Alicia Miles nach Rubinia Redcliff rufen hören, aber dann hatte sie versehentlich ihre Teetasse umgeworfen. Sie hatte alle Hände voll damit zu tun gehabt, die Teespritzer mit Mineralwasser von ihrer weißen Bluse zu tupfen und das Tischtuch vor schlimmstem Schaden zu bewahren. Als sie sich dann doch ergeben musste (die Flecken waren leider weder aus der Bluse noch aus der teuren Tischdecke herauszukriegen), saß Rubinia Redcliff wieder an ihrem Platz.
»Und du, Dorothy? Was hast du in der Zeit getan, als Rubinia Redcliffs Kuchen unbeaufsichtigt war?«, fragte Tante Clarissa ungeschickt.
Oh je! Ich hielt den Atem an. Meine Tante hatte diese Frage aber echt missverständlich formuliert. So missverständlich, dass Dorothy sie bestimmt in den falschen Hals bekommen

würde. Da nutzte das nachgeschobene »Ist dir irgendetwas aufgefallen?« bestimmt auch nichts mehr.

Die Augen in die Ferne gerichtet, als sei sie nur körperlich anwesend und habe meine Tante überhaupt nicht gehört, schob Dorothy langsam ihren Stuhl zurück, erhob sich und griff nach ihrer Handtasche. Ich hatte es ja gleich gewusst!

»Dorothy?«

»Ich …«, stammelte sie tonlos, »… die Hunde … völlig vergessen … unglaublich.«

Damit ging sie. Ohne sich noch einmal umzublicken. Meine Tante schaute ihrer Freundin lange verwundert hinterher, bevor sie sich räusperte und ein Lächeln zustande brachte, das zumindest halbwegs unbekümmert wirkte.

»Habe ich etwas Falsches gesagt?«, fragte sie in die Runde.

Alle schüttelten ratlos den Kopf und zuckten mit den Schultern.

Ob es nun an Dorothys unerwartetem Abgang lag oder ob es einfach wirklich nichts mehr zu sagen gab, weiß ich nicht. Auf jeden Fall rutschten alle ziemlich unbehaglich auf ihren Stühlen rum, tauschten überfragte Blicke und warteten ganz offensichtlich darauf, dass Tante Clarissa das Experiment für beendet erklärte. Sie tat ihnen den Gefallen.

»Ich danke euch ganz herzlich für eure Mitarbeit, und sollte euch doch noch etwas einfallen, meldet euch bitte bei mir«, verabschiedete sie unsere Gäste durch das Gartentürchen. Die Enttäuschung stand ihr ins Gesicht geschrieben.

»Wie kann das sein, Amy?«, seufzte Tante Clarissa und half mir, Teller, Gläser und Tassen auf ein Tablett zu räumen. »Als wir noch dachten, der Mörder habe in der Smuggler's Bay sein düsteres Handwerk getrieben, konnte es im Endeffekt keiner gewesen sein. Alle hatten ein Alibi. Und nun sieht es ganz so aus, als ob es jeder gewesen sein könnte.«

»Und was machen wir jetzt?«, fragte ich, während ich gedankenverloren über Percys fuchsfarbenes Fell strich. Er hatte den ganzen Abend unter der Palme gelegen und, seinen zuckenden Beinen nach zu urteilen, von einer sehr aufregenden Kaninchenjagd geträumt.

Tante Clarissa atmete ganz tief die süße Abendluft ein. »Abwarten, Tee trinken und darauf hoffen, dass einem doch noch über Nacht die Erleuchtung kommt!«

Damit pustete sie die letzte Kerze aus.

Genau genommen war das Ergebnis der außerordentlichen Versammlung des *Ashford-Crime-and-Murder-Clubs* damit gar kein Ergebnis. Wir wussten, dass wir nichts wussten.

Weit und breit kein wirklich Verdächtiger in Sicht. Es war genau so, wie meine Tante gesagt hatte. Es hätte jeder oder gar keiner gewesen sein können. Was unsere Theorie vom Haselnussmörder, wie ich ihn insgeheim inzwischen nannte, dazu verdammte, Theorie zu bleiben. Dabei hatte doch alles so schön zusammengepasst.

Mit offenen Augen lag ich im Bett und schaute durch mein Dachfenster zum wolkenverhangenen Himmel hinauf. Vorboten des angekündigten Gewitters, das das vorläufige Ende der Schönwetterphase mit sich bringen sollte. Zum x-ten Mal griff ich nach meinem Handy, konnte mich aber nicht dazu durchringen, Finn von den neuesten Entwicklungen oder Nicht-Entwicklungen zu berichten. Obwohl ich ihm das heute Morgen in der Bibliothek von Ashford House versprochen hatte, nachdem ich ihn mit meinem Kuchen abgefüttert hatte. (Wie sehr ich hoffte, dass er es bedauerte, die falsche Wahl getroffen zu haben!!! Alle zehn Finger hat er sich nach meinem Kuchen abgeschleckt! Jawohl, das geschah ihm wirklich recht!) Und nachdem ich ihm von dem Treffen, und in welcher Absicht wir es veranstalteten, erzählt hatte. Und ganz ehrlich – ich glaube, ich bin dabei sehr cool rübergekommen. Auch wenn mein Herz gegen meine Rippen hämmerte, ich hab mir – glaube ich, hoffe ich – nichts anmerken lassen, sondern hab einfach nur sachlich berichtet. Wie beim Chemiereferat. Da haben Gefühle ja auch nichts zu suchen.

Meine Unterkühltheit muss ihm aufgefallen sein. Er hat mich nämlich fragend angeguckt. Irgendwie ganz verwundert. Und dann, ja, zugegeben, wäre ich doch beinahe schwach geworden. Nämlich als er sein Lächeln angeknipst hat. Wie in einem persönlichen Video-Clip sah ich jetzt sein lächelndes Gesicht vor mir. Seine strahlenden Augen, die in meinen zu lesen versuchten. Und diese wunderschönen, schmalen Klavierspielerhände, die er auf einen Band der Enzyklopädia Britannica gestützt hatte.

Bei dieser Erinnerung begann mein Herz zu trommeln, in meinem Bauch machten sich die Schmetterlinge wieder startklar und ich merkte, dass ich lächelte. Finn!

Ohne Vorwarnung bohrte sich der Schmerz in mein Herz. Mittlerweile musste es so durchlöchert wie ein Schweizer Käse sein. Denn die Schönheit hatte sich ins Bild gedrängt und jetzt war sie es, die Finn hypnotisch anlächelte, der er die Hand reichte, um ihr, ganz Gentleman, auf sein Segelboot zu helfen.

Ich kniff die Augen zu, schüttelte dieses wunderschöne Mädchen aus meinem Kopf und warf mich auf die Seite. Nein! Unter gar keinen Umständen würde ich Finn schreiben! Die uncoole Amy, die hätte jede Gelegenheit genutzt, um mit ihm Kontakt aufzunehmen, aber die neue Amy, die wusste, dass sie genau das nicht tun durfte, tat es auch nicht. Wenn Finn etwas wissen wollte, konnte er sich genauso gut bei mir melden.

Finn meldete sich nicht, aber dafür wartete er am nächsten Morgen bereits ungeduldig vor der Tür zum *Smuggler's* und bestürmte mich mit Fragen zu dem gestrigen Treffen. Solange ich ihm nicht in die Augen guckte, schaffte ich es sogar, meinen Bericht sachlich, cool und megatrocken vorzutragen.

In der Bibliothek sah ich zu, dass meine Nase ständig in irgendeinem der Bücher steckte. Wenn Finn ein Gespräch anfangen wollte, antwortete ich höflich, aber sehr knapp. Außerhalb des Falls hatten wir nun mal nichts zu besprechen und da gab es nach wie vor nichts Neues. Dass sich das bald auf dramatische Weise ändern würde, ahnte ich zu diesem Zeitpunkt noch nicht.

Es war am zweiten Morgen nach der ergebnislosen Versammlung in unserem Haus. Tante Clarissa saß mir mit einem zutiefst nachdenklichen Gesicht beim Frühstück gegenüber, während Percy mit hängenden Ohren vor der Ladentür hockte und dem Regen dabei zusah, wie er in Sturzbächen die Straßen entlangströmte. Auch heute würde sein ausgiebiger Spaziergang buchstäblich ins Wasser fallen.

Meine Stimmung war auch nicht gerade die beste. Kann sich einer vorstellen, wie unerträglich es ist, jeden – und damit meine ich JEDEN Tag – mit dem Jungen, in den man verliebt ist, zu verbringen, und dabei die ganze Zeit so tun zu müssen, als ob er einem so egal wäre wie der dritte Lord Ashford auf dem Ölgemälde an der Bibliothekswand? Während ich meinen Tee umrührte, zählte ich in Gedanken die verbliebenen Ferientage zusammen. Ich glaube, ich habe mir noch nie in meinem ganzen Leben so sehr die Schule zurückgewünscht wie an diesem Morgen.

»Ich verstehe das nicht!«, murmelte Tante Clarissa immer wieder. Mit gespreizten Fingern zog sie die Schleife an ihrer Bluse in Form.

»Geht Dorothy wieder nicht ans Telefon?«, fragte ich mit schlecht verborgenem Desinteresse nach. Dorothy und meine Tante führten sich mitunter wie ein altes Ehepaar auf. Eine bockiger als die andere. Spätestens nach ein paar Tagen war dann aber meistens alles wieder gut. Die eine wusste gar nicht mehr, warum sie auf die andere sauer gewesen war, und bei einem schönen Cream Tea mit Champagner fand dann die feierliche Versöhnung statt.

»Gestern Abend ist sie plötzlich drangegangen!«, schnaubte Tante Clarissa und stellte scheppernd ihre Teetasse ab. »Das alleine ist ja schon erstaunlich genug. Völlig untypisch ist aber, dass sie gar nicht mehr böse zu sein schien. Und das, wo sie doch normalerweise so nachtragend ist wie ein alter Elefant.« Tante Clarissa stützte den rechten Ellenbogen auf dem Tisch und ihr Kinn auf der Hand ab. »Sie wirkte ganz verändert. Ziemlich aufgedreht, wenn du mich fragst. Wenn ich es nicht besser wüsste, würde ich glatt denken, dass da ein Mann im Spiel ist. Vielleicht erlebt sie gerade ihren dritten Frühling. Das würde mich ja durchaus für sie freuen. Es kränkt mich nur, dass sie mir so gar nichts erzählt, sondern mich sehr eilig abgefertigt hat. Tja, und jetzt herrscht wieder Schweigen im Walde. Zigmal habe ich heute Morgen schon angerufen. Nichts. Und jetzt sag bloß nicht, sie wäre bei diesem Wetter stundenlang mit den Hunden draußen.« Leise seufzte Tante Clarissa kopfschüttelnd vor sich hin: »Verstehe einer diese Frau!«

Hastig schluckte ich meinen letzten Sandwichbissen hinunter, spülte mit einem Schluck Tee nach und marschierte hinter die Theke. Mit spitzen Fingern stellte ich eine Auswahl von Kuchen, Scones und Plätzchen zusammen und arrangierte sie in einem unserer Take-Away-Kartons. Dann öffnete ich den Kühlschrank, zerrte eine Flasche Champagner aus der Flaschenablage, marschierte entschlossen zu meiner Tante zurück und griff nach ihrem Handgelenk. »Komm!«

»Was hast du vor?«, sträubte sich Tante Clarissa.

»Wir fahren jetzt zu ihr!«, verkündete ich. »Es wird Zeit, dass ihr euch mal richtig aussprecht.«

»Aber das geht doch nicht!«, versuchte sich Tante Clarissa rauszureden. »Andrew ist noch nicht da. Und du musst zu Lord Ashford!«

Ich zuckte mit den Schultern. »Bei dem Regen kommt doch eh kein Gast. Und was Lord Ashford angeht … er wird mir schon nicht den Kopf abreißen, wenn ich fünf Minuten zu spät komme.«

Wäre ich nicht so fasziniert davon gewesen, den Friedensengel zwischen Tante Clarissa und ihrer besten Freundin zu spielen, wäre mir bestimmt etwas anderes nicht entgangen …

Wir hatten Glück und fanden direkt vor Dorothys Haus einen freien Parkplatz, in den Tante Clarissa ihren Fiat quetschte. Wie üblich konnten wir die Hunde hören, bevor wir sie zu sehen bekamen. Nur mit dem Unterschied, dass sie nicht kläfften. Sie jaulten wie Wölfe, die klagend den Mond anheulen.

Mit dem Kuchenkarton in der Hand wetzte ich geduckt dicht hinter Percy zur Haustür, die nur angelehnt war. Trotzdem klingelte ich. Schließlich gehört es sich nicht, unangemeldet ein Haus oder eine Wohnung zu betreten. Hinter mir hörte ich, wie Tante Clarissa ihren bockigen Regenschirm beschimpfte, aber im Haus rührte sich nichts. Noch nicht mal die Hunde kamen, um den Besuch wie sonst anzuspringen und zu begrüßen.

»Es tut sich nichts!«, rief ich meiner Tante zu, der es mittlerweile gelungen war, den Regenschirm aufzuspannen.

»Ich geh schon mal rein!«

Keine Ahnung, was mich auf diesen verhängnisvollen Gedanken gebracht hat. Eigentlich tu ich so etwas nicht (s. o.). Wahrscheinlich war es die Vorfreude darauf, Dorothy mit unserem Besuch zu überraschen, die Aussicht darauf, dass in fünf Minuten alles endlich in Butter und die Laune meiner Tante wieder ganz fantastisch sein würde.

»Dorothy!«, rief ich die Treppe hinauf, den Flur entlang, in die verwaiste Küche, während ich Schritt für Schritt auf die halb offene Wohnzimmertür zuging.

Keine Antwort. Dafür wurde das Jaulen der Hunde lauter. Und überall brannte Licht. In jedem Zimmer.

Langsam kroch mir ein mulmiges Gefühl den Nacken hoch. Irgendetwas stimmte hier nicht. Meine Hand zitterte, als ich die Wohnzimmertür aufschob. Und obwohl eine Stimme in mir schrie: »Bleib stehen! Geh ja nicht weiter!«, tat ich das absolute Gegenteil und betrat den Raum.

Was jetzt geschah, ist in meiner Erinnerung nicht mehr als eine Nebelwand, in der ab und an kurze Bilder aufblitzen. Ich weiß noch, dass Dorothy am Esstisch saß. Ihr Oberkörper war nach vorne gesunken und ruhte auf der Tischplatte. Vor ihrem Kopf stand ein aufgeklappter Laptop, daneben ein Sektglas und eine Sektflasche. Eine aufgerissene Tablettenpackung. Sie sah aus, als schliefe sie. Ihre Hunde rannten völlig verstört um den Tisch herum. Sie winselten und jaulten bitterlich.

»Dorothy!«, hauchte ich. Die Kuchenpackung fiel mir aus

der Hand. Plötzlich war Tante Clarissa neben mir. Beim Anblick ihrer besten Freundin stieß sie einen spitzen Schrei aus, die Champagnerflasche fiel donnernd zu Boden. Dann telefonierte sie. Der Notarzt kam mit heulender Sirene. Sergeant Oaks stampfte schnaufend im Zimmer herum, Menschen rannten hin und her. Andrew holte mich ab und verfrachtete mich in mein Bett. Percy sollte Krankenschwester spielen. An mehr kann ich mich nicht erinnern.

Nach Stunden erreichte uns der erste Hoffnungsschimmer: Dorothy lebte. Aber ihr Leben hing an einem seidenen Faden. Man hatte sie mit dem Rettungshubschrauber nach London gebracht. Dort kämpften die Ärzte im Krankenhaus fieberhaft um sie. Alles sah nach einem Selbstmordversuch aus. Es gab einen Abschiedsbrief, den sie auf ihrem Laptop getippt hatte. Und auch wenn sie den nicht mehr ganz zu Ende hatte schreiben können, so schien er doch die Antwort auf alle offenen Fragen zu sein. Sie sei Rubinia Redcliffs Mörderin, gestand sie darin. Und zwar habe sie auf der Fünfhundertjahrfeier eine Tüte mit gehackten Haselnüssen aus unserer mobilen Küche gestohlen. Einige davon habe sie dann in einem unbeobachteten Moment in Rubinia Redcliffs Stück Schokomousse-Erdbeer-Torte gesteckt. All das habe sie getan wegen dem, was Rubinia Redcliff ihren Hunden angedroht habe. Sie habe sie dafür gehasst. Um auf Nummer sicher zu gehen, habe sie vorher das Notfall-Set aus Rubinias Handtasche gestohlen. Nun könne sie aber nicht länger mit der Schuld leben und habe sich deshalb dazu entschlossen, ihrem Leben ein Ende zu setzen.

Auf dem Esstisch fand man außerdem ein Notfall-Set für

Allergiker und einen geöffneten Brief.

Tante Clarissa und Andrew hatten das Notfall-Set als dasjenige identifiziert, das Rubinia Redcliff uns auf der Fünfhundertjahrfeier gezeigt hatte. Und bei dem Brief handelte es sich um ein Schreiben von Rubinia an den Polizeipräsidenten. In ihm forderte sie ihren guten alten Freund auf, Dorothy die Hunde wegzunehmen, weil diese angeblich nicht in der Lage sei, sie artgerecht zu halten. Die Hunde seien bissig und gemeingefährlich. Sie, Rubinia Redcliff, fühle sich durch die Hunde bedroht. Die Hunde störten die allgemeine Ordnung und Ruhe und sie würden stinken. Am besten wäre es wohl, man würde sie einschläfern lassen.

Das musste der Brief gewesen sein, mit dem Rubinia Redcliff Dorothy auf der Fünfhundertjahrfeier gedroht hatte. Der Brief, der neben dem an die Akademie auf dem Sideboard in Rubinia Redcliffs Flur gelehnt hatte, als Tante Clarissa, Dorothy und ich Duncan Hardy mitten in der Nacht einen Besuch abgestattet hatten. Der Brief, der nach dem Einbruch verschwunden war.

All das erzählte mir Tante Clarissa mit tränenerstickter Stimme noch am selben Abend.

Sie, Andrew und ich saßen im Tearoom und konnten es nicht fassen. Dorothy. Eine kaltblütige Mörderin!? Niemals! Mit jeder Faser meines Körpers weigerte ich mich, das zu glauben! Ich kannte Dorothy, solange ich denke konnte. Als Tante Clarissas beste Freundin hatte sie jeden meiner Geburtstage mitgefeiert, war mit bei meiner Einschulung gewesen, sie hatte mir Malunterricht gegeben und sich mit uns über jede gute Schulnote gefreut. Und doch sprach alles für das Gegenteil. Ich war sprachlos vor Schock. Der Kummer zerriss mir das Herz.

Und Tante Clarissa erst! Sie war schrecklich aufgewühlt. Sie weinte und weinte und es schien, als könne sie nie mehr damit aufhören. Die Aufregung, die Ashford-on-Sea nach Rubinia Redcliffs Tod erfasst hatte, war nichts gegen die Fassungslosigkeit, die jetzt das Dorf verstummen ließ. Für den Abend hatte sich Tante Clarissas Literaturclub angesagt, aber meiner Tante stand der Sinn nicht nach Besuch. Genau wie mir. Und so beantwortete ich Finns Textnachricht, ob er kurz vorbeikommen könne, mit einem schlichten: Nein.

Als ich mich am nächsten Tag mit Percy für seine Morgenrunde aus dem Haus schlich, schlummerte Ashford noch im Halbschlaf vor sich hin. Der Milchmann klimperte mit seinem kleinen Lieferwagen durch die Straßen. Die Tür zu Lydias Tante-Emma-Laden stand offen und ich konnte sie beim Austauschen der alten gegen die neuen Tageszeitungen sehen. Da ich aber keine Lust auf ein Gespräch hatte, huschte ich schnell vorüber. Auf meinem Weg zum Küstenpfad traf ich auf ein paar Touristen, die noch vor ihrem Frühstück im Hotel einen Ausflug an den Strand gemacht hatten. Nach dem Regen war die Luft klar und frisch und es war angenehm kühl, was sich im Verlauf des Tages aber bestimmt ändern würde.

Vor Andrews Leuchtturm stand ein Landrover, ein Defender, neben seinem Jaguar. Wie komisch. Er hatte gar nicht erzählt, dass er Besuch erwartete. Ich legte meinen Kopf in den Nacken und schaute zu den Fenstern hinauf. Nichts deutete darauf hin, dass Andrew schon aufgestanden war.

»Komm, Percy, hier lang!«, rief ich und wandte mich nach rechts, dem Küstenpfad in Richtung Atlantik zu.

Seit gestern hatte ich das Gefühl, mein Kopf sei mit Watte ausgestopft. Ich konnte nicht mehr richtig denken. Mir war nur eins klar. Irgendetwas passte nicht ins Bild. Tante Clarissa war viel zu sehr mit ihrem Kummer beschäftigt, um auch nur einen einzigen klaren Gedanken fassen zu können, sonst wäre ihr das auch aufgefallen. Gesetzt den Fall, Dorothy wäre wirklich Rubinias Mörderin gewesen und die Last dieser Schuld hätte sie so sehr niedergedrückt, dass sie versuchte, sich das Leben zu nehmen ... wieso war sie dann so aufgekratzt gewesen? So glücklich, als sei sie frisch verliebt?

Im Kopf ging ich noch mal alles durch. Beginnend mit dem Abend, an dem wir die Teeszene von der Fünfhundertjahrfeier nachgestellt hatten. Diese Rekonstruktion der Geschehnisse, die alle an den Krimi »Sparkling Cyanide« von Agatha Christie erinnert hatte. Ich kam nicht weit. Die Watte in meinem Kopf ließ mich exakt bis zu dem Punkt denken, an dem Sophie zu meiner Tante gesagt hatte: »*Aber du weißt schon, dass diese Rekonstruktionsgeschichte für George Barton nicht so gut ausgeht? ... Er wird ermordet ...*«

Ein Schauer lief über meinen Rücken. Was hatte meine Tante darauf geantwortet? Sie hatte gelacht und gesagt: »*Ganz ehrlich, Sophie, ich rechne nicht damit, dass unsere kleine Rekonstruktion zu weiteren Todesfällen führen wird.*«

Und was, wenn doch? Was, wenn ...!

»Ah, Amy, dich schickt mir der Himmel!«

Erschrocken fuhr ich zusammen. Duncan Hardy tänzelte plötzlich schwitzend und keuchend vor mir auf der Stelle herum. Ganz offensichtlich war er joggen gewesen.

»Ich weiß, ich sehe grässlich aus!«, hechelte er mit einer Leidensmiene. »Deshalb bin ich ja auch schon so früh los. Ein Mann wie ich muss immer damit rechnen, dass ihm irgendwo ein Paparazzo auflauert und – schwups – findet man sich am nächsten Tag in Joggingkluft als verschwitzte und unattraktive Großaufnahme in der *Daily Mail* wieder.«

Ich nickte stumm und beneidete Percy, der schlauerweise mit reichlich Sicherheitsabstand einen Busch abschnupperte.

»Hey, das mit der netten alten Dorothy tut mir im Übrigen mächtig leid. Wer hätte gedacht, dass sich hinter der Fassade der vergeistigten Künstlerin eine eiskalte Mörderin verbirgt?«, plapperte der Witwer von Rubinia Redcliff weiter. »Aber na ja. Man sieht eben jedem nur vor den Kopf. Weshalb es gut ist, dass ich dich treffe ... Habt ihr vielleicht einen Zweitschlüssel zu ihrem Haus? Sie hat ein Ölgemälde von mir angefertigt, das ich gerne einer Verehrerin schenken möchte. Heute. Sergeant Oaks lässt sich aber nicht erweichen. Er sagt, das Haus ist ein Tatort und ich darf nicht rein, und rausholen will er das Bild für mich auch nicht.«

Ich schüttelte den Kopf. Wie konnte man nur so selbstverliebt sein und in so einer Situation nur an sich selbst denken? Laut sagte ich: »Tut mir leid, Mr Hardy, aber wir haben keinen Schlüssel zu Dorothys Haus.«

Leidend verzog er das Gesicht. »Wie blöd! Na ja. Sei es drum. Dann muss sich die Dame eben erst mal mit dem Original zufriedengeben. Ist ja auch nicht das Schlechteste.« Er lachte auf eine sehr unangenehme Art. Plötzlich hörte er mit dem Gehoppel auf und beugte sich vertraulich zu mir herab: »Niemals im Leben hätte ich damit gerechnet, dass Dorothy Pax sich das Licht auspustet. Echt nicht. Ich meine ... Wer bucht schon eine Luxuskreuzfahrt und nimmt am selben Tag noch eine Überdosis Tabletten? Sie war so glücklich, als ich sie getroffen habe, denn sie durfte ihre Hunde mit auf die Kreuzfahrt nehmen. Ohne die wäre sie nämlich nicht gefahren, hat sie mir versichert. Ich glaube, ich habe mich fast noch mehr darüber gefreut als sie. Ich meine ... halleluja ... drei Wochen ohne das Dauergekläffe von nebenan. Das waren ja geradezu himmlische Aussichten.« Mein Wattekopf hing noch mit der Verarbeitung dieser Informationsflut hinterher, als Duncan Hardy schon weiterbrabbelte: »Na ja, jetzt herrscht ja auch Ruhe!«

»Wieso? Was ist mit den …? Wo sind die Hunde?«, rief ich alarmiert. Mein Nacken begann zu kribbeln. Die Hunde!

Mr Hardy zuckte mit den Schultern und begann wieder auf der Stelle zu laufen. »Im Tierheim, schätze ich. Die Polizei hat sie mitgenommen.« Damit winkte er mir zum Abschied zu und sprintete davon.

Fragend schaute ich ihm eine Weile hinterher. Dann fiel der Groschen. Die Hunde!

»Percy!« Meine Stimme überschlug sich vor Aufregung. Ich musste nach Hause. Zu Tante Clarissa. Ich raste los. Obwohl ich so schnell rannte, wie ich nur konnte, hatte ich das Gefühl, nicht wirklich von der Stelle zu kommen.

Froh, sich richtig austoben zu können, jagte Percy an mir vorbei. Die Fahrerin des Defenders legte eine Vollbremsung hin, als Percy und ich ihr vor Andrews Leuchtturm beinahe vor den Wagen gelaufen wären. Es war Alicia Miles, die mir kopfschüttelnd hinterhersah.

»Tante Clarissa!«, keuchte ich, kaum dass ich das Haus betreten hatte.

»Amy, ist dir ein Geist begegnet?« Mit weit aufgerissenen Augen starrte mich meine Tante, eine dampfende Tasse Tee in der Hand, von ihrem Lieblingssessel aus an. Percy verschwand hinter der Theke, wo er laut schlabbernd seinen Wassernapf leer trank.

Ich schüttelte den Kopf, stützte die Hände auf die Knie und japste: »Dorothy ... kein Selbstmordversuch!« Tante Clarissa zog verwundert die Augenbrauen zusammen, schüttelte traurig den Kopf und öffnete schon den Mund, um mir den Wind aus den Segeln zu nehmen. Aber meine erhobene Hand brachte sie zum Schweigen, bevor sie auch nur ein Wort gesagt hatte.

»Hör mir einfach zu!«, verlangte ich. »Es sieht alles nach Selbstmord aus. Alles passt so schön. Da ist der Brief an den Polizeipräsidenten, den ich selbst vorher in Rubinias Haus gesehen habe. Es sieht so aus, als habe Dorothy bei Rubinia Redcliff eingebrochen, um zu verhindern, dass doch noch irgendwer diesen Brief abschickt. Da ist das Notfall-Set und nicht zu vergessen ... das Geständnis auf dem Rechner. Alles scheint wasserdicht!«

Tante Clarissa schluchzte in ihr Taschentuch.

»ABER ...« Ich streckte den Zeigefinger in die Luft. »Etwas stimmt hier nicht. Dorothy begeht einen Mord, um ihre Hunde zu schützen, und dann versucht sie sich das Leben zu nehmen? Ohne Vorkehrungen für ihre Hunde zu treffen?« Die Watte in meinem Kopf war verschwunden und jetzt kam meine Zunge kaum hinter meinen Gedanken her. »Das passt nicht zu ihr. Niemals! Hätte sie wirklich versucht, sich das Leben zu nehmen, und hätte sie wirklich diesen Brief selbst geschrieben, dann hätte sie darin auch verfügt, wer sich um ihre Hunde kümmern soll. Niemals hätte sie gewollt, dass sie ins Tierheim kommen. Und genau da sind sie jetzt gelandet.«

Ich konnte dabei zusehen, wie der Zweifel in Tante Clarissas Miene einer schier unfassbaren Erkenntnis wich. »Amy! ... Du hast völlig recht! Dann hat also jemand ... jemand hat versucht,

Dorothy zu ermorden?!«, hauchte sie so leise, dass ich die Worte mehr von ihren Lippen ablas, als dass ich sie hörte.

Ich nickte und ließ mich neben meine Tante auf die Armlehne des Sessels gleiten. Aufgeregt begann ich an meinen Fingernägeln zu kauen. »Die Hunde! Die ganze Zeit habe ich gewusst, dass etwas nicht logisch ist. Und dann habe ich eben Duncan Hardy getroffen. Er hat mich auf die Idee gebracht.« Ich fuhr zu meiner Tante herum. »Und weißt du, was er noch gesagt hat? Dorothy hat eine Luxuskreuzfahrt mit ihren Hunden gebucht. Ich dachte, sie ist arm wie eine Kirchenmaus!«

»Das ist sie auch!«, bestätigte Tante Clarissa heftig nickend. »Eine Luxuskreuzfahrt ...«, wiederholte sie und noch mal: »... eine Luxuskreuzfahrt! Woher hatte sie denn das Geld für so eine extravagante Reise?«

»Drei Wochen wollte sie weg!«, ergänzte ich.

Als wollte er mir beim Nachdenken helfen, hatte Percy sich vor mich gesetzt. Mit seinen braunen Knopfaugen schaute er mich beschwörend an. Er schien die Antwort auf unsere Frage zu wissen. Und plötzlich wusste ich sie auch.

Ich krallte meine Finger in Tante Clarissas Unterarm: »Erpressung! Dorothy hat unsere Rekonstruktionszusammenkunft nicht so plötzlich verlassen, weil sie sauer auf dich gewesen wäre, Tante Clarissa. Nein, ihr ist etwas eingefallen. Nämlich, dass sie den Mörder von Rubinia Redcliff kannte. Sie muss den Mörder bei seiner Tat beobachtet haben. Dabei muss das, was er getan hat, so alltäglich ausgesehen haben, dass es ihr im ersten Moment gar nicht komisch oder verdächtig vorgekommen ist. Erst als sie wieder auf dem gleichen Platz saß wie bei der Fünfhundertjahrfeier, da ist der Groschen gefallen!«

»Sie ist nach Hause gegangen. Vielleicht hat sie noch am

selben Abend Kontakt zum Mörder aufgenommen und ihn mit ihrem Wissen erpresst. Sie muss davon ausgegangen sein, dass er bereit war zu zahlen. Deshalb hat sie die Kreuzfahrt gebucht«, spann meine Tante den Faden weiter. »Aber dann hat er stattdessen versucht, sie umzubringen.«

»Der Mörder hat das Geständnis auf ihrem Rechner getippt. Dann hat er den Brief an den Polizeipräsidenten, den er bei seinem Einbruch in Rubinia Redcliffs Haus gestohlen hatte, schön auffällig auf den Tisch gelegt. Und das Notfall-Set, das er aus Rubinias Handtasche entwendet hatte, hat er als weiteres Beweisstück für Dorothys Schuld dazugelegt. Ein Mord. Ein Einbruch. Ein Selbstmord. Und eine Schuldige«, beendete ich unsere Beweisführung. »Passt!«

»Das hast du sehr gut kombiniert, Amy!«, lobte mich meine Tante und schob sich aus dem Sessel. »Und jetzt komm.«

»Wo gehen wir denn hin?«, fragte ich widerstrebend.

»Zur Polizei!«

## 29

Ganz verstanden habe ich es erst nicht, warum Tante Clarissa ausgerechnet zu Sergeant Oaks wollte. Er würde uns eh nicht glauben, und falls doch, würden seine Ermittlungen zu nichts führen. Aber nachdem wir ihm alles ganz genau erklärt hatten, nickte er nur, griff ohne zu zögern zum Telefon und informierte Scotland Yard über einen Mord, einen Einbruch und einen Mordversuch in Ashford-on-Sea. Noch am gleichen Tag wollten ein Inspektor und sein Team die Ermittlungen aufnehmen.

»Ich fühle mich immer noch ganz elendig«, seufzte Tante Clarissa totunglücklich, als wir wieder auf die Straße traten. »Vielleicht hätte ich Sergeant Oaks sofort davon überzeugen sollen, dass Rubinia Redcliff ermordet worden ist. Vielleicht würde Dorothy dann nicht im Krankenhaus um ihr Leben kämpfen. Ich mache mir die allergrößten Vorwürfe.«

»Du bist an nichts schuld, Tante Clarissa!« Tröstend schloss ich sie in die Arme und drückte sie ganz fest. »Was kannst du denn dafür, wenn Sergeant Oaks schwer von Begriff ist? Niemals hätte er auf dich gehört und wenn du noch so sehr auf ihn eingeredet hättest. Niemand hat an einen Mord geglaubt. Niemand!«

»Wahrscheinlich hast du recht«, flüsterte meine Tante und löste sich aus meiner Umarmung. »Ich wünschte mir nur so sehr, dass das alles nicht passiert wäre! Ich würde alles dafür geben, wenn Dorothy wieder gesund würde. Ich will meine beste Freundin zurückhaben!« Schnell wischte sie sich eine Träne von der Wange.

»Du bekommst sie zurück! Ganz sicher!!!«, behauptete ich mit gespielter Überzeugung. Noch hatten die Ärzte keine Entwarnung gegeben. Während ich hinter meiner Tante den schmalen Bürgersteig der Harbour Road hochging und Percy neben mir hertrippelte, kam mir ein anderer Gedanke. »Was ist eigentlich mit dem Tagebuch?«

Eine Ewigkeit hatte ich nicht mehr an Butterfly Redcliffs Tagebuch gedacht. Eben auf der Polizeiwache war es mir wieder eingefallen, als Sergeant Oaks all die Dinge noch mal aufgezählt hatte, die in Dorothys Haus auf Rubinia Redcliff hingewiesen hatten.

»Mit welchem Tagebuch?«

»Na, das Tagebuch von Butterfly Redcliff. Das ist doch seit dem Einbruch in Rubinia Redcliffs Haus verschwunden«, erklärte ich. »Das muss doch etwas zu bedeuten haben.«

»Ganz ehrlich, Amy? Ich weiß es nicht!«, gestand Tante Clarissa. Mit einem Mal wirkte sie völlig erschöpft. »Um all diese Fragen soll sich jetzt der Inspektor aus London kümmern.«

Ich sah ihn schon von Weitem. Finn. Er lehnte an der Hauswand vom *Little Treasures*, die Hände in den Hosentaschen vergraben. Ungeduldig schaute er die Straße rauf und runter. Als er Tante Clarissa und mich kommen sah, stand ihm die Erleichterung ins Gesicht geschrieben.

Mein Herz setzte für einen kurzen Moment aus. Und ich konnte nicht anders, automatisch lächelte ich ihn an. Er stieß sich von der Hauswand ab und rannte auf uns zu.

»Hi, Mrs Fern! Die Sache mit Mrs Pax ... also, die tut mir echt leid«, druckste er unsicher herum. »Meine Mutter hat gesagt, sie ist Ihre beste Freundin.«

»Danke, Finn, das ist sehr lieb von dir!« Tante Clarissa drückte sanft seine Schulter. »Wenn ihr zwei nichts dagegen habt, gehe ich schon mal vor.«

Finn wartete, bis sie außer Hörweite war, dann fasste er mich an den Händen. Ein wohliger Schauer kribbelte meine Arme hinauf. Aber weiter als bis zu den Ellenbogen kam er nicht. »Warum meldest du dich denn nicht? Ich habe dir bestimmt hundert Textnachrichten geschickt!«

Ich zog mein Handy aus der Hosentasche. Es waren nicht gerade hundert, aber Finn hatte echt häufig versucht, mich zu erreichen.

»Habe ich gar nicht mitgekriegt. Sorry!«

»Ist nicht so schlimm«, winkte Finn ab. »Ich habe mir nur solche Sorgen um dich gemacht. ... Aber sag mal ... Ich meine, alter Falter, die Sache mit Mrs Pax ist ja wohl echt der Hammer. Es tut mir wirklich wahnsinnig leid, dass ausgerechnet sie die Mörderin sein muss. Aber auf der anderen Seite ...«

»Ist sie nicht!«, unterbrach ich barsch seinen Redefluss.

»Was?«

»Sie hat sie nicht ermordet!«

»Wie jetzt? Sie hat den Mord doch gestanden!« Finn runzelte verwirrt die Stirn. »O. k., klingt nach einer längeren Geschichte. Wie sieht es aus? Hast du schon gefrühstückt? Du kommst mit ins *Smuggler's* und ich zaubere dir ein richtig gutes englisches Frühstück. Und dann erzählst du mir alles.«

Hoffnungsvoll strahlte er mich an. Noch vor wenigen Tagen wäre ich für so eine Einladung von ihm gestorben. Aber nicht heute. Irgendwie war ich wie betäubt. Als ob mein Herz, mein Kopf, ach, einfach alles, von alleine ein paar Gänge zurückgeschaltet hätte und nach nichts anderem verlangte als nach Ruhe. Ich wollte einfach nur alleine sein. Deshalb schüttelte ich den Kopf.

»Heute lieber nicht, Finn. Ich habe echt keine Lust auf andere Leute, fragende Blicke und blöde Bemerkungen.«

Ich brauchte keine zwei Minuten, um ihn auf den neuesten Stand zu bringen. Hier, wo wir standen. Ein paar Meter vom *Little Treasures* entfernt.

»Alter Schwede!« Finn stieß einen anerkennenden Pfiff aus. »Und wann kommt dieser Inspektor?«

»Heute noch.«

Er nickte. »Du, Amy, ich muss dir aber noch was sagen«, setzte er zögernd an. »Ich kann vorläufig nicht mehr zu Lord Ashford kommen. Das war mit ein Grund, warum ich so häufig versucht habe, dich zu erreichen. Ich werde in nächster Zeit viel in London sein. Meine Eltern haben einen großartigen Klavierlehrer für mich gefunden, der mich auf das Vorspielen vor der Akademie vorbreiten soll. Und dann ist da noch Rebecca ...«

Ich senkte den Kopf, kniff die Augen zusammen und riss beide Hände in die Luft. Mein Herz raste los wie ein Pferd auf der Galoppbahn, mir wurde schwindelig und in meinen Ohren begann es zu rauschen.

»O. k., prima! Alles gut«, hörte ich mich selbst wie von ganz weit weg sagen. »Dann viel Erfolg!«

Damit pfiff ich nach Percy und ließ Finn stehen. Während ich die Straße entlangstapfte, kullerten mir die Tränen über die Wangen. Ich machte mir nicht die Mühe, sie wegzuwischen. Im Gegenteil. Es tat gut, sie auf der Haut zu spüren.

Als ich die Hand nach der Türklinke vom *Little Treasures* ausstreckte, fiel mein Blick auf ein Schild. In Tante Clarissas glasklarer Lehrerinnenschrift stand da:

*Bis auf Weiteres bleibt der Tearoom geschlossen. Wir bitten um Ihr Verständnis.*

*Die Geschäftsleitung*

## 30

Unübersehbar und vor allem unüberhörbar trafen Inspektor Cotswood und sein Ermittlerteam am frühen Nachmittag mit jaulenden Sirenen und blinkenden Warnleuchten in Ashford-on-Sea ein. Mit ihrer Armada von Autos blockierten sie vor dem *Smuggler's Rest* (in dem sie sich einquartiert hatten) die ganze Harbour Road. Erst nachdem Nicolas Pears ihnen den Weg zum Parkplatz hinter dem Pub beschrieben hatte, löste sich der Verkehrsstau langsam auf. Ich nehme mal an, dass unser armer Dorfsergeant für seine diversen Fehleinschätzungen einen tüchtigen Rüffel vom Inspektor erteilt bekommen hatte. Jedenfalls stand er am Nachmittag wie ein Häufchen Elend neben unserem Queen-Anne-Sofa und machte keinen Mucks, während sich Inspektor Cotswood bei Tante Clarissa und mir für unsere Hinweise bedankte. Der Inspektor widersprach zwar nicht, als meine Tante ihm anbot, ihm unsere Ermittlungsergebnisse mitzuteilen, aber es war doch mehr als offensichtlich, dass ihn die nicht die Bohne interessierten. Von Zeit zu Zeit schob er sich ein Plätzchen in den herablassenden Mund oder sog geräuschvoll seinen Tee zwischen den Zähnen durch. Anstatt mal zu nicken oder sonst wie zu signalisieren, dass er meiner Tante überhaupt zuhörte, zupfte er gelangweilt Flusen von seinem dunkelblauen Sakko oder zog die Bügelfalte seiner Anzughose gerade.

Immer wieder warf Tante Clarissa mir einen verunsicherten Blick zu. Sie tat mir schrecklich leid. Sie hielt es doch nur für ihre Pflicht ihrer Freundin gegenüber, dem Inspektor alles zu sagen, was in ihren Augen wichtig sein konnte. Ich glaube, sie, Percy und ich waren uns von Anfang an einig: Wir mochten diesen aufgeblasenen Inspektor nicht. Aber die Hauptsache war ja, dass er etwas von seinem Job verstand und so schnell wie möglich den Mörder fand.

Als ich Lord Ashford angerufen hatte, um ihm zu sagen, dass ich ein paar Tage zu Hause bleiben würde, hatte er sofort Verständnis gehabt. Er hatte mir sogar angeboten, dass ich den Rest der Ferien gar nicht mehr kommen sollte. Er hatte gemeint, ich könne ja in den nächsten Ferien da weitermachen, wo Finn und ich aufgehört hatten. Aber das hatte ich nicht gewollt. Und so radelten Percy und ich an dem gleichen Tag zu Ashford House hinauf, an dem Tante Clarissa das *Little Treasures* wieder öffnete.

Ich fühlte mich schon etwas besser. Allerdings muss ich zugeben, dass ich einen ziemlichen Umweg fuhr, um nicht an der Ivy Lane und damit an Dorothys Haus vorbeizukommen. Den Anblick hätte ich noch nicht ertragen. Meine Arbeit in der Bibliothek würde mich wenigstens von allem ablenken. Von Dorothy – sie lebte, aber sie lag im Koma und machte keine Anstalten, daraus zu erwachen; man müsse abwarten, hatten die Ärzte gesagt – und von meinem Liebeskummer.

Von Inspektor Cotswoods bekamen Tante Clarissa und ich nicht so viel mit. Ab und an sahen wir ihn oder seine Leute von einem Haus ins nächste gehen. Dabei machten sie meistens sehr gewichtige Mienen. Sie verhörten jeden. In Ashford House hatte ich ihn auch schon gesichtet und mitbekommen, wie er mit Alicia Miles in deren Büro verschwunden war und sich danach mit Lord und Lady Ashford zum Tee in den Garten gesetzt hatte. Ich schätze mal, dass er auch sie zu den beiden Morden befragt hatte.

Außerdem wusste ich vom Dorffunk, dass die Ärzte in Dorothys Blut wirklich Spuren eines Medikaments nachgewiesen hatten. Nämlich von den Tabletten, die auf ihrem Esstisch gelegen hatten. Es war ein Medikament für einen ihrer Hunde. Der Täter hatte die Tabletten höchstwahrscheinlich in ihrem Sektglas aufgelöst und sie hatte sie getrunken, ohne zu ahnen, was sie da zu sich nahm. Damit hatte der Mörder seine Methode zwar etwas abgewandelt, war ihr aber im Grunde treu geblieben.

Finn schrieb mir regelmäßig aus London. Er war völlig begeistert von dem Klavierlehrer, der ihn mehrere Stunden täglich auf sein Vorspielen bei der *Royal Academy* vorbereitete. Einmal schickte er mir ein Foto von sich in einem funkelnagelneuen Anzug. Den hatte seine Mutter ihm für das Vorspielen gekauft. Auf dem Foto lachte er so fröhlich in die Kamera. Beinahe befürchtete ich schon, er könnte seinen Vorsatz vergessen haben, den Leuten bei der Akademie reinen Wein über das Empfehlungsschreiben einzuschenken. Aber mal ehrlich, so etwas konnte man ja wohl kaum vergessen.

Ich wünschte mir so sehr, dass Inspektor Cotswood bald Fortschritte machte. Nicht nur für Finn, damit er endlich sein Herz erleichtern konnte. Ich wünschte es uns allen, denn mittlerweile hatte eine ganz komische Stimmung von Ashford Besitz ergriffen. Das kann sich bestimmt jeder vorstellen. Denn es ist schon ganz schön gruselig, wenn man weiß, dass im eigenen

Dorf oder im eigenen Stadtteil, vielleicht sogar in der eigenen Straße, ein Mörder lebt.

Die Sommerferien gingen mit riesigen Schritten ihrem Ende entgegen. Und dann war es so weit: Inspektor Cotswood nahm endlich eine Verhaftung vor.

Samuel Archer.

Unter viel Tamtam wurde er abgeführt, in einen Polizeiwagen geschoben und mit Blaulicht und heulenden Sirenen nach London gebracht. Dort saß er jetzt in Untersuchungshaft und wartete auf seinen Prozess.

Auch wenn …

Samuel Archer? Ehrlich jetzt?

Egal! Es war vorbei.

Endlich.

# 31

Die Sommerferien verabschiedeten sich an ihrem letzten Tag mit einem richtig tollen Sonnentag. Doch genau genommen lag der Herbst schon in der Luft, als Percy und ich zum letzten Mal die Harbour Road in Richtung Ashford House hochkeuchten. Vor dem *Smuggler's* winkte mir Meghan Pears zu und rief: »Daumen drücken, Amy! Heute Nachmittag. Drei Uhr. Da hat Finn seine Aufnahmeprüfung!«

»Mache ich!«, rief ich winkend zurück. Natürlich wusste ich von dem Termin. Finn und ich hatten am Abend zuvor telefoniert. Er war so furchtbar aufgeregt gewesen. Ständig hatte sich seine Stimme überschlagen. Seine Neuigkeiten waren aber auch wirklich sensationell gewesen. Kaum, dass er von Samuel Archers Verhaftung gehört hatte, hatte Finn sich einen Termin beim Vorstand der *Royal Academy* geben lassen. Was folgte, war eine lange und ausführliche Beichte. Daraufhin hatte der Vorstand sich beraten. Finn meinte, er habe in der Wartezeit drei paar Schuhe auf dem Flur der Akademie durchgelaufen und sei um mindestens hundert Jahre gealtert. Deshalb würde ich ihn wahrscheinlich nicht wiedererkennen, wenn er am Wochenende nach Hause käme.

Aber das Warten hatte sich gelohnt. Finn durfte vorspielen. Die Vorstandsmitglieder rechneten ihm sein Geständnis hoch an. Er hätte die Sache ja nicht zugeben müssen. Deshalb wollten sie Gnade vor Recht ergehen lassen und ihm eine faire Chance geben. Sollte er sie mit seinem Spiel überzeugen, hatte er den Studienplatz. Egal aber, wie ihr Urteil ausfallen würde, musste er sich dazu verpflichten, Kindern aus sozial schwachen Familien kostenlosen Klavierunterricht zu erteilen. Ich fand, dass das eine supergute Idee und ein wirklich fairer Deal waren.

Als Percy und ich Ashford House erreichten, stand Firth in seiner Chauffeuruniform neben dem dunklen Bentley und hielt ehrerbietig den hinteren Wagenschlag für Lord und Lady Ashford auf.

Seaton wartete gestriegelt für einen Ausflug ins Dorf neben der Beifahrertür.

»Ach, Amy, wie gut, dass ich dich noch treffe!«, winkte Lord Ashford mich zu sich.

»Guten Morgen!«, grüßte ich und bremste scharf. Dabei stoben ein paar Kieselsteine auf und landeten im Rosenbeet, was Seaton mit hochgezogener Augenbraue und mahnendem Blick kommentierte.

»Seien Sie doch nicht so spießig, Seaton!«, lachte Lady Ashford von der Rückbank aus. »Ein bisschen Unordnung ist doch auch mal ganz nett.«

»Sehr wohl, Mylady.« Seaton nickte verkniffen.

»Heute ist doch dein letzter Tag hier bei uns, nicht wahr, Amy?«, fragte Seine Lordschaft mich mit einem schelmischen Lächeln.

»Stimmt«, nickte ich und stieg vom Rad. »Nächste Woche geht die Schule wieder los.«

»Wusste ich es doch!«, freute er sich. »Ich habe mir eine kleine Überraschung für dich ausgedacht. Als Abschiedsgeschenk«,

verkündete er und setzte eine sehr geheimnisvolle Miene auf. Ich ahnte, was er vorhatte. Warum sonst hätte Seaton mich gestern so betont unauffällig fragen sollen, was für mich zu einem richtig guten Picknick dazugehörte. Lord Ashford war wirklich wie ein lieber Großvater zu mir. Ich hatte ihn superlieb! Um ihm den Spaß nicht zu verderben, ließ ich mir nichts anmerken, sondern sagte nur: »Cool! Ich freue mich schon!«
»Na, perfekt!« Zufrieden klatschte Lord Ashford in die Hände. »Ich bringe jetzt meine Frau rasch zum Bahnhof, danach habe ich noch ein paar leidige Termine zu erledigen. Bei der Bank, beim Bürgermeister, ach, was weiß ich noch alles … Aber eigentlich müsste ich noch vor dem frühen Nachmittag zurück sein. Seaton begleitet mich. Und … Alicia ist aber da. Klopf einfach. Seaton hat dir ein paar Sandwiches fürs Mittagessen in den Kühlschrank gestellt. Du kennst dich ja mittlerweile aus.«

Während er sich ächzend in den Wagen schob, winkte er mir zum Abschied zu. Bevor auch Seaton auf dem Beifahrersitz Platz nahm, bedachte er mich mit einem Blick, der so viel besagte wie: »Gut, dass hier nächste Woche alles wieder beim Alten ist!«

Ich würde ihn auch nicht vermissen.

Nach dem ersten Klopfen öffnete Alicia Miles schon die Tür. »Hallo, Amy!« Sie strahlte von einem Ohr zum anderen. Seitdem ich ihr an jenem frühen Morgen vor Andrews Leuchtturm beinahe vor das Auto gerannt wäre, hatte ich sie häufiger getroffen. Und jetzt kommt der Knaller. Immer in Begleitung von unserem Andrew. Man musste nun wirklich nicht Miss Marple persönlich sein, um zu erkennen, wie happy die beiden miteinander waren. Das freute mich. Für sie und für Andrew.

Und insgeheim hoffte ich natürlich auch, dass Andrew unter diesen Umständen seine Hongkong-Pläne über Bord werfen würde. In Alicias Büro schrillte das Telefon. »Die Arbeit!«, lachte sie und rannte davon.

»Alles klar«, sagte ich und an Percy gewandt setzte ich hinzu: »Wetten, dass Lord Ashford auch für dich eine Überraschung geplant hat?!«

Begeistert wedelte Percy mit dem Schwanz und hörte damit nicht auf, ehe er sich auf seinem Lieblingsteppich in der Bibliothek gemütlich zusammengerollt hatte und eingeschlafen war. Wahrscheinlich träumte er von all den Knochen, Würstchen und Leckerlis, die Lord Ashford für ihn besorgt haben könnte. Ich stellte meinen Rucksack neben dem Schreibtisch ab und machte mich zum letzten Mal für lange Zeit an die Arbeit. Ich würde sie vermissen. Lord und Lady Ashford und vor allem diese beeindruckende Bibliothek und die irre schönen Bücher.

Es muss gegen Mittag gewesen sein. So genau weiß ich es nicht. Ich habe nicht auf die Uhr gesehen. Auf jeden Fall hatte ich Seatons Avocadosandwiches (die im Übrigen erstaunlich lecker waren) schon längst verdrückt. Wie auch immer … Jedenfalls steckte Alicia Miles ihren Kopf zur Tür herein und sagte, sie müsse in die Stallungen, weil der Schmied heute käme, und ich sei nun für eine Weile allein im Haus.

»Kein Problem!«, erwiderte ich und arbeitete mich weiter von einem Buch zum nächsten. Trug die Daten in meine Liste ein, schob das Buch an seinen Platz im Regal zurück und schnappte mir das nächste.

Bis mir mein Stift unter den Schreibtisch fiel.

Während ich meine Nase in ein Buch gesteckt hatte, hatte ich nämlich versucht, den Stift genauso schnell zwischen den Fingern herumwirbeln zu lassen, wie Finn das manchmal machte. Tja. Ich musste wohl noch viel üben. Seufzend rückte ich auf dem Schreibtischstuhl nach vorne, streckte mein Bein aus und fischte mit dem Fuß nach dem Stift. Keine Chance. Also rutschte ich auf die Knie runter und kroch unter den Schreibtisch.

»Komm her, du Schlingel!« oder so etwas in der Art habe ich, glaube ich, gemurmelt. Den Stift in der Hand, machte ich mich dann auf allen vieren wieder auf den Rückweg. Und da sah ich sie. Eine Tudor-Rose. An der rechten Innenwand des Schreibtischs hatte der Tischler sie direkt unter der Tischplatte platziert. Was für eine seltsame Stelle. Hier bekam sie doch niemand zu sehen, wunderte ich mich.

Ich konnte nicht widerstehen. Ich musste einfach die Hand ausstrecken und sie mit den Fingerkuppen berühren. Vorsichtig strich ich über das Relief. Vermutlich war der Schreibtisch dann auch ein Geschenk von Henry VIII. an William Ashford gewesen. Ob Henry VIII. wohl auch mal diese Rose berührt hatte?

Ich weiß nicht, warum ich es tat. Aber ich drückte auf die Rose. Einfach so. Keine Ahnung, was ich erwartet hatte. Auf jeden Fall gab die Tudor-Rose meinem Druck plötzlich nach und verschwand in der Schreibtischwand. Gleichzeitig klackte es irgendwo im Raum und Percy knurrte. So schnell ich konnte, krabbelte ich unter dem Schreibtisch hervor und sah mich nach der Ursache für das Geräusch um. Eines der Bücherregale zu meiner Rechten war aufgeschwungen und stand jetzt einen Spaltbreit offen. Eine Geheimtür!

Mit wenigen Schritten war ich bei ihr und spähte durch den Spalt. Dahinter lag ein Zimmer, spärlich von einer Schreibtischlampe erhellt, die bestimmt ebenfalls durch den geheimen Mechanismus betätigt worden war. Ohne nachzudenken, schob ich mich in den Raum und drehte mich staunend im Kreis. Was war das hier? In der Ecke mir gegenüber schlängelte sich eine Wendeltreppe in die Höhe und schien einfach so vor der Wand zu enden. Ansonsten standen wie in der Bibliothek nebenan auch in diesem Zimmer an allen Wänden Regale. Die meisten waren mit Büchern vollgestopft. Auf einigen Regalbrettern entdeckte ich auch Fotos, ein Taschenmesser, einen ziemlich alten Fotoapparat, ein buntes Keramikschüsselchen mit Glitzersteinen und sonstigem Krimskrams. An einem Haken baumelte ein Stethoskop und in einer Ecke lehnte eine Gitarre. Weil Bücher mich immer magisch anziehen, trat ich näher, ließ meine Finger über die eingerissenen Buchrücken gleiten und las die Titel. »Anatomie«, »Innere Medizin«, »Orthopädie«, »Allgemeine Chirurgie« … alles Medizinbücher. Dem Anschein nach waren sie schon ziemlich alt. Ich nahm das Anatomiebuch heraus und schlug es ganz vorne auf. Es war von 1956.

*Ex libris Christopher Davison* hatte jemand mit der Hand hineingeschrieben. Ich schob das Buch an seinen Platz zurück und schnappte mir das nächste. *Ex libris Christopher Davison.* Zurück. Das nächste. Der gleiche Name. Alle diese Bücher gehörten einem Christopher Davison. Verwirrt zog ich die Augenbrauen zusammen und warf Percy, der sich mittlerweile zu mir gesellt hatte, einen fragenden Blick zu. »Was ist das hier?«

Da war auch Percy überfragt, machte sich aber eifrig daran, die Ecken abzuschnüffeln. Ich schritt weiter durch das kleine

Zimmer, bis ich vor einer gerahmten Urkunde stehen blieb. Sie hing an der Wand dem Schreibtisch direkt gegenüber und war schon ziemlich vergilbt.

*Approbationsurkunde*

Meine Augen huschten über den kurzen Text.

*Herrn Christopher Davison …*

*Mit Wirkung vom heutigen Tag wird ihm die Approbation als Arzt erteilt.*

Wie seltsam! Soweit ich wusste, gehörten geheime Räume zu jedem altehrwürdigen Gebäude einfach dazu.

Bestimmt gab es noch mehr davon in Ashford House. Aber warum sammelte Lord Ashford hier Dinge, die einem Christopher Davison gehörten? Hob er sie für ihn auf?

»Komm, Percy, machen wir, dass wir hier rauskommen!«, rief ich meinem Hund zu. Mit einem Mal fühlte ich mich ziemlich unbehaglich. Gedanklich war ich schon bei dem Problem, wie ich diese Geheimtür wohl wieder schließen könnte, als mein Blick auf den Schreibtisch fiel und auf eine Ausgabe des *Ashford Daily*, unserer kleinen Tageszeitung.

*Samuel Archer wegen Mordverdachts verhaftet,* hieß die Schlagzeile auf dem Titelblatt. Aber nicht die Zeitung hatte meine Aufmerksamkeit erregt, sondern die Ecke eines in rotes Leder eingebundenen Buches, die unter der Zeitung hervorlugte. Mein Herz setzte aus. Dieses Buch kannte ich!

Ohne zu zögern, ging ich zum Schreibtisch und zog es unter der Zeitung hervor. Ich schlug es auf und sog mit einem Zischen die Luft ein. Es war genau das, wofür ich es gehalten hatte. Das verschwundene, das gestohlene Tagebuch von Butterfly Redcliff.

Wie kam das hierher?

Plötzlich befand ich mich im freien Fall. Jemand musste den Boden unter meinen Füßen weggezogen haben. Christopher! Hatte Butterfly Redcliff in ihrem Tagebuch nicht einen Christopher erwähnt? Konnte das ein Zufall sein?

Hektisch begann ich zu blättern. Da rutschte etwas aus den Seiten und fiel raschelnd zu Boden. Es war ein Zellophantütchen mit grünen Herzen darauf. Ich bückte mich danach, hob das aufgerissene Tütchen auf und legte es wieder in das Tagebuch. Jemand hatte es mit Frischhaltefolie umwickelt und in seinen Ecken steckte noch ein minikleiner Rest gehackter Haselnüsse. Warum die Frischhaltefolie? Mein Mund wurde staubtrocken. Es war eindeutig ein Tütchen von dem Bio-Label, dessen Produkte wir im *Little Treasures* zum Backen benutzten. War es das Tütchen, das Rubinia Redcliffs Mörder auf der Fünfhundertjahrfeier aus unserer mobilen Backküche gestohlen hatte? Es war die einzig logische Antwort. Aber wie passte das alles zusammen? Warum lag diese Tüte in Butterfly Redcliffs Tagebuch? Wie kam das alles hierher?

Christopher Davison! Instinktiv spürte ich, dass dieser Name der Schlüssel zu allen Rätseln sein musste. Hastig legte ich die Tüte auf den Schreibtisch und blätterte das Tagebuch bis zu der Stelle vor, an der der Name Christopher das erste Mal aufgetaucht war. Dieser Neuankömmling, von dem Butterfly Redcliff geschrieben hatte, dass sie sich so gut mit ihm verstanden hatten. Dieser Typ, der hatte doch Christopher geheißen. Oder?

Bingo! Ich hatte die Stelle gefunden. Und dann ein paar Seiten weiter hieß es:

Harry und Christopher sind schwimmen gegangen. Deshalb habe ich Zeit für Dich, mein Tagebuch ...

Dann kam der Eintrag mit der Schwangerschaft. Jetzt hatte ich die Stelle erreicht, an der sie einfach abgebrochen hatte. Hier hatte ich aufgehört zu lesen. Hastig blätterte ich weiter.

Oh, mein Gott, bitte hilf Harry!

Atemlos las ich.

Es ist so schrecklich, so unerträglich ... Eben sind Harry und Christopher vom Schwimmen zurückgekommen. Schon von Weitem habe ich Christopher um Hilfe rufen hören. Er musste Harry stützen. Harry schrie vor Schmerzen. Wie Christopher erzählte, war Harry im flachen Wasser auf den Rücken eines Steinfisches getreten und hatte sich einen Stachel tief in den Fuß gerammt. Christopher hat Harry sofort aus dem Wasser gezogen und den Stachel entfernt. Zum Glück ist Christopher Arzt. Steinfische sind hochgiftig!!!

Unwillkürlich wanderten meine Augen zu der Approbationsurkunde. Diese beiden Christophers mussten ein und dieselbe Person sein.

Auch wenn ich Krankenschwester bin, kenne ich mich mit giftigen, exotischen Fischen nicht aus. Aber Christopher wusste, dass das Gift des Steinfisches nicht hitzebeständig ist, also haben wir Wasser erwärmt. Nun musste Harry seinen Fuß in möglichst heißes Wasser stecken, um das Gift abzutöten. Wir wissen nicht, ob es geholfen hat. Ich ertrag das nicht. Harrys Fuß ist wahnsinnig angeschwollen und die Schmerzen scheinen unerträglich.

...

Ich habe Christopher angefleht, dass wir Harry in ein Krankenhaus bringen. Noch zögert er.

...

Warum hat er mir nicht Bescheid gegeben?
Ich hatte mich doch nur kurz hingelegt. Er sollte mich wecken, wenn etwas ist.
Aber jetzt ist Christopher ohne jedes Wort mit Harry an Bord unseres kleinen Seglers aufgebrochen. Die anderen sagten mir, Christopher habe nicht länger warten wollen, weil sich Harrys Zustand akut verschlechtert habe.

Warum meldet Christopher sich nicht? Es ist jetzt schon drei Tage her, dass er mit Harry davongesegelt ist. Ich halte diese Ungewissheit nicht länger aus ...

Eine Woche. Seit einer Woche kein Wort. Was hat das zu bedeuten?

Er ist tot! Harry ist tot! Ich schreibe diese Worte und kann doch ihren Inhalt nicht begreifen. Harry. Tot.
Nach zehn Tagen haben wir einen Suchtrupp zusammengestellt und sind der Route gefolgt, die Christopher mit Harry

genommen haben muss. Wir mussten nicht weit reisen. Ein paar Kilometer landeinwärts haben wir im Dschungel Harrys Grab gefunden. Christopher muss ihn beerdigt haben. Mein Harry! Nun ist er gestorben, ohne gewusst zu haben, dass er Vater werden wird. Und mein armes Kind wird ihn niemals kennenlernen.
    Aber wo ist Christopher? Warum ist er nicht zu uns zurückgekommen, um uns die traurige Nachricht zu übermitteln? Warum?

Auf den nächsten Seiten wiederholte sich immer nur ein Wort:

Warum?

Dann hatte ich den letzten Eintrag erreicht.

Irgendetwas stimmt da nicht. Ich weiß nicht was. Aber dieses Verhalten von Christopher ist mehr als verdächtig. Wäre es nicht das Natürlichste von der Welt gewesen, zu uns zurückzukommen? Mit Harrys Leichnam? Damit wir ihn alle zusammen bestatten und von ihm hätten Abschied nehmen können?
    Ich werde wohl nie erfahren, was sich im Dschungel zwischen den beiden abgespielt hat, und das macht mich wahnsinnig.
    Morgen reise ich nach England zurück und werde dort wieder als Krankenschwester arbeiten. Es wird nicht leicht werden, alleine ein Kind durchzubringen.

Ich blätterte die letzte Seite um und nahm das Foto raus, das dort gesteckt hatte. Die obere, linke Ecke fehlte. So wie es aussah, war sie abgerissen worden. Trotzdem war noch alles zu erkennen. Das Foto zeigte eine junge Frau mit langen feuerroten Haaren, die freudig in die Kamera lächelte. Links und rechts hielt sie einen jungen Mann im Arm. Der linke hatte pechschwarze Haare, der andere blonde. Und während der Blonde etwas verlegen lächelte, drückte der Schwarzhaarige der Frau gerade einen Kuss auf die Wange. Wäre ihre Haarfarbe nicht unterschiedlich gewesen, hätte man die beiden Männer glatt miteinander verwechseln können. Ich drehte das Bild um.

Harry – ich – Christopher. Lucky days in Paradise!

Ein trauriges Lächeln stahl sich auf mein Gesicht. Die arme Butterfly! Hier war sie noch glücklich, denn sie ahnte nicht, was ihr bevorstand. Mit einem mitleidigen Seufzer drehte ich das Bild wieder um und betrachtete die Aufnahme genauer. Alle drei hatten nasse Haare, waren in Badehose, Butterfly im Bikini, und alle streckten den rechten Fuß in die Kamera. Und einer dieser rechten Füße hatte zwei zusammengewachsene Zehen. Einen sehr hässlichen Klumpzeh ohne Nagel.

Meine Gedanken begaben sich auf eine wilde Achterbahnfahrt durch meinen Kopf und Bilder zuckten auf wie Blitze. Das Tauziehen auf der Fünfhundertjahrfeier. Ich stürze in den Dreck. Vor meiner Nase ein Fuß ... mit einem ziemlich ekeligen Klumpzeh, ohne Nagel. Ich richte meinen Blick nach oben und sehe in das freundlich lächelnde Gesicht von Lord Henry Ashford.

Henry. Und die Kurzform von Henry ist Harry.

Konnte es sein, dass ...? Was hatte Butterfly über Harry und seine Familie geschrieben?

*Wie ich kommt er aus England, aber nicht aus London, sondern aus einem Kaff irgendwo in Cornwall, das den Namen seiner Familie trägt.*

Konnte es sein, dass sie damit Ashford-on-Sea gemeint hatte? War ihr Harry in Wahrheit Lord Henry Ashford aus Ashford-on-Sea? Ich schüttelte den Kopf. Nein, das konnte gar nicht sein. Schließlich war ihr Harry doch im Dschungel von Thailand gestorben. Unser Lord Henry Ashford war aber quicklebendig. Ich starrte die vergilbte Fotografie an. Wie passte das alles zusammen?

Leise murmelnd las ich noch mal den Text, die Namen der drei Freunde. Um meinem Gehirn die Chance zu geben, die Informationen zu sortieren und zu verarbeiten, drehte ich das Foto ganz langsam wieder auf die Bildseite um.

»Harry – ich – Christopher«, murmelte ich leise vor mich hin. Der Schwarzhaarige war also Harry, dann kam Butterfly und der dritte, der mit den blonden Haaren und dem ... verkrüppelten Zeh, das war ... Christopher. Wie von Geisterhand schwebten alle Puzzleteile an ihren Platz. Das Bild war vollständig. Die Lösung prasselte auf mich ein wie Hagelschlag. Unglaublich!

Ich war so sehr in meine Gedanken vertieft gewesen, dass ich alle Alarmsignale ausgeblendet hatte. Die Tür zur Bibliothek, die Schritte und Percys begeistertes Wedeln. Nichts hatte ich registriert. Deshalb traf mich die Stimme wie ein Dolch im Rücken.

»Störe ich?«

Ich wirbelte zu Lord Ashford herum, das Foto in der einen, das rote Tagebuch aufgeschlagen in der anderen Hand. Ich hatte ihn nicht kommen hören.

»Hast du ein bisschen – wie soll ich sagen? – in meinen Sachen gestöbert?«

Leugnen war zwecklos. Die Situation war eindeutig.

Tante Clarissa sagt immer, dass man mir an den Augen ablesen kann, was ich denke. Und wahrscheinlich schrie mein Blick ihm gerade das Wort »Mörder« entgegen.

Lord Ashford nickte, während sich wie von Geisterhand die Geheimtür hinter ihm schloss.

Ich saß in der Falle.

»Tja, Amy, du bist also doch noch hinter mein Geheimnis gekommen!«, setzte Lord Ashford an – oder sollte ich besser Dr. Christopher Davison sagen?

Percy stand genau zwischen uns und schaute irritiert von einem zum anderen. Er spürte meine Angst. Aber natürlich verstand er nicht, warum ich plötzlich vor Lord Ashford zitterte. Ich öffnete den Mund, aber es wollte kein Laut rauskommen. Mein Herz hämmerte gegen meine Rippen. So unglaublich laut, dass es in meinen Ohren dröhnte.

Lord Ashford hatte gar keine andere Wahl. Schließlich hatte er schon gemordet, um sein Geheimnis zu schützen. Ich spürte, wie meine Knie weich wurden. Vor einem weiteren Mord würde er nicht zurückschrecken.

»Wärst du so lieb und würdest mir mein Eigentum zurückgeben, Amy?« Im Vorbeigehen nahm er Foto und Tagebuch aus meinen Händen, umrundete den Schreibtisch und setzte sich dahinter auf den Stuhl.

»Das ist nicht Ihr Eigentum!« Gut, meine Stimme krächzte ein wenig, aber ich hatte sie wiedergefunden.

Abwägend wog er den Kopf hin und her. »Wir wollen uns jetzt nicht wegen Kleinigkeiten streiten«, entschied er, dabei legte er das Tagebuch und das Foto vor sich auf den Schreibtisch. »Ich wusste schon immer, dass du eine sehr schlaue junge Dame bist, Amy. Ein bisschen schüchtern, aber sehr schlau. Und jetzt hast du also tatsächlich mein Geheimnis herausgefunden.« Er zögerte einen Moment, dann deutete er auf den Sessel vor mir. »Bitte, nimm doch Platz. Zur Belohnung für deinen detektivischen Eifer sollst du jetzt auch die ganze Geschichte erfahren. Ich finde, das hast du dir verdient.«

Zögernd setzte ich mich. Genau in diesem Moment schlug die kleine goldene Uhr auf dem Schreibtisch leise drei. Genau jetzt setzte sich Finn in London in der *Royal Academy* ans Klavier. Tante Clarissa und Andrew verkauften im *Little Treasures* Tee, Kaffee, Scones und Kuchen. Alicia Miles sah dem Hufschmied in den Stallungen auf die Finger. Seaton wähnte ich in der Küche, weit weg von hier und getrennt durch dicke Mauern. Dort würde er wahrscheinlich gerade letzte Hand an den Picknickkorb legen. Egal, wo sie waren oder was sie gerade taten, keiner von ihnen ahnte auch nur, dass ich hier in einem geheimen Zimmer einem Mörder gegenübersaß. Keiner würde kommen, um mir zu helfen. Großer Gott! Panik stieg in mir auf. Meine Hände begannen zu zittern. Ich presste die Lippen aufeinander. Reiß dich am Riemen, Amy!, sagte ich mir. Jetzt bloß nicht den Kopf verlieren. Denk nach! Wie kommst du hier wieder raus?

»Wie du gerade herausgefunden hast, bin ich als Christopher Davison geboren worden. Auf Wunsch meiner Eltern habe ich Medizin studiert und ich habe es gehasst. Jeden. Einzelnen. Tag«, riss mich Lord Ashford mit dem Anfang seiner Lebensbeichte aus meinen verzweifelten Gedanken. An den Rücken seines Stuhls gelehnt, schlug er die Beine übereinander, legte die Fingerkuppen gegeneinander und schien keine Eile zu haben.

Das war gut, dachte ich mir. Denn so gewann ich Zeit, um mir einen Fluchtplan zu überlegen. Unauffällig ließ ich meine Augen durch den Raum wandern. Wo war der geheime Mechanismus versteckt, der von hier aus die Geheimtür zur Bibliothek öffnete? Wo?

Lord Ashford erzählte von einer Reise nach Thailand, von einer kleinen, exotischen Insel, auf der er eine Gruppe von Hippies getroffen hatte. Er hatte sich ihnen angeschlossen und Butterfly und Harry kennengelernt. Auf Anhieb hatten sie sich super verstanden und es war ihm auch nicht entgangen, wie verliebt die beiden ineinander gewesen waren. Sie wurden so etwas wie ein dreiblättriges Kleeblatt. Hingen immer zusammen und trotzdem wussten sie voneinander nicht mehr als die Vornamen. Alle machten immer Witze darüber, wie ähnlich er und Harry sich sahen. Und oft überlegten sie im Spaß, wie sie in der Schule den Lehrern hätten Streiche spielen können. Oder sie fragten sich, ob ihre eigenen Eltern zu sagen wüssten, wer von ihnen wer war, wenn sie die gleiche Haarfarbe hätten.

An einem ganz bestimmten Tag wollte Butterfly dann nicht mitkommen zum Strand. Sie habe eine Verabredung mit ihrem Tagebuch, hatte sie gelacht und die beiden Männer alleine losgeschickt. Was er jetzt von dem Unfall mit dem Steinfisch erzählte, deckte sich ebenfalls mit dem, was ich in Butterflys Tagebuch gelesen hatte.

»Harrys Zustand verschlimmerte sich. Butterfly hatte sich schlafen gelegt. Ich hatte ihr versprochen, sie zu wecken, falls irgendetwas sein sollte«, berichtete Lord Ashford, dabei waren seine Augen auf seine Approbationsurkunde geheftet. Aber ich glaube, er sah sie gar nicht. In Gedanken war er weit weg. An einem Strand in Thailand vor mehr als fünfzig Jahren. »Im Fieberwahn fing Harry plötzlich an zu erzählen. Nicht zusammenhängend. Aber aus den Fetzen reimte ich mir seine Geschichte zusammen. Sein wahrer Name war Henry Ashford. Er kam aus einem Örtchen in Cornwall. Ashford-on-Sea. Seine Mutter lebte nicht mehr, sein Vater war alt und blind. Und er, Harry, war der einzige Erbe eines gewaltigen Vermögens mitsamt Ansehen und Adelstitel. Es gab keine Freundin oder Ehefrau, keine weiteren lebenden Verwandten. Harry war lange in den USA gewesen.« Plötzlich wandte Lord Ashford seinen Blick und schaute mir direkt in die Augen. »Du musst das verstehen, Amy. Was Harry da in seinem Fieberwahn beschrieb, waren meine Träume. Meine Eltern waren arm wie die Kirchenmäuse. Sie haben sich für mein Studium krummgelegt, bis sie beide viel zu früh gestorben sind. Meine Zukunft würde in einem Beruf stattfinden, den ich niemals ergreifen wollte, den ich hasste. Und jetzt war ich der Einzige, der Harrys goldenes Geheimnis kannte.«

Ich konnte den versteckten Mechanismus für die Geheimtür nicht finden. Er hätte sich hinter allem verbergen können. Ein Buch, das man aus dem Regal ziehen, ein Kerzenleuchter, den man drehen musste, oder eine versteckte Tudor-Rose. Aber anstatt noch panischer zu werden, hörte mein Puls plötzlich auf zu rasen und ich wurde ganz ruhig.

»Und da haben Sie Harry einfach umgebracht!«, schlussfolgerte ich.

Lord Ashford schüttelte den Kopf. »Nein. Ich habe ihn nicht umgebracht. Als sich sein Zustand noch mehr verschlechterte, habe ich ihn ins Boot gepackt. Butterfly habe ich schlafen lassen. Sie hätte mir eh nicht helfen können. Am Festland hatten die Hippies einen Jeep bereitstehen. Den benutzten sie für Einkäufe oder Notfälle. Ich habe Harry auf die Rückbank gepackt und bin gefahren wie der Teufel. Ich hatte nur ein Ziel: Ich wollte meinen Freund rechtzeitig ins nächste Krankenhaus bringen.« Seufzend fuhr sich Lord Ashford durch sein schlohweißes Haar. »Nach ein paar Kilometern beschlich mich ein komisches Gefühl. Vielleicht war es eine dunkle Ahnung. Auf jeden Fall stoppte ich und sah nach Harry. Er war tot. Harry und ich, wir kannten uns nicht lange, aber in der kurzen Zeit war er zu einem sehr guten Freund geworden. Ich weiß nicht, wie lange ich einfach nur dagesessen und mir die Augen aus dem Kopf geweint habe. Ich schämte mich für mein Versagen. Deshalb wollte ich auch nicht zu den anderen zurück. Ich beschloss, ihn an Ort und Stelle zu begraben und danach zu verschwinden. Niemand kannte meinen Nachnamen. Niemand wusste, woher ich kam. Dann packte mich plötzlich diese Idee. Was wäre, wenn …? Alle hatten doch immer gesagt, wir sähen uns zum Verwechseln ähnlich.«

Nachdenklich strich er mit der flachen Hand über Butterfly Redcliffs Tagebuch. »Ich würde reich sein. Von Adel. Alles auf einen Schlag. Verlockend. Sehr verlockend. Aber es gab einen Menschen, mit dem ich diesen Schritt erst besprechen musste. Helen. Meine Freundin und große Liebe meines Lebens. Genauso arm wie ich. Ich reiste zu ihr nach Manchester, erzählte ihr von meiner Idee. Nach anfänglichem Zögern war sie einverstanden und gemeinsam setzten wir meinen Plan um. Schließlich taten wir niemandem damit weh. Helen färbte mein Haar und schnitt es nach meinen Anweisungen. Unser letztes Geld ging für die teure Kleidung drauf, die ein Lord Henry Ashford in heimischen Gefilden tragen würde. Meine größte Sorge war der alte Lord. Bei blinden Menschen sind ja alle anderen Sinne unglaublich geschärft. Er hätte mir wirklich gefährlich werden können. Doch meine Sorge war unbegründet. Denn wie sich herausstellte, war Harrys Vater sechs Monate zuvor an einer Lungenentzündung verstorben. Allen anderen erzählte ich die Geschichte von einem Autounfall, einer Kopfverletzung und einem schweren Gedächtnisverlust. Niemand schöpfte Verdacht. Ich sah Henry Ashford eben zum Verwechseln ähnlich und wie gesagt, er war eine lange Zeit in den USA gewesen. Helen und ich heirateten, ich arbeitete mich in meine Pflichten und Aufgaben ein. Mein Leben hier gefiel mir sehr. Und ich muss sagen, ich habe viel aus Ashford gemacht. Aus dem Anwesen und aus dem Dorf.«

»Das ist keine Entschuldigung für das, was Sie getan haben!«, schnappte ich.

»Sollte es auch nicht sein«, gab Lord Ashford mit schneidender Stimme zurück. Auch wenn Percy natürlich kein Wort von alldem verstand, spürte er die wachsende Anspannung. Immer wieder hatte er ratlos zwischen Lord Ashford und mir hin- und hergeschaut. Jetzt stand er auf und sprang auf meinen Schoß.

»Trotzdem lebte ich natürlich in ständiger Angst davor, doch noch entdeckt zu werden. Aber mit den Jahren schrumpfte diese Sorge auf Sandkorngröße zusammen. Alles schien gut zu sein. Jahrzehntelang«, nahm Lord Ashford den Faden wieder auf.

»Aber dann ist Butterfly Redcliff gestorben und Rubinia hat ihr Tagebuch gelesen«, schlussfolgerte ich, während ich geschützt durch Percys Körper heimlich nach meinem Handy tastete. Es steckte in der hinteren Tasche meiner Shorts.

Lord Ashford nickte bedächtig. »Gut kombiniert, Watson. Butterfly habe ich nie wiedergesehen. Natürlich ist auch an mir der kometenhafte Aufstieg des Wunderkindes Rubinia Redcliff nicht unbemerkt vorübergegangen. Aber auf den Fotos, die sie als Kind mit ihrer stolzen Mutter zeigten, hätte ich die wunderschöne Butterfly von damals mit den langen roten Haaren, der kastanienbraunen Haut und der atemberaubenden Figur nie wiedererkannt. Sie war dick geworden und trug nun Kurzhaarschnitt und Brille. Tja, und als erwachsene Frau sah Rubinia nun mal weder ihrem Vater noch ihrer Mutter sonderlich ähnlich. Woher hätte ich ahnen sollen, wer sie war? Helen und ich freuten uns, als sie sich dazu entschied, nach ihrem Karriereende nach Ashford zu ziehen. Wir dachten, dass sie Touristen und Fans anziehen würde. Was gut wäre für den Fremdenverkehr.

Und so war es dann ja auch. Am Rande hatte ich mitbekommen, dass ihre demenzkranke Mutter im Altersheim gestorben war. Natürlich habe ich mir nichts dabei gedacht. Wie hätte ich denn auch ahnen sollen, dass es sich bei Rosamunde Redcliff um Butterfly aus Thailand handelte und dass es dieses rote ledergebundene Tagebuch aus ihrer Hippiezeit noch gab? Auch das Foto von uns dreien hatte ich ganz vergessen. Das Foto mit meinem verkrüppelten Zeh.«

»Sie hat das Tagebuch gelesen, das Foto gesehen ... fehlte nur noch das Tauziehen. Da ist mir auch Ihr Fuß mit den zusammengewachsenen Zehen aufgefallen«, sagte ich. Vorsichtig zog ich das Handy aus der Tasche. Meine Hände waren schweißnass. Dass es mir jetzt nicht aus den Fingern rutschte! Es war meine einzige Chance, Hilfe zu rufen.

»Es war direkt nach dem Tauziehen. Da sprach Rubinia mich an«, erzählte Lord Ashford weiter. »Sie würde nun schon so lange in Ashford leben und noch nie habe sie eine Führung durch Ashford House mitgemacht. Selbstverständlich bot ich ihr sofort an, das persönlich nachzuholen. Aber sie lächelte mich nur geheimnisvoll an und sagte, sie müsse noch etwas von zu Hause holen. Etwas, das vielleicht für mich von Interesse sein könnte. Kaum, dass sie wieder da war, führte ich sie durch das Haus. Sie war sehr interessiert. Stellte Fragen über Fragen. Vor allem zur Familiengeschichte.

›Ein wirklich schönes Anwesen. Und eine Familie, auf die man stolz sein kann‹, hat sie geschwärmt. Es war da drüben«, Lord Ashford nickte in Richtung Geheimtür, »in der Bibliothek. Scheinbar war sie ganz vertieft in das Ölporträt des dritten Lord Ashford. Ich hätte mit allem gerechnet, aber nicht damit. Ohne mich anzusehen, fragte sie urplötzlich:

›Haben Sie sich damals schnell in Ashford eingelebt, Christopher?‹

›Ich verstehe nicht!‹, habe ich gestammelt. Dabei verstand ich nur zu gut. Meine Vergangenheit hatte mich nun doch eingeholt.

›Ich meine, nachdem Sie meinen Vater, Lord Henry Ashford, im Dschungel von Thailand ermordet hatten, um seine Identität anzunehmen.‹ Sie sagte das absolut ruhig und eiskalt.«

»Natürlich«, sagte ich wie vom Donner gerührt. »Lord Henry Ashford war Rubinia Redcliffs leiblicher Vater. Und damit hätte das alles hier eigentlich ihr gehört!«

Als hätte ich gar nichts gesagt, zog Lord Ashford das Foto der drei Freunde näher zu sich heran. »Ich habe alles abgestritten. Ich habe sie ausgelacht und wollte sie rauswerfen.

›Das würde ich mir an Ihrer Stelle zweimal überlegen!‹, hat sie gelacht. ›Ich habe Beweise! Das Tagebuch meiner Mutter. Erinnern Sie sich? Ein in rotes Leder gebundenes Tagebuch, das in diesem Moment in meinem Wohnzimmer liegt. Und das hier …‹ Plötzlich hatte sie dieses Foto hier aus ihrer Handtasche gezogen. Mit dem Zeigefinger deutete sie auf meinen verkrüppelten Zeh. Sie drohte mir damit, mich wegen Mordes an ihrem Vater vor Gericht zu bringen. Natürlich glaubte sie mir nicht, dass er an dem Gift des Steinfischs gestorben war. Sie wollte mich auffliegen lassen und ihr Erbe beanspruchen. Aber das konnte ich natürlich nicht zulassen. Nicht meinetwegen, sondern wegen Helen. Ich musste alles tun, um meiner Frau einen öffentlichen Skandal zu ersparen. Rubinia sagte mir, sie habe nicht vor, sofort etwas zu unternehmen. Nicht heute. Es sei doch so ein schönes Fest. Vielleicht morgen oder übermorgen. Oder vielleicht erst nächste Woche. Nächsten Monat. Auf

jeden Fall würde sie mich nicht davonkommen lassen. Wir alle wissen, wie sie war. Sie hatte großen Spaß daran, Menschen in ihrer Hand zu haben. Sie war unberechenbar. Da wusste ich, ich musste handeln. Und zwar so schnell wie möglich. Eilig suchte ich meine Frau, nahm sie beiseite und erzählte ihr alles. Gemeinsam schmiedeten wir einen Plan, wie wir uns Rubinia Redcliff für immer und ewig vom Hals schaffen konnten. Die Lösung war so einfach!«
»Die Nussallergie«, sagte ich nickend.
»Genau!«, bestätigte Lord Ashford. »Alles sollte nach einem tragischen Unfall aussehen. Ich wartete einen günstigen Moment ab und stahl dieses Tütchen gehackte Haselnüsse aus eurer mobilen Backküche. Ein Kinderspiel!« Er hatte das Zellophantütchen an sich gezogen und schwenkte es wie eine Trophäe hin und her. »Dann habe ich abgewartet, für welchen Kuchen sich Rubinia entscheiden würde, und bestellte mir den gleichen. Niemand achtete auf mich. Unbemerkt konnte ich einige der Nüsschen in mein Kuchenstück stecken. Das größte Problem war die Frage, wie ich meinen Teller gegen den von Rubinia austauschen konnte. Doch da wusste meine Frau Rat. Am Morgen der Fünfhundertjahrfeier hatte sie sich über die vielen Wildkaninchen aufgeregt. Unsere Gärtner hatten den Auftrag gehabt, alle Kaninchenlöcher vor dem Fest zuzuschütten. Und ich denke, das haben sie auch gemacht, aber als meine Frau und ich an jenem Morgen auf die Terrasse traten, sah die Wiese wieder aus wie ein Schweizer Käse. Ein Sturz wegen eines Kaninchenlochs. Den würde niemand anzweifeln. Also marschierte ich zu dem Teetisch hinüber. Als ich nur noch einen Schritt von Rubinia Redcliff und Samuel Archer entfernt war, tat ich so, als würde ich mit dem Fuß umknicken. Mit einem

schrillen Schrei des Entsetzens lenkte Helen alle Aufmerksamkeit für einen kurzen Moment auf sich. Genau diesen Moment nutzte ich, um Rubinias gegen meinen Teller auszutauschen. Ich tat so, als hätte ich mir den Fuß verstaucht, und meine Frau brachte mich ins Haus.«
»Aber das Notfall-Set?«, fragte ich. »Rubinia Redcliff hatte doch das Notfall-Set in ihrer Handtasche und später war es weg. Wie sind Sie da drangekommen?«
»Danke, dass du mich daran erinnerst!«, nickte Lord Ashford mir lächelnd zu. »Die Sache mit dem Notfall-Set war viel komplizierter als die mit dem Kuchen. Meine Frau wollte sich darum kümmern. Sie sollte einen günstigen Moment abpassen, um es an sich zu bringen. Das war aber nicht möglich. Gerade als meine Frau schon verzweifeln wollte, hatte sie Glück. Rubinia vergaß ihre Handtasche an eurem Stand. Und die Handtasche stand offen. Helen musste nur schnell handeln. Ruckzuck wanderte das Notfall-Set von Rubinias in ihre Handtasche. Doch dann verließ uns unser Glück. Denn Helen hatte noch eine Aufgabe gehabt. Das Foto. Sie sollte ebenfalls dieses verräterische Foto an sich bringen. Aber das lugte nicht einfach so aus der Handtasche hervor. Sie hätte danach suchen müssen. Und da stand plötzlich Alicia Miles hinter ihr und rief Rubinia Redcliff zu, dass sie ihre Handtasche vergessen habe.«

Lord Ashford zuckte mit den Schultern.

»Auf unserem Weg ins Haus raunte Helen mir die schreckliche Nachricht zu. Sie hatte das Foto nicht! Schon zermarterte ich mir das Hirn, wie wir doch noch drankommen könnten. Aber eine Lösung wollte mir nicht einfallen. Da sah ich von unserem Schlafzimmerfenster aus, wie Rubinia Redcliff mit Teller und Tasse den Küstenweg in Richtung Smuggler's Bay entlangging. Ein Geschenk des Himmels. Während meine Frau also weiterhin ein lautstarkes Theater aufführte, Seaton nach Cremes, Coolpacks und sonstigen Dingen für meinen angeblich verstauchten Fuß schickte, rannte ich in Windeseile in die verborgene Felsenhöhle in der Smuggler's Bay. Meine Geduld wurde ganz schön auf die Probe gestellt. Aus meinem Versteck heraus beobachtete ich, wie Andrew Cox verliebt herumsäuselte, Samuel Archer und schließlich Alicia Miles mit Rubinia stritten. Dann endlich setzte Rubinia sich hin und begann, den Kuchen zu essen. Ich musste nur noch warten. Es dauerte nicht lange, bis die Nüsse ihre Wirkung entfalteten. In diesem Moment sah ich Finn den Pfad hinunterkommen. Jetzt musste ich schnell handeln. Ich rannte aus meinem Versteck und riss das Foto aus ihrer Handtasche. Rubinia hatte in ihrer Panik auf der Suche nach dem Notfall-Set den Inhalt ihrer ganzen Tasche auf den Strand gekippt. Ich wollte gerade wieder in der Höhle verschwinden, als ich dieses Tütchen hier sah. Das konnte da natürlich nicht liegen bleiben. Das Risiko war zu groß, dass es Aufmerksamkeit erregen würde. Außerdem hatte ich ja mitbekommen, wie Samuel Archer es Rubinia samt der Nüsse ins Gesicht geschleuderte hatte. Folglich mussten seine Fingerabdrücke darauf sein. Die könnten sich als Bonus herausstellen. Dachte ich mir. Also wickelte ich es in ein Taschentuch, um die Fingerabdrücke nicht zu verwischen, und steckte es ein. Gewissermaßen als Versicherung. Irgendwie muss ich es noch der Polizei zuspielen. Ein weiteres, kleines Indiz für Archers Schuld.«

Ich hatte schon den Mund zum Protest geöffnet, als er mir das Wort abschnitt: »Meine Fingerabdrücke hatte ich vorsichtshalber abgewischt, nachdem ich die Nüsse herausgenommen hatte, und auch jetzt war ich nicht so dumm, es mit bloßen Fingern anzufassen.« Fast hatte ich den Eindruck, er erwartete, dass ich ihn für seine Umsicht lobte.

»Nun denn ...«, fuhr er fort, als ich ihm den Gefallen nicht tat. »Ich steckte also das Tütchen ein und stob ungesehen wieder davon.«

Hinter Percys Rücken rief ich meine Kontaktliste auf. Wen sollte ich anrufen? Tante Clarissa. Mein Zeigefinger senkte sich zitternd zum Display hinab.

»Und jetzt möchtest du bestimmt wissen, wie ich ungesehen aus dem Haus zum Strand und wieder zurückgekommen bin.« Sein plötzliches In-die-Hände-Klatschen ließ mich erschrocken zusammenfahren. Ich drückte. Unauffällig schob ich das Handy in meine Hosentasche zurück. Er wartete meine Antwort gar nicht ab.

»Wo ein Geheimzimmer, da gibt es auch einen Geheimgang.« Er war an eines der Regale getreten, griff hinter eine Bücherreihe und zog an etwas. Ich konnte es nicht sehen, vermutlich war es eine Art Hebel. Der Boden neben meinen Füßen glitt knirschend zur Seite und gab ein quadratisches Loch frei. Schwarze Dunkelheit und ausgetretene Steinstufen, die in die Tiefe führten. Erschrocken sprangen Percy und ich auf und drückten uns an die gegenüberliegende Bücherwand.

»Ein Geheimgang, Lord Ashford!«, sagte ich laut und deutlich für Tante Clarissa, die am anderen Ende der Leitung hoffentlich zuhörte. »Der aus diesem geheimen Zimmer neben der Bibliothek in die Smuggler's Bay führt?«

Oh Gott, hoffentlich hatte ich es nicht übertrieben. Lord Ashford kniff die Augen zusammen und sah mich verwundert an. Aber bis jetzt hatte er niemandem von seinem genialen Plan erzählen können und nun war er nicht mehr zu bremsen. Er wollte reden.

»Genau«, bestätigte er deshalb nur knapp. »Als ich Rubinia Redcliff auf ihrem Weg in die Smuggler's Bay entdeckte, befand ich mich in meinem Schlafzimmer.« Mit ausgestrecktem Zeigefinger deutete er auf die Wendeltreppe. »Es ist ebenfalls durch eine Geheimtür mit diesem Zimmer hier verbunden. Meine Frau tat also weiterhin so, als redete sie auf mich ein und ich läge auf dem Bett und würde mich vor Schmerzen krümmen. Dabei rannte ich schon längst die Wendeltreppe hinunter und öffnete die Bodenluke zum Geheimgang. Früher hätte man romantisch eine Kerze entzündet, um da unten Licht zu haben, heute hat man auch für so etwas sein Handy.«

Die Taschenlampe an Lord Ashfords Handy leuchtete auf, während er mit der Hand nach unten deutete. »Nach dir, meine Liebe!«

## 33

Ich spürte, dass ich da besser nicht runtergehen sollte. Alles in mir warnte mich davor.

»Sie wollen, dass ich in den Geheimgang gehe?«, fragte ich, als ob ich begriffsstutzig wäre. »Sie wollen mit mir in die Smuggler's Bay? Warum?«

Lord Ashford schüttelte den Kopf und warf mir einen traurigen Blick zu. »Weil du jetzt Bescheid weißt, Amy. Ich kann dich nicht gehen lassen. Das weißt du doch. Du wirst einen tragischen Unfall erleiden. Beim Segeln. Percy wird über Bord gehen und du wirst ihm hinterherspringen. Blind vor Liebe zu deinem Hund. Natürlich werde ich alles tun, um dich zu retten. Doch leider werde ich versagen.«

Mein Atem flog. Mein Mund wurde staubtrocken.

»So, Percy, mein Freund, dann komm mal zu mir.« Lord Ashford beugte sich zu Percy runter, nahm ihn wie ein Paket unter den Arm und drückte ihn an sich. Percy wehrte sich nach Leibeskräften. Aber Lord Ashford musste über für sein Alter erstaunliche Bärenkräfte verfügen. Percy hatte keine Chance.

»Los, Amy!«

Unsicher tastete mein Fuß nach der ersten Stufe. Langsam stieg ich hinab. Von Stufe zu Stufe wurde es kühler, feuchter und modriger. Lieber Gott, bitte mach, dass Tante Clarissa meinen Anruf erhalten hat, dass sie alles mit angehört hat!, betete ich im Stillen.

»Ashford-on-Sea war früher ein Schmugglernest, wie die meisten anderen Städtchen an der Küste auch«, plauderte Lord Ashford über mir, als sei ich eine Touristin und er mein Fremdenführer.

Ich spürte steinigen Boden unter meinen Füßen und trat einen Schritt zur Seite, um Lord Ashford Platz zu machen.

»Sie können Percy jetzt ruhig wieder auf den Boden setzen«, sagte ich.

Doch im Schein der Handylampe sah ich Lord Ashford den Kopf schütteln. »Mein Freund bleibt besser bei mir!« Er schubste mich vorwärts.

»Wo bin ich gewesen? Ach, ja. Genau ... Nicht nur das gemeine Volk schmuggelte gerne, sondern auch das ein oder andere schwarze Schaf der Familie Ashford. Diesem kleinen Nebenerwerb verdankt Ashford House diesen praktischen unterirdischen Tunnel.«

Mit ausgestreckten Händen tastete ich mich an den Wänden entlang. Ich weiß nicht, wie lange wir so bergab gingen, bis ich das Meeresrauschen hörte und Sonnenlicht am Ende des Tunnels aufblitzen sah. Mir kam es sehr lang vor.

»Als junger Mann war ich mal ein sehr guter Sportler. Fußball und so. Sport ist mir heute noch wichtig. Ich spiele Golf, Tennis. Ich jogge, ich segle und ich reite leidenschaftlich gerne. So halte ich mich fit. Und so rannte ich am Tag der Fünfhundertjahrfeier diesen Gang hinunter. In die Smuggler's Bay.« Der Gang hatte sich verbreitert, sodass wir jetzt in einer Art Höhle standen. Ihr Eingang lag gut versteckt hinter Felsbrocken und Sträuchern. »Hier bin ich in Deckung gegangen, bis die Luft rein war. Dann bin ich raus und hatte alles erledigt, bevor Finn auch nur einen Fuß in die Bucht gesetzt hatte.«

Lord Ashford trat vor mir in den Sonnenschein hinaus und sog ganz tief die Luft ein. »Weißt du, Amy, ich liebe dieses Fleckchen Erde. Auch wenn ich hier nicht groß geworden bin. Ashford-on-Sea, Ashford House, die Menschen hier, all das ist mir ans Herz gewachsen und ich fühle mich verantwortlich.« Dann wandte er mir sein Gesicht zu. Er sah wütend aus. »Deine dumme Tante. Hätte sie nicht einfach Sergeant Oaks' Urteil akzeptieren können? Hätte sie sich nicht mit der Unfallversion zufriedengeben können? Wir hätten alle in Frieden weiterleben können. Aber nein! Das konnte sie nicht. Sie musste ja unbedingt Miss Marple spielen. Erfahren habe ich davon auf der Trauerfeier für Rubinia Redcliff. Sophie Campbell konnte mal wieder ihren Mund nicht halten und hat mir ganz aufgeregt von den Aktivitäten von dir und deiner Tante erzählt. Deine und Finns Ermittlungen ... Kinderkram.«

Auf der Suche nach einem menschlichen Wesen scannte ich mit den Augen die Bucht ab. Doch wir waren allein.

Lord Ashford schien zu erraten, was ich dachte, denn er schüttelte halb bedauernd den Kopf. »Du weißt doch, dass die Smuggler's Bay mir und meiner Frau gehört. Privatbesitz. Zum Glück halten sich die Leute daran.«

Ich erwiderte nichts, sondern maß mit den Augen die Strecke bis zu dem Trampelpfad ab, der sich den Anhang zum Küstenweg hinaufschlängelte. Auch wenn Lord Ashford für sein Alter wirklich durchtrainiert war, musste ich es doch schaffen, ihn auf der Kurzstrecke abzuhängen.

Mein Kopf sauste herum. Denn Percy hatte plötzlich schrecklich aufgejault. »Nur für den Fall, dass du auf dumme Gedanken kommst, Amy!«, sagte Lord Ashford mit gespielter Sorge in der Stimme. »Das würde deinem Hund schlecht bekommen.«

Obwohl ich bewegungslos vor ihm stand, begann mein Atem zu fliegen. Mein Herz schlug so heftig gegen meine Rippen, dass es richtig schmerzte. Mit einem Mal lag nichts mehr von der Liebenswürdigkeit in Lord Ashfords Stimme. Er sah auch nicht mehr wie ein lieber, gutmütiger Großvater aus. Sein Gesicht hatte sich verhärtet. »Verstanden?«

Ich nickte stumm.

»Wie auch immer!«, fuhr Lord Ashford jetzt wieder im Plauderton fort. »Was ich angefangen hatte, musste ich auch zu Ende führen. Und zwar schnell. Das wusste ich spätestens ab dem Moment, als Sergeant Oaks am Abend der Fünfhundertjahrfeier nach Ashford House kam. Eigentlich weiß ich gar nicht genau, warum er noch mal vorbeischaute. Er sprach über Rubinia. Über den Unfall und darüber, dass Duncan Hardy sich als ihr Mann entpuppt hatte. Sergeant Oaks hatte ihm den Schlüssel zu Rubinias Haus überlassen und Duncan Hardy war gewissermaßen sofort eingezogen. Ich musste mir also das Tagebuch, von dem Rubinia mir erzählt hatte, so schnell wie möglich beschaffen. Natürlich hätte es sein können, dass dieser Hardy Butterflys Tagebuch nicht eines Blickes würdigte, dass er es einfach in den Müll verfrachten würde. Aber darauf konnte ich mich leider nicht verlassen.«

Ohne sich nach mir umzusehen, setzte Lord Ashford sich in Bewegung. Er schritt auf das Ufer zu und auf die Wellen, die sachte am Strand ausliefen. Ich zögerte. Was hätte ich tun sollen? Er hatte Percy. Also stolperte ich hinter ihm her.

»Im Schutz der Dunkelheit bin ich zu Rubinia Redcliffs Haus geschlichen. Dort habe ich mich in den Sträuchern versteckt und Duncan Hardy bei seiner kleinen Freudenfeier beobachtet. Beinahe hätte mich unser lieber Percy verraten. Erinnerst du dich, dass er plötzlich knurrte, als du mit deiner Tante und Dorothy Pax in den Büschen hocktest?«

Ja. Ich erinnerte mich. Wir hatten damals gedacht, Percy würde wegen einer streunenden Katze knurren. Oder wegen einer Ratte.

»Zu diesem Zeitpunkt kauerte ich vielleicht zwei Meter von euch entfernt in einem Busch. Für einen Moment dachte ich schon, dass ich gleich entdeckt würde. Aber ihr wart viel zu sehr auf Duncan Hardy fixiert. Geduldig wartete ich also in meinem Versteck und beobachtete, wie ihr euch in Rubinias Wohnzimmer zusammensetztet. Beinahe hätte mich der Schlag getroffen, als ich sah, wie du in Butterflys Tagebuch gelesen hast. Das kannst du mir glauben. Auch die nächsten Tage war ich etwas nervös deswegen. Doch schnell wurde mir klar, dass du entweder die falschen Stellen oder zu wenig gelesen hattest, um Verdacht zu schöpfen.«

Wir hatten den Bootssteg erreicht. Verzweifelt warf ich einen Blick über die Schulter. Meine Rettung ließ auf sich warten.

»Aber zurück zu dem Abend.« Lord Ashford wartete vor seinem Boot auf mich. »Nachdem ihr gegangen wart, ist Duncan Hardy auch bald ins Bett marschiert. Ich gab ihm noch etwas Zeit. Zähne putzen, umziehen, einschlafen. Dann brach ich über die Terrassentür ein und schnappte mir das Tagebuch. Gerade wollte ich den gleichen Weg zurück, den ich gekommen war, als ich bemerkte, dass die Haustür offen stand. Ich glaube, ich war einfach neugierig. Deshalb schlich ich mich durch den Flur. Von oben drang tiefes Schnarchen herab. Auf dem Sideboard entdeckte ich dann einen Brief an den Polizeipräsidenten. Ich erschrak fürchterlich, denn ich dachte, darin ginge es um mich. Deshalb steckte ich ihn schnell ein und verschwand durch die Haustür. Kaum dass ich wieder zu Hause war, öffnete ich den Brief. Er hatte nichts mit mir zu tun. Nein. Es ging um Dorothy Pax und ihre Hunde. Als hätte ich geahnt, dass er mir noch mal nützlich sein könnte, hob ich ihn auf.«

Schrittchen für Schrittchen ging ich über den Steg. Falls ich es geschafft hatte, Tante Clarissa anzurufen, musste sie jetzt zu meiner Hilfe kommen. Oder es war zu spät.

Ich hatte Lord Ashford erreicht.

»Tja, die gute alte Dorothy«, raunte er, als er über die Reling kletterte. »Ich mochte sie wirklich gern. Lange Zeit ahnte sie nicht, was sie da am Teetisch der Fünfhundertjahrfeier beobachtet hatte. Ich war gestürzt. Meinen Kuchenteller in der Hand. Und als ich am Boden lag, war ein Teller samt einem Stück Schokomousse-Erdbeer-Torte auf meine Brust gefallen. Ich war voller Schokomousse. So weit, so gut.«

Er legte den Kopf schräg und lächelte verzückt. »Hat Seaton das nicht alles ganz wunderbar vorbereitet?« Er streckte mir seine freie Hand entgegen, um mir an Bord zu helfen. Dabei deutete er auf einen aufgeklappten Picknickkorb.

»Das sollte meine Überraschung für dich sein, Amy. Erst ein kleiner Segelturn in der Bucht und danach Cream Tea an Bord, um deinen Sieg über deine Angst zu feiern. Gewissermaßen mein Abschiedsgeschenk für dich.« Er merkte, dass ich zögerte. »Worauf wartest du?«

Ich begann am ganzen Körper zu zittern. Tränen schossen mir in die Augen. Verzweifelt schaute ich noch mal zum Küstenpfad hinauf.

»Jetzt reicht es mir aber!« Entschlossen packte mich Lord Ashford am Arm und zerrte mich an Bord. »Wenn du nicht spurst, ertränke ich deinen Köter sofort, Amy. Hast du mich verstanden?«

»Ja!«, stieß ich gepresst hervor.

»Gut!«, nickte Lord Ashford. Unsanft drückte er mich auf eine Bank, dann öffnete er eine Kiste, zerrte ein Seil daraus hervor und band Percy damit fest.

»Dann seid ihr, du und deine Tante, auf die Idee mit der Rekonstruktion der Teerunde gekommen«, ächzte Lord Ashford, während er Percy mit sich zerrte. Er löste die Taue vom Steg und startete den Motor. »Da ist Dorothy Pax ein Licht aufgegangen. Sie hatte mich nämlich nicht nur fallen sehen, sondern sie hatte auch beobachtet, wie ich im Fallen Rubinias Teller gegen meinen getauscht hatte. Ich erinnere mich nicht, aber hab ich dir erzählt, dass mein Vater früher beim Zirkus gearbeitet hat? Als ich klein war? Er war Zauberkünstler. Von ihm habe ich gelernt, die Augen der Leute zu täuschen, sie abzulenken von dem, was eigentlich vor sich geht. Ich bin mal ziemlich gut darin gewesen. Ganz schlecht kann ich auch immer noch nicht sein. Immerhin ist sonst niemandem etwas aufgefallen.« Ich spürte, wie mir ein Kloß den Hals zuschnürte. Wir entfernten uns schnell vom Steg. Wasser. Überall nur Wasser.

»Tja … und die Trauerfeier, auf der Sophie Campbell ihr schwatzhaftes Mundwerk nicht halten konnte«, hörte ich Lord Ashfords Stimme wie aus weiter Ferne. »Zu meinem Glück, sollte ich wohl sagen. Diese Information war der Grund, weswegen ich dir überhaupt den Job in meiner Bibliothek angeboten habe. Ich wollte dich im Auge behalten. Ich wollte informiert sein über das, was deine Tante wusste. Über das, was sie plante.

Am Tag nach eurer tollen Teerunde rief Dorothy mich frühmorgens an. Sie kam gleich auf den Punkt und sagte mir, was sie wusste. Und sie drohte mir damit, zur Polizei zu gehen. Hunderttausend Pfund verlangte sie für ihr Schweigen. Sie war ja so naiv. Sie dachte allen Ernstes, ich hätte so viel Bargeld im Haus. Ich behauptete, ich würde noch in der Nacht kommen, um ihr das Geld zu bringen. Sie sollte die Außenbeleuchtung ausstellen, damit mich niemand kommen und gehen sah. Fast hat sie mir ein wenig leidgetan. Wie sie sich gefreut hat, als ich in ihrem Wohnzimmer stand. Sie hatte Sekt kalt gestellt. Ganz so, als ob es etwas zu feiern gäbe. Aus ihrer Sicht war das auch so. Stolz wie Oskar erzählte sie mir, sie habe eine Luxuskreuzfahrt gebucht. Eine, auf der sie sogar ihre Hunde mitnehmen dürfe. Von dem restlichen Geld wollte sie hier in Ashford eine Art Hundeparadies für Straßenhunde schaffen.«

Es stach mir ins Herz. Die gute, liebe Dorothy. Sie hatte immer nur an die Hunde gedacht.

»Sie ging in die Küche, um den Sekt zu holen«, erzählte Lord Ashford weiter. »Ich kann dir gar nicht sagen, wie erleichtert ich gewesen bin, als ich die Medizin für die Hunde auf dem Tisch liegen sah. Sonst hätte ich das Problem, nun, wie soll ich sagen, sehr viel weniger elegant lösen müssen. Auch wenn das Studium lange zurückliegt, ich bin Arzt und ich kenne mich mit Wirkstoffen aus. Na ja, den Rest kannst du dir bestimmt zusammenreimen. Jetzt weißt du alles«, sagte er, reckte den Hals und spähte zum Strand hinüber. »Das dürfte wohl weit genug weg sein«, murmelte er, stellte den Motor ab und ließ das Boot treiben. Dann beugte er sich zu Percy runter, der knurrend vor ihm zurückwich. »Mach es uns nicht schwerer, als es ist, mein Freund!«, lächelte Lord Ashford.

»Und was ist, wenn Dorothy wieder wach wird?« Ich war dabei, den Wettlauf gegen die Zeit zu verlieren.

Lord Ashford stutzte kurz, dann sagte er seelenruhig: »Keine Sorge, um das Problem kümmert meine Frau sich gerade.« Blitzschnell, bevor Percy zubeißen konnte, umschloss er mit der einen Hand Percys Schnauze und drückte sie so fest zu, dass mein armer Percy vor Schmerz aufheulte. Mit dem anderen Arm fuhr er unter Percys Bauch und hob ihn hoch.

Bis jetzt war ich wie gelähmt gewesen, aber das Heulen meines Hundes riss mich aus der Erstarrung. Ich sprang auf die Füße, stürzte mich auf Lord Ashford und hämmerte mit den Fäusten auf ihn ein. »Lassen Sie Percy los! Lassen Sie meinen Hund!«, schrie ich ihn unter Tränen an. »Er hat Ihnen doch nichts getan.«

»Du wirst gleich bei ihm sein!«, brüllte mich Lord Ashford an und schleuderte Percy wie einen Ball ins Meer. Das Wasser spritzte auf und Percy versank in den Wellen.

»Percy!«, schrie ich auf.

»Es tut mir wirklich leid, Amy. Aber ich muss meine Frau schützen!«

Als Lord Ashford mich packen wollte, flog krachend die Kajütentür auf.

Finn!? Wie kam er hierher? Er war doch in London. In der Akademie.

Beherzt warf Finn sich auf Lord Ashford. Es entstand ein Handgemenge. Zunächst schienen beide gleich stark zu sein. Sie rangen miteinander. Mal hatte Lord Ashford die Oberhand, dann Finn. Oh Gott! Ich zitterte am ganzen Leib. Kurz sah ich Percys Kopf zwischen den Wellen auftauchen. Er schlug sich wacker. Aber wie lange noch?

Ich muss Finn helfen, schoss es mir durch den Kopf. Doch da schrie Lord Ashford auf. Er taumelte und stürzte kopfüber ins Wasser. Jetzt endlich hörte ich eine Sirene. Durch einen Tränenschleier sah ich ein Polizeiboot auf uns zurasen. »Amy, Amy, bist du o. k.?« Finn hielt mich keuchend auf Armeslänge von sich und sah mich prüfend an. Ich nickte. »Percy!« »Keine Sorge. Um den kümmere ich mich sofort!« Mit einem Kopfsprung tauchte Finn ins Meer ein. Eine Weile konnte ich ihn gar nicht sehen. Dann tauchte er endlich auf und schwamm mit kräftigen Kraulbewegungen auf Percy zu. Neben mir fischte die Polizei den triefenden Lord Ashford aus dem Wasser. Jetzt hatte Finn Percy erreicht und zog ihn mit sich zurück zu mir.

Es war vorbei! Wir waren gerettet!

Und Dorothy?

## 34

Ein paar Tage später, als sich die Aufregung in Ashford-on-Sea etwas gelegt hatte, lud Tante Clarissa zu einer kleinen Party ins *Little Treasures*. Es gab viel zu feiern. Percys und meine Rettung, die Überführung von Lord und Lady Ashford (obwohl wir alle noch mühsam und voller Schrecken zu begreifen suchten, was sich hinter der Maske der beiden freundlichen Herrschaften verborgen hatte) und Finns Aufnahme an der *Royal Academy*. Ja, er hatte es tatsächlich geschafft! Und last but ganz bestimmt not least: Nachdem ich den Beamten im Polizeiboot erklärt hatte, dass Dorothy in höchster Lebensgefahr schwebte, hatten sie sofort die Polizei in London verständigt. Und die waren buchstäblich in allerletzter Sekunde eingetroffen, um Lady Ashford das Kissen aus den Händen zu reißen, das sie gerade der schlafenden Dorothy aufs Gesicht hatte drücken wollen. Ja, der schlafenden Dorothy. Denn erst zwei Stunden vorher war sie aus dem Koma erwacht. Sie lebte, war putzmunter und würde bald wieder mit ihren kläffenden Hunden Ashford unsicher machen. ☺

Zur Feier des Tages servierte ich meine neueste Kreation: eine Johannisbeer-Baiser-Torte. Ganz bestimmt ohne Nüsse. ☺

Alle waren da: Finns Eltern, die Mitglieder des *Ashford-Crime-and-Murder-Clubs* sowie Andrew und Alicia Miles als Pärchen (!!!). Duncan Hardy hatte sich mit einem überaus wichtigen Interviewtermin bei der BBC entschuldigt. Und Samuel

Archer? Ich habe ihn noch nie so gut gelaunt erlebt. Logischerweise war es Inspektor Cotswood Hölle peinlich gewesen, den Falschen verhaftet zu haben. Kaum dass Lord Ashford aus dem Atlantik gefischt worden war, hatte der Inspektor auch schon Samuel Archer unter tausend Entschuldigungen aus der Untersuchungshaft entlassen und mit Eskorte nach Hause bringen lassen. Mr Archer hatte sich mittlerweile mit Vikar Campbells Hilfe mit der Bank geeinigt. Er würde seine Apotheke verkaufen und mit dem Erlös den Löwenanteil seiner Schulden begleichen. Den Rest würde er Stück für Stück abstottern. Er hatte einen neuen Job in der Forschung gefunden. Und dann setzte er ja nach wie vor große Hoffnungen in seine Anti-Aging-Creme. Ich weiß nicht, wie er und Matthew Campbell es angestellt hatten, aber die Sache mit diesem Johnny schien auch ein für alle Male vom Tisch zu sein.

Alle wollten natürlich noch mal ganz genau wissen, wie ich Lord Ashford auf die Schliche gekommen war, und so hätte man eine Stecknadel fallen hören können, als die Gäste unserer kleinen Feier meinem Bericht lauschten.

»Unglaublich!« Meredith schüttelte fassungslos den Kopf.

»Ich kann es immer noch nicht glauben. Nicht im Traum wäre ich darauf gekommen, dass unser Lord Ashford gar nicht unser Lord Ashford war.«

»Und dass die zierliche, vornehme, immer untadelige Lady Helen gar nicht so untadelig und auch gar nicht so vornehm war, darauf wäre ich nie im Leben gekommen.« Zum Trost für ihre Ahnungslosigkeit schob sich Sophie eine Gabelladung Baisertorte in den Mund.

»Wusstest du etwas von diesem Geheimzimmer?«, wandte sich Andrew an Alicia Miles.

»Ich war völlig ahnungslos! Manchmal habe ich mich zwar gewundert, weil ich Lord Ashford in die Bibliothek hatte hinein-, aber nicht wieder hinausgehen sehen, und wenn ich ihn dort suchte, war er nicht da. Aber ich dachte immer, dass ich wohl nicht richtig aufgepasst hätte.«

»Auf so eine Idee muss man auch erst mal kommen. Ich meine, in die Rolle eines anderen zu schlüpfen. Erstaunlich, dass er so lange damit durchgekommen ist«, überlegte Finns Vater, während er die Teetasse in der Hand drehte.

»Das Risiko, entdeckt zu werden, war in der Tat ziemlich gering«, meldete sich Tante Clarissa von ihrem Lieblingssessel aus zu Wort. »Keine lebenden Verwandten mehr, und der echte Lord Henry war als Kind im Internat und nur selten hier gewesen. Nach seinem Abitur ist er dann sofort zum Studium in die USA gegangen. Das waren schon ziemlich gute Voraussetzungen und dann kam noch diese große Ähnlichkeit zwischen Henry Ashford und Christopher Davison hinzu.«

»Du musst ja vor Angst fast gestorben sein!«, wandte sich Lydia mitfühlend an mich.

»Bin ich auch!«, bestätigte ich, während ich meinen Percy, der zwischen Finn und mir auf dem Sofa lag, liebevoll kraulte. Seitdem ich ihn beinahe verloren hätte, hatte Percy einen absoluten Sonderstatus. Er durfte alles! Und das nutzte er auch ein kleines bisschen aus. ☺

»Wenn man es mal so nimmt, hat Lord Ashford auf der Zielgeraden ziemliches Pech gehabt«, meinte Sophie. Alle Köpfe flogen zu ihr herum.

»Nein, nein, so meine ich das doch nicht!«, wehrte sie mit erhobenen Händen ab, als sie die entsetzten Gesichter sah. »Ich meine, da kommt er mehr als fünfzig Jahre mit seiner

Geschichte durch, ist als Gutsherr sehr erfolgreich, ist beliebt und – seien wir doch mal ehrlich – er hat wirklich viel Gutes für Ashford getan, und dann dieses Pech. Das Tagebuch taucht auf, Rubinia Redcliff liest es, sieht seinen Krüppelzeh und zack, bricht sein ganzes Gerüst wie ein Kartenhaus zusammen.«

»Liebes, wir wollen jetzt aber nicht mit dem Falschen Mitleid bekommen!«, ermahnte sie ihr Mann mit sanfter Stimme.

»Ganz bestimmt nicht!«, stellte sie klar.

»Aber ich würde gerne genauer wissen, wie das mit deinem Handy gelaufen ist, Amy«, sagte Andrew, wobei er Finns Mutter Tee nachgoss.

»O. k.« Ich räusperte mich verlegen. »Mir war klar, dass Lord Ashford schon einen Mord begangen und einen zweiten versucht hatte, um seine Vergangenheit zu vertuschen. Und, na ja«, ich zuckte mit den Schultern. »Da war es doch logisch, dass er mich nicht am Leben lassen konnte. Den Mechanismus, mit dem ich die Geheimtür hätte öffnen können, hatte ich nicht gefunden. Ich hab überlegt und überlegt, wie ich da rauskommen kann, und plötzlich war mir klar, dass ich das alleine nicht schaffen würde. Also habe ich mein Handy hervorgeholt und hab heimlich meine Kontaktliste aufgerufen. Eigentlich hatte ich Tante Clarissa anrufen wollen. Und ... ich dachte ja, Finn sei in London.« Ich warf ihm einen kurzen Blick zu, und da bemerkte ich, wie er mich anlächelte. Nicht einfach so, wie man jemanden anlächelt, sondern irgendwie ziemlich besonders. »Mein Finger schwebte zwar über Tante Clarissas Nummer, aber im Drücken bin ich zusammengezuckt und da habe ich wohl die falsche Nummer erwischt. Das hatte ich aber gar nicht bemerkt.«

»Und dann ...«, drängelte Calinda.

»Dann waren wir am Strand und waren allein. Tante Clarissa war nicht da. Kein Andrew. Keine Polizei. Und da habe ich gedacht, jetzt ist alles aus.« Die Erinnerung an mein Entsetzen, die schreckliche Angst und die Panik ließen mich flüstern.

»Armes Mädchen!«, wisperte Meredith mitleidig.

»Da sagst du etwas sehr Wahres!«, pflichtete Tante Clarissa ihr bei. »Ich darf gar nicht darüber nachdenken, dass Andrew und ich hier nichts ahnend Tee und Kuchen verkauft haben, während meine arme Amy Todesängste ausstehen musste.«

»Und wieso warst du dann an Ort und Stelle, Finn? Ganz Ashford hat dir für deine Prüfung weisungsgemäß ab drei Uhr nachmittags feste die Daumen gedrückt. Eigentlich hättest du doch noch in London, maximal auf dem Weg hierher, sein müssen«, wollte Sophie wissen.

»Der Junge wollte uns überraschen!«, warf Nicolas stolz ein.

»Sei still, Nic, und lass Finn erzählen!«, brachte ihn seine Frau zum Schweigen.

»Das war so: Ich hatte ziemliche Angst davor, dass ich zu schlecht sein könnte für die Akademie und dass sie mich nicht nehmen würde. Deshalb habe ich meinen Eltern und Amy gesagt, die Prüfung sei um drei. Wenn ich wirklich durchfallen sollte, hätte ich so Zeit gehabt, mich selbst an den Gedanken zu gewöhnen, bevor ich es allen hätte sagen müssen. In Wahrheit hatte ich aber mein Vorspielen schon um acht. Kaum hatte ich mein Ergebnis, bin ich zum Bahnhof gewetzt und bin los. Als Amy mich angerufen hat, war ich gerade in Ashford angekommen. Erst hab ich gar nicht begriffen, wer da am Telefon war und worum es ging. Ich konnte auch immer nur Fetzen verstehen. Doch dann habe ich zumindest kapiert, dass Amy dringend Hilfe brauchte, und zwar auf der Yacht von Lord Ashford.

Im Rennen habe ich versucht, Sergeant Oaks anzurufen, bin aber nicht durchgekommen. Erst als ich schon in der Kajüte auf der Lauer lag, habe ich ihn endlich erreicht. Er hat dann die Wasserschutzpolizei verständigt. Dann kamen auch schon Amy und Lord Ashford. Ich hatte solche Angst um Amy!« Wieder warf er mir diesen merkwürdigen, aber sehr angenehmen Blick zu. »Ich wusste nicht, was Lord Ashford vorhatte. Dass es nichts Nettes war, wurde mir spätestens in dem Moment klar, als er Percy über Bord geworfen hatte!«

»Und ich glaube, ich habe mich noch nie so sehr gefreut, Finn zu sehen, wie in dem Moment, als er aus der Kajüte stürzte«, gestand ich.

»Gut, dass das überstanden ist!«, seufzte Tante Clarissa.

»Und was wird jetzt aus Ashford House und dem Vermögen der Ashfords?«, fragte Calinda mit gerunzelter Stirn nach. Plötzlich riss sie die Augen auf. »Ach, du meine Güte! Duncan Hardy! Als Erbe von Rubinia Redcliff wird er das alles jetzt erben.«

»Dann würde dieser schreckliche Mensch ja mein Chef werden!« Alicia Miles schüttelte sich.

Während sich das Entsetzen im Tearoom ausbreitete, beugte sich Finn zu mir und flüsterte mir ins Ohr: »Kannst du mal mitkommen? Nach draußen?«

Ich nickte und folgte ihm mit Percy in den Garten.

»Amy, ich …«, stammelte Finn. Er reckte den Hals und linste in den Tearoom, dann griff er nach meiner Hand und zog mich hinter ein Rosenspalier.

»So«, lächelte er nervös. »Jetzt kann man uns von drinnen nicht mehr sehen. Meine Eltern sind leider schrecklich neugierig.«

Er räusperte sich, senkte den Kopf und starrte auf seine Schuhspitzen. »Ich ... Amy ... ich wollte dir sagen ... ich mag dich gerne. Sehr sogar! Du bist so lieb und hilfsbereit und schlauer als Sherlock Holmes!«

Mein Herz stolperte in einen wilden Galopp, dabei saß Percy vor uns und schaute interessiert von einem zum anderen.

»Wenn dir etwas passiert wäre ...«

Ich biss mir auf die Unterlippe. »Ich mag dich auch ... sehr«, sagte ich, traute mich aber ebenso wenig, ihn dabei anzusehen, wie er mich. »Und ich finde es auch sehr schade, dass du demnächst nicht mehr hier sein wirst. Obwohl ich es natürlich toll finde, dass dein großer Traum von der Akademie jetzt in Erfüllung geht.«

»London ist doch gar nicht sooo weit weg. Am Wochenende kann ich immer hier sein.«

»Und deine Freundin?«, wagte ich zögerlich zu fragen. »Diese ... diese Schönheit!«

»Hä?« Mit zusammengezogenen Augenbrauen starrte Finn mich wie vom Donner gerührt an. »Welche Freundin? Welche Schönheit?«

Ich wagte es kaum zu Ende zu denken. Aber ... war sie gar nicht seine Freundin?

»Dieses Mädchen, mit dem du segeln warst, das dich mit deiner Mutter von Ashford House abgeholt hat«, half ich ihm ungeduldig auf die Sprünge.

»Ach, du meinst Rebecca!« Er lachte auf und schloss mich sanft in seine Arme. Sein Duft. Seine Nähe. Es fühlte sich einfach nur himmlisch an. »Rebecca ist die Tochter der besten Freundin meiner Mutter. Sie ist steinalt. Einundzwanzig oder so. Sie hat meine Mutter besucht. Nicht mich. Und weil sie in London wohnt, sollte sie mir helfen, dort eine WG zu finden.«

»Ach so!«, seufzte ich überglücklich und schmiegte mich an ihn. Jetzt war alles gut. Ich guckte kurz zu Percy runter, der sich zu unseren Füßen zusammengerollt hatte und zufrieden wedelte.

Und im nächsten Moment geschah etwas Wunderschönes: Finn lächelte mich mit diesen unglaublichen Augen an, dass meine Knie noch weicher wurden, er senkte seinen Kopf zu mir herab, drückte mich fest an sich und gab mir einen Kuss.

Finn Pears hat mich geküsst.

# Map

**Atlantik**

**Marktplatz**

- Ashford House
- Smuggler's Bay
- Trampelpfad
- Leuchtturm
- Rubinia Redcliff
- Antiquitätenladen
- Buchhandlung
- Calinda Bennett
- Little Treasures Tearoom
- Dorothy Pax
- Touristeninformation
- POLIZEI
- Harbour Road
- APOTHEKE
- Tante-Emma-Laden
- Schule
- Smuggler's Rest
- Fish 'n' Chips
- Yachtclub
- Sportgeschäft
- Kirche
- Friedhof